1400 Deutsche Gedichte und ihre Interpretationen

Herausgegeben
von Marcel Reich-Ranicki

Sechster Band

Von
Hugo von Hofmannsthal
bis
Joachim Ringelnatz

Insel Verlag

Umschlaggestaltung: Hermann Michels und Regina Göllner

Quellenhinweise am Schluß des Bandes
Satz: Memminger MedienCentrum AG, Memmingen
Druck: Ebner & Spiegel, Ulm
Printed in Germany
Erste Auflage 2002

1 2 3 4 5 6 – 07 06 05 04 03 02

Von Hugo von Hofmannsthal
bis Joachim Ringelnatz

INHALT

CHRISTIAN MORGENSTERN
ANTO-LOGIE

Im Anfang lebte, wie bekannt,
als größter Säuger der *Gig*-ant.

Wobei *gig* eine Zahl ist, die
es nicht mehr gibt, – so groß war sie!

Doch jene Größe schwand wie Rauch.
Zeit gab's genug – und Zahlen auch.

Bis eines Tags, ein winzig Ding,
der *Zwölef*-ant das Reich empfing.

Wo blieb sein Reich? Wo blieb er selb? –
Sein Bein wird im Museum gelb.

Zwar gab die gütige Natur
den *Elef*-anten uns dafur.

Doch ach, der Pulverpavian,
der Mensch voll Gier nach seinem Zahn,

erschießt ihn, statt ihm Zeit zu lassen,
zum *Zehen*-anten zu verblassen.

O »Klub zum Schutz der wilden Tiere«,
hilf, daß der Mensch nicht ruiniere

die Sprossen dieser Riesenleiter,
die stets noch weiter führt und weiter!

Wie dankbar wird der Ant dir sein,
läßt du ihn wachsen und gedeihn, –

bis er dereinst im Nebel hinten
als *Nulel*-ant wird stumm verschwinden.

EGON SCHWARZ
DIE SUCHE NACH SINN

Die Philologie ist in mehr als einem Sinn eine brotlose Kunst, auch in *dem* Sinn, daß selbst Philologen in Amt und Würden oft ratlos sind, wie sie mit ihrem Beruf dieser poesielosen Welt dienen können. Hier hilft aber vielleicht die Besinnung auf den ursprünglichen Wortsinn, denn Philologie heißt ja nichts weiter als Liebe zum Logos, Dienst am Wort, und es scheint mir nicht der schlechteste Sinn dieser Tätigkeit zu sein, Dichtungen, die unsere Vorfahren entzückt haben, der reißenden Zeit ein wenig länger zu entreißen.

Zu deren intensivsten Freuden gehörten aber die Unsinn-Dichtungen Christian Morgensterns, und wir können dem Wort nicht besser dienen, als indem wir den Sinn in diesem Unsinn aufstöbern. Das Gedicht »*Anto*-logie« eignet sich besonders gut dafür, weil sich an ihm deutlich machen läßt, wie der schöpferische Poet aus Nichts etwas, in Hofmannsthals Formulierung »aus niedrigen Erden Gold« zu machen versteht.

Zugrunde liegt eine unerwartete Gegenüberstellung, nämlich der beiden heterogenen Begriffe »Gigant« und »Elefant«. Sinn aber, und vor allem poetischer Sinn, entsteht dort, wo zwei scheinbar disparate Erscheinungen in überzeugender Weise miteinander verbunden werden. An dieser Stelle setzt auch Morgensterns dichterisches Genie an, sein philologisches Gehirn beginnt zu kreisen, und wie in einer sich drehenden Elektrisiermaschine die zackigen

Blitze von einem Pol zum anderen knattern, so spinnen seine Geistesblitze ein Netz von Sinn zwischen den beiden Wörtern: Der gemeinsame Bestandteil »Ant« wird zum Urtier, »Elef«, leicht retuschiert, zur Zahl, und in Analogie zu dem schon Geleisteten wird »gig« zur Urzahl. Bei dieser Erzeugung von neuem Sinn wird allerdings der alte Sinn von »Gigant« verdrängt. Daß das aber nicht ganz gelingen kann, daß die alte Bedeutung immer noch ein wenig mitklingt, ist ein Teil unseres Amüsements. Jetzt ist es einfach, die dazwischenliegenden und weiterführenden Stufen, das, was in der hier vorwaltenden Mischung von Witz und kosmischer Phantasie zu den »Sprossen einer Riesenleiter« umgedeutet wird, mit weiteren, diesmal ganz geläufigen und banalen Zahlen zu besetzen, freilich in gewollt alberner Nachahmung der überflüssigen Silbe zu »zwölef«, »zehen« und »nulel« erweitert.

Das Gerüst ist fertig und nun muß zum eigentlichen poetischen Geschäft, zur Ausführung geschritten werden. Ideen sind nämlich, wie ein anderer Dichter, Grillparzer, gesagt hat, wohlfeil. Da ist aber keine Gefahr, Morgenstern hat, was sein geistesverwandter Kollege Erich Kästner »Musik im Bauch« genannt hat. In unscheinbaren, aber ungemein suggestiven und melodischrhythmischen Knittelversen wird nun der Weg von »gig« zu »null« zurückgelegt.

Auch bei dieser Klangarbeit bleibt der Dichter seinem Gesetz des Absurden treu, indem er neben den vielen perfekten und teilweise originellen Versen den Reim Natur/dafur nicht scheut. Dadurch, daß die ganze groteske Evolution einen gelehrt naturgeschichtlichen, ja musealen Anstrich bekommt, erreicht der Dichter dreierlei: Dem Gedicht wird eine intellektuelle Einheit aufgezwungen, diese wird auf den Menschen bezogen und, was eben noch amüsanter Einfall, unverbindliches Spiel war, verwandelt sich in rationale Mitteilung. Vielleicht bedarf es gewisser moderner Erfahrungen, um den Ernst, ja den Pessimismus dieser Botschaft zu spüren, um die erschreckende Aktualität des Gedichtes zu erkennen. Denn die »Evolution« ist ja eine unzweifelhaft verkehrte, rückläufige. Sie führt nicht zum Überleben der Fähigsten, sondern von der unermeßlichen Größe des »gig« zur Null. Was immerhin nach menschlichen Maßstäben ein gewaltiges Geschöpf ist, der Elefant, wird im Fortschreiten dieser anti-darwinistischen Reihe zu einer *quantité negligeable* reduziert, noch geringfügiger als sein bedeutenderer Vorgänger, der Zwölefant, der selbst nur mehr »ein winzig Ding« war. Und in diesen erhabenen Gang der Natur greift der Mensch als gewalttätiges, affenartiges Wesen ein, aber bloß, um den Ruin zu beschleunigen. Eine drastischere Bezeichnung als die hoch-ironische »Pulverpavian« für die wohlbekannte, waffenschwingende Bestie, deren tölpelhafte Zerstörungswut den Fortbestand der Welt gefährdet, könnte auch ein heutiger umweltbewußter Dichter nicht erfunden haben.

Ist das wirklich noch der Unsinn, auf den der Leser der »Galgenlieder« Anspruch zu haben glaubt, oder ist das bereits der halb beabsichtigte, halb unwillkürliche Tiefsinn jeder großen Poesie? Ich gebe mich mit der Vokabel »Unsinn« zufrieden, aber nur, wenn wir ihr die gleiche Doppelbedeutung zubilligen, die auch das Wort »Untiefe« befähigt, unentschlossen zwischen der Oberfläche und den unauslotbaren Abgründen des Weltmeeres zu schweben.

CHRISTIAN MORGENSTERN
AUS STILLEN FENSTERN

Wie oft wirst du gesehn
aus stillen Fenstern,
von denen du nichts weißt …
Durch wie viel Menschengeist
magst du gespenstern,
nur so im Gehn …

GÜNTER KUNERT
PENDELSCHLAG DER SCHICKSALSUHR

Christian Morgenstern kennen wir (falls überhaupt noch) als den Dichter des Grotesken. Er ist der Erfinder des Herrn Korff, der wiederum der Erfinder der »Tag-Nacht-Lampe« ist. Von Morgenstern stammen witzige Nonsens-Verse mit bedenklichem Hintergrund und jenes gänzlich wortlose Gedicht »Fisches Nachtgesang«. Im Gegensatz zu diesen heiteren, Schauspielergenerationen mit Solo-Nummern ausstattenden Hervorbringungen zeigt sich dem Leser hier ein anderer Morgenstern. Denn in diesen sechs knappen Zeilen steckt eine Ungeheuerlichkeit, die einem erst nach mehrmaligem Lesen aufgeht, sobald man hinter die fast banale Oberfläche gelangt. Skizzenhaft wird ein Vorgang evoziert, den man zu den unübersehbaren Verlusten menschlicher Verhaltensweisen rechnen darf: die Anschauung der Welt als Bühne aus einem Logenplatz, und zwar in einem nicht übertragenen Sinn.
In jener vor vielleicht vierzig oder mehr Jahren beendeten Antike drückte sich Leben auch darin aus, Leben zu beobachten. Die Ellbogen kissengeschützt aufs Fensterbrett gestützt, blickte man in »seine« Straße hinein und hinab, sowohl erwartungsvoll wie entspannt, gefesselt von einem sich doch kaum verändernden Anblick. Mit einem großen Wort könnte man sogar von einer spezifischen Daseinsform reden – wozu man beispielsweise durch E. T. A. Hoffmanns Geschichte »Des Vetters Eckfenster« berechtigt wäre, in welcher der körperbehinderte Vetter nur

noch durch das besagte Eckfenster am Leben teilnimmt und sein Hinausschauen zu einem wichtigen, wenn auch eingeschränkten Mittel der Kommunikation geworden ist.

Woher eigentlich rührte die Faszination solchen Betrachtens der Außenwelt? Ich vermute, die Distanz und der besondere Blickwinkel verfremdeten alles Angeschaute dermaßen, daß es seine Selbstverständlichkeit und Alltäglichkeit einbüßte. Selbst bekannte Personen wurden fremd, eigenartig, möglicherweise »gespenstisch«, wie es uns der unfreiwillige Reim nahelegt.

Wer vor der Auto-Ära in einer Großstadt und bei sinkendem Tageslicht sich auf den Fensterblick einließ, wurde bald genug von der Merkwürdigkeit dieser Betrachtung angerührt: Er, allen zu Häupten, war über sie erhoben (und damit ein bißchen erhaben), als fände das Schauspiel »Passanten« nur für ihn statt, während die Fußgänger, einander in gleicher Augenhöhe begegnend, von dem Blick über sich nichts ahnten und der ihnen erst bewußt werden konnte, sobald sie selber die entsprechende Position einnahmen: die eines Gottes, eines stillen Unbeteiligten am Geschick der Menschheit, deren Mitglieder man furchtlos zu betrachten vermochte, da die Perspektive sie verzwergte. Heute sind die Fenster geschlossen, die Gardinen zugezogen: Es gibt nichts mehr zu sehen, da sich das Leben aus den Straßen zurückgezogen und diese dem global wirksamen Mordinstrument »PKW« überlassen hat.

Die im Gedicht verborgene Ungeheuerlichkeit besteht aber nicht in dem, was man als »Verlustanzeige« deklarieren könnte, sondern in etwas ganz anderem, das zu definieren und zu formulieren ich lieber Egon Friedell, dem

Literaten und Kulturphilosophen, überlassen möchte. Er schrieb einst über den entgegengesetzten Blick, nämlich den von der Straße ins Fenster, doch halte ich seine Sätze für Morgensterns Gedicht und unsere Meinung dazu für ebenso gültig:

»Man glaubt beim Anblick dieser Phantome, unmittelbar den lautlosen Pendelschlag der Schicksalsuhr zu vernehmen. Man erfährt nie, worum es sich handelt, und weiß doch mehr, als man je erfahren könnte. Es sind die vollkommensten Theatervorstellungen der Welt. Sind wir in solchen Blicken dem wahren Kern des Lebens, dem Herzen seines Geheimnisses nicht näher, als wenn wir uns in seine betäubenden und verwirrenden Bewegungen mischen?«

CHRISTIAN MORGENSTERN
DAS ÄSTHETISCHE WIESEL

Ein Wiesel
saß auf einem Kiesel
inmitten Bachgeriesel.

Wißt ihr,
weshalb

Das Mondkalb
verriet es mir
im stillen:

Das raffinier-
te Tier
tats um des Reimes willen.

JÜRGEN STENZEL
MONDKALBS GEHEIMNIS

Dies Gedicht ist ein Beweis. Wohl nicht als Beweis beabsichtigt, aber es ist einer; wie das Nasobem, das Morgenstern (1871-1914) im Jahre 1905 aus der Leyer seiner Galgenlieder springen ließ, in denen auch unser Wiesel zu Hause ist. Wir sind auf die Zeugenschaft des Mondkalbs dabei im Grunde gar nicht angewiesen.

Das raffinier-te Tier läßt einen mehr als zweihundertjährigen Protest auflaufen. Dem 17. Jahrhundert noch war Poesie schlechthin: gebundene Rede; Rede, zu Versen gebunden durch den Reim. Gelegentliche reimlose Verse hießen Waisen (Waisen!). Junge Literaten aber wollten dann (das war in den vierziger Jahren des 18. Jahrhunderts) ihren deutschen Landsleuten zeigen, es gehe auch anders; der wein- und liebesselige Anakreon bot griechischen Schutz und Vorbild. Wer an die vernünftige Lehre dachte, sah die gerade Linie seiner Gedanken gekrümmt. Wer seine Empfindungen aufs Papier verströmen wollte, fühlte ihre Wahrheit sich verzerren unter dem Joch des Reims.

Es wurde zerbrochen. Die Alten hatten schließlich auch keinen Reim gekannt. Fortan durften Ungereimtheiten ebenso als Poesie gelten wie alles Paar-, Kreuz-, Schweif- oder wie immer Gereimte. Dennoch fand noch Arno Holz in seiner Formel »Kunst = Natur – ×« das fatale × (die Mittel des Künstlers) durch den Reim allzu aufgebläht; das ging auf Kosten der Natur. Am Ende fügten sich seine

Gedichte so um eine Mittelachse wie bei unserem Gedicht vom ästhetischen Wiesel, das mit steif gerecktem Rücken von seinem Kiesel aus einen verschmitzten Blick auf den »Phantasus« wirft. Mittlerweile ist der Reim zum *Underdog* geworden, mitleiderregend fast. Und mit ihm eine ganze Reihe anderer lästiger Regeln.

Unser Gedicht läßt drei aufeinanderfolgenden Reimen zwei umschließende folgen, das macht 3 + 4 + 4 Zeilen. Die aber, wie junge Hunde, gruppieren sich nach Länge und Enge auch anderen Ordnungen gemäß. So entsteht eine heitere und verquere Konkurrenz miteinander spielender Systeme. Als Zugabe innerhalb der abschließenden Reimklammer der raffinierte gebrochene Reim. Der bildet ab, was er sagt, so wie man eine Kugel mit gewölbten Händen darstellt. Solche Mimesis ergibt Zuwachs, Sinnlichkeit, Spiel, macht die Worte erfreulich und konkret.

Was aber ist das Geheimnis, das das Mondkalb ausplaudert? Das Wiesel sitzt aus keinem anderen Grunde auf einem Kiesel inmitten Bachgeriesel als dem, daß diese Worte sich auf seinen Namen reimen. Deshalb verdient es »ästhetisch« zu heißen. Wer von uns käme wohl auf die Idee, sagen wir, einen Kuchen unter Buchen zu suchen oder einen Käse mit der Fräse zu bearbeiten, bloß weil diese Worte sich reimen (obgleich wir für einen Witz manchmal den besten Freund verraten)? Nur im zwecklosen Spiel, einem interesselosen Wohlgefallen zuliebe, also nur ästhetisch handelnd.

Was aber das Tollste ist: es gäbe die poetische Tatsache nicht, wenn jenes Tierchen sich nicht so verhalten, nicht den Reim als Anregung (statt als Zwang) genommen hätte. Es ist nicht mehr wegzudiskutieren: da saß ein Wiesel auf einem Kiesel inmitten Bachgeriesel. Widerspricht jemand? Goethe hat recht: das Geschriebene behauptet sein Recht wie das Geschehene. Solange die Überlieferung trägt, saß das Wiesel eben da und nirgends anders. Wem wir diese Tatsache zu verdanken haben, das ist der Reim. Er ist ein Diener der Einbildungskraft oder ihr Werkzeug (ich sage: der Einbildungskraft; die Einbildungsschwäche bringt nur das Geklapper von Sonne und Wonne zustande; was folgt dann auf Liebe?).

Und so ist es mit vielen poetischen Regeln und Formen, die man zum alten Eisen geworfen hat, obgleich sie doch eine produktive Kraft zu sein vermögen. Das sollte doch nicht nur Mondkälbern einsichtig sein.

CHRISTIAN MORGENSTERN
DAS GROSSE LALULA

Kroklokwafzi? Sem̄emem̄i!
Seiokrontro – prafriplo:
Bifzi, bafzi; hulalem̄i:
quasti basti bo . . .
Lalu lalu lalu lalu la!

Hontraruru miromente
zasku zes rü rü?
Entepente, leiolènte
klekwapufzi lü?
Lalu lalu lalu lalu la!

Simarar kos malzipempu
silzuzankunkrei (;)!
Marjomar dos: Quempu Lempu
Siri Suri Sei []!
Lalu lalu lalu lalu la!

JÖRG VON UTHMANN
HOMOEROTISCHE BEDRÄNGNISSE

Man hat sich angewöhnt, dieses Gedicht als klassisches Beispiel »deutscher Unsinnspoesie« (so der Titel einer Sammlung des Reclam-Verlags) auszugeben. Der Morgenstern-Kenner Leo Spitzer spricht gar von »Tonmassage« und »zusammenhanglosen Lautgrimassen«. Hierzu ist ein für allemal festzustellen, daß es Unsinn im Auge des Philologen schlechterdings nicht gibt. Gewiß sind Gedichte wie Brentanos »Eingang«, Hofmannsthals »Lebenslied« oder eben »Das große Lalulā« keine leichte Kost. Vor ihnen zu kapitulieren besteht jedoch kein Anlaß. Es gehört zu den unsterblichen Verdiensten der deutschen Germanistik, Kafkas Werke bereits zu einem Zeitpunkt erklärt zu haben, als seine Biographie noch weithin im Dunkel lag. Und vor dem entschlossenen Zugriff unerschrockener Exegeten entbergen selbst die abgelegensten Winkel des Heideggerschen Labyrinths ihr Geheimnis.

Was fällt an Morgensterns Gedicht zunächst auf? In den ersten beiden Strophen werden Fragen gestellt – drängende Fragen offenbar, wie die explosive Mischung von labiodentalen Reiblauten (f) und okklusiven Zischlauten (z) verrät. (Die gleiche Lautverbindung findet sich übrigens in den Worten Firlefanz, Fatzke, F.A.Z.) Die Reaktion ist jeweils ein einschläfernd-begütigendes »lalu lalu lalu lalu la« – ausweichende Antworten also, mit denen auch Goethes durch Nacht und Wind reitender Vater (»sei ruhig, bleibe ruhig, mein Kind«) seinen durch homoeroti-

sche Bedrängnisse aufgewühlten Sohn abspeist. Für Sprachsoziologen ist die Sache klar: Es handelt sich um einen typischen Fall asymmetrischer Kommunikation. In der dritten Strophe hat der Frager resigniert aufgegeben; doch beweisen die Satzzeichen (;) und ▯!, daß seine Unruhe keineswegs beschwichtigt ist.
Worum geht es bei diesen Fragen? Man weiß, daß Morgenstern der Anthroposophie und dem Kabbalismus zuneigte. Das Wortpaar »bifzi-bafzi« könnte also auf den geheimnisvollen Baphomet hinweisen, jenes von okkulten Gesellschaften verehrte doppelgeschlechtliche (!) Wesen, dessen etymologische Wurzel als spiegelbildliches Derivat aus »Templi Omnium Pacis Abbas« (Vater des universellen Friedenstempels) gedeutet wird – eine angesichts der pazifistischen Strömungen in unserem Volke jedenfalls besonders zeitgemäße Interpretation.
Auffallend ist auch das wiederholte Vorkommen der magischen Zahl fünf: Wir finden sie sowohl in ihrer griechischen (pente) wie lateinischen Version (quempu-quinque); der nicht weniger als achtunddreißigmal verwendete Konsonant L steht in der römischen Mathematik bekanntlich für fünfzig. Tatsächlich wurden die »Galgenlieder« 1905 publiziert. »Das große Lalulā« ist das fünfte Gedicht der Sammlung.
Unproblematisch ist die Deutung des Wortes »silzuzankunkrei«; Hier handelt es sich offenkundig um eine dichterische Variante zur ceylonesischen Stadt Kankesanturei, die für ihre Kalkbergwerke berühmt ist. Dieser Kalk diente schon damals zur Herstellung von Zahnfüllungen (Silikaten): Nachweislich befand sich Morgenstern während der Abfassung der »Galgenlieder« mehrfach in zahnärztlicher Behandlung.

Dem Thomas Mann-Kenner wird schließlich nicht entgehen, daß die erste Zeile zwei seiner Romanfiguren evoziert: Krokowski heißt der Oberarzt des Sanatoriums im »Zauberberg«, der seine Patienten mit schlüpfrigen Vorträgen über Liebe und Tod unterhält. Sesemi Weichbrodt hingegen leitet das Mädchenpensionat, wo Tony Buddenbrook erste Bekanntschaft mit dem Alkohol – einem »Bischof« genannten Punsch – schließt.
Übrigens hat auch Morgenstern sich an der Interpretation seines Gedichtes versucht. Er deutet es als Schachpartie: Kroklokwafzi = Ka5, Sem̄emem̄i = Se1 und so weiter. Diese Erklärung ist natürlich völlig abwegig. Denn wenn es jemanden gibt, der von seinen Gedichten nichts versteht, ist es immer der Dichter selbst.

CHRISTIAN MORGENSTERN
DAS HUHN

In der Bahnhofhalle, nicht für es gebaut,
geht ein Huhn
hin und her . . .
Wo, wo ist der Herr Stationsvorsteh'r?

Wird dem Huhn
man nichts tun?
Hoffen wir es! Sagen wir es laut:
daß ihm unsre Sympathie gehört,
selbst an dieser Stätte, wo es – ›stört‹!

HANSPETER BRODE
EIN HÜHNERFREUND

Die »Galgenlieder« Christian Morgensterns werden häufig als thematisch kaum greifbare Sprachspiele betrachtet, obgleich sie, wie alle Dichtung, durchaus ihren Sitz im Leben haben. 1905 wurden die Gedichte veröffentlicht, entstanden waren sie seit den neunziger Jahren des vergangenen Säkulums.

»Das Huhn« ist »in der Bahnhofhalle« zweifelsfrei fehl am Platze. Was hat es dort zu suchen? »Bahnhof« und »Eisenbahn« sind Signalbegriffe technischer Modernität, schon in vorwilhelminischen Zeiten, und jedermann erinnert sich an die reichsdeutschen Bahnhofsbauten, die als Kathedralen der Jetztzeit die Zentren der Großstädte besetzten wie früher die Dome, Paläste und Schloßanlagen der Feudalität. In diese heiligen Hallen des zeitgemäßen Progresses dringt nun das »Huhn« ein als ein Stück ungegängelter Natur, und der ganze Architekturbombast und das zukunftsfreudige Dampfmaschinengetöse drohen zuschanden zu werden.

Rufen wir uns ins Gedächtnis: Die modernen Katastrophen wurden in der deutschen Literatur häufig als Zusammenbruch des Eisenbahnwesens beschrieben: Justinus Kerner schwante schon 1852 in seinem Poem »Im Eisenbahnhofe«, daß hier ein »dämon'scher Traum« sich abzeichne. Theodor Fontane hatte 1880 mit seiner Ballade »Die Brück' am Tay« das Menetekel gescheiterter Naturbeherrschung in Gestalt eines mythisch grundierten Brükkeneinsturzes an die Wand gemalt. Thomas Mann mit seiner kleinen Erzählung »Das Eisenbahnunglück« von 1909 war der Autoritätsfrömmigkeit wilhelminischer Gemüter aus Anlaß eines relativ harmlosen Zugzusammenstoßes zu Leibe gerückt. Und Jakob van Hoddis setzte, ein knappes Dezennium nach Morgenstern, mit seinem Gedicht vom »Weltende«, 1911 in der »Aktion« erschienen, den vorläufigen Schlußpunkt mit dem Vers: »Die Eisenbahnen fallen von den Brücken«. Im Abstand weniger Jahre geschrieben, gehört all dies in den Kontext von Morgensterns »Huhn«.

Während die Zeitgenossen jedoch, allen voran Jakob van Hoddis, die katastrophischen Aspekte des Zusammenstoßes von Bürgerzivilisation und elementarer Natur beschworen, begnügt sich Morgenstern mit Andeutung und *understatement*. Am Ende der ersten Strophe ertönt lediglich der Ruf nach dem »Stationsvorsteh'r«. Wer stößt ihn aus? Offenbar jene Allgemeinheit, die die Ideale eines reibungslosen Funktionierens der Technik verinnerlicht hat und die sogleich nach der uniformierten Staatsautorität verlangt – Thomas Mann hat dies in seiner Erzählung mit unvergleichlichem Sarkasmus geschildert –, sobald Sand ins Getriebe des so schlüssig organisierten Maschinenwesens gerät.

Dem steht allerdings eine kleine Gruppe von Opponenten gegenüber, die in der zweiten Strophe zu Wort kommt. Dem »Huhn«, so meinen diese Skeptiker, dürfe, selbst im Räderwerk modernen Reisens, nichts geschehen. Dem ärmsten aller Geschöpfe gehört die »Sympathie« derjenigen, die ahnen, wie dünn der Boden ist, auf dem die Gesellschaft jener Jahre steht. Haben sie, diese Hühnerfreunde, nicht recht behalten, als das ganze hochbürgerliche Zeitalter mit seinem Sekuritätswahn zuerst in den Weltkrieg taumelte und dann krachend niederstürzte? Ein Blick noch auf das als Zitat mit Anführungszeichen versehene »stört« am Gedichtende. Diese Vokabel lag stets auf der Zunge, bei den Alltagsgeschäften und besonders in den traditionellen Bildungsanstalten. Was tat der aufsässige Schüler, immer mal wieder? Natürlich, er »stört«. Unsinnspoesie also und oberflächliche Situationskomik? Mitnichten. Unterm harmlos daherkommenden Plauderton verbirgt sich vielmehr eine knappe, elegante Epochenbeschreibung. Was der Dichter hier mit leichtem Strich leistet, haben andere und vornehmlich die großen Zeitgenossen auch gewollt. Sie aber mußten Register ziehen, Farbe auftragen, dramatisches Tremolo bemühen. Christian Morgenstern bewerkstelligt das beiläufig, wie mit der linken Hand.

CHRISTIAN MORGENSTERN
DAS KNIE

Ein Knie geht einsam durch die Welt.
Es ist ein Knie, sonst nichts!
Es ist kein Baum! Es ist kein Zelt!
Es ist ein Knie, sonst nichts.

Im Kriege ward einmal ein Mann
erschossen um und um.
Das Knie allein blieb unverletzt –
als wär's ein Heiligtum.

Seitdem geht's einsam durch die Welt.
Es ist ein Knie, sonst nichts.
Es ist kein Baum, es ist kein Zelt.
Es ist ein Knie, sonst nichts.

ALFRED BRENDEL
KUGELFÖRMIGE TURBULENZ

»Das Knie« hat die Form eines kleinen Rondos (ABA). Der erste Vierzeiler (A) teilt einen Tatbestand mit, der dazu angetan ist, »abwägbare bürgerliche Kreise« in Erstaunen zu versetzen. In der Strophe B wird die Vorgeschichte erläutert. Die nahezu wörtliche Reprise von A entläßt den Leser sodann im Bewußtsein formaler Symmetrie. Ob er das innere Gleichgewicht wiedergefunden hat, bleibt fraglich.

Wer sich mit Morgensterns »Galgenliedern« beschäftigt, wird gut daran tun, von dessen eigenen Kommentaren abzusehen. Man wäre fast versucht zu glauben, er wünschte damit seine Leser aufs metaphysische Glatteis zu führen. Es erscheint an der Zeit, den Hintersinn dieser Gedichte, auf den der sonst so tiefernste Autor sich in einem Brief an seinen Verleger Bruno Cassirer bezieht, ins Reich der Fabel zu verweisen.

Der Beginn des »Knies« kommt sofort zur Sache. Wir erfahren im Ton eines lakonischen Volksliedes, daß es keineswegs zwei Knie sind, die da durch die Welt wandern. Daß das Einzelknie unbegleitet ist. Und daß wir kein häusliches Knie vor uns haben – es geht nicht etwa »durch die Küche« –, sondern ein unternehmendes, man möchte sagen weltläufiges.

Dieses Knie ist nicht nur »einsam«, entbehrt also der Gesellschaft des Zwillingsknies oder anderer Einzelknie, sondern darüber hinaus, wie uns energisch mitgeteilt wird,

»ein Knie, sonst nichts!«, ein anrührend schlichtes Knie also ohne jede Beimischung fremder Elemente und ohne das Bedürfnis, über sich hinauszuwachsen. Zweiflern wird dies in der dritten Zeile mit einem Nachdruck eingehämmert, der den lakonischen Berichterstatter selbst überrascht haben mag. Er verliert förmlich die Contenance und ruft sein bürgerliches Publikum gleich zweimal zur Ordnung. Was haben Bäume! und Zelte!, außer Kürze und Einsilbigkeit in der Einzahl, miteinander gemein? Sie ragen! Selbst das spitzeste Knie ragt so nicht, geschweige denn Morgensterns Knie an sich. Dieses Knie – »erschossen um und um«, wie wir etwas später erfahren – ist vermutlich rund. Eigentlich sollte es gar nicht gehen – es ist ja kein Fuß –, sondern rollen. »Und dunkler Wein am Boden rollte« – diese unvergeßliche Zeile des Gymnasiasten Hofmannsthal hat Morgenstern offensichtlich daran gehindert, sich des Verbums »rollen« gleichfalls zu bemächtigen.
Wo die erste Strophe sich mit dem Knie linear fortbewegt, entfesselt die zweite kreis- oder kugelförmige Turbulenz. Die bemerkenswerte Neuschöpfung »erschossen um und um« verbindet Bild und Ton: das räumlich malende »rundherum« mit den geradezu hörbaren Detonationen der Einschüsse. Stand dieser Kriegsfuror in düsterem Moll, so findet der Dichter nun übergangslos den richtigen, milden Klang für die wundersame Errettung des Körperteils, eine Art Dankgesang in F-Dur. Allerdings kann er sich dann doch nicht dazu entschließen, das Knie heiligzusprechen – er verharrt im »als wär's«. Die Tatsache, daß in Südmesopotamien bis vor kurzem nicht das Haupt des zu Ehrenden, sondern vielmehr eines seiner Knie gesalbt wurde, spielt aus der Ferne mit hinein.

Die Wiederkehr der ersten Strophe als dritte hat schon manchen zu Tränen gerührt. (Man beachte die veränderte, auf ein leises *piano* deutende Interpunktion.) Doch ist auch verlegenes Lachen als Reaktion bekanntgeworden. Daß Morgenstern im Jahr 1904 aufs linke Knie gestürzt war und jahrelang Folterqualen litt, bevor er bei eurhythmischen Übungen Linderung fand, ist erwiesen. Wer dieses Faktum jedoch dazu mißbraucht, Poesie als rationalisierten Rheumatismus abzutun, dem möchten wir schleunigst mit der Tagnachtlampe zu Leibe rücken, die, wie man weiß, selbst den hellsten Tag in Nacht verwandelt.

CHRISTIAN MORGENSTERN
DER TRAUM DER MAGD

Am Morgen spricht die Magd ganz wild:
»Ich hab heut nacht ein Kind gestillt –

ein Kind mit einem Käs als Kopf –
und einem Horn am Hinterschopf!

Das Horn, o denkt euch, war aus Salz
und ging zu essen, und dann –«

»Halt's –
halt's Maul«, so spricht die Frau, »und geh
an deinen Dienst, Zä-zi-li-ē!«

ECKART KLESSMANN
GESTÖRTES FRÜHSTÜCK

Sollte da nun nicht augenblicks der Donner dreinschlagen? Zäzilie, die etwas einfältige Magd, hat einen aufregenden, ja verstörenden Traum gehabt, den sie unmöglich für sich behalten kann. Sie muß ihn ihrer Herrschaft erzählen, der sie vermutlich gerade den Frühstückskaffee in die Stube trägt. Und wie sie da die guten Leute das Ei aufklopfen sieht – der Herr greift gerade zum Salz, die gnädige Frau schneidet sich vom guten Käse ein Stückchen ab –, da ist das Geschehen der Nacht wieder ganz plastisch vor Zäziliens inneres Auge getreten, und »ganz wild« bricht es aus ihr heraus: »Ich hab heut nacht ein Kind gestillt.«

Man bedenke bitte das absolut Ungehörige dieses Moments. Zäzilie stört nicht nur beim Frühstück (sollte sie nicht Gemüse putzen?), sondern offenbart äußerst Intimes. Eine unverheiratete, junge, womöglich noch jungfräuliche Magd träumt von einem Kind, das sie stillt, was ja den nicht ganz abwegigen Schluß erlaubt, sie sei ihres jungfräulichen Zustands durch einen Mann beraubt worden mit allen unerwünschten Folgen. Und das, obwohl sie nicht verheiratet ist. Was geht in ihren Träumen vor?

Sodann: Welche Monstrosität! »Ein Kind mit einem Käs als Kopf – / und einem Horn am Hinterschopf!« Diese quasi arcimboldische Konstruktion will bei einem bürgerlichen Frühstück nicht munden, auch die fatale Fortset-

zung nicht: »Das Horn, o denkt euch, war aus Salz / und ging zu essen, und dann –«.
Die Vorstellung, Zäzilie lecke, gierig wie eine Ziege, am Horn aus Salz, während ein infantiler Kopf aus Käse an ihrer Brust saugt, verhöhnt das Bild gutbürgerlicher Ästhetik, auch ist »ging zu essen« nicht eben gepflegtes Deutsch. Schließlich aber redet man seine Herrschaft nicht vertraulich mit »denkt euch« an.
So wird es höchste Zeit, daß jetzt die gnädige Frau (der soeben der Appetit auf ein Stückchen Käse vergangen ist) ein gehöriges Machtwort spricht; wer weiß, welche Crudität der Magd am Ende noch als Reimwort zu »Salz« einfiele. Ein donnerndes »Halt's« fährt ihr in die wilde Rede und noch einmal, nach dem Luftholen, »halt's Maul«. Die gnädige Frau – hier wohl ein wenig zu salopp »die Frau« genannt – die Gnädige also ruft nicht, schreit oder brüllt, sie »spricht«, aber gewiß nicht ohne spürbare Erbitterung. Und um diesem Sprechen Würde zu verleihen, sagt die Gnädige nicht etwa »Hau ab und putz Gemüse«, wie unsereiner das vielleicht ausdrücken möchte. Nein, ihre Sprache nimmt den Stil eines ehrwürdigen alten Holzschnitts an: »Halt's Maul und geh an deinen Dienst.« Wie wohl tut doch ein vollmundiges, leicht altfränkisch getöntes Deutsch in solch precairer Situation.
Es gibt Menschen, die haben eine Art, unsern Vornamen so prononciert auszusprechen und seine Silben zu betonen, daß einem richtig bange werden kann. Derselbe Name, eben noch herrlich im Mund der Geliebten, erscheint auf einmal wie eine Drohgebärde: »Zä-zi-li-ē!« Wie zärtlich mag der Vater des unglücklichen Traumkindes diesen schönen Frauennamen ausgesprochen haben in einem vielleicht etwas früheren Liebestraum. Und jetzt –

vier Hammerschläge. Der letzte, auf dem einsamen »ē«, dröhnt noch nach, wenn wir das Buch längst geschlossen haben und uns einfällt, daß die auf soviel Schicklichkeit bedachte Frau einer armen Magd die Geschichte und uns, den Mithörenden, die sicher herrlich aufregende Schlußpointe verdorben hat. Freilich: Für das Gedicht liegt die Pointe im groben Einwurf mit zwei unvergleichlichen Reimen; Träume zu erzählen, ist nicht unbedingt die Pflicht der Lyrik.

CHRISTIAN MORGENSTERN
DER WERWOLF

Ein Werwolf eines Nachts entwich
von Weib und Kind und sich begab
an eines Dorfschullehrers Grab
und bat ihn: Bitte, beuge mich!

Der Dorfschulmeister stieg hinauf
auf seines Blechschilds Messingknauf
und sprach zum Wolf, der seine Pfoten
geduldig kreuzte vor dem Toten:

»Der Werwolf« – sprach der gute Mann,
»des Weswolfs, Genitiv sodann,
dem Wemwolf, Dativ, wie man's nennt,
den Wenwolf, – damit hat's ein End.«

Dem Werwolf schmeichelten die Fälle,
er rollte seine Augenbälle.
Indessen, bat er, füge doch
zur Einzahl auch die Mehrzahl noch!

Der Dorfschulmeister aber mußte
gestehn, daß er von ihr nichts wußte.
Zwar Wölfe gäb's in großer Schar,
doch »Wer« gäb's nur im Singular.

Der Wolf erhob sich tränenblind –
er hatte ja doch Weib und Kind!!
Doch da er kein Gelehrter eben,
so schied er dankend und ergeben.

WOLFGANG WERTH
EINZIGARTIGER FALL DER FÄLLE

Beiwerkchen nannte der meist sehr ernsthafte Dichter seine poetischen Purzelbäume. Daß sie »ein bißchen geistige Leichtigkeit, Heiterkeit, Freiheit verbreiten, die Phantasie beleben, nur ein bißchen von der im Posthorn gefrorenen Musik der Seele wieder auftauen« – derlei wünschte er sich von diesen Versen. Und sie tun es – zum Wohl immer neu nachwachsender Lesergenerationen und zum Neid geistreichelnder Nachahmer, denen das Geisterreich verschlossen bleibt, zu dem sich Christian Morgenstern scheinbar mühelos auf immer wieder anderen Wegen Zutritt verschaffte. Selbst einen bloß ulkigen Einfall, sogar ein eher albernes Wort-Spiel wußte er ins Wundersame und Wesentliche zu wenden. So auch den einzigartigen Fall der Fälle, den er unter dem Titel »Der Werwolf« abgehandelt hat.

Als habe er die Arbeit seines Zeitgenossen Ferdinand de Saussure, des Genfer Sprachtheoretikers und Ahnherrn der Strukturalisten, vergnügt zur Kenntnis genommen, treibt der Dichter da ein Vexierspiel mit *signifiant* (dem Bezeichnenden) und *signifié* (dem Bezeichneten). Es geschieht in einem »Gruselett«, einem dem finsteren Titelhelden und dem heiteren Einfall gleicherweise angemessenen Schauerscherzo.

Vierfüßig kommen dic jambischen Verse des balladesken Erzähl- und Dialoggedichts daher – vierfüßig wie der Werwolf selber. Und daß sie paarweise gereimt sind: Paßt es

nicht zu dessen zwiespältig-zweieinigem Wesen? Tagsüber ist er ein unbescholtener Mann, nachts wird er – ob er will oder nicht – zur mörderischen Bestie in Wolfsgestalt. So jedenfalls wußte es der Volksglaube, der in Deutschland mit den Wölfen ausstarb.
Morgensterns Exemplar führt das Tagleben eines fürsorglichen Ehemannes und Vaters. Von seinem nächtlichen Treiben haben die Lieben daheim offenbar keine Ahnung. Denn wenn die Wolfsnatur über den Mann kommt, entweicht er von Weib und Kind, stiehlt sich also heimlich davon. Doch anders als herkömmliche Werwölfe bleibt das Un-Tier von Morgensterns Gnaden auch im Wolfsfell Mensch. Nicht mit üblem Vorsatz begibt es sich zum Gruselort Friedhof. Eine Art Heilsverlangen treibt diesen wohlgesitteten Werwolf, den Dorfschullehrer aus der Grabesruhe aufzuwecken. Geradezu demütig tut er sein verblüffendes Begehren kund: »Bitte beuge mich!«
Wäre der tote Pauker ein Pedant, er würde den Bittsteller erst einmal barsch zurechtweisen: »Drück dich gefälligst korrekt aus! Dich kann ich nicht beugen, wohl aber das Wort, mit dem man so einen wie dich bezeichnet. Es handelt sich um ein zusammengesetztes Hauptwort, bestehend aus dem Grundwort Wolf und dem Bestimmungswort Wer, das im Mittelhochdeutschen Mann bedeutet. Gebeugt wird nur das Grundwort. Also: Der Werwolf, des Werwolfs, dem Werwolf, den Werwolf. Das wär's.« Wäre es das – es wäre witzlos.
Doch der Werwolf ist genau an den Richtigen geraten: An einen guten Geist nämlich, der es besser weiß – einen Geist vom Geiste Morgensterns. Er beugt beide Wortteile, und »Wer« beugt er wie das Fragefürwort, das seiner Form nach ebenfalls männlich ist. Zweifach verstößt er gegen die

grammatische Regel, doch wer könnte bezweifeln, daß sein »biologischer Ansatz« der zwiespältigen Natur des Werwolfs gerecht wird.

Sehr augenfällig zeigt sich der so Unterrichtete von den Fällen geschmeichelt. Den Eindruck eines gebeugten macht er jedoch nicht. Wie denn auch: Im wörtlichen Sinn ist seine Bitte unerfüllt geblieben. Erst als er »die Mehrzahl noch« verlangt, widerfährt ihm, was er eingangs, *ohne es zu eigentlich wollen*, erbeten hatte. Jetzt wird er gebeugt. Der Schulmeister beugt ihn, den zu singulärem Dasein verdammten Wenwolf, unter den bitteren Bescheid, daß es den Plural nicht gibt, in dem er sich mit Weib und Kind (die ja gar keine Werwölfe sind) vereint zu sehen wünscht. »Tränenblind« – deutlicher, als er es selber sagen könnte, sagt dieses Wort, wie sehr der Arme leidet. Und doch vergißt er nicht, sich »dankend und ergeben« zu verabschieden.

Ein überaus anschauliches nächtliches Rührstück, aus nichts als Wörtern gemacht. Der Werwolf und der tote Schulmeister: Sie sind ebenso »nichtexistent im Eigen-Sinn bürgerlicher Konvention« wie das Nasobém, der Glokkenwurm und all die anderen Wortwesen, die aus der »Leier« des Christian Morgenstern »ans Licht« getreten sind – so, als wären sie vorher schon dagewesen, unerkannt, in der Sprache verborgen. In der Sprache, die für diesen Dichter und Menschen das Medium war, durch das andere Welten sich mitteilen und wirksam werden können. Nicht nur die Welt der Phantasie. Auch die des Okkulten, des Übersinnlichen. Das erklärt wohl auch, warum sich der »Nonsense«-Dichter in seinen letzten Jahren Rudolf Steiners »Erkenntnissen der höheren Welten« öffnete. Morgenstern brauchte keine stichhaltigen Beweise für deren Existenz. Er glaubte seinem »Guru« aufs Wort.

CHRISTIAN MORGENSTERN
DIE SCHWESTERN

Die Kanone sprach zur Glocke:
»Immer locke, immer locke!

Hast dein Reich, wo ich es habe,
hart am Leben, hart am Grabe.

Strebst umsonst, mein Reich zu schmälern,
bist du ehern, bin ich stählern.

Heute sind sie dein und beten,
morgen sind sie mein und – töten.

Klingt mein Ruf auch unwillkommen,
keiner fehlt von deinen Frommen.

Beste, statt uns zu verlästern,
laß uns einig sein wie Schwestern!«

Drauf der Glocke dumpfe Kehle:
»Ausgeburt der Teufelsseele,

wird mich erst der Rechte läuten,
wird es deinen Tod bedeuten.«

KLAUS SCHOLDER
SCHWERTER ZU PFLUGSCHAREN

Das Gedicht »Die Schwestern« ist eine überraschende und merkwürdige Paraphrase zu einem Thema, das gegenwärtig unter dem Stichwort »Schwerter zu Pflugscharen« junge Deutsche in Ost und West gleichermaßen beschäftigt. Christian Morgenstern starb im März 1914, das Gedicht stammt also aus der Zeit vor dem Ersten Weltkrieg.

Daß Glocken und Kanonen sprechen, ist ein bekannter Topos. Dabei gilt die Glocke traditionell als Verkündigerin des Friedens, und zwar nicht nur des inneren Friedens, sondern auch des Völkerfriedens. Nicht weniger bekannt ist die vielzitierte unmißverständliche Sprache der Kanonen. So wird der Dialog zwischen Glocke und Kanone zu einem Dialog zwischen Frieden und Krieg.

Es ist bezeichnenderweise die Kanone, die den Dialog beginnt. Sie ist das fordernde, herrische Symbol, sie besitzt das Monopol der Gewalt. Aber sie möchte diese Gewalt offensichtlich mit dem Symbol des Friedens schmücken oder verdecken: »Laß uns einig sein wie Schwestern«. Dabei geht sie aus von der offenkundigen Tatsache, daß die Faszination der Gewalt allemal größer ist als der Ruf zum Frieden. Wer die Kriegspredigten aus dem Ersten Weltkrieg kennt, wird die folgenden Verse fast prophetisch finden. Dies gilt namentlich von jenem, dessen Pointe mit dem für Morgenstern so typischen Gedankenstrich wie erschrocken hinausgezögert wird:

»Heute sind sie dein und beten, morgen sind sie mein und – töten.«
Beten und töten – ein seltenes und schreckliches Reimpaar. Geht das tatsächlich so leicht zusammen? Der Dichter zweifelt nicht daran und offenbar zu Recht: »Klingt mein Ruf auch unwillkommen, keiner fehlt von deinen Frommen.« Triumphiert also die Gewalt? Ist die christliche Friedensbotschaft außer Kraft gesetzt, sobald die Sprache der Waffen beginnt? Die Kanone meint dies zweifellos, wenn sie der Glocke die Verschwisterung anträgt.
Um so bemerkenswerter ist die Wendung, die der Dichter dem Dialog gibt. Die Glocke nennt die Kanone kurzerhand eine »Ausgeburt der Teufelsseele«. Sie leugnet zwar nicht ihre Schwäche. Sie weiß, daß sie das Reich der Kanone jetzt noch nicht zu schmälern vermag. Das Monopol der Gewalt bleibt ein Zeichen der Zeit. Und solange die Glocke, geläutet von Menschenhänden, unter den Bedingungen dieser Zeit zum Frieden ruft, bleibt er unter ihrer Bedrohung. Aber dies ist nicht die ganze Wahrheit. Die ganze Wahrheit ist bei Morgenstern zugleich die letzte, ein endzeitliches Ereignis, futurum eschatologicum: »wird mich erst der Rechte läuten, wird es deinen Tod bedeuten.«
Wer ist der Rechte? Offenbar niemand anders als Gott selbst, der am Ende der Zeiten die Glocke läuten wird, wie sie niemals zuvor geläutet worden ist. Das Alte und das Neue Testament wissen von jenem zukünftigen Reich des Friedens. In diesen Zusammenhang gehört die Stelle aus dem vierten Kapitel des Propheten Micha, die das Ende der Kanone vorhersagt. Auch dort handelt es sich um ein eschatologisches Ereignis. In den letzten Tagen werden

sich Völker und Nationen zum Zion aufmachen. Dort wird Gott selbst ihnen Recht sprechen und Weisung geben und sie werden, wie es dann weiter heißt, »ihre Schwerter zu Pflugscharen schmieden und ihre Spieße zu Rebmessern. Kein Volk wird wider das andere das Schwert erheben, und sie werden den Krieg nicht mehr lernen«.

Morgensterns Gedicht ist in doppelter Hinsicht bemerkenswert realistisch. Die Glocke ruft nicht zur Zerstörung der Kanone. Von der Schaffung einer waffenlosen Welt ist nicht die Rede. Aber sie nennt die Dinge deutlich beim Namen: »Ausgeburt der Teufelsseele«. Und sie weist auf die Zukunft, die auch die Gegenwart erhellt, in der ein anderer allen Kanonen dieser Welt ein Ende machen wird.

CHRISTIAN MORGENSTERN
DIE UNMÖGLICHE TATSACHE

Palmström, etwas schon an Jahren,
wird an einer Straßenbeuge
und von einem Kraftfahrzeuge
überfahren.

»Wie war« (spricht er, sich erhebend
und entschlossen weiterlebend)
»möglich, wie dies Unglück, ja –:
daß es überhaupt geschah?

Ist die Staatskunst anzuklagen
in bezug auf Kraftfahrwagen?
Gab die Polizeivorschrift
hier dem Fahrer freie Trift?

Oder war vielmehr verboten,
hier Lebendige zu Toten
umzuwandeln, – kurz und schlicht:
Durfte hier der Kutscher nicht –?«

Eingehüllt in feuchte Tücher,
prüft er die Gesetzesbücher
und ist alsobald im klaren:
Wagen durften dort nicht fahren!

Und er kommt zu dem Ergebnis:
»Nur ein Traum war das Erlebnis.
Weil«, so schließt er messerscharf,
»nicht sein *kann*, was nicht sein *darf*.«

GERHARD SCHULZ
UNSTERBLICHER UNSINN

Kann Unsinn unsterblich sein? Ein Gedicht als witziger Einfall, witzig vorgetragen – nun gut. Aber spricht im übrigen nicht reine Vergangenheit aus diesen Versen über Palmströms Verkehrsunfall? Ein Hauch von jener Pionierzeit des Autofahrens haftet ihnen an, da man in hochrädrige Fahrzeuge stieg, die außen Hupen hatten und das Reserverad am Kühler, da man sich lederne Kappen über den Kopf zog und den Schal im Fahrtwind fliegen ließ, wenn man mit fünfzig Sachen durch die Lande raste.
Morgensterns Gedicht könnte also wohl am ehesten als Museumsstück in einer Anthologie über »Mensch und Technik in der Literatur« seine Ruhe finden. Aus der Zeit der frühen Autofahrerei stammt es in der Tat: 1910 erschien es im zweiten Bändchen der Morgensternschen »Galgenlieder«. Aber es klingt noch immer jung, nur fragt es sich, weshalb. Vielleicht weil Palmström eine ganz und gar erfundene Figur und deshalb dem Verschleiß der Zeit nicht ausgesetzt ist? Vielleicht weil in ihm etwas von jenen stillen, sympathischen Wesen steckt, die in der Welt der Tatsachen ach so leicht überfahren werden? Weil er, der Träumer, kühn sich selbst für wirklich und die Wirklichkeit zum Traum erklärt und das Unmögliche möglich macht, der Unsinn also auf überraschende und witzige Weise Sinn ergibt?
Lieder, unter dem Galgen gesungen, dort, wo das Leben am Ende ist und nichts mehr bewirken kann, wo der letzte

und einzige Daseinssinn nur noch in ein paar Minuten Lachen besteht, wollen also scheinbar nichts außer diesem Spiel, fordern aber gerade gegen einen so dunklen Hintergrund mehr Investition von Ernsthaftigkeit und Gefühl, als sie zugeben.

Was Morgenstern zu diesem Gedicht motivierte? Möglicherweise war es seine Erfahrung mit dem hohen Selbstbewußtsein der preußischen Polizei – er lebte vorwiegend in Berlin – oder dem strengen Stolz der kaiserlichen Justiz oder beides. Aber Gedichte, einmal in die Welt entlassen, sind – wie Kinder – nicht das Privateigentum ihrer Erzeuger. Die letzten beiden Zeilen sind inzwischen längst »Büchmann«-reif und dort auch wirklich verzeichnet, also, wie Zitate überhaupt, bündiger Ausdruck für sehr verschiedene Erfahrungen.

Zauber und Kraft eines guten Gedichts beruhen oft auf ein oder zwei Zeilen, ohne die es blaß bliebe, wenn nicht gar zerfiele. Hier bei Morgenstern dominieren die letzten beiden Verse, und zwar so sehr, daß man meinen könnte, das Gedicht sei nur ihretwegen geschrieben. Wie die Moral von der Geschichte klingen sie, wie die logische Schlußfolgerung vom Besonderen aufs Allgemeine, was natürlich eben nur Scheinlogik und damit Unsinn ist.

Auf die Frage nach der bislang achtzigjährigen Unsterblichkeit von Morgensterns Versen kann es wohl keine Antwort, sondern höchstens Antworten geben. Ich weiß jedenfalls, daß ich sie anders lese als ihr Urheber. Wir haben inzwischen reichlich Erfahrungen mit Versuchen zur Vergewaltigung der Wirklichkeit durch das Seinsollende gemacht. Für die Ursachen zu den großen Katastrophen der jüngeren und jüngsten Vergangenheit sind diese letzten Zeilen eine handliche Formel. Die Wirklichkeit aber hat sich gegen die Gewalt dieses Seinsollenden gewehrt und bisher zum Glück noch immer durchgesetzt. Unter den Ideologen hätte Palmström eine ebenso schlechte, hoffnungslose Figur gemacht wie im modernen Straßenverkehr. Morgenstern läßt ihn an anderer Stelle von einem kulturbewußten Fürsten in den Professorenrang erheben und ihm das »Kreuz für Kunst« umhängen. Das Kreuz gibt er zurück, den Titel behält er, »denn man versteht: als *Professor* gilt erst ein Prophet«. Palmström als Prophet? Sein Auto-Gedicht, so ganz Museumsstück, legt es nahe.

CHRISTIAN MORGENSTERN
DREI HASEN

Drei Hasen tanzen im Mondschein
im Wiesenwinkel am See:
Der eine ist ein Löwe,
der andre eine Möwe,
der dritte ist ein Reh.

Wer fragt, der ist gerichtet,
hier wird nicht kommentiert,
hier wird an sich gedichtet;
doch fühlst du dich verpflichtet,
erheb sie ins Geviert
und füge dazu den Purzel
aus einem Purzelbaum,
und zieh aus dem Ganzen die Wurzel
und träum den Extrakt als Traum.

Dann wirst du die Hasen sehen,
im Wiesenwinkel am See,
wie sie auf silbernen Zehen
im Mond sich wunderlich drehen
als Löwe, Möwe und Reh.

LUDWIG HARIG
ZAHL UND ZEICHEN

Mathematik und Magie, zwei unvereinbar scheinende Beschwörungskünste! Dort aber, wo die Zahl irreal und die Metapher logisch wird, überschreiten beide die Grenzen ihrer Wesenheit und verschränken sich mühelos ineinander: Die Mathematik wird zum poetischen, die Poesie zum mathematischen Spiel. Philosophen und Theologen, Naturwissenschaftler und Zauberkünstler haben sie in den abenteuerlichsten Konstellationen zusammentreffen lassen, doch ganz selten ist diese Vereinigung so unangestrengt gelungen wie in Christian Morgensterns Gedicht »Drei Hasen«.

Was tut der Dichter? Er zählt die drei tanzenden Hasen, die sich verwandelt haben, den einen, den andern, den dritten. Falls der Betrachter dieses Tänzchens es für notwendig hält, empfiehlt er, die drei ins Quadrat zu setzen und, aus der Summe die Wurzel ziehend, das Konzentrat daraus zu ermitteln. Die mathematische Operation, so exakt sie beschrieben scheint, oszilliert ins Wunderliche, ins Träumerische: Ins Geviert heißt es, nicht hoch vier; den Purzel aus einem Purzelbaum hinzufügen, heißt es, bevor zum Wurzelziehen aufgefordert wird. Das Zusammengefaßte wird nicht sachgemäß errechnet, sondern geträumt.

Spielen ist Experimentieren mit dem Zufall, schreibt Novalis, »wenn man den Leuten nur begreiflich machen könnte, daß es mit der Sprache wie mit den mathematischen Formeln sei; sie machen eine Welt für sich aus, sie spielen nur mit sich selbst, drücken nichts als ihre wunderbare Natur aus«. Und darum seien sie so ausdrucksvoll, fügt er hinzu, »darum spiegelt sich in ihnen das seltsame Verhältnisspiel der Dinge«. Spielend nämlich, im Mondschein tanzend, haben sich die drei Hasen in Löwe, Möwe und Reh verwandelt. So wie jedes Spiel Verwandlung bewirkt, wechseln sie im Tanz ihre Gestalt, ändern dabei aber ihr ursprüngliches Wesen nicht, sondern tummeln sich hasenmäßig in paradiesischer Friedfertigkeit auf der Wiese. So vorsichtig, ja feindselig sie sich im wirklichen Leben gegenüberstehen mögen, hier spielen Löwe, Möwe und Reh miteinander wie der Löwe mit dem Schaf im Garten Eden.

Christian Morgenstern, der bizarre Philosoph und Grammatiker unter den Dichtern der Jahrhundertwende, wirkt mit den Schnurren seiner Phantasiefiguren bis heute nach: Als Philosoph attackiert er Scholastikermumpitz, als Grammatiker dekliniert er den Werwolf. Er schaffe, schreibt der seelenverwandte Klabund in seiner Literaturgeschichte, eine »Lyrik eigenster Prägung, die besonders dem menschlichen und vermenschlichten Tier zu Leib und Seele rückt. Da erscheint ein Steinochs, der sich von menschlicher Gehirne Heu nährt.« In diese exzentrische Menagerie gehören auch Löwenhase, Möwenhase und Rehhase, die inzwischen vielleicht unter anderen Namen in Morgensterns Zirkus auftreten.

Der Schlüsselsatz des Gedichts, im Kern seine ihm innewohnende Poetik, lautet lapidar: *hier wird nicht kommentiert, / hier wird an sich gedichtet*. Das Gedicht an sich als ein eigenwertiges Gebilde, ein selbständiges Ding im Sinne Kants, repräsentiert Freiheit, bezeugt seine Unabhängigkeit von allem Ethischen und Nützlichen. Der Dichter nimmt sich sogar die Freiheit, mitten im Tanzvergnügen für einen Augenblick innezuhalten, um dem Zweifler zuzurufen: Wer nach Sinn und Moral fragt, wird mit Hohn und Spott bestraft. Wer mitspielen will, der muß wohl oder übel die Hürde zwischen Wahrnehmung und Vorstellung überspringen und sich ins Spiel hineinbegeben. Er wird sich in einer Welt wiederfinden, in der sich die Zahlen in Bilder, die Bilder in Zahlen verwandeln, ohne je eine feste, eine erklärbare Gestalt zu gewinnen. Man muß einfach mitspielen!

CHRISTIAN MORGENSTERN

Ein Lächeln irrt verflogen
durch einen lauten Saal,
bis es auf einem Bogen
von schillerndem Opal
sein kleines Leben endet,
den letzten Blick noch matt
zu der herabgewendet,
die es verloren hat.

FRIEDRICH TORBERG
BALLADE VOM VERLORENEN LÄCHELN

Dreierlei ist vorauszuschicken: Erstens, daß ich einer Generation entstamme, die mit Christian Morgenstern aufgewachsen ist; wer damals nicht mindestens ein Dutzend »Galgenlieder« auswendig wußte, galt als Analphabet und durfte im Kreis der literarisch Interessierten nicht mitreden. Zweitens, daß das hier zu interpretierende Gedicht *nicht* zu den »Galgenliedern« gehört, sondern zur sozusagen »ernsten« Lyrik Christian Morgensterns. Und drittens, daß er selbst sich diese Bezeichnung, ja schon die Unterscheidung als solche, vor allem aber jegliche Interpretation heftigst verbeten hätte. Es ist ein dubioses Beginnen, Christian Morgenstern zu interpretieren.
Trüge das eingangs wiedergegebene Gedicht einen Titel, es müßte »Ballade vom verlorenen Lächeln« heißen, und es wäre die kürzeste Ballade, die sich jemals so nennen durfte. Was sich in diesen knappen acht Zeilen – alexandrinisch gesetzt, wären es nur vier – an Handlung zusammenballt und an Spielraum eröffnet, ist enorm. Schon die beiden Anfangszeilen etablieren eine Situation von geradezu bestürzender Vielfalt, fangen sie optisch und akustisch ein, vermitteln ungefähr das, was die Filmtechnik eine »Totale« nennt, am ehesten die Totale eines Ballsaals, von oben gesehen, und außer den Menschen mag auch noch Musik dazu beitragen, daß es so laut zugeht. Man könnte sich vorstellen, daß die Kamera durch das Gewühl und Gewoge fährt und nah vor einem Gesicht stehenbleibt. Es

ist das Gesicht einer Frau. Ein Lächeln tritt auf ihre Lippen. Und im Augenblick, da sie es entläßt, setzt die Handlung ein.
Das Lächeln muß jemand Bestimmtem gegolten haben, einem, der darauf wartet, vielleicht seit Stunden, vielleicht seit Tagen oder noch länger. Jetzt hat es sich auf den Weg zu ihm gemacht – und kann ihn nicht finden. Weiß er nicht, daß es ihn sucht? Oder ist er des Wartens müde geworden und hat sich abgewandt? Gleichviel – es findet ihn nicht. Es verfliegt sich. Es irrt verflogen durch das Gewühl, das ihm nicht wohlgesinnt ist, in dessen lärmendem Durcheinander es untergehen wird. Schon schwinden ihm die Kräfte, schon muß es sich auf einen Bogen von schillerndem Opal retten (der Saal, kein Zweifel, ist zeitgerecht im Jugendstil gehalten). Noch einmal blickt es um sich, verzweifelt nach jenem suchend, dem es zugedacht war ... aber da fällt es schon der tödlichen Ermattung anheim, da ist ihm nur noch ein letzter Blick vergönnt, herab zu der, die es verloren hat, verloren und vertan, es ist vorbei, es ist zu Ende, beides ist zu Ende, das kleine Leben des Lächelns und das kleine Gedicht, in dem so unendlich vieles sich birgt.
Oder war es ein zielloses Lächeln von Anfang an? Mußte es daran zugrunde gehen, daß die, von der es ausging, ihm keinen Sinn mitgeben konnte für sein kleines Leben? War sie selbst eine Verlorene mitten im lauten Saal, war es ein wehmütiges Lächeln, mit dem sie Ausschau hielt nach einer Stille, die es nicht gibt? Und war es das, was ihr des Lächelns letzter, matter Blick bedeuten wollte?
Was immer es bedeutet, was immer sich aus ihm herausdeuten läßt – ich glaube mit der Deutung gerade dieses Gedichts durchaus im Sinne seines deutungsfeindlichen

Autors zu handeln: und zwar durch die Erkenntnis, daß es Fleisch vom Fleische und Geist vom Geiste der »Galgenlieder« ist, die ja kein schöneres Anliegen kennen als die Vermenschlichung von Begriffen, als Abstraktes sinnfällig zu machen und Gedachtes gegenständlich. Gegenstände als solche, wie sie in den »Galgenliedern« desgleichen leibhaftig auftreten, fallen nicht in diese Kategorie. Der Stiefel, der mit seinem Knecht von Knickebühl gen Entenbrecht wandert, geht einen anderen Weg. Aber der verliebte Seufzer in der Anfangszeile: »Ein Seufzer lief Schlittschuh auf nächtlichem Eis«, oder der raffgierige Schnupfen in einer artverwandten: »Ein Schnupfen saß auf der Terrasse«, und schließlich (nun schon ganz nah am vorliegenden Fall): »Ein Glockenton fliegt durch die Nacht« – sie alle sind echtblütige Geschwister des Lächelns, das verloren durch einen lauten Saal irrt und uns von hoch oben herab wissen läßt, daß groteske Lyrik ebensogut ernst sein kann wie ernste Lyrik grotesk. Wenn sie nur ebenso gut ist. Und bei Christian Morgenstern ist sie's.

CHRISTIAN MORGENSTERN
FISCHES NACHTGESANG

–
◡ ◡
– – –
◡ ◡ ◡ ◡
– – –
◡ ◡ ◡ ◡
– – –
◡ ◡ ◡ ◡
– – –
◡ ◡ ◡ ◡
– – –
◡ ◡
–

HANS MAGNUS ENZENSBERGER
KEINE SILBE ZUVIEL

Das Vollkommene zu kommentieren ist eine unfruchtbare Übung. Jeder unbefangene Leser wird diesem Satz zustimmen. Aber gibt es das: einen unbefangenen Leser? Goethes wohlgemeinter Ratschlag, das Unerforschliche ruhig zu verehren, ist bei Philologen und Kritikern stets auf taube Ohren gestoßen. Also meinetwegen! Her mit dem Großen und dem Kleinen Besteck. Wer sich, mit der Harthörigkeit des Experten, interpretierend über dieses Gedicht hermacht, dem wird man mildernde Umstände zubilligen müssen; ein scharfes Ohr nämlich gehört nicht unbedingt zu den Voraussetzungen für die Lektüre.

Also nur feste zugegriffen und hervorgeangelt, was der Ewige Vorrat hergibt; gelernt ist gelernt:

Die Sommernacht

∪ ∪ – ∪, ∪ ∪ – ∪, ∪ ∪ –,
∪ ∪ – ∪, ∪ ∪ –, ∪ ∪ – ∪,
∪ ∪ – ∪, ∪ ∪ – ∪,
∪ ∪ – ∪ ∪ –.

So steht es in meiner Ausgabe von Klopstocks Gedichten. Darunter freilich sind drei Strophen zu lesen, deren Silben aus den fünfundzwanzig Buchstaben des Alphabets bestehen. Bei dieser Übung sind auch die andern großen Poeten der Nacht geblieben: Hölty (Die Mainacht, 1774); Hölderlin (Die Nacht, 1785); Novalis (Hymnen an die Nacht, 1800: »Erinnrung schmilzt in kühler Schattenflut«); Goethe (Nachtgesang, 1805: »Bannst mich in diese Kühle«); Eichendorff (»Nacht ist wie ein stilles Meer«, 1810?); Brentano (Heil'ge Nacht, heil'ge Nacht, 1812); Lenau (Der nächtliche Gang, etwa 1832: »Und die Welle rauscht von dannen«). Und so weiter.

Der Pedanterie der sogenannten »Motivgeschichte« sind natürlich keinerlei Grenzen gesetzt. In der zweiten Hälfte des neunzehnten Jahrhunderts wird der poetische Umgang mit der Nacht immer skrupelloser; das Nachtlied wird sozusagen verramscht: »ein Verrauschen, ein Verschwinden«, um es noch einmal mit Lenaus Worten auszudrücken. Der einzige, der diesen Untergang der romantischen Tradition begriffen hat, war Christian Morgenstern.

Er hat zugleich eine neue begründet, die der Avantgarde. Keine Rede von Dada, von konkreter oder visueller Poesie: »Fisches Nachtgesang« ist 1905 erschienen, also zu einer Zeit, wo sich noch nicht einmal die schüchternsten Anzeichen des Expressionismus hervorgewagt hatten, und man wird konstatieren müssen, daß sein Text seitdem an formaler Radikalität von niemandem übertroffen worden ist. Was uns heute an den Produktionen der literarischen Avantgarde, von 1911 bis 1960, ein bißchen anödet, langweilt, auf die Nerven geht, ihr aufgeregtes Gestikulieren, dieses ambitionierte Auf-den-Putz-Hauen, dieses aufgeplusterte theoretische Gegacker – davon ist bei Morgenstern keine Spur zu finden.

Lakonischer als »Fisches Nachtgesang« kann ein Gedicht nicht sein; das Wort *einsilbig* wäre bereits eine Übertreibung. Diskret bis zur Lautlosigkeit wird hier die Subversion betrieben: wir haben es mit einem vernichtenden Schlag gegen das poetische Herkommen zu tun, aber dieser Schlag wird mit der Eleganz eines Klassikers geführt, in vollendeter Form und mit einer Sparsamkeit der Mittel, die nur Bewunderung erregen kann. Das Gedicht, soviel steht fest, hat keine Silbe zuviel und keine Silbe zu wenig. Es ist das außerdem einzige Gedicht, das ich auswendig rezitieren kann.

CHRISTIAN MORGENSTERN
MÖWENLIED

Die Möwen sehen alle aus
als ob sie Emma hießen.
Sie tragen einen weißen Flaus
und sind mit Schrot zu schießen.

Ich schieße keine Möwe tot
ich laß sie lieber leben –
und füttre sie mit Roggenbrot
und rötlichen Zibeben.

O Mensch, du wirst nie nebenbei
der Möwe Flug erreichen.
Wofern du Emma heißest, sei
zufrieden, ihr zu gleichen.

NIKOLAS BENCKISER
WENN MAN EMMA HEISST

Eine ungeheure Treffsicherheit, so kommt es uns vor, hat in der Wahl eines Vornamens Christian Morgenstern bewiesen, als er schrieb: »Die Möwen sehen alle aus, als ob sie Emma hießen.«

Aber wieso sehen sie eigentlich aus wie lauter Emmas? Und werden bei Morgenstern und den vielen Leuten, die diese beiden Verse bemühen, wirklich die gleichen Vorstellungen geweckt, wenn der Name fällt? Das Gedicht, den meisten wohl nur mit den Anfangszeilen geläufig, endet mit einer (sehr berechtigten) Lobpreisung der Schönheit des Möwenflugs – wie prophetisch, wenn wir den Möwenflug mit dem unserer schweren Jumbos vergleichen.

Zu den aviatorischen Leistungen der Möwen will der Name Emma kaum passen. Aber zu ihren Gesichtern? Wir können uns bei Vornamen, besonders denen weiblichen Geschlechts, meist ganz gut die zugehörigen Personen vorstellen. Da gehört nun »Emma« nach unserer Vorstellung, die durch die Eingangszeile des Möwengedichts durchaus bekräftigt wird, nicht gerade – um es mit Rücksicht auf die Trägerinnen des Namens vorsichtig zu sagen – zu den auf Anhieb Schönheit signalisierenden Namen.

Oder sah Morgenstern diese Vögel anders, sollte ihm doch vielleicht »Emma« als das Signum dieser elegantesten aller Flieger erschienen sein? Wohl kaum. »Wofern du Emma heißest, sei / zufrieden, ihr zu gleichen«, lesen wir zwar am Schluß des Gedichtchens. Aber hintergründig, wie Morgenstern nun einmal war, ist zu vermuten, daß er sich nicht schöne menschliche Emmas vorstellte, die in ihrer Eleganz vergleichbar wären mit diesen Vögeln, wenn sie, mit sparsamem Flügelschlag, auf den Wellen des Windes schaukeln.

Um so erstaunlicher ist eine kleine Entdeckung, die ich vor kurzem im Heimatmuseum des oberelsässischen Städtchens Thann machte. Es handelt sich um ein Dokument, das in der Zeit der nationalsozialistischen Herrschaft über das Elsaß angefertigt wurde. Zugrunde liegt ihm ein Erlaß, der den Übergang von den (in den Departements allein anerkannten) Vornamen französischer Prägung zu deutschen Rufnamen möglich machte und fördern wollte. Und da hat doch nun eine Mademoiselle Yvonne P. erklärt und die Bestätigung dafür auf amtlich abgestempeltem Papier mit nach Hause getragen, daß sie fortan »Emma« heißen werde.

Der Wunsch, einen Vornamen seiner Muttersprache zu tragen, in allen Ehren. Aber welch ein Entschluß, den schönen Namen Yvonne mit Emma zu tauschen! Oder könnte es, was die junge Dame aus Thann betrifft, nicht sein, daß sie, wenn sie auf deutsch sich unbedingt Emma nennen wollte, an ein berühmtes Vorbild aus der französischen Literatur gedacht hat: an jene Emma, die mit Nachnamen Bovary hieß?

CHRISTIAN MORGENSTERN
PALMSTRÖM AN EINE NACHTIGALL, DIE IHN NICHT SCHLAFEN LIESS

»Möchtest du dich nicht in einen Fisch verwandeln
und gesanglich dementsprechend handeln?
da es sonst unmöglich ist,
daß mir unternachts des Schlafes Labe
blüht, die ich nun doch notwendig habe!
Tu es, wenn du edel bist!

Deine Frau im Nest wird dich auch so bewundern,
wenn du gänzlich in der Art der Flundern
auftrittst und im Wipfel wohlig ruhst
oder, eine fliegende Makrele,
sie umflatterst, holde Philomele
(– die du mir gewiß die Liebe tust!).«

ECKART KLESSMANN
FRANZISKANISCHES HERZ FÜR EINE FLIEGENDE MAKRELE

Dem Dichter-Journalisten Matthias Claudius war ihr Gesang immerhin eine Meldung im »Wandsbecker Bothen« wert: »Gestern hat hier die Nachtigall zum erstenmal wieder geschlagen.« Für Heinrich Heine sang sie »von lauter Liebe« selig genug: »Ich hör es sogar im Traum.« Ebendas verdroß den empfindlichen Hugo Wolf, der in einem Brief klagte, das »Gebrüll dieser rasenden Bestien« mache ihn fast wahnsinnig.
Palmström, wir wissen es, ist ein zartgebildeter Mensch; er hat ein franziskanisches Herz für Tiere. Wir erinnern uns: Er fängt mittels Geigenspiel eine Maus und schenkt ihr dann im Wald die Freiheit; er gründet eine Mäntelfabrik für frierende Spatzen; er läßt sich Tierkostüme schneidern, in denen er heute als Rabe, morgen als Karpfen die Welt erfährt.
Man muß sich diese feinen biographischen Details ins Gedächtnis rufen, um so recht nachempfinden zu können, was diesem sensiblen Manne widerfährt: Eine Nachtigall läßt ihn nicht schlafen, weil nun mal dieser Vogel (*Erithacus luscinia L.*) die Angewohnheit hat zu singen, wenn rechtschaffene Vögel den Schnabel halten; und den Gesang der Nachtigall nennt man »schlagen«.
Wie wahr! Wer es nicht selber erlebt hat, darf gar nicht mitreden: Das Stimmvolumen dieses Kehlchens, wenn es sich so aus tiefster Brust vorm Schlafzimmerfenster entfal-

tet, das natürlich im Sommer geöffnet ist, wirkt derart, daß man es in der Tat »sogar im Traum« hört. Wie Heine so etwas schön finden konnte, ist mir ein Rätsel.
Was tut in dieser verzweifelten Situation Palmström? Er wird ja nicht fluchen wie Hugo Wolf, noch weniger kann er mit Theodor Däubler wünschen: »Millionen Nachtigallen schlagen!« – wo doch schon eine einzige zuviel ist.
Palmström vertraut dem Wort, das er in seiner liebenswert-naiven Unerschrockenheit dem Naturgesang entgegenhält. Gewohnt, heute als Rabe und morgen als Karpfen zu agieren, darf er aus eigener Erfahrung die Verwandlung in einen Fisch vorschlagen. Im Bemühen, die sensible Nachtigall nicht zu kränken, befleißigt er sich vorsichtig einer Amtssprache, der Vogel möge »gesanglich dementsprechend handeln«. Und natürlich ruft er nicht »Laß mich endlich schlafen!«, sondern verweist – halb Poet, halb Bürokrat – auf »des Schlafes Labe« (» ... der Labung wegen«, formuliert es Mynheer Peeperkorn), die der Bittsteller »doch notwendig habe«.
Palmströms verzweifelte Tierliebe sucht Zuflucht in der Metamorphose (schließlich war ja auch Philomele einmal eine Königstochter): Als Flunder soll die – nun stumme – Nachtigall »im Wipfel wohlig« ruhen, ja als »fliegende Makrele« die Gattin umflattern. Tat es der Dichter »um des Reimes willen«, wie er es dem Wiesel auf einem Kiesel inmitten Bachgeriesel unterstellte? Mitnichten: Palmström begeht durch den Reim eine kleine Unartigkeit, zu der wir neigen, wenn man uns nicht schlafen läßt. Der Reim degradiert die vornehme Nachtigall zu einem besonders ordinären Fisch, macht die mythologisch über-

höhte Philomele zur plebejischen Makrele, was einem »reimlichen« (um mich Palmströms Nomenklatur zu bedienen) Nasenstüber gleichkommt.
Bestimmt hat die Nachtigall dem schlaflosen Palmström »die Liebe« getan. Sie wird den Vorfall mit der Gattin besprochen haben, zweifellos leicht beleidigt, aber die Bitte im Ohr: »Tu es, wenn du edel bist!« Und edel kann sich nur eine (fliegende) Makrele benehmen, die sich ihr Nachtigallenherz bewahrt hat. Das zeichnet sie vor Millionen aus, und darum landet sie nicht in der Bratpfanne, sondern fröhlich flatternd in der deutschen Lyrik.

CHRISTIAN MORGENSTERN
ZÄZILIE (II)

Zäzilie soll die Fenster putzen,
sich selbst zum Gram, jedoch dem Haus zum Nutzen.

›Durch meine Fenster muß man‹, spricht die Frau,
›so durchsehn können, daß man nicht genau
erkennen kann, ob dieser Fenster Glas
Glas oder bloße Luft ist. Merk dir das.‹

Zäzilie ringt mit allen Menschen-Waffen ...
Doch Ähnlichkeit mit Luft ist nicht zu schaffen.
Zuletzt ermannt sie sich mit einem Schrei –
und schlägt die Fenster allesamt entzwei!
Dann säubert sie die Rahmen von den Resten,
und ohne Zweifel ist es so am besten.
Sogar die Dame spricht zunächst verdutzt:
›So hat Zäzilie ja noch nie geputzt.‹

Doch alsobald ersieht man, was geschehn,
und sagt einstimmig: ›Diese Magd muß gehn.‹

WERNER ROSS
MEHR ALS GLAS ENTZWEIEN

Als Morgenstern in den »Galgenliedern« (1905) seine beiden Gedichte über die Magd Zäzilie veröffentlichte, waren Dienstmädchen längst literaturfähig geworden – meist, so bei den Goncourts, bei Flaubert und in Hauptmanns »Rose Bernd«, als tragische Fälle. In den »Fliegenden Blättern« kam die Minna mit ihrer Dame als komische Figur vor, derben Widerpart haltend zu deren lächerlichen Ansprüchen.

Aber erst Morgenstern hat die Zäzilien in ihrem Berufsethos, im tragikomischen Ringen um den häuslichen Heilsbegriff der Ordnung, entdeckt und gewürdigt. Vordergründig gesehen stellt sich »Zäzilie II« als eine Art Klassenkampfdrama oder Emanzipationsformel dar.

Die Dame verlangt, wie Damen ihren Mägden gegenüber leicht tun, das Unmögliche. Fensterscheibenputzen gehört an sich schon, selbst wenn man von den besonderen Gefahren des Putzens in oberen Stockwerken absieht, zu den hohen Künsten. Jeder Sonnenstrahl enthüllt selbst bei peinlichster Wahrnehmung des Reinigungsinstrumentariums Streifen und Stäubchen, und die Forderung, das Glas soll wie Luft aussehen, ist eine geradezu neronische Schikane.

Man könnte also davon sprechen, daß Zäzilie angesichts solcher Tyrannei den Aufstand wagt: sie »ermannt sich« mit einem Schrei, und sie tut, was heute junge Leute so gern aus minderem Anlaß, aber tieferen Ursachen tun: sie schlägt die Scheiben allesamt entzwei. Ein gewisses Vergnügen rührt uns alle angesichts dieser Jeanne d'Arc der Wintergärten an. Aber wir interpretieren falsch, wenn wir sie glühend vor heiligem Zorn der Herrin entgegenstellen. Die ist gar nicht da, und Zäzilie verrichtet ihr klirrendes Werk – wenn man so sagen darf – in aller Stille.

Dem heiter-ernsten Morgenstern ging es, wie in vielen anderen seiner Verse, um das Mögliche und Unmögliche in der Kunst. Die Putzkunst ist das Gleichnis aller hohen Künste. Die Vollkommenheit der Scheibenputzkunst wird durch perfekte Durchsichtigkeit erreicht. Die Auftraggeberin erwartet diese Perfektion, nämlich eine Durchsichtigkeit, die nicht einmal mehr das Material wahrnehmen läßt, durch das hindurchgesehen wird, sozusagen ein Ölgemälde ohne Öl. Zäzilie durchhaut den gordischen Knoten, die von ihr erzielte Durchsichtigkeit ist die schlechthinnige. Nur an dieser Stelle mischt sich der Berichter ein: Mit großer Unbefangenheit stellt er fest, daß es so »am besten« sei. Der profane Zweck interessiert ihn nicht. Wie es in Morgensterns Stuhl-Gedicht heißt: »Überläßt den Zweck des Möbels ohne Neid der Gier des Pöbels.«

Daß auch die Dame zunächst nicht umhin kann, widerwilligen Respekt vor Zäziliens Kunstleistung zu bezeugen, rundet die Episode fürs erste ab. So schließt auch »Zäzilie I« mit einem Hoch auf die Künstlerin, die beim Aufräumen Bücher »wie Taschentücher« aufeinanderlegt: »Ein Scheuerweib ist nicht an ihr verloren. / Dafür ist Symmetrie in ihrem Werke.« Aus dem Pathos der Berufung zu Höherem, angewandt auf Trivialbelange wie Fensterputzen und Schreibtischaufräumen, ziehen Morgensterns Gedichte ihre Komik.

Nach einer Staun-Pause freilich sieht man, was Zäzilie angerichtet hat. Nur zwei Verse bilden den düsteren Abgesang, besiegeln die Tragik des Unverständnisses zwischen Künstlerin und Publikum. Zäzilie »muß gehn«, zwei Silben reichen aus. Heute ringen Hausfrauen um die letzten verbliebenen Zäzilien. Oder ist Zäzilie schon ein Fabeltier geworden wie der Gingganz und das Nasobem?

HUGO VON HOFMANNSTHAL
DER JÜNGLING IN DER LANDSCHAFT

Die Gärtner legten ihre Beete frei,
Und viele Bettler waren überall
Mit schwarzverbundnen Augen und mit Krücken –
Doch auch mit Harfen und den neuen Blumen,
Dem starken Duft der schwachen Frühlingsblumen.

Die nackten Bäume ließen alles frei:
Man sah den Fluß hinab und sah den Markt,
Und viele Kinder spielen längs den Teichen.
Durch diese Landschaft ging er langsam hin
Und fühlte ihre Macht und wußte – daß
Auf ihn die Weltgeschicke sich bezogen.

Auf jene fremden Kinder ging er zu
Und war bereit, an unbekannter Schwelle
Ein neues Leben dienend hinzubringen.
Ihm fiel nicht ein, den Reichtum seiner Seele,
Die frühern Wege und Erinnerung
Verschlungner Finger und getauschter Seelen
Für mehr als nichtigen Besitz zu achten.

Der Duft der Blumen redete ihm nur
Von fremder Schönheit – und die neue Luft
Nahm er stillatmend ein, doch ohne Sehnsucht:
Nur daß er dienen durfte, freute ihn.

RICHARD ALEWYN
REICHTUM SEINER SEELE

Es fängt sehr einfach an, das Gedicht des zweiundzwanzigjährigen Hofmannsthal (1896), lässig hergesagte Sätze, fast ausnahmslos parataktisch aneinandergereiht, fünf Mal nur mit »und« verbunden. Zuerst eine Landschaft, markiert durch Lokalitäten: Fluß, Markt, Teiche – und durch Menschen: Gärtner, Bettler, Kinder, alle nur mit sich selbst beschäftigt, ohne voneinander Notiz zu nehmen, eine Landschaft ohne Horizont und ohne Mitte. Man fühlt sich erinnert an die Landschaften des älteren Brueghel, die im Wiener Museum so reichlich vertreten sind. Daß es Frühling ist, erkennt man an der Arbeit der Gärtner und an den Frühlingsblumen der Bettler.
Aber Blinde und Lahme als dekorative Staffage, ist das nicht zum mindesten preziös, wo nicht überhaupt peinlich? Ich denke an eine private Außerung von Günther Anders, bei Hofmannsthal wirkten noch die Bettler wie verkleidete Prinzen. Aber vielleicht hätte Hofmannsthal dieses Urteil akzeptiert, wenn man ihm auch die Umkehrung zugestanden hätte, selbst seine Prinzen seien nichts als verkleidete Bettler, so fünfundzwanzig Jahre später der »Bettlerkönig« Sigismund, der ein verstoßener Königssohn ist, und so auch der »Jüngling« dieses Gedichts.
Wie auch immer, was diese »Landschaft« ausmacht, ist gewiß eine schlichte Anmut, aber auch die Beliebigkeit und die Beziehungslosigkeit ihrer Komponenten, bis der

»Jüngling« sie betritt. Spürt man den Ruck, der sich vollzieht, wenn auf einmal so beiläufig gesagt wird: »Durch diese Landschaft ging er langsam hin?« »Er«? Gewiß der in der Überschrift angekündigte »Jüngling«. »Durch ... hin«? Das muß mehr als ein Spaziergang sein. Er ist nicht zu Haus in dieser Landschaft, wie die Gärtner, die Bettler, die Kinder. Er kommt von außerhalb, und das »langsam« bezeugt mehr als ein müßiges Schlendern, sondern eine zielbewußte Sicherheit, die später durch das »auf ... zu« bestätigt wird. Und dadurch erhält die bis dahin nur weite, aber unkonzentrierte Landschaft auf einmal, was ihr fehlte: eine Mitte.

Und schon in der nächsten Zeile (es ist die Mitte des Gedichts, die elfte von zweiundzwanzig Zeilen) verlagert sich der Blickpunkt von der Landschaft auf den Jüngling, von der Außenwelt auf ein Bewußtsein: Er »fühlte«, »wußte«. Und in diesem Bewußtsein erhält die bis dahin unerhebliche Landschaft unversehens eine »Macht«. Steht sie für die Welt überhaupt? Denn diese »Macht« wächst für einen kurzen Augenblick an zu kosmischen Dimensionen:

»... und wußte – daß auf ihn die Weltgeschicke sich bezogen«. »Weltgeschicke«, ein großes, ein ungeheuerliches Wort. Ist das nicht mehr, als diese leichtgezimmerte Landschaft zu tragen vermag? Aber wir wissen aus dem Chandos-Brief, daß nichts so gewöhnlich ist, daß es nicht alles zu besagen vermöchte. Die Frage ist nur, ob man es sagen kann und – darf.

In seiner Jugend hat Hofmannsthal sich zu dem mystischen Erlebnis, »die Mitte aller Dinge«, »allem nah, allem fern« zu sein, gern bekannt. Er hat es später als den Zustand der »Präexistenz« bezeichnet. Aber er hat es auch schon früh nicht als einen eindeutigen Segen empfunden und statt dessen den »Weg ins Leben« verlangt. In ein »neues Leben« geht dieser »Jüngling«, und wenn er es tut im Wissen, damit die »Weltgeschicke« zu vollstrecken, dann muß man diesen Weg als einen exemplarischen verstehen.

Aber was sind Anfang und Ende dieses Wegs? Mit der Verlagerung des Blickpunkts in das Innere erschließt sich gleichzeitig die Dimension der Zeit und damit eine Lebensgeschichte. Die Vergangenheit – »verschlungne Finger und vertauschte Seelen« –, das ist eine summarische und beinahe wegwerfende Chiffre für Liebesglück und nicht unverdientes (»Reichtum seiner Seele«). Das ist ihm »nichtiger Besitz« geworden. Er ist ausgewandert aus dem, was Hofmannsthal in diesen Jahren gerne als das »schöne Leben« bezeichnete. Und auch in dieser Landschaft sind ihm die vorher noch als »schön« gerühmten Frühlingsblumen »fremd« geworden, ebenso wie er ihre Luft gebraucht; »doch ohne Sehnsucht«.

Und die Zukunft? Der Weg des »Jünglings« hat ein Ziel und einen Zweck. Das Ziel ist beliebig: »jene fremden Kinder«, eine »unbekannte Schwelle«, an der also auch er in ein Inkognito eintauchen kann. Der Zweck dagegen steht außer Zweifel: »dienen«. Zweimal wird er genannt, als Inhalt eines »neuen Lebens« und als ein neues Glück: »Nur daß er dienen durfte, freute ihn.« Es hört sehr einfach auf.

Dieses Gedicht steht nicht allein in Hofmannsthals Frühwerk. In vielen seiner Gedichte und manchen seiner Dramen und Erzählungen geht es um das gleiche Thema: ein junger Mensch an der Schwelle des Lebens – der eine verstört, der andere entschlossen, der eine versagend, der andere sich bewährend. Es sind gewiß »schöne« Gedichte, man kann sie auch moralische nennen.

HUGO VON HOFMANNSTHAL
DER SCHIFFSKOCH, EIN GEFANGENER, SINGT:

Weh, geschieden von den Meinigen,
Lieg ich hier seit vielen Wochen,
Ach und denen, die mich peinigen,
Muß ich Mahl- um Mahlzeit kochen.

Schöne purpurflossige Fische,
Die sie mir lebendig brachten,
Schauen aus gebrochenen Augen,
Sanfte Tiere muß ich schlachten.

Stille Tiere muß ich schlachten,
Schöne Früchte muß ich schälen
Und für sie, die mich verachten,
Feurige Gewürze wählen.

Und wie ich gebeugt beim Licht in
Süß- und scharfen Düften wühle,
Steigen auf ins Herz der Freiheit
Ungeheuere Gefühle!

Weh, geschieden von den Meinigen,
Lieg ich hier seit wie viel Wochen!
Ach und denen, die mich peinigen,
Muß ich Mahl- um Mahlzeit kochen!

RUTH KLÜGER
DEKADENTE CUISINE

Eine merkwürdige, nicht ganz greifbare Schauerlichkeit durchzieht dieses Rollengedicht. Ein gequälter Mensch beschreibt darin sein versklavtes Dasein in traditionellen Versen, die wie gemalte Kulissen wirken. An der Oberfläche beschränkt sich das Ganze aufs Kulinarische, aber es atmet daraus eine unlautere Komponente, als ob der Reiz der Gewalt, also eine Prise Sadismus, dezenterweise in die Küchensphäre verlagert worden sei.

Der Koch ist anscheinend mehr als dienendes Faktotum. Er wird verachtet und ist gewissen, nicht benannten Erniedrigungen ausgesetzt. Die Leser erfahren nicht, wer die »Peiniger« des Gefangenen, noch wer die »Seinigen« sind, nach denen er sich sehnt, oder wie er in seine jetzige Lage gekommen ist. Andererseits entstammt das Gedicht keinem größeren Zusammenhang, etwa einem uns bekannten Dramenentwurf. Worauf es ankommt, ist der Augenblick, allerdings einer, dem kein Ende beschieden zu sein scheint. Die Eßlust steht der Wollust nahe, nicht der des Sprechers, aber der seiner vom Gedicht abwesenden Herren, für die er in endloser Folge »Mahl- um Mahlzeit« herstellt.

Die metrische Regelmäßigkeit befriedigt unsere musikalischen Anforderungen an traditionelle Lyrik. Die Bilder – Früchte, Fische, Gewürze – rufen ein klassisches Stilleben vor unsere Augen. Die Adjektive für die heraufbeschworenen Objekte sind konventionell positiv: *still*, *sanft*, *feurig* und das wiederholte *schön*. Ein Opfer spricht uns mit zweimaligem »Weh« und »Ach« an, doch diese Leidensrufe sind ebenfalls so konventionell (und vielleicht sogar ein Echo von Goethes Heideröslein), daß sie uns einigermaßen ungerührt lassen. Der mißbrauchte Mensch ist nur ein farbiger Bestandteil des Bildes. Doch der Tod hängt über diesem Bild in den gebrochenen Augen der Kreatur, die der Sprecher der Verse in unfreiwilliger Fron schlachten muß. Das Wort »schlachten« dient zweimal als Reimwort, so daß wir über den purpurnen Fischflossen nicht vergessen, daß hier mit dem blutigen Messer hantiert wurde.

Jede Aussage über eine Gefangenschaft handelt gleichzeitig von ihrem Gegenteil. Dem Hinweis auf den Tod folgt der auf die ungeheueren Gefühle der Freiheit, die ins Herz steigen, während der Koch in Düften wühlt: ein Adjektiv und ein Verb, die nun doch unerwartet sind und uns vor die Frage stellen, was hier eigentlich vorgeht. Doch das ist ein Geheimnis, das der Dichter nicht oder nur verschlüsselt preisgibt.

Das Schiff als Bild für die unfair verteilten Schicksale der Menschen hatte Hofmannsthal in einem seiner gelungensten Gedichte schon verwendet:

Manche freilich müssen drunten sterben,
Wo die schweren Ruder der Schiffe streifen,
Andre wohnen bei dem Steuer droben,
Kennen Vogelflug und die Länder der Sterne.

Im »Schiffskoch« läßt er einen vom unteren Deck, einen der zur Arbeit Verdammten sprechen, der freilich erst seit kurzem unter die Dienenden geraten ist. Früher war er selbst unter den Genießern: »Muß mit den befleckten

Händen / Einst genoßne Früchte schälen« heißt es in einer früheren Fassung der Verse 9/10. Auch in »Manche freilich« sind die »Leichten« an die »Schweren« gebunden: Der Schiffskoch ist dementsprechend wie besessen von seinen Quälern.

Das Gedicht entstand 1901 und erschien 1904 als Hofmannsthals letzter Beitrag zu Stefan Georges »Blättern für die Kunst«. Hofmannsthal hat hier eine Stimmung der Jahrhundertwende, die sich ihre minder salonfähigen Genüsse noch ganz gern verbrämte und parfümierte, eingefangen. Die Leistung besteht in der schmalen Gratwanderung zwischen Ästhetik und Erotik, der geschlossenen Form einerseits, dem ins Offene zielenden Inhalt andererseits, mit seinen Andeutungen der Sünde als Schönheit, des Bösen als Lust und der Synästhesie aller Sinnlichkeit.

HUGO VON HOFMANNSTHAL
DIE BEIDEN

Sie trug den Becher in der Hand
– Ihr Kinn und Mund glich seinem Rand –,
So leicht und sicher war ihr Gang,
Kein Tropfen aus dem Becher sprang.

So leicht und fest war seine Hand:
Er ritt auf einem jungen Pferde,
Und mit nachlässiger Gebärde
Erzwang er, daß es zitternd stand.

Jedoch, wenn er aus ihrer Hand
Den leichten Becher nehmen sollte,
So ward es beiden allzu schwer.
Denn beide bebten sie so sehr,
Daß keine Hand die andre fand
Und dunkler Wein am Boden rollte.

NIKOLAS BENCKISER
DUNKLER WEIN

Soll man es Lyrik nennen, oder ist es eine Ballade? Das Gedicht läßt eine Szene vor dem Auge auftauchen: auf einem Burghof vielleicht; der junge Reiter blickt von dem nervös tänzelnden Rappen herab, gewiß mit einem Lederwams angetan, geschlitzte Ärmel, den Federhut keck auf dem Kopfe; sie tritt hinzu im Mieder, gefältelten Rock, ein Band vielleicht im Haar, Kostüme und Dekor in gedämpften Farben und im Stile »deutsche Renaissance«. Zwar könnte man es sich zur Not auch im modernen Kostüm vorstellen; indes, man ist ja im ausgehenden neunzehnten Jahrhundert (1896 soll das Gedicht entstanden sein).
Ja, wäre das, in Öl übertragen, nicht ein Genrebild à la Makart, geplant und ausgeführt, um gefühlsselige Menschen zu entzücken, die nicht müde werden, in den »von Meisterhand gemalten« Zügen der beiden jungen Menschen das Aufblitzen der Liebe zu entdecken? So könnte das Gedicht kulturkritisch transponieren, wer gegenüber dem Zauber, den es ausübt, argwöhnisch sein wollte: Ist das, was der österreichische Adlige da geschrieben und in dem schmalen Bande der »Gedichte und kleinen Dramen« millionenfach unter die Leute gebracht hat, echt und natürlich genug?
Aber warum solche Flucht? Die Faszination, die wenigstens für mich von ernster und unbefangener Begegnung mit diesen Versen ausging, kommt nicht aus Butzenscheiben. Denn was auch Historisch-Zeitgemäßes an der Szene

sein mag, die Art, wie sie auf dem knappen Raum von vierzehn Verszeilen festgehalten und in ihrem tieferen Sinn dem Leser, Hörer, Zuschauer vorgestellt wird, ist bezwingend.

Mit den denkbar einfachsten Mitteln werden wir zu Zeugen des kleinen Vorfalls gemacht. Er wird nicht eigentlich erzählt. Ein Vers gilt dem Mädchen, und eine Zeile – die zweite – genügt, um uns das klassisch-klare Gesicht der jungen Person, die so leicht und sicher einherschreitet, vorzustellen. Ein Vers gilt *ihm*, der zweite, und die »nachlässige Gebärde«, mit der er den Zügel anzieht, sagt mehr zur Charakterisierung aus, als irgendwelche Eigenschaftswörter es vermöchten.

Und nun kommt, in sechs Zeilen, das kleine Drama. Noch einmal, zum dritten Mal, beginnt der Vers mit dem Reimwort »Hand«, aber diesmal braucht es länger als in den beiden vorangegangenen Versen bis zur abrundenden Entsprechung: Sie kommt (mit »fand«) erst nach drei Zeilen statt nach zweien im zweiten und ohne Zwischenzeile im ersten Vers. So entsteht ein Spannungsbogen, und am Ende schließt sich in der vorletzten Zeile des sechszeiligen dritten Verses der Kreis. Aber nur, um den Hintergrund zu bilden für den tönenden Ausklang, mit dem der anekdotischen Begebenheit nun tiefere, ahnungsvolle Bedeutung gegeben wird: »Und dunkler Wein am Boden rollte.« Die dunklen Vokale, am Schluß das zweimalige O, und das ungewöhnliche Bild vom Weine, der am Boden »rollt«, bewirken das.

Bedeutungsvoll, schicksalsträchtig, fast erschreckend ist das kleine Geschehen geworden. Das ist nicht einfach Artistik. Es ist dichterische Eingebung, die die Worte zusammenfügt, die Verse aufeinanderfolgen läßt. Der sie Lesende, Hörende oder Vortragende sucht die geheimnisvollen Gründe ihrer Wirkung, ihres Zaubers zu analysieren. Er wird den Zauber damit nicht zerstören.

HUGO VON HOFMANNSTHAL
GLÜCKLICHES HAUS

Auf einem offenen Altane sang
Ein Greise orgelspielend gegen Himmel,
Indes auf einer Tenne, ihm zu Füßen,
Der schlanke mit dem bärtigen Enkel focht,
Daß durch den reinen Schaft des Oleanders
Ein Zittern aufwärtslief; allein ein Vogel
Still in der Krone blütevollem Schein
Floh nicht und äugte klugen Blicks herab.
Auf dem behauenen Rand des Brunnens aber
Die junge Frau gab ihrem Kind die Brust.

Allein der Wanderer, dem die Straße sich
Entlang der Tenne ums Gemäuer bog,
Warf hinter sich den einen Blick des Fremden
Und trug in sich – gleich jener Abendwolke
Entschwebend, über stillem Fluß und Wald –
Das wundervolle Bild des Friedens fort.

ULRICH WEINZIERL

WANDERERPHANTASIEN

Kein Zweifel, eine ländliche Idylle, ein poetisches Stimmungsgemälde. Der sechsundzwanzigjährige Hugo von Hofmannsthal brachte es im Frühling 1900 während eines längeren Aufenthalts in Paris zu Papier. Hatte das Gedicht im ersten Entwurf noch »Das Thal« geheißen, so wurde in der Fassung vom 12. April »Das Thal und der Wanderer« daraus und schließlich »Glückliches Haus«: Aus dem beschreibenden entwickelte sich ein resümierender Titel. Unter ihm ist eine Szenerie familiärer Eintracht entworfen. Da erfüllt jeder seine Rolle: Ein alter Mann übt sich in weltfrommem Gesang, die Enkel erproben im spielerischen Kampf ihre Kraft, die Mutter säugt das Kind. Alles hier hat, dazu im Abendlicht, seine naturgemäße, beinahe klischeehafte Ordnung. Man könnte auch sagen: Dies Genrebildnis ist bezaubernd schön – zu schön, um wahr zu sein. Solches freilich stört jenen nicht, der einen Blick auf das Glück erhascht zu haben meint. Der Einsame, und das Schicksal des Ausgeschlossenseins charakterisiert die Figur des Wanderers spätestens seit Schuberts Tagen, bemerkt im Vorübergehen, woran es ihm mangelt: am Gemeinsamen, an der Geborgenheit im Miteinander der Generationen. Er sieht, was er sich wünscht: eine Projektion.

Wer die Kritische Ausgabe oder die Handschriften im Freien Deutschen Hochstift befragt, dem zeigt sich eine auffällige Verschiebung. War ursprünglich vom orgelspielenden Vater und den fechtenden Söhnen die Rede, so finden sich in der endgültigen Version der Großvater und seine Enkel. Damit das Metrum stimmt, wird sogar das altertümliche Wort »ein Greise« ausgegraben. Dahinter dürfen wir biographische Ursachen vermuten. Hofmannsthal hatte inständig gehofft, sein Vater werde ihn in Paris besuchen. »Es wird die reinste Hochzeitsreise sein«, kündigte er den Eltern in seiner Vorfreude an. Kurz vor dem geplanten Termin indes fiel der Herr Papa in seinem Bankbüro, wie die Wiener Presse berichtete, in Ohnmacht. Diagnose: Herzschwäche und berufliche Überlastung. Die Fahrt wurde abgesagt, groß waren Sorge und Enttäuschung des getreuen Filius. Den Vater, der nicht nach Paris kam, entfernte er auch aus dem Gedicht.

Aber beim schöpferischen Prozeß ist noch etwas anderes verschwunden. In diesen Versen treten zwei Beobachter auf. Beide werden durch fast identische Wendungen eingeführt und herausgehoben: »allein ein Vogel« und »Allein der Wanderer«. Trotzdem scheint irgend etwas zu fehlen. Denn daß der Vogel »klugen Blicks« herabäugt, wirkt – für sich genommen – kaum sonderlich mitteilenswert. Und in der Tat war auch die stillende Mutter als Schauende porträtiert worden. In einer gestrichenen Passage hatte sie dem Kind die Brust gegeben »und einen friedevollen Blick dem Thal: / die Häuser rings im buschigen Gesenke / die Brunnen die Fruchtbäume und die Tennen / sah sie mit dem wunschlosen Aug des Glücks – / das sieht und doch nicht sieht was vor ihm liegt«.

Aus dem Gegensatz zwischen dem »wunschlosen Aug des Glücks« und dem »einen Blick des Fremden« offenbart sich dessen ganzer Schmerz. Weil aber Poesie nicht zuletzt vom Andeuten und Aussparen, also vom Unausgesprochenen lebt, konnte Hofmannsthal auf die Verständnishilfe des Ausdrücklichen getrost verzichten. Ein fernes Echo des Eichendorff-Tons – »über stillem Fluß und Wald« – genügt zur Evokation einer Sehnsucht, die damals auch seine Sehnsucht gewesen ist. Am Anfang des zwanzigsten Jahrhunderts kehrte der Fin-de-siècle-Flaneur der symbolistischen Epoche noch einmal zu den Wandererphantasien der Romantik zurück. »Glückliches Haus« war ein Abschied von der eigenen Jugend: Der lyrische Wunderknabe begann zu verstummen. Im Jahre 1901 sollte der Dichter Hugo von Hofmannsthal eine Familie gründen und sein als Glück bringend erträumtes Heim in Rodaun beziehen.

HUGO VON HOFMANNSTHAL
INSCHRIFT

Entzieh dich nicht dem einzigen Geschäfte!
Vor dem dich schaudert, dieses ist das deine:
Nicht anders sagt das Leben, was es meine,
Und schnell verwirft das Chaos deine Kräfte.

KURT KLINGER
URWORTE

Wahrscheinlich muß man zwanzigjährig sein und ein Begünstigter in Schicksalsminuten, um den Mut zu haben, wie im Erkenntnisfieber solche Sätze hinzuschreiben. Ich glaube, daß es Gedichte gibt, vor denen sich die Dichter, denen sie zugefallen sind, später fürchten; Hofmannsthals Verhalten jedenfalls ist sonderbar genug. Niemand, der das Wort ernst nimmt, setzt den Titel »Inschrift« über seine Verse, wenn er nicht überzeugt ist, daß sie eine Botschaft enthalten, die in Marmor gemeißelt gehört: eine unumstößliche Formel. Doch Hofmannsthal versuchte, sie umzustoßen. Nach dem Erstdruck 1896 hielt er das Gedicht beiseite und, was ihn zu dieser Zeit selten überkommt, er »dokterte« an ihm herum. Es ist der letzte Vers, der ihn beunruhigt, dem er gern eine abgeschwächte, didaktisch umgänglichere Bedeutung unterstellen möchte: »Und schnell vergeuden sich die wahren Kräfte.«

Obwohl sich das kurze Gedicht nicht zur Fülle der Stanze aufschwingt, ruft es Goethes »Urworte. Orphisch« herauf, jene Strophe, die ›ΔΑΙΜΩΝ, Dämon‹ überschrieben ist, denn auch hier scheint nicht das Individuum zu sprechen, sondern eine Macht, die das Ich überwältigt, sich seiner bedient, es zur Sprache zwingt. Was die solcherart daemonisch durchsprochene Stimme des Dichters zu verkünden hat, ist freilich der ernsten Ermutigung des siebzigjährigen Goethe völlig entgegengesetzt. Goethe pries sein »So mußt du sein, dir kannst du nicht entfliehen«, denn das »Gesetz, wonach du angetreten« (du: der Mensch Goethe, jeder Mensch) ist ein Gesetz der Entfaltung, des Er-wachsens einer äußersten Möglichkeit, die »an dem Tag, der dich der Welt verliehen« mitgeboren wurde und uns, auch gegen unseren Willen, führt und steigert. Die »geprägte Form«, die von keiner Zeit und keiner Macht mehr zerstückelt werden kann, ist eine vorausgesetzte, eine im planenden Ganzen der Natur vorausgeprägte Form, die langsam hervortritt, »lebend sich entwickelt« – mit jedem Atemzug, mit jeder Lebensregung bis zur Verwandlung in den Tod, der für den Hoffenden keiner ist.

Als Zuspruch geben sich auch die Zeilen Hofmannsthals. Der dunkle, nachtschwarze Sinn lüftet die gutgesonnene Maske nicht gleich. »Entzieh dich nicht«, wenn du vor der Last, die vor dir liegt, vor deiner Aufgabe zurückschrickst; in ihr findest du ja doch, was das Leben mit dir vorhat – und dadurch dich selbst. Entzieh dich nicht, denn es könnte zu spät werden, du könntest deine »wahren Kräfte« für Unwesentliches verbrauchen. So gelesen entspräche die Botschaft der Variante als Mahnung zu substantiellem Dasein. Hofmannsthal pflegte sich periodisch mit solchen eher hinderlichen Vorhaltungen zu quälen.

Was ist das für ein Leben, dem nur der Schauder verfügbar ist, mitzuteilen, »was es meine«? »Nicht anders« kann es das sagen? Einen leichteren Griff in die Seelen hätte es nicht? Nur schaudernd könne der Mensch das seine erkennen? Freudige Schauder sind nicht gemeint, nein: bestürzende, rasende, chthonische Schauder offenbaren ihm das »einzige Geschäft«, zu dem er ausersehen ist. Hält er stand, entzieht er sich nicht, macht er die Meinung des

Lebens zur eigenen – gelingt ihm dann die Form, die »keine Zeit und keine Macht zerstückelt«? Auch das nicht, denn das Chaos verwirft »schnell« seine Kräfte. Keine Rede davon, daß es nur die vergeudeten Kräfte wären. Das Chaos, das absolut Ordnungslose, vor dem es Hofmannsthal so sehr schaudert, daß er es am liebsten nicht herbeizitiert hätte, ist hier kein Synonym für Unentschiedenheit und Zerstreutheit, es bezeichnet den Zustand am Ende, das Trümmerfeld aller schöpferischen menschlichen Leistung. Das Gesetz, wonach der Mensch angetreten ist, wäre gemäß dieser Botschaft der Zerfall, seine tragische Nichtigkeit.

Geht man diesem Gedicht nach, spürt man die wahre Angst, die Hofmannsthal seit seiner Jugend nicht mehr verließ, und man spürt, wie sehr es zu den Heutigen gesprochen ist, die an das lebensfreundliche Gesetz Goethes so wenig glauben können, daß sie an ihm Anstoß nehmen.

HUGO VON HOFMANNSTHAL
LEBENSLIED

Den Erben laß verschwenden
An Adler, Lamm und Pfau
Das Salböl aus den Händen
Der toten alten Frau!
Die Toten, die entgleiten,
Die Wipfel in dem Weiten –
Ihm sind sie wie das Schreiten
Der Tänzerinnen wert!

Er geht wie den kein Walten
Vom Rücken her bedroht.
Er lächelt, wenn die Falten
Des Lebens flüstern: Tod!
Ihm bietet jede Stelle
Geheimnisvoll die Schwelle;
Es gibt sich jeder Welle
Der Heimatlose hin.

Der Schwarm von wilden Bienen
Nimmt seine Seele mit;
Das Singen von Delphinen
Beflügelt seinen Schritt:
Ihn tragen alle Erden
Mit mächtigen Gebärden.
Der Flüsse Dunkelwerden
Begrenzt den Hirtentag!

Das Salböl aus den Händen
Der toten alten Frau
Laß lächelnd ihn verschwenden
An Adler, Lamm und Pfau:
Er lächelt der Gefährten.–
Die schwebend unbeschwerten
Abgründe und die Gärten
Des Lebens tragen ihn.

HILDE SPIEL
SCHÖN UND BELIEBIG

Wenn es jemals Verse gab, denen allein mit reiner Textdeutung nicht beizukommen ist, Verse, die ganz aus ihrer Zeit und ihrem Umfeld verstanden werden müssen – dann diese, die der zweiundzwanzigjährige Hugo von Hofmannsthal im März 1896 niederschrieb. Worte wie Edelsteine. Sie sind mit Oscar Wildes preziöser Prosa verwandt. Sie scheinen aus den Schatullen der französischen Symbolisten zu stammen, die Sätze ziselierten wie *Où le griffon a-t-il enterré le saphir?*– »Wo hat der Greif den Saphir begraben?« – und dabei an nichts weiter dachten als an ein Wappentier in heraldischer Pose, das triumphierend vor sich hin blickt, als hüte es ein verscharrtes Geheimnis. Und sie verbinden die Trauer über den Tod einer geliebten Greisin, deren Vermächtnis von oder an Stolz, Schwäche und Eitelkeit verschleudert wird, mit einem mythisierenden Naturgefühl.
Nicht viel mehr ist zunächst aus den vier Strophen herauszulesen, und ihr Verfasser schweigt dazu. »Die Gedichte in der ›Rundschau‹ haben in Wien einen unglaublichen Lärm hervorgerufen durch ihre völlige Unverständlichkeit.« So schrieb Loris, der junge Hofmannsthal, nach dem Erscheinen des »Lebenslieds« und der »Guten Stunde« an seinen Freund Clemens von Franckenstein. Ein wenig später bat er eine Gastgeberin, auf deren Einladung er sich freute, doch zu verhindern, daß ihn jemand über »Adler, Lamm und Pfau« befrage. Wir kennen solche

Scheu vor der eigenen Sinngebung von unseren gegenwärtigen Dichterinnen, die ihre Sprachgeflechte hinter sich herziehen wie juwelenbestickte Schleppen. Auch hier meldet sich manchmal ein leiser Verdacht. 1898 wollte Richard Dehmel von Hofmannsthal das Gedicht zugeschickt erhalten, »bei dem die Zeilen vorkommen: das Singen von Delphinen / nimmt er im Wandern mit, / das Summen heller Bienen / beflügelt seinen Schritt – (oder so ähnlich)«. Oder so ähnlich! Ein Element des Beliebigen war wohl dabei – wie in den von Loris zuvor erwogenen Varianten.

Woher einige Funken der Inspiration rührten, darf man vermuten. Hier kommen zwei alte Damen, Schwestern, ins Spiel, Josephine von Wertheimstein und die Baronin Sophie Todesco. In beider Salons las Loris seine frühen Gedichte und lyrischen Dramen vor. Es war Josephine, die er bewunderte und verehrte, Sophie, die ihn heftiger an sich zog. Schon einmal hatte er Josephine ein Gedicht gewidmet, in dem die »gütigste Dämonin« mit einem plätschernden Strom von »Gottes Anmut« verglichen wird. Als sie im Juli 1894 starb, vertraute er ihrer Tochter an: »Dieses Schwerste für Sie war ja auch das erste wirklich Schwere, das ich erlebt habe.« Und einer anderen Freundin: »Der Tod der armen gnädigen Frau in Döbling geht mir unsäglich nahe ... Es ist das Sterben, was gar so fürchterlich ist, nicht der Tod.«

In der Familie galt als gewiß, und zwei Urenkelinnen Sophies bezeugen es noch heute, daß Hofmannsthals »Lebenslied« in Gedanken an Josephines Hingang entstanden war. Aber auch von einem Bezug zu Sophie wird berichtet. So habe Hofmannsthal einem ihrer Neffen erzählt, die schöne Alice Morrison, mit ihrem Mann in Indien lebend, habe an einem heißen Abend auf dem Altan eines Palastes, von dem man auf einen Tierpark hinabsah, bewegt von einem pantheistischen Gefühl der Allverbundenheit, ein von ihrer Großmutter Sophie Todesco geerbtes Flakon mit einem kostbaren Parfum geöffnet und den Inhalt auf die Tiere hinabgeträufelt.

Eine poetischere Deutung als jene der Hofmannsthalschen Kumpanei im Café Griensteidl, die sein »Lebenslied« nicht nur zur Musik des Fiakerliedes sang, sondern Adler, Lamm und Pfau auch als drei Gasthäuser bezeichnete, in denen der Erbe sein Geld vertut! Und jetzt müßten noch all die Bilder enträtselt werden, die den leichtfüßigen Wanderer auf seinem Lebensweg, bedrückt vom Gedanken des Sterbenmüssens, erhoben von den Schönheiten der Natur und der Zuneigung seiner Freunde, in diesen Versen begleiten. Doch zu genau sollte man Metaphern wie jene von den »schwebend unbeschwerten Abgründen«, die ihn tragen, vielleicht nicht untersuchen, sondern sich lieber an ihrer Melodie erfreuen.

HUGO VON HOFMANNSTHAL
MANCHE FREILICH ...

Manche freilich müssen drunten sterben,
Wo die schweren Ruder der Schiffe streifen,
Andre wohnen bei dem Steuer droben,
Kennen Vogelflug und die Länder der Sterne.

Manche liegen immer mit schweren Gliedern
Bei den Wurzeln des verworrenen Lebens,
Andern sind die Stühle gerichtet
Bei den Sibyllen, den Königinnen,
Und da sitzen sie wie zu Hause,
Leichten Hauptes und leichter Hände.

Doch ein Schatten fällt von jenen Leben
In die anderen Leben hinüber,
Und die leichten sind an die schweren
Wie an Luft und Erde gebunden:

Ganz vergessener Völker Müdigkeiten
Kann ich nicht abtun von meinen Lidern,
Noch weghalten von der erschrockenen Seele
Stummes Niederfallen ferner Sterne.

Viele Geschicke weben neben dem meinen,
Durcheinander spielt sie alle das Dasein,
Und mein Teil ist mehr als dieses Lebens
Schlanke Flamme oder schmale Leier.

HILDE SPIEL
URALTE MÜDIGKEITEN

Er war einundzwanzig oder zweiundzwanzig, als er diese Verse schrieb, ein erleuchteter junger Mensch, eben erst aus der Vermummung des »Loris« geschlüpft, in die er sich hatte hüllen müssen, weil dem Gymnasiasten das Publizieren verboten war. Frühgereift und zart und traurig, wie er in der Vorrede zur Schnitzlers »Anatol« schrieb. Schon vor Jahren hatte er bekannt, er sei »alles Feinen, Subtilen, Zerfaserten, Impressionistischen, Psychologischen recht müde«. Aber woraus bestand denn seine »Nervenkunst«, wenn nicht aus einer diffizilen Neubelebung klassischer Formen, aus neoromantischen Gefühlsinhalten, aus einem den Symbolisten entlehnten, von Wildeschen Wortjuwelen glitzernden Vokabular?

Die letzte Dekade des neunzehnten Jahrhunderts war überladen mit Ornamenten, historisierenden Elementen, sinnlosem *Bric-à-brac* wie ein plüschener Makart-Salon. Undenkbar, daß dergleichen in Hofmannsthals Lyrik nicht Eingang gefunden hätte. Und doch gibt es Gedichte, in denen nahezu alle selbstgefälligen Ästhetizismen ausgemerzt sind, die nur Empfindung atmen, nur die komplizierte Seelenhaltung wiedergeben, der dieser Nachfahr grundverschiedener Familien und Geschlechter ausgeliefert war. »Manche freilich ...« ist ein solches Gedicht. Es erfaßt jenen Widerspruch zwischen dem Schwerblütigen und dem Leichtlebigen, den Hofmannsthal immer in sich trug und dem er zu der Zeit, als er

es schuf, in seiner Umgebung allenthalben begegnen mußte.
Die Jahre 1895 und 1896 – das genaue Entstehungsdatum ist ungewiß – waren bestimmt von Hofmannsthals Freiwilligendienst bei den Dragonern und einer Waffenübung im darauffolgenden Mai. Er sah um sich ältere Rittmeister, »sehr liebe Menschen, wirkliche österreichische Soldaten«, Subalternoffiziere, »nicht gut und nicht schlecht, unzufrieden, roh, kindisch, von einer wortlosen Gutmütigkeit«, ruthenische Ulanen »mit treuen blonden Gesichtern«, kurzum, die einfachen, ja einfältigen, aber frohsinnigen Angehörigen der k. und k. Armee. Doch zum Soldatenspiel im galizischen Tlumacz nahm er Plato, Pindar, Catull, Goethe, Balzac und Nietzsche als Lektüre mit. Und seine Freunde, mit denen er so feinsinnige wie gedankenschwere Briefe tauschte, waren die jungen Freiherren Edgar Karg von Bebenburg, Clemens und Georg Franckenstein und Leopold Andrian von Werburg – dieser letztere, als Sohn einer Tochter Meyerbeers, seiner eigenen Aussage nach ebenso ein Ergebnis »hastiger Vermischung zweier sehr avancierter Racen« wie Hofmannsthal.
»Dem guten Edgar in seiner Verworrenheit und dem Durcheinandergehen von innerem und äußerem Leben, Verträumen und übertriebenem Schwernehmen, ist sehr schwer auch nur ein bissel zu helfen«, schrieb Hugo von Hofmannsthal im Februar 1896 an »Poldi« Andrian. Hier ist es, das nicht allzu gebräuchliche Wort »verworren«, das auch im Gedicht Aufnahme gefunden hat: vielleicht hilft es, den Zeitpunkt der Niederschrift zu präzisieren. Ob die Brüder Franckenstein eher zu jenen gehörten, die leichten Hauptes und leichter Hände bei den Sibyllen, den

Königinnen saßen, ist nicht bekannt. Wie Karg von Bebenburg aber war Hofmannsthal gezeichnet von jenem *Mal du siècle,* der unerklärlichen Wehmut, die so viele junge Leute der Epoche ergriff.

Die Wurzeln *seiner* Verworrenheit freilich lagen tiefer. In dem schönsten Vers dieses schönen Gedichtes spielte er auf seine – und Andrians – Abkunft an, auf die Müdigkeiten des uralten Volkes, dem sein Ahnherr, der geadelte Seidenhändler Isak Löw Hofmann angehört hatte und dessen Erbe ihn so erschreckte wie die Unendlichkeit des kosmischen Raums.

HUGO VON HOFMANNSTHAL
REISELIED

Wasser stürzt, uns zu verschlingen,
Rollt der Fels, uns zu erschlagen,
Kommen schon auf starken Schwingen
Vögel her, uns fortzutragen.

Aber unten liegt ein Land,
Früchte spiegelnd ohne Ende
In den alterslosen Seen.

Marmorstirn und Brunnenrand
Steigt aus blumigem Gelände,
Und die leichten Winde wehn.

LUDWIG HARIG
RHYTHMISCHE ATEMZÜGE

Es sind die leichten Winde, die es mir angetan haben. Sie hauchen mir stimulierend ins Gesicht, beleben mein Denken, entfachen meine Phantasien über Gott und die Welt. Rhythmische Atemzüge der Natur, die nicht ungebärdig schnaubt, wie es die ekstatischen Neoromantiker gern haben möchten, und auch nicht in den letzten Zügen liegt, wie es die grünen Apokalyptiker befürchten. Immer schon sind es diese leichten Winde gewesen, die mich betört und beseligt haben; schon als ganz junger Mensch hätte ich bei der Lektüre von Hofmannsthals »Reiselied« ein Hoch auf das Leichte ausbringen mögen.

Täglich gehen wir zu zweit hinaus ins Freie, schlüpfen auf der Anhöhe in den Wald, promenieren über dem Talgrund an weit geschlungenem Hang vorüber: Da fanden wir eines Tages, als wir noch weiter vordrangen, eine Stelle, von der wir durch Buchengrün und Tannenschwarz hinunterschauen konnten auf ein blaues Wasser, das in der Tiefe liegt. Ein leichter Wind wehte uns in die Nase, das Gewicht der Welt wurde schwerelos wie eine Feder, die immer wieder emporgeblasen wird, sobald sie zur Erde zu fallen droht, vielleicht von diesem leichten Wind. Jeder, der dieses Tal kennt, jeder, der das Wasser sieht, das da unten liegt, denkt an Italien, und mitten im saarländischen Steinkohlenwald weht ihn mit dem leichten Wind das Begehren an, den Talgrund zu betreten.

Was ist dieses Leichte, das mich so elektrisiert und beflügelt? Es ist das Leichte im Zweckfreien, das Leichte im Sinnlosen. Es ist die Leichtigkeit des eichendorffschen Taugenichts, das Heitere und Sonnige, das scheinbar Flüchtige, das angeblich Oberflächliche. Doch: »Die Tiefe muß man verstecken. Wo? An der Oberfläche«, sagt Hugo von Hofmannsthal. Der Taugenichts streicht hinaus in die Welt, es gibt nur kühle, erfrischende Morgen und stille, wärmende Abende, kein Wölkchen ist am Himmel, Tanzmusik erklingt, und Federröschen duften, und immer weht ein leichter Wind. Er pfeift ihm am Hut, er krault ihn im Haar, nie faucht er ungestüm, nie lärmt er ungebührlich. Nur, und »je entfernter zwei getrennte Verliebte voneinander wandern, in desto anständigerem Bogen bläst der Reisewind den schillernden Mantel hinter ihnen auf«.

Auch wenn es harmlos und idyllisch scheint, wenn die Gärten von Marmorbildern und Wasserkünsten strotzen, die Luft voller balsamischer Düfte und Posthornklang ist und immerzu dieser leichte Wind weht: Es ist kein plattes Wohlsein und Zusammenklingen in diesem Blitzen und Rauschen, Schimmern und Jubeln. Das Maß in sich: Also doch rhythmische Atemzüge, Einklang, Wohlordnung, Harmonie, wie Schiller es häufig nennt, doch nicht als nivellierte Ausgewogenheit, wie es fürs Fernsehprogramm gefordert wird. »Sein unaufhörliches Tun ist ein Suchen von Harmonie in sich, ein Harmonisieren der Welt, die er in sich trägt«, sagt Hofmannsthal vom Dichter.

Im Leichten liegt das Rettende. Die leichten Winde begünstigen den Aufschwung. In Hofmannsthals Gedicht »Reiselied« ist Gegenbewegung; dem Sturz des Wassers, dem Schlag des Steins wirkt eine starke Kraft entgegen, und Vögel sind es, die den vom Felssturz Bedrohten davontragen. Doch der Vorgang ist Gedicht geworden, das vom Dichter Beschriebene findet nicht mehr auf einer Alpenstraße statt, sondern geschieht im Kopf, und was mich so befeuernd anhaucht, sind die rhythmischen Atemzüge der Poesie.

HUGO VON HOFMANNSTHAL
TERZINEN
ÜBER VERGÄNGLICHKEIT

Noch spür ich ihren Atem auf den Wangen:
Wie kann das sein, daß diese nahen Tage
Fort sind, für immer fort, und ganz vergangen?

Dies ist ein Ding, das keiner voll aussinnt,
Und viel zu grauenvoll, als daß man klage:
Daß alles gleitet und vorüberrinnt.

Und daß mein eignes Ich, durch nichts gehemmt,
Herüberglitt aus einem kleinen Kind
Mir wie ein Hund unheimlich stumm und fremd.

Dann: daß ich auch vor hundert Jahren war
Und meine Ahnen, die im Totenhemd,
Mit mir verwandt sind wie mein eignes Haar,

So eins mit mir als wie mein eignes Haar.

GOLO MANN
VOM GLEITEN DER ZEIT

Eines von Hofmannsthals vollkommenen, oder nahezu vollkommenen Gedichten, von Urerlebnissen handelnd. Das erste ist elementar, jeder auch nur etwas zum Staunen Geneigte kennt es. Das zweite ist neurotischer Natur, aber dem ersten verwandt und zur *condition humaine* gehörig. Das dritte ist kein echtes und dient nur der Abrundung.

»Wie kann das sein, daß diese nahen Tage ...« Hier geht es nicht um jene Vergänglichkeit, von der, Urquell der Lyrik, so viele Dichter künden: das Altern, das Sterben, die welkende Liebe (»Leben und Liebe, wie flog es vorbei!« heißt es bei Storm): Um den Schock geht es, hervorgerufen durch das plötzliche Aufhören einer Situation, die eben noch war und nicht mehr ist und nie wieder sein wird.

Einige Tage müssen es gewesen sein, »diese nahen Tage«; bloße Stunden genügten nicht. Daß ein einziger Abend nicht dauert, das weiß man. Daß einige Tage enden werden, weiß man auch, aber will es nicht wissen, sie werden zur Gewohnheit, zur Dauer, wie das Leben selber; traurig ist erst der letzte Tag. Natürlich müssen es schöne Tage gewesen sein, im Sommer vermutlich (der Atem von Wind und Sonne »auf den Wangen«), die Gegenwart einer geliebten Person, ein freundlicher Kreis. Und nun ist's aus.

Hofmannsthal liebt das Verbum »gleiten«. In den »Terzinen« erscheint es zweimal und führt neue Gedanken-Erlebnisse ein. Denn diese nahen Tage glitten ja gerade nicht, veränderten sich nicht, solange sie waren; eben darin liegt der Schrecken ihres Endes. Daß auch ihre Dauer Täuschung war, kommt dem Dichter erst in der zweiten Strophe in den Sinn. Ein Pedant mag einwenden, man könne sich das Gegenteil von »gleiten«, das Stehenbleiben der Zeit, das *nunc stans,* erst recht nicht ausdenken. Worauf zu antworten wäre: zutiefst staunenswert ist nur, was man sich anders, als es ist, nicht denken kann, und nur da taugt auch keine Klage.

Vom Gleiten der Zeit zum gleitenden Ich in der Zeit: ein Hofmannsthalsches Thema. Die Marschallin im »Rosenkavalier« weiß schön davon zu singen. Sie war das Kind Resi am Anfang und folglich immer; der Teil von ihr, der es blieb, schaut dem andern zu, der sich wandeln muß und bald »die alte Fürstin Resi« sein wird, und fragt staunend, wie der Liebe Gott denn das macht, und fragt nicht weiter, denn Resi ist eine gesunde Untertanin der Maria Theresia, keine Neurotikerin.

In des Dichters direkter Rede spaltet das Ich sich im Herübergleiten, so, daß der Herangewachsene sich selber fremd wird, wenn er, absehend von den Dingen, sich auf sein Selbstbewußtsein zentriert. Über diesen psychischen Vorgang gibt es eine Fußnote in Schopenhauers »Hauptwerk«: das Ich bedürfe allezeit der »Percipierung« von Gegenständen und finde, wenn es sich selber sucht, ohne Objekt, nichts als ein bestandloses Gespenst. In den »Terzinen« wird das Gespenst zu etwas, was wohl ist, aber sich – ihm – unheimlich stumm und fremd ist wie ein Hund – das der Tiernatur entfremdete Tier, welches doch kein Mensch sein kann.

»Dann: daß ich auch ...« Es stimmt nicht. Wir waren keineswegs schon vor hundert Jahren und sind nichts weniger als eins mit unseren Ahnen, die durch ihre gleitende Zeit bestimmt waren, wie wir von der unseren, und wenn wir ihre blassen Photographien, dunklen Porträts, verwitterten Grabsteine sehen, so mit einem Gefühl recht matten Interesses: Der Konvention nach waren das meine Vorfahren, und glauben muß ich es wohl, und ein bißchen kurios ist es auch. Gott sei Dank braucht es zwei, nicht einen, um das Leben fortzusetzen, dann vier, dann acht und so weiter; Gott sei Dank ist jede Individualität für sich, von unerschöpflich vielen möglichen Variationen diese eine einzigartige Mischung verwirklichend. Einheit mit allen den Erzeugten und Erzeugern vor hundert Jahren findet nicht statt.

Die letzte Zeile, die vorletzte wiederholend und steigernd, könnte formal nicht wirksamer sein. Aber auf Kosten der Aussagekraft. Für diese wären, bei einem Gedicht von nur dreizehn Zeilen, zwei, sieht man genauer hin: drei Denk-Anstöße auch reichlich genug gewesen.

HUGO VON HOFMANNSTHAL
TOBT DER PÖBEL

Tobt der Pöbel in den Gassen, ei mein Kind, so lass ihn schrei'n
Denn sein Lieben und sein Hassen ist verächtlich und gemein!
Während sie uns Zeit noch lassen, wollen wir uns Schönerm weih'n
Will die kalte Angst dich fassen spül sie fort in heissem Wein!
Lass den Pöbel in den Gassen: Phrasen, Taumel, Lügen, Schein,
Sie verschwinden, sie verblassen schöne Wahrheit *lebt* allein.

ULRICH WEINZIERL
DAS ALTKLUGE KIND

Nein, ich liebe diese kuriosen sechs Zeilen nicht sonderlich. Gewiß, bewunderungswürdig ist die Trochäendisziplin des Septenars, des fallenden Achttakters mit männlichem Schluß. Staunenswert zudem die Fülle von Zäsur- und Endreimen und der raffinierte Klangreichtum. Doch die Haltung des Autors, wirkt sie nicht allzu elitär, bestimmt vom Verachtungsblick auf »die da unten«? Hat der Trostversuch des Älteren, der da recht weise und abgeklärt spricht, neben allem Charme eines reaktionären Ästhetizismus nicht auch einen etwas schalen Beigeschmack?
Ohne Hintergrundinformation kann man dem einzigen Beispiel für ausdrücklich politische, patriotisch unverwertbare Lyrik im Werk Hugo von Hofmannsthals offenbar kaum gerecht werden. Zur Zeit der Niederschrift war er knapp über sechzehn Jahre alt, Schüler des Akademischen Gymnasiums und zugleich ein unentdecktes literarisches Wunderkind. Noch ist kein Text unter dem Pseudonym Loris Melikow veröffentlicht worden, noch war er nicht bestaunter Gast in der bürgerlichen Boheme des Café Griensteidl. Der feine Knabe verkehrte vornehmlich mit Freunden der Eltern wie dem Trauzeugen Hans von Sieberer, auf dessen Visitenkarte er sich mit dem Poem vom tobenden Pöbel verewigt hat: gegeben zu Wien im Prater am 1. Mai anno 1890 gegen fünf Uhr nachmittags. Ein historisches Datum, kein Zweifel.

An diesem Tag hatte die bis dahin gewaltigste Demonstration in Österreich-Ungarn stattgefunden. 150000 Arbeiter waren – ohne Zwischenfälle – im Prater aufmarschiert und hatten ihre Rechte friedlich eingefordert. Wahrlich kein Aufstand der Massen, bloß ein kräftiges Lebenszeichen der kakanischen Sozialdemokratie, also des organisierten Proletariats. Was mag die gute Gesellschaft und deren Sprößling derart verstört haben? Möglicherweise nicht zuletzt der Ort der Veranstaltung. Traditionsgemäß wurde in den Tagen der Kastanienblüte der »Blumenkorso« abgehalten, ein Wohltätigkeitsfest unter der Patronanz der Fürstin Pauline Metternich. Bestaunt von spektakelsüchtigem Volk, paradierten die prächtig geschmückten Equipagen von Adel und Großbourgeoisie in der Hauptallee. Daß nun die unelegante Welt gerade die Repräsentationsstätte der Oberschicht besetzte, mußte als symbolischer Akt und demütigende Provokation, ja als vorweggenommene Niederlage im heraufziehenden Klassenkampf empfunden werden.

Für das, »was man so gewöhnlich die sociale Frage nennt«, wie es fünf Jahre später charakteristisch in einem Brief an Edgar Karg von Bebenburg heißt, bewies Hugo Laurenz August Hofmann, Edler von Hofmannsthal nie Interesse oder Verständnis. Und wenn Rilkes Diktum von Versen als »Erfahrungen« stimmt, dann sind jene des ganz jungen Hofmannsthal nicht mehr als Vorurteile in berükkend gebundener Sprache, ein Zeugnis irritierender Altklugheit.

Indes dürfte auch hier Vorsicht geboten sein. Denn das Kind, auf das Hofmannsthal beruhigend einredet, ist wohl niemand anderer als er selbst, und die Furcht, in die ihn jede revolutionäre Unruhe versetzte, durchaus echt. Gegen die Panik angesichts des drohenden Endes einer Epoche weiß er kein Mittel, als sich mit einem Wiegenlied in den sicheren, vielleicht sogar alkoholisch vertieften Schlaf zu singen. Indem er die Wirklichkeit abwertet – sie sei »verächtlich und gemein«, eben ordinärer Schein –, verliert sie ein wenig von ihrem Schrecken: Verdrängung lautet der psychologische Begriff für solche Tricks des Unbewußten. Bleiben werde die Kunst, suggeriert sich der frühgereifte Jüngling, der schöne Schein, den er zur »schönen Wahrheit« stilisiert. In ihr ist er halbwegs geborgen vor den Zumutungen erlebter Geschichte. Zumindest für sich und seine zauberische Poesie sollte der Dichter Hugo von Hofmannsthal recht behalten.

HUGO VON HOFMANNSTHAL
WAS IST DIE WELT?

Was ist die Welt? Ein ewiges Gedicht,
Daraus der Geist der Gottheit strahlt und glüht,
Daraus der Wein der Weisheit schäumt und sprüht,
Daraus der Laut der Liebe zu uns spricht

Und jedes Menschen wechselndes Gemüt,
Ein Strahl ists, der aus dieser Sonne bricht,
Ein Vers, der sich an tausend andre flicht,
Der unbemerkt verhallt, verlischt, verblüht.

Und doch auch eine Welt für sich allein,
Voll süß-geheimer, nievernommner Töne,
Begabt mit eigner, unentweihter Schöne,

Und keines Andern Nachhall, Widerschein.
Und wenn du gar zu lesen drin verstündest,
Ein Buch, das du im Leben nicht ergründest.

WALTER HINCK
SCHÖNES ÄRGERNIS

Sechzehn Jahre alt war Hofmannsthal, als er dieses Gedicht schrieb. Gymnasiastenpoesie also, wenn auch nicht die übliche. Verse eines jungen Wieners, der sich das Leben lesend erschloß und die Schönheit nicht in der Tageshelle des Draußen suchte, sondern in den geheimen Dämmerwelten, die sich ihm in den Büchern auftaten. »Zum Traume sag ich: ›Bleib bei mir, sei wahr!‹ / Und zu der Wirklichkeit: ›Sei Traum, entweiche!‹ / Das Wort, das Andern Scheidemünze ist, / Mir ists der Bilderquell, der flimmernd reiche«, heißt es in einem gleichfalls 1890 entstandenen kunstvollen Ghasel. Was fangen wir mit dieser frühreifen Verskunst eines Dichters an, der es noch nicht gelernt hat, über den Rand der Bücher hinaus in die Erfahrungswelt zu blicken, was in einer Zeit, die der »süßgeheimen« Töne nun wahrlich entwöhnt ist?
Es sei nicht verschwiegen, daß dieses Sonett nicht zu meinen »Lieblingsgedichten« gehört. Auch häufiges Lesen und häufiger gedanklicher Nachvollzug haben es mir nicht lieber gemacht. Dennoch läßt es mich nicht los. Wäre das Wort für den Umgang mit Literatur nicht zu vollmundig, so könnte ich sagen, es hat sich eine Art Haßliebe zu diesen Versen entwickelt. Die Folge der Bilder, eine melodische Führung der Sätze, die Klangentsprechungen, eine rhythmische Bewegtheit, die uns das metrische Schema des fünffüßigen Jambus vergessen läßt, und die scheinbare Leichtigkeit, mit der die strenge Form

des Sonetts erfüllt wird – alles dies nimmt mich gefangen, immer aufs neue. Aber die Haltung, aus der heraus dieses Gedicht geschrieben wurde, und die Lebensperspektive, die ihm zugrunde liegt, befremden mich.

So wird das Gedicht zum Beispiel dafür, daß Schönheit in der Kunst durchaus nicht nur Wohlgefallen auslösen und zu Bewunderung oder gar Begeisterung hinreißen muß, daß sie keineswegs volle Hingabe oder Versenkung des Aufnehmenden verlangt, keineswegs immer reinen Genuß gewähren muß. Es gibt eben auch eine poetische Schönheit, die Widerstände oder gar Widerspruch hervorruft, deren unaufhörlicher Reiz gerade darin besteht, uns immer wieder gereizt zu machen. Nennen wir sie das schöne Ärgernis.

Aus der Metapher des ersten Verses entfaltet sich das ganze Gedicht. In die Vorstellung, daß die Welt ein »ewiges Gedicht« sei, mischt sich scheinbar das Echo auf Nietzsches Wort, Dasein und Welt seien nur als ästhetische Phänomene ewig gerechtfertigt oder zumindest erträglich. Im übrigen offenbart der Verlauf des Gedichtes auf sehr anschauliche Weise ein Gesetz symbolistischer Dichtung: daß nämlich die Metapher und die durch sie umschriebene Sache, das poetische Zeichen und das Bezeichnete ineinander übergehen, ja ununterscheidbar werden.

In der ersten Strophe stehen Welt und Gedicht unter den Zeichen der Ewigkeit und der Trinität von göttlichem Geist, Weisheit und Liebe. Die zweite Strophe wendet sich vom Ganzen zum zeitlich begrenzten Einzelnen, zum Menschen, zum Vers, der nur das Glied einer Kette ist. Gegen das zweite Quartett des Sonetts setzt der Beginn des ersten Terzetts sein entschiedenes »Und doch«. Der

Begrenztheit und Vergänglichkeit hält nun die Autonomie des Einzelnen als unberührter schöner Eigenwelt die Waage. Und abgerundet wird der Gedanke der Individualität in der Schlußstrophe durch den der Originalität.

Die Ausgangsfrage »Was ist die Welt?« gerät über der prächtigen Ausfaltung der Gedicht-Metapher fast in Vergessenheit. Die lyrische Bildlichkeit des Sonetts, die ihrerseits wieder aus dem Bereich der Lyrik schöpft, verselbständigt sich, gewinnt Eigengewicht – jedenfalls in dem Maß, daß hier mit einer Ansicht der »Welt« gleichzeitig ein Dichtungsprogramm entworfen wird, auch wenn man die Metapher des unergründlichen Buches im Schlußvers auf die »Welt« zurückbezieht. Das Gedicht gibt also eine Weltdeutung und eine Poetik zugleich, und es kommt an einen Punkt, wo sich das Verhältnis von Bezeichnetem und Zeichen geradezu umzukehren scheint: nicht die Welt ist ein Gedicht, sondern ein Gedicht ist die Welt.

Für den jungen Hofmannsthal war die Dichtung »die« Welt. Und ebendiese Ästhetisierung der Welt, der die Dichtung nicht nur als Lebensbereicherung gilt, sondern als Lebensersatz, bringt mich gegen die Verse auf. Die Antwort auf die zunehmende »Poesielosigkeit« unserer heutigen Welt finden wir nicht in der Poesiesüchtigkeit des jungen Hofmannsthal. Andererseits ist Literatur kein Stoff für Giftschränke. Hofmannsthals »Was ist die Welt?« kann wie eine Droge sein, aber warum sollte man sich der Faszination nicht überlassen, wenn man sich zugleich mit Mißtrauen wappnet?

HUGO VON HOFMANNSTHAL
WIR GINGEN EINEN WEG

Wir gingen einen Weg mit vielen Brücken
Und vor uns gingen drei die ruhig sangen.
Ich sage dies damit du dich entsinnst.
Da sagtest du und zeigtest nach dem Berg
Der Schatten trug von Wolken und den Schatten
Der steilen Wände mit unsichren Pfaden,
Du sagtest: »Wären dort wir zwei allein!«
Und deine Worte hatten einen Ton
So fremd wie Duft von Sandelholz und Myrrhen.
– Auch deine Wangen waren nicht wie sonst –
Und mir geschah dass eine trunkne Luft
Mich fasste so wie wenn die Erde bebt
Und umgestürztes prunkvolles Gerät
Rings rollt und Wasser aus dem Boden quillt
Und einer taumelnd steht und doppelt sieht:
Denn ich war da und war zugleich auch dort
Mit dir im Arm und alle Lust davon
War irgendwie vermengt mit aller Lust
Die dieser grosse Berg mit vielen Klüften
Hingiebt wenn einer ruhig wie der Adler
Mit ausgespannten Flügeln ihn umflöge.
Ich war mit dir im Arm auf jenem Berg
Ich hatte alles Wissen seiner Höhe,
Der Einsamkeit, des nie betretnen Pfades
Und dich im Arm und alle Lust davon …
Und als ich heut im Lusthaus beim Erwachen

An einer kühlen Wand das Bild der Götter
Und ihrer wunderbaren Freuden sah:
Wie sie mit leichtem Fusse kaum mehr lastend
Vom dünnen Dache weinumrankter Lauben
Ins Blaue tretend aufzuschweben schienen
Wie Flammen ohne Schwere mit dem Laut
Von Liedern und dem Klang der hellen Leier
Emporgeweht – da wurde es mir so
Als dürft ich jenen letzten die noch nah
Der Erde schienen freundlich ihr Gewand
Anrühren wie ein Gastfreund thuen darf
Von gleichem Rang und ähnlichem Geschick:
Denn ich gedachte jenes Abenteuers.

RENATE SCHOSTACK
STERBLICHE DEN GÖTTERN GLEICH

Ich war achtzehn, als ich dieses Gedicht des dreiundzwanzigjährigen Hofmannsthal zum erstenmal hörte. Albrecht Goes, Dichter, Pfarrer, gelehrter Interpret, trug es vor auf einer Nordsee-Insel, wo ich mit einer Jugendgruppe Ferien machte. Von seiner Auslegung ist mir die Zeile aus der »Zauberflöte« im Gedächtnis geblieben: »Und Sterbliche den Göttern gleich.«
Das Gedicht handelt von dem großen Gedanken des Plato, daß die Liebe den Menschen vergöttlicht. Hofmannsthal sagt das, alle Ekstase meidend, im ruhigsten Parlando auf eine sehr vertrackte Weise. Dabei scheut er nicht vor ein paar Pinselstrichen Makart (»prunkvolles Gerät«), ein wenig *Fin-de-siècle*-Parfüm (»Sandelholz und Myrrhen«) zurück.
Im Zentrum des Erzählgedichts, das wie ein Triptychon gebaut ist, steht eine Verzückung, eine Entrückung im Geist, die das lyrische Ich wie ein Erdbeben empfindet. Ich lege das so aus: Der Sprechende ist ein Mann, sein Begleiter eine Frau. »Lust« ist das häufigste Wort des Gedichts, darum geht es. Sie, die »nicht wie sonst« ist, äußert, in zeitgemäßer Verhüllung den Wunsch nach sexueller Vereinigung. Von der Liebesergriffenheit, dem Lustwunsch der Begleiterin geht die hohe Wirkung aus. Der Mann läßt sich dadurch, wie vom Wind an den Haaren gepackt, hochreißen (»trunkne Luft«, sagt die kritische Ausgabe, müsse es heißen: frühere Editionen bestanden auf dem Lesefehler

»Lust«). In der Entrückung fallen Hier und Dort, Wunsch und Wirklichkeit zusammen.
Hofmannsthal wählt die Metapher des Bergs, uraltes Symbol der Erhebung über das Irdische. Der Berg mit Wolken und Schatten, mit unsicheren Pfaden und vielen Klüften ist indessen auch ein Sinnbild der Liebe selbst mit ihren nicht vorhersehbaren Gefahren und Geheimnissen, ihren gewöhnlichen Wonnen und ihren Steigerungen, die den Menschen nicht blind, sondern wissend machen. Die Lust wird ins Kreatürliche geweitet: die Lust des Geschaffenen, das sich seines Seins erfreut, und die Lust dieses Paares werden eins. Für die höchste Lust verwendet der Dichter das Bild des Adlers. Freilich, eine kleine Irritation ist eingebaut: der gedachte Vogel fliegt im Konjunktiv.
Nach der Entrückung, dem hohen Erschrecken, das häufig bei Hofmannsthal mit der Erotik kombiniert ist, eine Zäsur. Die Verse, die folgen, sind von der berückenden Bilder-, Farben-, Klangseligkeit, die den jungen Dichter berühmt gemacht hatte. Bei dem Bild des ausgemalten Zimmers darf man, da das Gedicht im Sommer 1897 in Vicenza entstand und im Tagebuch des Dichters einschlägige Besichtigungen nachgewiesen sind, an eine Villa des Palladio, an Fresken des Veronese denken. Im Anblick der Götterbilder findet der Konjunktiv des fliegenden Adlers seine Entsprechung. Wie der Spaziergänger nicht fliegt, so ist der Erwachende kein Gott – er kann es sich nur ausmalen. Die gedachte Lust faßt der Sprechende in das große Wort »Abenteuer«. Dieses, nicht eine erfahrene Liebeswirklichkeit, macht ihn den Göttern gleich.

KARL KRAUS

Man frage nicht, was all die Zeit ich machte.
Ich bleibe stumm;
und sage nicht, warum.
Und Stille gibt es, da die Erde krachte.
Kein Wort, das traf;
man spricht nur aus dem Schlaf.
Und träumt von einer Sonne, welche lachte.
Es geht vorbei;
nachher war's einerlei.
Das Wort entschlief, als jene Welt erwachte.

MICHAEL KRÜGER
DAS SCHWEIGEN DES BEREDTEN

»Wenn die Menschheit keine Phrasen hätte, bräuchte sie keine Waffen.« 1933, als dieses zu Herz und Hirn gehende Gedicht geschrieben wurde, gab es von beidem genug; seither leben wir davon, und nicht einmal schlecht.
Phrasen und Waffen machen die letzten Tage der Menschheit zu einer festlichen Dauereinrichtung jenseits des Kalenders: die letzten Tage werden nicht bang gezählt, sondern mit Worten zugeschüttet.
Karl Kraus, dem es selten die Sprache verschlug, der bis zur Besserwisserei stets das letzte Wort behalten wollte und dessen letzte Worte »Pfui Teufel« gewesen sein sollen, der mit angstmachender Beredsamkeit den Strom der verhunzten und mißbrauchten Sprache zum Halten bringen wollte und aus Angst vor den zu erwartenden Phrasen sogar seinen eigenen Nachruf aufsetzte – dieser Karl Kraus kommentierte im 888. Heft der Fackel, das im Oktober 1933 nach langer Pause erschien, die Ernennung Adolf Hitlers zum Reichskanzler vom 30. Januar des Jahres mit einem zehnzeiligen Gedicht. Davor ließ er nur noch die Totenrede auf Adolf Loos setzen.
Sprachkritik, Analyse, Wut, Aggressivität und Spott – Eigenschaften und Vermögen, über die er wie kein anderer seiner Zeit verfügte, fielen von ihm ab: »Kein Wort, das traf.« Müde und gewissenhaft, mit letzter Anstrengung, hält er sich an die *Form*, um auf das Chaos antworten zu können; klammert er sich an den gliedernden und ordnen-

den *Reim,* um im Mahlstrom der lügenhaften Rede nicht unterzugehen.

Ein Gedicht über die Sprachlosigkeit, das sprachlos macht. Wer dessen tiefe Traurigkeit in diesem sich redselig an der Katastrophe vorbeischmuggelnden Jahrhundert nicht versteht, hat weder von Karl Kraus noch von der Literatur und ihrer Funktion etwas verstanden.

Brecht hatte verstanden. Er schrieb zu den zehn Zeilen einen beredten Kommentar in Versen, der mit dem Satz endet: »Als der Beredte sich entschuldigte / Daß seine Stimme versage / Trat das Schweigen vor den Richtertisch / Nahm das Tuch vom Antlitz und / Gab sich zu erkennen als Zeuge.«

Was danach passierte, ist bekannt. Kraus optierte für Dollfuß, in der Meinung, gegen den Faschismus Partei zu ergreifen. Im Februar 1934 ließ Dollfuß auf Arbeiter schießen. Brecht, dem die Worte nie ausgingen, schickte dem ersten ein zweites Gedicht hinterher: »Welch eine Zeit, sagten wir schaudernd / Wo der Gutwillige, aber Unwissende / Noch nicht die kleine Zeit warten kann mit der Untat / Bis das Lob seiner guten Tat ihn erreicht.«

Kraus starb 1936, zwei Jahre vor dem Anschluß Österreichs ans Deutsche Reich. Hätte er, dem die Stimme für einen Moment ausblieb, gewußt, für welche Partei er Partei ergriffen hatte, hätte er weiter geschwiegen; und hätte er erlebt, welche Partei, auch durch sein Schweigen, an die Macht kam, dann wäre er von ihr erschlagen worden.

Diese kleine Geschichte erzählt das Gedicht ohne Titel über das Schweigen.

KARL KRAUS
TRAUM VOM FLIEGEN

Und wieder mir träumte, ich wäre geflogen,
und diesesmal war es doch sicherlich wahr,
denn ich hatte so leicht wie die Luft ja gewogen
und hatte die Knie an den Körper gezogen,
und es ging wie im Flug, im beherztesten Bogen
hoch über der schwergewichtigen Schar,
es war keine Täuschung, ich war nicht betrogen,
es flogen die Stunden, die Tage, das Jahr.

Mit fliegenden Hoffnungen vollgesogen,
so wach' ich mit müderen Gliedern auf.
Zu Lande ist Leben; und angelogen,
vom leichtesten Trug an der Nase gezogen,
aus allen Himmeln zur Erde geflogen,
da lieg' ich, da liegen die Lügen zuhauf.
Und trotzdem bleib' ich dem Traume gewogen,
so läuft er sich leichter, der Lebenslauf.

HANS CHRISTIAN KOSLER
DIE FÜGUNG DES UNBEUGSAMEN

Wenn die Dummheit sich schlafen legte, ging er ans Werk. Dann breitete er die »papierne Schande« namens Zeitung vor sich aus, um zu wissen, was er tagsüber versäumt hatte, und stimmte jenes satirische Hohngelächter an, das von seiner Treffsicherheit bis heute wenig eingebüßt hat. Karl Kraus war ein Nachtarbeiter und ein *Workaholic*, der bis zur Erschöpfung am Schreibtisch saß. Für angenehme Träume fehlte ihm die nötige Ausgeruhtheit. Meist war es der Albtraum Realität, der ihn bis in den Schlaf verfolgte. Die Klage, in der sich Lust und Qual verbanden, liest man oft in seinem 20000-Seiten-Werk: daß sein Stoff »ach, nur die Notwehr gegen den Stoff« sei und die Bewältigung dieses Stoffes ein nicht endendes Fieber hervorrufe.

Wenn in Kraus' Glossen und Satiren von Träumen die Rede ist, dann sind es in der Regel Angst-, Fieber- und Albträume, die ihm »die Gesichte und Geräusche des Tages« bereiteten. Daß es die mit positiven Assoziationen besetzte Welt des Traums in seinem Werk dennoch gibt, ja in den Gedichten eine wichtige Rolle spielt, fand bisher wenig Beachtung. Wie dem Ursprung, der das Ziel war, wie den Themen Liebe, Kindheit und Natur kam dem Traum die Bedeutung einer Gegenwelt, eines Refugiums zu, dessen Geheimnisse der Satiriker nicht gelüftet wissen wollte. Sein lebenslanger Feldzug gegen die Psychoanalyse beruhte auf nichts anderem als auf einer tiefen Abneigung gegenüber einer Wissenschaft, die in den Traum »wie in eine Tasche« griff.

So charakteristisch der 1919 entstandene »Traum vom Fliegen« für eine Vielzahl von Gedichten ist, in denen dem Traum gehuldigt wird, so ungewöhnlich nimmt er sich doch in seiner Diktion aus. Kraus konnte die Tonfälle seiner Gegner brillant nachahmen, doch wenn er von sich selbst sprach, war sein Repertoire an sprachlicher Gestik gering. Unter der Berufung auf das Weltgericht übte er sich in Selbstgerechtigkeit und sentimentalen Beteuerungen, wenn er – was er gerne tat – von der Unerbittlichkeit seiner Gegnerschaft Rechenschaft ablegte. Nichts von alledem in diesem schlichten Gelegenheitsgedicht. Auch das feierliche, oft schwer erträgliche Pathos seiner Lyrik fehlt. Statt dessen meint man eine Art Galgenhumor zu vernehmen, mit welcher der genarrte Träumer sich in seine Niederlage fügt. Und noch etwas verblüfft an diesem Gedicht: die Selbstvergessenheit, mit der Kraus seinen sich verordneten Größenwahn ablegt. Der Unmensch qua seines Amtes begibt sich in die Position des Mitmenschen.

Wie immer man den »Traum vom Fliegen« deuten mag – ob als Tagtraum, als konkreten oder als übertragen gemeinten, gar sexuellen Traum: Er ist mühelos von jedermann nachvollziehbar. Wer kennt sie nicht – den lang herbeigesehnten Höhenflug und die »aus allen Himmeln« erfolgte unsanfte Landung. Kraus hat der achselzuckenden Gelassenheit, mit der er die zerstobene Illusion dem Alltag zuordnet, auch formal Gestalt verliehen. Der auffällige Rhythmus der vierhebigen Verse und die einprägsamen Reime gesellen sich dem Auf und Ab des Lebenslaufs akustisch an.

Es ist einmal mehr »die andere Seite« des Nörglers, die aus diesem Gedicht spricht. Der sonst so Unbeugsame gibt klein bei, streckt vor der Eigengesetzlichkeit des Traums die Waffen. »K. K. – Mundus? Noch lange nicht. Ein geniales Teilchen«, lautet einer der Seitenhiebe, die Peter Altenberg Karl Kraus gelegentlich verpaßte. Es scheint, als habe Kraus mit diesem Gedicht, das er auf seinen Lesungen immer wieder vortrug, dem Einspruch des Freundes stattgegeben.

KARL KRAUS
WIESE IM PARK

Schloß Janowitz

Wie wird mir zeitlos. Rückwärts hingebannt
weil' ich und stehe fest im Wiesenplan,
wie in dem grünen Spiegel hier der Schwan.
Und dieses war mein Land.

Die vielen Glockenblumen! Horch und schau!
Wie lange steht er schon auf diesem Stein,
der Admiral. Es muß ein Sonntag sein
und alles läutet blau.

Nicht weiter will ich. Eitler Fuß, mach Halt!
Vor diesem Wunder ende deinen Lauf.
Ein toter Tag schlägt seine Augen auf.
Und alles bleibt so alt.

WERNER FULD
DIE RÜCKKEHR INS PARADIES

Karl Kraus konnte nicht in Prosa lieben. Mit seinen langen, kunstvoll geschachtelten und getürmten Satzperioden umzingelte er seine Gegner und wollte ihnen die Luft abdrehen. Wenn er sie zitierte, machte er sie sprachlos. Als er liebte, begann er Verse zu schreiben, bei denen man den Eindruck nicht verliert, er zitiere sie, um sich von seinen Gefühlen zu überzeugen. In seinem keineswegs naiven Vertrauen auf den klassischen Formenkanon war er ein Mann des späten neunzehnten Jahrhunderts.

»Ich komme aus dem Leben, jenem Ort, / wo sie mit Leidenschaft das Leben quälen«, schrieb er seiner Geliebten, aber mit diesem ersten Satz »Wie wird mir zeitlos« tritt er aus seiner Welt heraus ins Paradies. Wen er mehr geliebt hat, den Park von Schloß Janowitz oder dessen Herrin, Sidonie Nádherný von Borutin, läßt sich kaum entscheiden. Seit er sie kennenlernte im Herbst 1913, liebt er den Park, der ihm die Glücksverheißung eines anderen Lebens bedeutete.

»Janowitz und die Arbeit kämpfen um meine Seele«, schreibt er in einem Brief; das war ernst gemeint: Für Sidonie hätte er das Kaffeehausleben und sogar die »Fakkel« aufgegeben, wenn sie ihn geheiratet hätte. Das gebieterische Staunen »Und dieses war mein Land« verrät, daß er zu ihr nach Hause kommt, in die eigene zeitlose Vergangenheit. In dem Staunen ist eine tiefe Hoffnung enthalten: daß von nun an nichts sich ändern möge. Die Natur scheint es ihm zu versprechen in dem Bild des Schmetterlings, der lange auf einem Stein bleibt. Aber das Flüchtige und das Dauernde konnten nicht vereint werden. Sidonie war eine rast- und ziellose Frau, stets auf der Flucht vor Entschlüssen. In ihrer Bindungsangst kamen ihr die intriganten Briefe Rilkes gegen den Juden Kraus vermutlich gerade recht.

Karl Kraus hat das nicht durchschaut. Er kam aus der Wiener Phrasenhölle in ein Paradies. »Gruß der Insel Janowitz«, telegraphiert er bei Ausbruch des Weltkriegs und der Extrablätter. Über dem Park lag die Ruhe der Sonntage, die ihm nicht die täglichen drei Zeitungsausgaben brachten, deren schwarzer Magie er in Haßliebe ausgeliefert war. Hier erfährt er den Zauber des Unveränderlichen. Keine Nachrichten oder Neuigkeiten fordern ihn heraus: »Und alles bleibt so alt.« Das Staunen hat sich in dieser letzten Zeile in eine sehnsüchtige Beschwörung verwandelt.

Kraus hat Janowitz »die Wunderwiege meiner Lyrik« genannt. Aber er war kein Lyriker und wußte es: seine Gedichte bezeichnete er als »Worte in Versen«. Ihm fehlte jede Unmittelbarkeit des Erlebens. Auch in diesem Gedicht, einem Selbstgespräch, sieht er die Wiese im Park eigentlich nicht, sondern er zitiert sie. Er weist sich selbst auf ihre Schönheit hin: ein Didaktiker des Gefühls, dem keine Welt existierte, wenn sie nicht zitierbar war.

BÖRRIES FREIHERR VON MÜNCHHAUSEN
DIE HESPED-KLAGE

Wem der Tag die Kniee
 müd gemacht,
Lindes Lager breitet dem die Nacht.

Wer am Tag im Todeskrampf
 erblichen,
Nacht hat ihm die Falten
 glatt gestrichen.

Namen, die der Tag dem Leben stahl,
Hesped nennt sie abends noch einmal,
Das Gebet, das Jakobs Samen kennt,
Weil es einmal jeden Namen nennt. –

Kischinew! Der Tag schrie heiser:
 Töte!
Schamrot war das Rot
 der Abendröte,
Bis es vor Entsetzen ist verblichen,
Weil so viele Namen ausgestrichen.

Kopf an Kopf. Im Tempel
 glühn die Lichter
Und bescheinen blasse Angesichter,
Hesped wird gesagt, und alle Toten
Werden laut bei Namen aufgeboten,

Alle Namen, ausgelöscht am Tage,
Nennt noch einmal das Gebet
der Klage:

»Rabbi Simon, Judassohn,
Löb Schmeien ...«
Lange, lange, lange Namenreihen,
»Saul Rechmowski,
Samuel Abraham ...«
Viele Blätter von Jehudas Stamm!

»Baruch Mose, Sarah und
Ruth Trüber ...«
Geisterhaft die Namen ziehn vorüber,
Vatersnamen, Brüder-,
Schwester-Namen, –
Schweigend hörens, die zur Feier
kamen.

Nur als alle Namen ausgesprochen,
Ist ein lautes Schluchzen
ausgebrochen,
Als es hieß: Und in der Mutter Schoß
Ein klein Kindlein,
das noch namenlos!

IRING FETSCHER
DIE AHNUNGSLOSIGKEIT DES RITTERS OHNE FURCHT

Jugendbewegten der älteren Generation dürften die Lieder Münchhausens »Die Glocken stürmten vom Bernwardsturm« und »Jenseits des Tales standen ihre Zelte...« noch in den Ohren klingen. Zuweilen war ihnen vermutlich der Verfasser unbekannt, der so gut den Volksliedton zu treffen wußte. Das Gedicht »Hesped-Klage« steht in einer Sammlung von »Balladen und ritterlichen Liedern«. Es dürfte 1904 oder 1905 entstanden sein und drückt die tiefe Betroffenheit des Dichters über den Pogrom vom 6. April 1903 in Kischinew aus, der 45 Tote und Hunderte Verletzte an Opfern forderte. Hesped (Betrauern) ist eine Gedächtnisrede, eine Gattung der rabbinischen Literatur.

Der konservative und adelsstolze Balladendichter aus altem Geschlecht hatte schon einmal, im Jahre 1900, eine ganze Sammlung von Liedern und Balladen dem Volk der Juden gewidmet. Der Band »Juda« war von dem damals bekanntesten jüdischen Illustrator Ephraim Moses Lilien prunkvoll ausgestattet worden und hatte 1922 eine Auflage von 12000 Exemplaren erreicht. Im Widmungsgedicht ruft Münchhausen die Juden – im Sinne des Zionismus – zur Heimkehr auf, wobei sowohl die religiöse Rückbesinnung auf ihren Glauben als auch die Auswanderung nach Palästina gemeint sein dürfte. In einer 1929 verfaßten autobiographischen Skizze schreibt Münchhausen, er habe diese »alttestamentarischen Balladen unter dem Eindruck wiederholten Besuchs in der hannoverschen Synagoge« geschrieben.

Der Geschmack des Balladendichters Münchhausen war konservativ, mit der expressionistischen Prosa eines Döblin konnte er nichts anfangen. Seine Sympathien lagen bei den Zeitgenossen Alverdes, Wiechert, Carossa und Gustav Frenssen. Unter den »verständlichen Lyrikern«, die er gegenüber den modernen, interpretationsbedürftigen bevorzugt, erwähnt er auch Heine. In einem Aufsatz vom Herbst 1933 beklagt er jedoch den »zu hohen Anteil der Juden« an der modernen Literatur, der »etwa hundert- bis zweihundertmal so stark als ihr Anteil an der Bevölkerungszahl« sei. Zugleich beteuert er, keineswegs Antisemit zu sein, und die Tatsache, daß die »Hesped-Klage«, wer hätte das gedacht, auch 1942 noch in der Neuauflage seiner Gedichtsammlung – ebenso wie ein schönes Gedicht über den liberalen Prager Rabbi Menasse Kohen – enthalten war, dürfte für die Richtigkeit dieser Aussage sprechen.

Wie passen die beiden Bilder zusammen: auf der einen Seite der Verfasser des Zyklus »Juda« und des Klagegedichts anläßlich des Pogroms von Kischinew und auf der anderen der engagierte Verteidiger des »Dritten Reiches« in einem Brief an Thomas Mann vom 22. März 1937? Gewiß, die weltfremde Uninformiertheit des Gutsherrn von Schloß Windischleuba bei Altenburg dürfte mitverantwortlich sein, aber allein an ihr kann es doch nicht liegen. Niemand leide mehr Hunger in Deutschland, Streik und Aussperrung seien unbekannt, und »ohne Ansehen der Person« würden »alle, auch Nicht-Parteimitglieder, Juden, kurz alle Bedürftigen unterstützt«. So kann 1937 nur die Ahnungslosigkeit sprechen.

Am Ende des Briefes aber steht der erstaunliche und aufschlußreiche Satz: »An dieser Überzeugung werde ich festhalten, selbst wenn, was ich durchaus für möglich halte, irgendein ... törichter Beamter mich morgen in ein Konzentrationslager befördert.« Münchhausen wußte also um die Lager, und er kannte die gesetzlose Willkür der Behörden, und doch fühlte er sich aus einem unkritischen, traditionellen Patriotismus heraus dazu verpflichtet, Nazideutschland gegenüber Thomas Mann vorbehaltlos zu verteidigen. Am 16. März 1945 hat er sich in Windischleuba aus Furcht vor den Russen und weil er ahnte, daß künftig ein Leben im bisherigen Stil nicht mehr möglich sein würde, das Leben genommen.

»Hesped-Klage« ist keines seiner gelungenen Gedichte: als ich es an Weihnachten 1942 zum ersten Mal las, mußte ich seinen Autor für einen mutigen und kritischen Zeitgenossen halten, für einen »Ritter ohne Furcht und Tadel«. Ganz unberechtigt – so scheint mir – war dieser Eindruck nicht. Schade, daß Thomas Mann den Brief seines Kollegen nicht beantwortet hat. Er hätte darin fragen können, warum Münchhausen die Verfolgung deutscher Juden unter der Naziherrschaft so unkommentiert hinnahm, nachdem er 1904 oder 1905 so sympathisch und betroffen auf den Pogrom in Kischinew reagiert hatte.

AUGUST STRAMM
PATROUILLE

Die Steine feinden
Fenster grinst Verrat
Äste würgen
Berge Sträucher blättern raschlig
Gellen
Tod.

JAN KNOPF
MENSCHENMATERIAL

Die Fotos zeigen August Stramm als strammen deutschen Soldaten, energiegeladen, mit stechenden Augen, befehlsgewohnt: einen Hauptmann, wie er im Buche steht, eine deutsche Eiche. Gefällt wurde sie, als der Erste Weltkrieg kaum ein Jahr alt war und sich die deutschen Armeen noch im Vormarsch befanden. Stellungskrieg und Materialschlachten hat Stramm nicht mehr miterleben müssen. Und dennoch handelt seine Poesie unausgesprochen von ihnen.

Das unscheinbare Gedicht fordert durch seine ungewöhnliche Sprachgebung heraus. Stramm gehörte zu den (wenigen) Expressionisten, die mit der mehr geforderten als dann auch realisierten Zersprengung der überkommenen Grammatik Ernst machten, und zwar als Mittel des Protests gegen die saturierte Bürgerlichkeit des wilhelminischen Reichs. Der Inhalt basiert auf Stramms eigenen Erfahrungen. Aber das Gedicht weigert sich, diese Erfahrungen als Erlebnis mitzuteilen: Ein lyrisches Ich fehlt, ja, die Menschen fehlen überhaupt in diesem Gebilde, obwohl es unzweifelhaft menschliche Existenzangst, die Bedrohung menschlichen Lebens im Krieg mitteilt.

Nur Dinge sind genannt, die Steine, die Fenster, die Äste, Berge und Sträucher. Natur und von Menschen Gebautes zeigt normalerweise in Lyrik menschliche Geborgenheit und Behaustheit an. Hier aber geht von allen und allem Bedrohung aus. Diese erfaßt Stramm in ungewöhnlichen

Vermenschlichungen. »Die Steine feinden«, ein für Stramm typischer Neologismus, der ein Nomen in ein Verb wandelt und dadurch äußerste Lakonie ermöglicht. Jeder (wohl gebaute) Stein wird zum tödlichen Gegner. »Fenster grinst Verrat«, die wohl knappste Formulierung für den lebensbedrohenden Zynismus, der den Ort der Kommunikation (Fenster) zwischen Innen und Außen zur hinterhältigen Falle umkehrt. »Äste würgen«, das flaue Gefühl, daß die Angst buchstäblich auf den Magen schlägt, wird auf die Äste projiziert, die damit aller ihrer ursprünglichen Natur beraubt werden. Der vierte Vers ist gegenüber den anderen fast geschwätzig, er weitet jedoch das Gefühl der Beklemmung auf die ganze behauste und unbehauste Landschaft aus, in der sich die Patrouille bewegt. Die beiden letzten Verse schließlich nennen, worauf das Feinden, Grinsen, Würgen und Blättern hinausläuft: auf den Tod. Alles, die ganze Landschaft schreit den Entsetzensschrei des Todes. Der Tod ist am Ende durch die Isolierung in einem Vers absolut gesetzt. Nicht die glücklich ausgespähte Stellung des Gegners wird das Ziel der Patrouille sein, sondern allein der Tod.

Wir pflegen gemeinhin von Vermenschlichungen der Natur (oder anderem) dann zu reden, wenn wir damit auch sagen wollen, daß die Natur menschlich sei. Hier jedoch ist sie unmenschlich und vernichtet menschliches Leben. Das lyrische Ich (oder Wir), die das Gedicht ausspart, sind in die Dinge eingegangen, sind nur in den Dingen da, oder genauer gesagt: sie sind verdinglicht. Damit hat Stramm ein sprachliches Mittel gefunden, das auf Erfahrungen vorausweist, die im Krieg erst ab 1916 allgemein geworden sind: der Mensch als das Material, das in den »Materialschlachten« (die ebendarum so heißen!) vor Verdun und

Arras eingesetzt und (»sinnlos«) vernichtet worden ist. Die deutsche Oberste Heeresleitung wußte, warum sie Ende 1916 das Wort »Menschenmaterial« auf den Index setzte. Stramm nötigt in seinem kleinen Gedicht die Sprache dazu, die wahren Sachverhalte der neuen, mit Maschinen geführten Kriege zu »verraten«.

THOMAS MANN
MONOLOG

Ich bin ein kindischer und schwacher Fant,
Und irrend schweift mein Geist in alle Runde,
Und schwankend fass' ich jede starke Hand.

Und dennoch regt die Hoffnung sich im Grunde,
Daß etwas, was ich dachte und empfand,
Mit Ruhm einst gehen wird von Mund zu Munde.

Schon klingt mein Name leise in das Land,
Schon nennt ihn mancher in des Beifalls Tone:
Und Leute sind's von Urteil und Verstand.

Ein Traum von einer schmalen Lorbeerkrone
Scheucht oft den Schlaf mir unruhevoll zur Nacht,
Die meine Stirn einst zieren wird zum Lohne
Für dies und jenes, was ich hübsch gemacht.

HANS MAYER
WAR ER KEIN LYRIKER?

Natürlich kann man es mit der Flaschenpost versuchen, kommt dabei aber nicht weit. Es wird eine Flasche ans Land geschwemmt und birgt einen Zettel mit deutschen Versen; ein Verfasser ist nicht genannt. Nun muß der Deuter ans Werk gehen.

Dichtung der Jahrhundertwende: soviel wird unschwer auszumachen sein. Vielleicht ein halb knabenhafter Österreicher im Gefolge des jungen Herrn von Hofmannsthal. Dessen Terzinen »Über Vergänglichkeit« hat der unbekannte Poet vermutlich gelesen. Auch er bekennt sich in Terzinen. Hofmannsthals Verse »Manche freilich« sind gleichfalls einbezogen: weniger als Nachahmung, denn als Zitat. »Und mein Teil ist mehr als dieses Lebens / Schlanke Flamme oder schmale Leier.« Der schmalen Leier bei Loris-Hofmannsthal korrespondiert im Text der Flaschenpost der »Traum von einer schmalen Lorbeerkrone«. In beiden Fällen ein halb knabenhafter Traum von der poetischen Magie.

Im Gegensatz jedoch zu Hofmannsthals früher lyrischer Perfektion stehen beim unbekannten Verfasser dieser Terzinen die Selbstaussagen im argen Kontrast zur gewählten Form. Ein junger Schreibender – einen »Fant« nennt er sich etwas preziös – berichtet von seinem Stammeln und Beginnen: doch in einer Kunstform, die sich virtuos der Terzinenstruktur bemächtigt hat und das Geflecht der männlichen und weiblichen Reime geschickt zusammenband. Unsicherheit des Debütanten verrät sich im treuherzigen Hinweis, auch »Leute von Urteil und Verstand« hätten bestätigt, was die innere Stimme raunte. Allein die Form ist glatt, die literarische Tradition erkennbar, Bangigkeit der Aussage wird durch die kunstvolle Machart relativiert, so daß sie fast unernst wirken muß. Eher ein Spiel mit der Selbstaussage als die echte poetische Konfession eines Debütanten. Ist der Verfasser wirklich jung?

Thomas Mann schrieb die Terzinen des »Monolog«, wie Peter de Mendelssohn nach dem Notizbuch festgestellt hat, am 18. Januar 1899. Also mit 23 Jahren und während der Arbeit an »Buddenbrooks«. Das Gedicht wurde oft nachgedruckt, freilich mit einer bezeichnenden Variante. Nach dem Erstdruck, nämlich in der Zeitschrift »Die Gesellschaft«, änderte der Autor die letzte Zeile und wandelte die Vision vom künftig »hübsch« Gemachten in etwas, »was ich gut gemacht«.

Nach herkömmlicher Poetik hatte er recht. Terzinen und hübsch? Wenn man freilich weiß, daß es sich um Verse Thomas Manns handelt, muß man die neue Fassung bedauern. »Hübsch« ist viel hübscher. Das Wort hübsch gehört zu einer hanseatisch-untertreibenden Sprechweise. Die Lübecker Damen fanden – abwehrend – die schöne Gerda Buddenbrook mit ihrer Geige einfach »albern«. Der Erzähler Thomas Mann hat den spezifisch hanseatischen Wortsinn von »hübsch« genau eingesetzt. Rahel und ihr Sohn Joseph, der spätere »Ernährer«, waren »hübsch und schön«.

Die Geschichte der Familie Buddenbrook wurde ordentlich der Reihe nach erzählt. Als Thomas Mann seine Terzinen schrieb und drucken ließ, war er vermutlich beim Bericht über Hanno angelangt. Bangigkeit mischte sich immer wieder in das Hochgefühl beim Schreiben. Was entstand da eigentlich? Folgte man den Reaktionen des Familienkreises, so war es »hübsch«. Der Nobelpreisträger T. M. saß beim Bankett neben Selma Lagerlöf, die ihm gestand, sie habe den »Gösta Berling« beim Schreiben für »etwas zum Lachen« gehalten. Auch Thomas Mann hielt »Buddenbrooks« beim Schreiben wohl für etwas zum Lachen. Für eine hübsche Geschichte. Die Schlußzeile des »Monolog« hat diese private Ursprungsvision des großen Romans aufbewahrt. Als das Wort hübsch ausgetauscht wurde gegen das Wort gut, entschied so ein erfolgreicher Autor, der den Mut gefunden und bewahrt hatte zum großangelegten Werk.

Thomas Mann sei kein Lyriker gewesen, das wurde immer wieder behauptet. Er selbst fragte spöttisch zurück, woher man das so genau wissen wolle. Lyrische Poesie hohen Ranges gibt es allenthalben im epischen Werk. Würden die Hymnen Serachs aus dem Schlußband des Josephsromans in der Flasche herangeschwemmt, so müßten Philologen nachdenklich fragen, ob es sich um eine unbekannte Nachlese zum Westöstlichen Divan handeln könnte.

Andere Lyriker, wie Goethe oder Rimbaud, haben bedeutendere Verse geschrieben, und in noch jüngerem Alter, als der 23jährige Verfasser des »Monolog«. Wo aber in aller Welt hat einer nach Breite und Tiefe, als etwas zum Lachen und zum Weinen und zum Denken, mit 23 Jahren an einem Erzählwerk gearbeitet, das sich mit den »Buddenbrooks« vergleichen ließe?

RAINER MARIA RILKE
ABSCHIED

Wie hab ich das gefühlt, was Abschied heißt.
Wie weiß ichs noch: ein dunkles unverwundnes
grausames Etwas, das ein Schönverbundnes
noch einmal zeigt und hinhält und zerreißt.

Wie war ich ohne Wehr, dem zuzuschauen,
das, da es mich, mich rufend, gehen ließ,
zurückblieb, so als wärens alle Frauen
und dennoch klein und weiß und nichts als dies:

Ein Winken, schon nicht mehr auf mich bezogen,
ein leise Weiterwinkendes –, schon kaum
erklärbar mehr: vielleicht ein Pflaumenbaum,
von dem ein Kuckuck hastig abgeflogen.

SIBYLLE WIRSING
DIE ÜBERWINDUNG

Vom Abschied, von dem Goethe tröstlich sagt, daß er im Hinblick auf das Wiedersehen ein Fest sei, ist nicht die Rede und die Abfolge von Trennung, Abwesenheit und Rückkehr, auf die Beethovens »Les Adieux«-Sonate vertraut, nicht die Perspektive. Rilke berücksichtigt weder die Vergangenheit noch die Zukunft und läßt jede Erklärung aus. Kein Wort über die Beziehung, die er aufgibt, und keines über den Grund der Abreise. Er erlebt den herzzerreißenden Augenblick als fulminante Ekstase.

Der Blick ins Innere ist ohne Tränenschleier. Aus dem trüben Urschmerz kristallisiert sich unter dem Druck der Situation das Ich-Gefühl klar heraus, und die Selbstbeleuchtung legt die Trauer bei, wie der Tag die Nacht aufhebt. Die zurückbleibende Person verfällt rapide. Eben ist sie noch als Bezugspunkt sichtbar und ist es schon nicht mehr. Sie geht in der Verallgemeinerung auf – »so als wärens alle Frauen« – und entschwindet der Wahrnehmung schneller als dem Auge. Wir sehen tief in eine Natur hinein, in der das Du keinen Bestand hat.

Die Beobachtung, daß man einen Verlust überlebt, indem man auf sein eigenes Selbst zurückkehrt, »gewohnt, nur dasjenige schmerzlich zu empfinden, was wir persönlich für die Folge zu entbehren haben«, ergänzt Goethe in einem späten Brief durch den Hinweis, daß uns das andere Ich schließlich auch um seiner selbst willen hätte gegenwärtig bleiben können. Demnach brauchte die Trennung keinen Gewaltakt zu bedeuten, der das Schönverbundene zerreißt, sondern nur die Ausdehnung des Verhältnisses über die Entfernung hinweg und den Tod hinaus. Im »Wilhelm Meister«, in dem so viele Stufen des Abschieds durchlaufen werden, gibt Therese, die männlich-weibliche Figur des Romans, Auskunft darüber, wie versöhnlich man sich zu der Entsagung stellen kann. Sie zweifelt nicht an der Anwesenheit des abwesenden Freundes, obwohl es mit der zärtlichen Verbindung vorbei ist, und erklärt, die Welt werde erst dann zu einem bewohnten Garten, wenn man hier und da jemanden wisse, an den man sich halten könne – »mit dem wir auch stillschweigend fortleben«. So erscheint es auch Rilke nicht angemessen, daß uns der Abschied zum Sklaven des Leidens macht: »Sollen nicht endlich uns diese ältesten Schmerzen fruchtbarer werden?« Aber er schlägt nicht vor, daß wir uns mit dem Bewußtsein beruhigen, die wechselseitige Anteilnahme hebe die Trennung auf. Seine Vision zielt auf einen wuchtigen und zugleich schlanken Akt. Wir verlassen, was uns bindet, so unwiderruflich, »wie der Pfeil die Sehne besteht, um gesammelt im Absprung *mehr* zu sein als er selbst«. Zu dieser mannhaften Überwindung, für die sich die erste Duineser Elegie jedenfalls in Gedanken stark macht, ist das frühe Abschiedsgedicht nicht bereit. Es schöpft aus dem Schmerz keinen Schwung, sondern gibt sich der akuten Empfindung hin und akzeptiert die höhere Gewalt: »ein dunkles unverwundnes grausames Etwas«. Auch die Rückwendung, die später durch den Vergleich des mechanischen Absprungs unmöglich wird, ist hier noch erlaubt. Aber die geballte Egozentrik drängt bereits in die künftige Richtung. Der Blick zurück ist so kraftlos, daß er die Frau, die ihm zuwinkt und die er festhalten will, im Nu losläßt und ihre restliche Gebärde nur noch als Absurdität auffaßt: »vielleicht ein Pflaumenbaum, / von dem ein Kuckuck hastig abgeflogen.« Bereits vor der ersten Wegbiegung ist der Tod eingetreten, und der Schmerz wird mit sich selber selig.

RAINER MARIA RILKE
AN DER SONNGEWOHNTEN STRASSE

An der sonngewohnten Straße, in dem
hohlen halben Baumstamm, der seit lange
Trog ward, eine Oberfläche Wasser
in sich leis erneuernd, still' ich meinen
Durst: des Wassers Heiterkeit und Herkunft
in mich nehmend durch die Handgelenke.
Trinken schiene mir zu viel, zu deutlich;
aber diese wartende Gebärde
holt mir helles Wasser ins Bewußtsein.

Also, kämst du, braucht ich, mich zu stillen,
nur ein leichtes Anruhn meiner Hände,
sei's an deiner Schulter junge Rundung,
sei es an den Andrang deiner Brüste.

ECKART KLESSMANN
WASSER-ZÄRTLICHKEIT

Nichts mehr von der zuweilen üppigen Instrumentierung seiner frühen Gedichte mit dem betörenden Bukett wohllautender Reime ist hier übriggeblieben. Aber auch nichts vom hochgestimmten Ton und der kryptischen Botschaft der Duineser Elegien. Zwischen ihnen und der Grabschrift »Rose, oh reiner Widerspruch« ist dieses titellose Gedicht entstanden; geschrieben Anfang Juni 1924. Es spiegelt die wasserhelle Klarheit und Schlichtheit seines Sujets in dreizehn reimlosen Versen, deren erste Strophe geprägt wird – man spürt es sofort beim lauten Lesen – vom einatmenden, einsaugenden H-Laut (hohl, halb, Heiterkeit, Herkunft, Handgelenk, hell).

Das Bild ist deutlich konturiert. Ein aus hohlem Baumstamm gefertigter Trog, durch den das Wasser läuft, wie man ihn früher oft in Bergdörfern finden konnte, ehe Beton und Kunststoff diese schlichten Behältnisse verdrängten. In der Sonnenwärme wahr- und aufgenommen: klares, kühles Quellwasser, das zu berühren zärtliches Empfinden weckt. Wäre das Gedicht heute geschrieben, es könnte unsere Sehnsucht nach unverschmutztem Wasser ebenso artikulieren. Das gibt ihm beim Lesen nach einem halben Jahrhundert eine zusätzliche Dimension.

Es ist aber ein Liebesgedicht besonderer Art. Die Geliebte wird evoziert durch das Erlebnis der Wasser-Zärtlichkeit. Die Geliebte wird nur indirekt angesprochen, sie ist nicht da, sie wird nicht kommen, aber »kämst du«. Das ist nicht

Goethes sehnsüchtiges »O wärst du da!«, das »kämst du« ist nur ein stilles Erwägen einer seligen Möglichkeit. »Kämst du«: Wonne des Konjunktivs, von dem seine heutigen Verächter nichts mehr wissen.

Wasser ist ein altes poetisches Symbol. Es ist nicht einfach nur Substanz, den Durst zu »löschen«; um wieviel zärtlicher ist das »stillen«, das in unserer Sprache heute nur noch dem Säugling gegönnt wird, sonst »löscht« man seinen Durst wie der Feuerwehrmann den Brand. Es geht ja auch in diesem Gedicht nicht um die Aufnahme von Wasser gegen den körperlichen Durst; die Haut nimmt Wasser auf wie eine Essenz für das Bewußtsein.

Wasser, das ist auch Flüchtigkeit, verfließende Zeit. Nimmerwiederkehr, stete Verwandlung. Es ist ein Element der Zeit wie die Liebe. Und auch der Baum, der lange wachsen mußte, ehe er Trog werden konnte, gehört in die Zeit und in die Vergänglichkeit, die beide die Liebe gefährden im Prozeß des Alterns.

Als Rilke diese Verse schrieb, war er 48 Jahre alt, und er richtete sie an eine junge Geliebte, wobei uns das biographische Detail nicht zu kümmern hat. Der Prozeß des Alterns und damit der wie Wasser verfließenden Zeit, wird Bild im hölzernen, durchfluteten Trog. Was die durch den Konjunktiv (Eventualis) ersehnte Geliebte verhieße, wäre nicht, körperliches Begehren zu stillen. Darum geht es so wenig wie um die Befriedigung leiblich empfundenen Durstes. Nicht Sexus wird ersehnt, sondern Eros. Und so entspricht dem »Andrang« die Wortschöpfung Rilkes vom »Anruhn«, wiewohl das pralle »Andrang« auch mit dem Verhältnis von Altersresignation und forderndem jugendlichen Ungestüm zu tun hat.

Dies ist der bestimmende Kontrapunkt zwischen den beiden Strophen: das eher leiblich abweisende Aufnehmen von Wasser und das leiblich Herausfordernde des jungen Körpers, ohne daß eine plumpe Vergleichssituation konstruiert würde, trotz des verknüpfenden »also«. Befragt nach einem vollkommenen Liebesgedicht unseres Jahrhunderts, würde ich diese Verse zuerst nennen.

RAINER MARIA RILKE
ARCHAÏSCHER TORSO APOLLOS

Wir kannten nicht sein unerhörtes Haupt,
darin die Augenäpfel reiften. Aber
sein Torso glüht noch wie ein Kandelaber,
in dem sein Schauen, nur zurückgeschraubt,

sich hält und glänzt. Sonst könnte nicht der Bug
der Brust dich blenden, und im leisen Drehen
der Lenden könnte nicht ein Lächeln gehen
zu jener Mitte, die die Zeugung trug.

Sonst stünde dieser Stein entstellt und kurz
unter der Schultern durchsichtigem Sturz
und flimmerte nicht so wie Raubtierfelle;

und bräche nicht aus allen seinen Rändern
aus wie ein Stern: denn da ist keine Stelle,
die dich nicht sieht. Du mußt dein Leben ändern.

ULRICH KARTHAUS
DIE MACHT DES LICHTS

Das Gedicht eröffnet den Band »Der neuen Gedichte anderer Teil«. Mit dem Titel bezeichnet Rilke nicht die später, nach seinen frühen Gedichten entstandenen, sondern einen qualitativ anderen Typus des Gedichtes. Er spricht 1903 in Briefen an Lou Andreas-Salomé davon: »Das Ding ist bestimmt, das Kunst-Ding muß noch bestimmter sein; von allem Zufall fortgenommen, jeder Unklarheit entrückt, der Zeit enthoben und dem Raum gegeben, ist es dauernd geworden, fähig zur Ewigkeit. Das Modell scheint, das Kunst-Ding ist.« Kunst ist demnach »ganz getragen von Gesetz«, ein Ergebnis von »Disziplin«, »Arbeitenkönnen und Arbeitenmüssen«.
Als ich in den fünfziger Jahren dies Gedicht zum ersten Male las, feierte man Rilkes Lyrik als das herausragende Inspirationsereignis der deutschen Literatur dieses Jahrhunderts. Erst später lernte ich, daß Dichten auch Arbeit ist. Rilke drückt mit seiner Definition des »Ding«-Gedichtes den uralten Dichterwunsch nach Unsterblichkeit aus, den Horaz zweitausend Jahre vor ihm mit seinem Wort vom *monumentum aere perennius* – dem Denkmal, dauerhafter als Erz – ausgesprochen hatte und der seither immer wieder das Produktionsethos von Poeten bestimmt.
Und zu einem gewissen Zeitpunkt begann dies Gedicht, seit Jahren bekannt und scheinbar vertraut, mich zu faszinieren, und das kam so. In der deutschen Literaturwissen-

schaft gab es in den siebziger Jahren die sogenannte Rezeptionsästhetik. Man fragte nach dem Anteil des Lesers am Verständnis literarischer Werke und gelangte bisweilen zu einer übermäßigen Betonung dieses Anteils, so daß von der Substanz der Dichtung nur wenig übrigblieb. Es war dies eine Mode, wie sie deutsche Literaturwissenschaft immer wieder durchgespielt und aus der sie gelernt hat wie aus anderen.

Rilkes Gedicht hat mir damals plötzlich wieder deutlich gemacht, was fast in Vergessenheit geraten war: Ein Kunstwerk ist mehr als ein »Artefakt«, denn das ist schließlich auch ein Dosenöffner oder ein Schuhanzieher. Das Kunstwerk stellt an den Betrachter einen Anspruch, vor dem er bestehen oder versagen kann. Rilke spricht das in der sich steigernden Macht des Lichtes aus, das von dem Stein ausgeht – eine Metapher der Wahrheit. Der Stein »glüht«, »glänzt«, kann »blenden«, und in der dritten Strophe geht dies Leuchten in Bewegung über: es »flimmert«, bricht endlich über seine Grenzen hinaus und blickt den Betrachter an. Es mündet in einem Imperativ: »Du mußt dein Leben ändern.« Was heißt das? Sicherlich ist keine lebensreformerische oder innenarchitektonische Änderung der Lebensweise gemeint, obwohl die Entstehungszeit des Gedichtes, der wir die Reformhäuser und die Inneneinrichtungen des Jugendstils verdanken, das nahelegen könnte. Es ist auch nicht ein Katalog von Geboten gemeint, wie sie den Juden im Dekalog und den Christen in der Bergpredigt verpflichten.

Ich sehe in der Wahrheit, die aus dem Torso leuchtet, etwas wie den »Glanz«, der in Kafkas Türhüter-Parabel »unverlöschlich aus der Türe des Gesetzes bricht«. Auch dies Gesetz wird ja von Kafka nicht definiert oder gar kodifiziert, ebensowenig wie die Änderung des Lebens, die Rilkes Torso fordert. Es ist das individuelle Gesetz des eigenen Lebens, das uns im Kunstwerk begegnet, unsere eigenen unverwirklichten Möglichkeiten. Wir ahnen sie vielleicht in beglückten Augenblicken, aber wir können sie nicht artikulieren, weil sie möglich sind und nicht wirklich. Wir begegnen ihnen nur in einem Akt freier Erkenntnis. Deshalb spricht dies Gedicht von einem Torso und nicht, beispielsweise, vom Apoll von Veji, dessen archaisches Lächeln den Besucher der Villa Giulia in Rom bezaubert.

RAINER MARIA RILKE
AUFERSTEHUNG

Der Graf vernimmt die Töne,
er sieht einen lichten Riß;
er weckt seine dreizehn Söhne
im Erb-Begräbnis.

Er grüßt seine beiden Frauen
ehrerbietig von weit –;
und alle, voll Vertrauen,
stehn auf zur Ewigkeit

und warten nur noch auf Erich
und Ulriken Dorotheen,
die, sieben- und dreizehnjährig,
(sechzehnhundertzehn)
verstorben sind im Flandern,
um heute vor den andern
unbeirrt herzugehn.

HILDE SPIEL
DIE GRÄFLICHEN KINDER

Wenn einige Zeilen dieses kurzen Gedichtes sich immer wieder im Gedächtnis melden und erinnert sein wollen, dann liegt das ebenso an der Rührung, die sie auslösen, wie an ihrer Lächerlichkeit. »Auferstehung« ist in den gesammelten Werken Rilkes eingebettet in eine Reihe formvollendeter Poeme, die in den Frühlingsmonaten des Jahres 1906 in Paris entstanden sind. Zuvor ist der Dichter schnöde von Rodin sich selbst überlassen worden. Er lebt nun in einem kleinen Hotel der Rue Cassette. Seine Stube ist dürftig, aber »gut zu mir« und »hält sich um mich« – was wäre auch anderes von ihr zu erwarten? Aus ihr schreibt er nicht nur dies an seine Frau Clara in Worpswede, sondern zugleich Briefe an hochgeborene Patronessen wie die Gräfin de Noailles und die Prinzessin de Broglie, die er »Madonna« nennt.
In diesen Wochen äußerer Armut, die nun einmal ein »Glanz aus Innen« zu sein hat, ist Rilke von großen, feierlichen, heraldischen und genealogischen Themen erfüllt, angeregt durch die Ahnenforschungen seines Onkels Jaroslav Rilke wie schon im endlich beendeten »Cornet«. Im März ist in Prag sein Vater gestorben und in der Rilkeschen Familiengruft auf dem Friedhof von Olšany beigesetzt worden. In dem Dichter, der sich noch in diesem Sommer der Prinzessin gegenüber verächtlich über die *parvenus dans toutes les classes de la population* in Deutschland äußern wird, schwillt eine Welle des

Wunschdenkens hoch. Im »Jugendbildnis meines Vaters«, wenige Tage vor der »Auferstehung« verfaßt, spricht er von dessen »schlanker adeliger Uniform«. Sein »Selbstbildnis« aus der gleichen Zeit beginnt mit der oft zitierten Schilderung »Des alten lange adligen Geschlechtes / Feststehendes im Augenbogenbau«.

Und nun dieser Aufbruch aus dem Grabe einer gräflichen Sippe am Jüngsten Tag, der so gar keine Schrecken der Apokalypse ahnen läßt, vielmehr dem zu einem Familienfest entspricht! Sie rüsten sich zum Weg in die Ewigkeit wie zu einem Treffen von Standespersonen. Den Söhnen haftet bereits ein kurioses Element des Märchenhaften an. Zu seinen beiden Gemahlinnen hält der Graf Abstand, wie Rilkes Vater – hoffentlich ebenso ehrerbietig – jahrzehntelang von seiner Frau. Nach zwei schlichten Versen dann der dritte, unvergeßliche, von jenen Kindern, die, mit einem Rilkeschen Manierismus, »im« Flandern dahingegangen sind und sich jetzt zu den anderen gesellen, um »unbeirrt« vor ihnen herzugehen.

Welch ein ergreifendes Bild! Man sieht sie vor sich, die einsamen Kleinen, in der Fremde dahingerafft aus verborgenem Anlaß, von einer Seuche oder einem kriegerischen Überfall. Aber fern von wo? Weshalb? Wieso? 1610 wurde Henri Quatre in Paris ermordet. In Flandern tobten die Glaubenskämpfe weiter. Seit wann ruht die gesamte Familie in ihrem Erb-Begräbnis? Ob die Rilke-Exegese dahintergekommen ist, weiß ich nicht. Doch das ist mir nur lieb. Denn der arme siebenjährige Erich, die süße Ulrike Dorothee, wie sie, einander an den Händchen haltend, ihren Altvordern und dreizehn Brüdern tapfer voranschreiten und als erste verschwinden in der Unendlichkeit – sie sind mir um so gegenwärtiger, weil ich sie zwar zeitlich und räumlich orten, doch sonst nicht einordnen kann. Alles hat Rilke ausgespart, hat uns nur, wie so oft, hochmütig eine seiner Augenblicksvisionen hingeworfen. Die ungewollt komische Form des letzten Verses aber verleiht ihm etwas von der Naivität alter Malereien, deren Ursprung und Herkunft unbekannt sind.

RAINER MARIA RILKE
BLAUE HORTENSIE

So wie das letzte Grün in Farbentiegeln
sind diese Blätter, trocken, stumpf und rauh,
hinter den Blütendolden, die ein Blau
nicht auf sich tragen, nur von ferne spiegeln.

Sie spiegeln es verweint und ungenau,
als wollten sie es wiederum verlieren,
und wie in alten blauen Briefpapieren
ist Gelb in ihnen, Violett und Grau;

Verwaschnes wie an einer Kinderschürze,
Nichtmehrgetragnes, dem nichts mehr geschieht:
wie fühlt man eines kleinen Lebens Kürze.

Doch plötzlich scheint das Blau sich zu verneuen
in einer von den Dolden, und man sieht
ein rührend Blaues sich vor Grünem freuen.

RAINER GRUENTER
EINE BIOGRAPHIE DES BLAUS

Das Gedicht »Blaue Hortensie«, Mitte Juli 1906 in Paris niedergeschrieben, beschreibt in der gebundenen Form des Sonetts die kurze Lebensgeschichte einer Farbe. Der Farbe Blau. Blütendolde und Blätter der Hortensie sind nur Bühne der Handlung, die das Blau bestreitet. Nur als Farbe, als »das letzte Grün in Farbentiegeln«, sind die Blätter »hinter den Blütendolden« als Partner des Blaus zugelassen. So wie das Grün schon das Eingetrocknete, Eingestaubte einer erloschenen Farbkraft hat, so hat sich das Blau von seinem Gegenstand gelöst. In der Verfeinerung der Vergängnis hat es seinen Träger, die Blütendolde, entlassen. Sie trägt das Blau nicht mehr, sie spiegelt es nur aus einer Ferne, die es mit den opalisierenden Mischreizen des Welken, »verweint und ungenau«, ausstattet.
Seine Präsenz ist ungewiß, läßt sich nicht mehr eindeutig lokalisieren. Es zeigt bereits die Veränderungen der Übergänge, des Abgestandenen, wie in »alten blauen Briefpapieren«, die mit grauen Blässestellen und violetten Stockflecken vergilben. Das Zuoftbenutzte wurde das Nichtmehrbenutzte, wurde »verwaschen wie an einer Kinderschürze«, so daß es nun wie ein Kleidungsstück, das aufgetragen ist, nutzlos geworden ist. Es findet keine Verwendung mehr. Ihm kann, im zweideutigen Sinn des Abgetanen, Ausgespielten und zugleich Unerreichbaren, Vollbrachten nichts mehr geschehen. Das Blau hat »eines kleinen Lebens Kürze« hinter sich gebracht. Doch in einer

nachbarlichen Dolde der Hortensie kehrt das Blau »verneut« in die Blüte zurück, beginnt gleichsam eine neue Kindheit des Blaus, ein »rührend Blaues«, das sich diesseits aller farblichen Entrückungen seiner Verweslichkeit vor Grünem freuen kann.

In den Briefen, die Rilke in den Pariser Jahren zwischen 1905 und 1908 schreibt, gewinnt die Auseinandersetzung mit der Farbe eine immer größere Bedeutung. Rilke hatte sich in den Pariser Museen, Galerien, Ateliers und Salons mit dem Eigensinn des Ungeschulten zugleich eine optische Unschuld bewahrt, die ihn vor den Belanglosigkeiten des kunsthistorischen und ästhetischen Räsonnements schützte.

»Blaue Hortensie« ist keines der zahlreichen Gedichte auf Blumen, die uns die Natur-Lyrik geschenkt hat. Nicht die Pflanze, sondern das Blau ihrer Blüten in allen Stadien und Schattierungen seiner Verfallsverfeinerung ist der Gegenstand, das Thema der lyrischen Komposition. Die Verselbständigung des Blaus, seine Abstraktion setzen dichterische Bezüge frei, die eine ebenso neue wie einmalige Definition der Hortensie ermöglichen. Sie verleiht der Hortensie einen anderen Grad der Wirklichkeit, macht sie zum autonomen Kunst-Ding, das den Künsten einer abmalenden und abschreibenden Nachahmung oder lyrischen Evokation entzogen bleibt. »Blaue Hortensie« ist ein literarisches Stilleben. Das Stilleben des Blaus.

»Blaue Hortensie« ist das Artefakt eines Kunst-Asketen, der, wie seine Notizen über Cézanne in diesen Jahren zeigen, die existentiellen Kosten der Kunst kannte und zu bestreiten bereit war. Die Blüten der Hortensie tragen keine Früchte. Die Blätter der Blüte vergrößern sich, wenn sie ausblüht, und verfärben sich ins Grüne des

Laubwerks. Die Unfruchtbarkeit ist der Preis ihrer zarten und kostbaren Schönheit, ihrer festlichen Unscheinbarkeit.

RAINER MARIA RILKE
CORRIDA

In memoriam Montez, 1830

Seit er, klein beinah, aus dem Toril
ausbrach, aufgescheuchten Augs und Ohrs,
und den Eigensinn des Picadors
und die Bänderhaken wie im Spiel

hinnahm, ist die stürmische Gestalt
angewachsen – sieh: zu welcher Masse,
aufgehäuft aus altem schwarzen Hasse,
und das Haupt zu einer Faust geballt,

nicht mehr spielend gegen irgendwen,
nein: die blutigen Nackenhaken hissend
hinter den gefällten Hörnern, wissend
und von Ewigkeit her gegen Den,

der in Gold und mauver Rosaseide
plötzlich umkehrt und, wie einen Schwarm
Bienen und als ob ers eben leide,
den Bestürzten unter seinem Arm

durchläßt, – während seine Blicke heiß
sich noch einmal heben, leichtgelenkt,
und als schlüge draußen jener Kreis
sich aus ihrem Glanz und Dunkel nieder
und aus jedem Schlagen seiner Lider,

ehe er gleichmütig, ungehässig,
an sich selbst gelehnt, gelassen, lässig
in die wiederhergerollte große
Woge über dem verlornen Stoße
seinen Degen beinah sanft versenkt.

HANS-ULRICH TREICHEL
MIT FORMVOLLENDETER BEILÄUFIGKEIT

Wer das »Museo Rilke« in der andalusischen Bergstadt Ronda besichtigen will, der gehe in das noch immer von Engländern bevorzugte Hotel »Reina Victoria«, wende sich an den Portier und frage nach dem Museum. Der Portier wird freundlich nicken, hinter sich greifen und dem Besucher den Schlüssel für das Zimmer 208 auf den Tresen legen. Dann darf sich der Besucher wie ein Hotelgast fühlen und sich gänzlich ungestört in dem bescheidenen Raum aufhalten, welchen Rilke während seiner ersten und einzigen Spanienreise im Winter 1912/13 bewohnte. Wenn der Besucher lange genug an dem kleinen Arbeitstisch gesessen und in den Mappen mit Zeitungsausschnitten, Briefkopien und Faksimiles geblättert hat, wird er aus dem Fenster in die karge Landschaft Andalusiens blicken, wird Staub sehen und Steine, Berg hinter Berg, und alsbald wird sich eine bedrückende Verlassenheit seiner bemächtigen, so daß er froh ist, hier nicht, wie der Dichter, einen ganzen Winter verbringen zu müssen.
Doch auch Rilkes Liebe zu Spanien war in erster Linie eine geistige, die den Realitäten oft genug nicht standhielt. Aus dem sehnsüchtig erwarteten Toledo vertreiben ihn Winterkälte und »Mißbehagen«, Sevilla läßt ihn gleichgültig und zuweilen auch ärgerlich werden, in Ronda plagen ihn »Schmerzen in Stirn, Schläfen und Augen«, Depressionen und Einsamkeit. »Wenn ich zufällig irgendein ›Zuhause‹ hätte«, schreibt er der Freundin Marie von Thurn und Ta-

xis, »ich wäre unbedingt nach Hause gefahren.« Doch er harrt aus, sehnt sich nach Schmargendorf zurück, wäre gern im Schwarzwald und fragt sich, wie es zugeht, »daß ich alles verderbe«. Spanien war für Rilke vor allem ein schöner Traum: der Traum von El Greco und »der Realität der Engel«, der Traum von »jenem Ruck«, mit dem man sich »ans Große hinreißt«, und der von einem heroisch-gelassenen Triumph über die Angst und den Tod. Letzteren hat er in seinem bereits 1907 in Paris entstandenen Gedicht »Corrida« ins Bild gesetzt.

Das Gedicht ist dem berühmten Torero Francisco Montez gewidmet, der im Jahr 1830 ein ganz spezielles und vor allem kaltblütiges Manöver im Stierkampf eingeführt hatte, den sogenannten *galleo*, das, wie Rilke seiner Frau Clara mitteilt, »Plötzlich-Sich-Abwenden von dem rasenden Tier, das, da es das Gesicht des Gegners nicht mehr findet, durch die plötzliche Veränderung verwirrt, vorbeistürzt und erst im nächsten Wenden den Stoß empfängt«.

Es ist ebendiese Bewegung, mit der auch der Torero in Rilkes Gedicht die schwarze archaische Gewaltmasse des Stieres an sich vorbei und unter seinem Arm hindurch ins Leere stürmen läßt. Dieses plötzliche Abwenden von der tödlichen Gefahr bereitet den Triumph des Toreros vor: nun kann er, und Rilke findet der Worte nicht genug, »gleichmütig, ungehässig, an sich selbst gelehnt, gelassen, lässig« den Stier, der wie eine Woge zurück- und auf den Stierkämpfer zurollt, auf »beinah sanfte« Weise töten.

Rilke war nicht, wie Hemingway, ein *aficionado*, ein Liebhaber und Kenner des Stierkampfes. Und er hätte einen Stierkampf – als Zuschauer wohlgemerkt – gewiß nicht unbeschadet durchgestanden. Er war vielmehr ein oftmals von sich selbst enttäuschter, hochempfindlich Leidender, dem gleichsam das Haar auf dem Kopf schmerzte. In der kaltblütig-eleganten Gelassenheit des Stierkämpfers hat er darum wohl weniger den Matador, den »Töter«, bewundert, als vielmehr den souveränen Artisten, der selbst über die größte Gefahr mit formvollendeter Beiläufigkeit zu triumphieren vermag.

RAINER MARIA RILKE
DAS FÜLLHORN

Geschrieben für Hugo von Hofmannsthal

SCHWUNG und Form des gebendsten Gefäßes,
an der Göttin Schulter angelehnt;
unsrer Fassung immer ungemäßes,
doch von unsrem Sehnen ausgedehnt –:

in der Tiefe seiner Windung faßt es
aller Reife die Gestalt und Wucht,
und das Herz des allerreinsten Gastes
wäre Form dem Ausguß solcher Frucht.

Obenauf der Blüten leichte Schenkung,
noch von ihrer ersten Frühe kühl,
alle kaum beweisbar, wie Erdenkung,
und vorhanden, wie Gefühl ...

Soll die Göttin ihren Vorrat schütten
auf die Herzen, die er überfüllt,
auf die vielen Häuser, auf die Hütten,
auf die Wege, wo das Wandern gült?

Nein, sie steht in Überlebensgröße
hoch, mit ihrem Horn voll Übermaß.
Nur das Wasser unten geht, als flöße
es ihr Geben in Gewächs und Gras.

KURT KLINGER
HULDIGUNG MIT DOPPELTEM BODEN

Am 11. Februar 1924 gratulierte Rilke mit gewundenen Worten Hofmannsthal zum fünfzigsten Geburtstag und schmückte ein Exemplar der Elegien mit ein paar Versen, »bei denen ich, kaum standen sie da, die Empfindung hatte, daß ich sie Ihnen geben dürfte«. Hofmannsthal dankte mit dem Lob, er halte »Das Füllhorn« für ein unvergleichliches Gedicht, ohne zu wissen, daß er der Empfänger einer Geläufigkeitsübung geworden war. Rilke hatte zur Probe seiner Sprachfertigkeit »dasselbe sujet« gleich auch französisch geschrieben und Baladine Klossowska am nämlichen 11. Februar um Nachricht gebeten, welche Fassung sie vorziehe. Die Freundin entschied sich prompt für »Corne d'abondance«, nicht sehr schmeichelhaft für Hofmannsthal, da ihr die Widmung der deutschen Version bekannt war.

Unvergleichlich war »Das Füllhorn« also nicht, doch ist es unleugbar in der Manier eines Meisters verfaßt, dem sich subtile Ausdeutungen unterderhand ergaben. Wäre es undatiert, ließe es sich den plastischen Themen der »Neuen Gedichte« zuordnen. In der Nachbarschaft der ganz der Naturverinnerlichung zugewandten Spätlyrik von Muzot nimmt es sich fremd und merkwürdig künstlich aus. Ein Idol wird aufgebaut, an Ceres, an Flora erinnernd, ohne sie zu sein. Da ihr Gabengefäß *alle* Reife faßt, wäre sie auch Spenderin der spirituellen Güter, Herrin und Muse der Fruchtbarkeit, ein Wesensbild schenkender Allmacht.

Daß ihre »Überlebensgröße« nicht gipsern erstarrt, verdankt sie der poetischen Verwandlungskraft des Dichters; durch ihn erscheint sie schwerelos »ausgedehnt«. Das Kolossale entwächst dem ruhigsten Rhythmus, dem Jambus, mit monotoner und kühner Stetigkeit. Die kompliziert verbundenen Reimworte (Schenkung/Erdenkung), sogar die erzwungenen (überfüllt/gült), verleihen ihr eine Patina der Unberührbarkeit, erheben sie ins feierlich »Ungemäße«, doch so, als erreichten ihre Füße den Boden, ohne ihn zu berühren. Das »gebendste Gefäß«, ihr Attribut, drückt sie nicht; es ist wie ohne Halt und Zugriff an sie gelehnt, mitschwebend durch den Blütenüberguß obenauf, dessen Leichtigkeit sich ins kaum Beweisbare entmaterialisiert.

Und doch ist diese Füllhornträgerin ein Sinnbild zweifelhafter Bedeutung. Sie gehört nicht zu den »zustimmenden Göttern«, in deren Händen Rilke, in einem anderen Gedicht dieser Zeit, sein »unfaßliches Herz« »entbrennen« fühlt. In Wirklichkeit schenkt die Schenkende nichts, sie weigert sich, ihren »Vorrat« auszuteilen. Rilke stellt die Frage: Soll sie, sollte sie nicht? Das Faktum schneidet ihm die Antwort ab: Der Reichtum dieses Horns »voll Übermaß« ist nicht für die Wege der Menschen, nicht für ihre Wohnungen, nicht einmal für ihre Herzen bestimmt.

Etwas phantastisch Nutzloses geht von diesem Idol aus – und Hofmannsthal sollte sich nicht nach wiederholter Lektüre gefragt haben, weshalb Rilke ausgerechnet an ihn gedacht hatte, nachdem die Verse entstanden waren? Um ihm zu sagen, daß er, Hofmannsthal, ein »allerreinster Gast« hätte werden können, wenn ..., oder lag in dem Gedicht Rilkes wahre Meinung über eine Kunst versteckt, die er zwar mit Anstand bewundern, aber nicht lieben konnte, weil sie nicht in seinem Sinn eine Wendung zur Welt ausdrückte, nicht dem Herzens-Auftrag entsprach, die Erde zu »wärmen«, »daß sie uns innig gehört ...«? Wie auch immer, Hofmannsthal dürfte aufgegangen sein, daß die Huldigung einen doppelten Boden hatte. Als die Reihe an ihm war, Rilke zum gleichen »verlegen machenden Gedenktag« aufzuwarten, revanchierte er sich (am 16. Dezember 1925) mit dem kryptischen Satz, der das Gleichnis vom Gefäß aufnimmt und zurückgibt: »... es möge Ihnen, solange Sie leben, das Gefühl der großen Kraft, die in Sie, als in ein zartestes Gefäß, gelegt ist, nie auf lange abhanden kommen ...«, als fürchte er, daß es Rilke bereits seit einiger Zeit abhanden gekommen sei. Das »gebendste Gefäß« läßt das »zarteste Gefäß« wissen, es möge vorsichtig mit sich umgehen. Mit diesem Austausch hintersinniger Komplimente schließt der Briefwechsel der beiden Dichter.

RAINER MARIA RILKE
DAS KARUSSELL

Jardin du Luxembourg

Mit einem Dach und seinem Schatten dreht
sich eine kleine Weile der Bestand
von bunten Pferden, alle aus dem Land,
das lange zögert, eh es untergeht.
Zwar manche sind an Wagen angespannt,
doch alle haben Mut in ihren Mienen;
ein böser roter Löwe geht mit ihnen
und dann und wann ein weißer Elefant.

Sogar ein Hirsch ist da, ganz wie im Wald,
nur daß er einen Sattel trägt und drüber
ein kleines blaues Mädchen aufgeschnallt.

Und auf dem Löwen reitet weiß ein Junge
und hält sich mit der kleinen heißen Hand,
dieweil der Löwe Zähne zeigt und Zunge.

Und dann und wann ein weißer Elefant.

Und auf den Pferden kommen sie vorüber,
auch Mädchen, helle, diesem Pferdesprunge
fast schon entwachsen; mitten in dem Schwunge
schauen sie auf, irgendwohin, herüber –

Und dann und wann ein weißer Elefant.

Und das geht hin und eilt sich, daß es endet,
und kreist und dreht sich nur und hat kein Ziel.
Ein Rot, ein Grün, ein Grau vorbeigesendet,
ein kleines kaum begonnenes Profil – .
Und manchesmal ein Lächeln, hergewendet,
ein seliges, das blendet und verschwendet
an dieses atemlose blinde Spiel …

ULRICH WEINZIERL
DER WEISSE ELEFANT

Wer nicht viel mehr als den Namen Rilke kennt, der kennt außer dem »Cornet« zumindest »Der Panther«, »Herbsttag« und auch »Das Karussell«. Ohne Zweifel ein lyrisches Zugstück, ja ein »Schlager«, von Anthologisten nicht minder geschätzt als von Biographen. Hugo von Hofmannsthal zählte das Gedicht sogar zu den »durch Berühmtheit fast etwas beschwerten«, »fast allzu virtuosen«. Oft und gern und mit großem Erfolg hat es der Dichter selbst vorgetragen. Im Juni 1906 in Paris aufs Papier gebracht, entstammt »Das Karussell« den »Neuen Gedichten«, die dank der Begegnung mit Rodin und der französischen Moderne eine Wende in Rilkes Schaffen und Poetik ermöglichten: hin zur Sachlichkeit genauer Beobachtung oder, wie es der emphatische Stefan Zweig auszudrücken beliebte: »Triumph, endgültiger, einer ganz zu Plastik gewordenen Sprache«.
In der Erstausgabe von 1907 und bis über des Autors Tod hinaus mußte man übrigens auf eine Kleinigkeit im Druckbild verzichten: Wo jetzt, gemäß Ernst Zinns Edition der »Sämtlichen Werke«, drei Punkte das Finale ins Reich der Phantasie öffnen, stand bloß einer, der Schlußpunkt. Wirklich nur eine Petitesse? Immerhin kann der unmittelbar folgende, etwa gleichzeitig entstandene Text »Spanische Tänzerin«, als Hymnus auf feurige Sinnlichkeit gelten. Auch daß die bekannteste, wiederkehrende, buchstäblich unvergeßliche Zeile, *Und dann und wann ein wei-*

ßer Elefant, so und nicht anders lautet, ist kein Zufall. Trotzdem schwankte Rilke zwischen zwei Versionen, eine sonst identische Bleistiftfassung begnügt sich mit dem Schrumpfrefrain *Und dann und wann* ... Beides, denke ich, hat miteinander zu tun – der in der poetischen Imagination schließlich siegreiche weiße Elefant und die drei Punkte.

Was aber macht die berückende Wirkung des »Karussells« aus? Zum einen sicher die Form: Im Reigen der fünffüßigen Jamben drehen wir uns gleichsam mit dem Beschriebenen im Kreis. Zauber der musikalischen Valeurs von Rhythmus und Reim, daß der Betrachter vom Betrachter, nämlich dem Flaneur am Rande, mit sanfter Gewalt mitten ins Geschehen geholt wird. Niemand vermag sich der Bewegung zu entziehen. Zugleich treten wir hier eine Reise ins Kinderland an. Obwohl es *lange zögert, eh es untergeht*, scheint das Sehnsuchtsterritorium frei von jeglicher Putzigkeit und Sentimentalität. Unversehens verwandelt sich der *Jardin du Luxembourg* in ein verlorenes Paradies, Urerfahrungen werden angesprochen. Denn da sind die Mädchen auf den Pferden. Dem unschuldigen Ritual *fast schon entwachsen*, treffen ihre schweifenden Blicke wie von ungefähr den Blick des außenstehenden Erwachsenen, somit den unseren: *Und manchesmal ein Lächeln, hergewendet*. Erwachendes Geschlechtsverlangen in der Pubertät ist gewiß noch kein Lustversprechen à la Lolita, doch träumerische Ahnung mit einem Hauch von frühreifer Koketterie.

Unter all den bunten Tieren tanzt der *dann und wann* auftauchende *weiße Elefant* auffallend aus der Reihe. Halb Albino-Laune der Natur, ist er vollends ein Fabelwesen. Der Gott Indra pflegte auf ihm zu reiten, und im Mythos von Gautama Buddha spielt er eine wesentliche Rolle. Vor dessen Geburt sah Buddhas Mutter Maya im Traum einen weißen Elefanten in ihren Schoß eindringen. Wäre es übertrieben, auch bei Rilkes Leitmotiv einen sexuellen Unterton zu vermuten? Wohl kaum: Skeptiker seien daran erinnert, daß sich in den »Neuen Gedichten«, knapp vor dem »Karussell«, ausgerechnet das Sonett »Buddha« findet. Gerade in der Kunst des Andeutens liegt darum die Magie des Gedichts, der doppelte Boden dieser sehr besonderen Zartheit heißt Eros.

RAINER MARIA RILKE
DER ABENTEUERER I

Wenn er unter jene, welche waren,
trat: der Plötzliche, der schien,
war ein Glanz wie von Gefahren
in dem ausgesparten Raum um ihn,

den er lächelnd überschritt, um einer
Herzogin den Fächer aufzuheben:
diesen warmen Fächer, den er eben
wollte fallen sehen. Und wenn keiner

mit ihm eintrat in die Fensternische
(wo die Parke gleich ins Träumerische
stiegen, wenn er nur nach ihnen wies),
ging er lässig an die Kartentische
und gewann. Und unterließ

nicht, die Blicke alle zu behalten,
die ihn zweifelnd oder zärtlich trafen,
und auch die in Spiegel fielen, galten.
Er beschloß, auch heute nicht zu schlafen

wie die letzte lange Nacht, und bog
einen Blick mit seinem rücksichtslosen
welcher war: als hätte er von Rosen
Kinder, die man irgendwo erzog.

CYRUS ATABAY
EXISTENZ ALS WAGNIS

In einer Gesellschaft taucht plötzlich der Abenteurer auf und verursacht eine merkliche Beunruhigung unter einer Gruppe von Menschen, die vor ihm wie Komparsen zurücktreten, als wäre er der Protagonist. Von der Figur geht ein Bann aus, und der Raum, der sie umgibt, schafft Distanz und ist selbst unabgeschlossen, Möglichkeiten andeutend, während der Zustand der anderen als statisch angenommen wird.

Unbefangenheit und Übermut kennzeichnen die Erscheinung, die fast somnambul durch den Saal geht, um einer Herzogin den Fächer aufzuheben, als hätte er diese Gunstbezeigung vorausgesehen. Wer ihn in eine Fensternische begleitet, dem gewährt der Park eine Perspektive ins Unendliche, wenn er bereit ist, seiner Geste zu folgen. Dann wendet der Abenteurer sich einem Spieltisch zu, Gewinn oder Verlust, gleichviel, sein Einsatz ist das Risiko, und er gewinnt. Was immer er unternimmt, er sieht alles, es entgeht ihm nichts; man könnte von ihm sagen, daß seine Haupteigenschaft die Aufmerksamkeit ist: der Hellwache, der die Blicke alle behält.

Und ehe er die Gesellschaft wieder verläßt, erwidert er einen dieser auf ihn gerichteten Blicke mit seinem unerschrockenen, ja skrupellosen Blick, als berauschte er sich im Vorübergehn am Duft einer Rose, deren Gärtner er insgeheim ist.

Dieses Gedicht, in dem Züge Casanovas durchscheinen,

erschließt alle Ingredienzien des Abenteurers. Dieser ist ein Mensch, der sich beharrlich neue Hindernisse aneignet und überwindet, für den es angesichts der vielfältigen Entwürfe der Welt nur das fortwährende Experiment gibt. (»Immer wieder war ein Sein zu haben«, heißt es in einem anderen Gedicht Rilkes über ihn.) Das Wagnis spornt ihn an, nicht die Finalität der Tat, vielmehr birgt jede Herausforderung eine neue.

Es wäre verfehlt, ihm den Vorwurf der Verantwortungslosigkeit oder der Untreue zu machen, denn er lebt die Wahrheit seiner Existenz, das heißt, für ihn manifestiert sich in jedem Abenteuer das Abenteuer schlechthin, dem er verpflichtet ist.

Eine solche Existenz ist gefährdet und prekär, keine Stelle an ihr ist sicher, keine festlegbar. Rudolf Kassner bemerkt einmal, daß Rilke in jeder Situation alles getan hat, das Klischee zu vermeiden. Das mag es gewesen sein, was ihn an der Gestalt des Abenteurers faszinierte: die Möglichkeit, sich selbst zu übertreffen.

RAINER MARIA RILKE
DER KNABE

Ich möchte einer werden so wie die,
die durch die Nacht mit wilden Pferden fahren,
mit Fackeln, die gleich aufgegangnen Haaren
in ihres Jagens großem Winde wehn.
Vorn möcht ich stehen wie in einem Kahne,
groß und wie eine Fahne aufgerollt.
Dunkel, aber mit einem Helm von Gold,
der unruhig glänzt. Und hinter mir gereiht
zehn Männer aus derselben Dunkelheit
mit Helmen, die, wie meiner, unstät sind,
bald klar wie Glas, bald dunkel, alt und blind.
Und einer steht bei mir und bläst uns Raum
mit der Trompete, welche blitzt und schreit,
und bläst uns eine schwarze Einsamkeit,
durch die wir rasen wie ein rascher Traum:
Die Häuser fallen hinter uns ins Knie,
die Gassen biegen sich uns schief entgegen,
die Plätze weichen aus: wir fassen sie,
und unsre Rosse rauschen wie ein Regen.

ULRICH GREINER
HOLLYWOOD IN PRAG

Ach, ist das pubertär! Schwärmerische Sehnsüchte eines Knaben, Träume von Macht und Geschwindigkeit, von Kühnheit und Abenteuer. Dazu dieses männerbündische, kriegerische Gehabe mit erotischem Beigeschmack: *vorn möcht ich stehen wie in einem Kahne, / groß und wie eine Fahne aufgerollt.* Und dann ein geradezu prasselndes Metapherngestöber, niedergegangen aus ziemlich dunklen und mächtig aufgeregten Wolken. Fackelzüge von Männern mit Helmen – der Traum ging einmal in Erfüllung, und wollten wir ihn moderner fassen: Black Angels, die auf ihren Harleys nächtliche Vorstädte unsicher machen, wären auch keine wesentlich angenehmere Vorstellung. Dieses Gedicht des jungen Rilke ist auch etwas obskur.

Aber ist es nicht wunderbar? Mit einer verblüffenden Unerschrockenheit sattelt Rilke sein Pferd, das immerzu die Sprache ist, und jagt es durch den Wald der Bilder, bis alles nur noch atemlose Bewegung ist, ein Beschleunigungsrausch, der in diesem Gedicht zum zitternden Stillstand kommt – so wie die Speichenräder der Kutsche im Wildwestfilm plötzlich im Vorwärtslauf zu verharren scheinen.

»Der Knabe« (um 1900 verfaßt) ist, noch bevor der Film begann, eine Filmszene und, noch bevor die kriegerische Technik der Akzeleration im Kino, auf der Straße und in der Luft ihre Triumphe feierte, eine Vorwegnahme jenes rasenden Vorwärtsdrangs, der die Epoche beherrscht und ästhetisch erst viel später in Expressionismus und Futurismus seinen riskanten Ausdruck findet.

Bei Rilke ist das Risiko sprachlich gebändigt. Zwar wird die Energie entfesselt, aber noch begriffen in der Form einer Knabenphantasie; zwar toben schon die Kräfte, die Raum und Zeit sprengen werden, aber noch ist die Bilderwelt vertraut und nicht modern: Pferde und ein Kahn, Helme und eine Trompete. Nicht also die Rakete und das Teleskop, nicht das Funkgerät und die Filmkamera. Aber der Effekt ist schon da: *Die Häuser fallen hinter uns ins Knie, / die Gassen biegen sich uns schief entgegen, / die Plätze weichen aus: wir fassen sie* ... Schon sehen wir jenen Geschwindigkeitswahn der Moderne, der uns Gewohnheitstiere manchmal im unachtsamen Moment erwischt, da wir plötzlich die Empfindung haben, als stünde alles still.

Geschwindigkeit ist relativ. Für Rilke war »Der Knabe« eine Prager Erinnerung. Wer heute, von irgendeinem Autobahnzubringer oder Terminal kommend, die Prager Altstadt betritt, vielleicht noch im »Goldenen Tiger« ein paar Krüge des nahrhaften Bieres zu sich genommen hat, hinaus durch die Gassen das Häusergewirr durchquert, diesen erstarrten Aufmarsch von Geschichte und Geschichten, wer im raschen Schritt plötzlich seiner Richtung unsicher wird und rascher ausschreitet, dem biegen sich die Gassen schief entgegen, und die ohnedies schiefen Häuser fallen hinter ihm ins Knie. Denn Prag, das ist eines seiner Geheimnisse, erscheint als gewaltige optische Täuschung: Gering an Fläche, suggeriert die Stadt permanent Größe. Sie ist das Legoland der europäischen Geschichte: An jeder Ecke eine neue Epoche.

Rilke verbrachte dort seine Kindheit und ein paar Jahre

seines Abiturienten- und Studentendaseins. Man hat gesagt, Prag sei das Laboratorium der Moderne, und dafür spricht schon der Name Kafka. Anders als diesem gelang Rilke der Sprung in die weite Welt. Frankreich, Italien, Rußland, Ägypten. Aber die schiefen Gassen in Prag, so denke ich mir, haben ihn nie losgelassen, jene Gassen, in denen ein zentrifugaler Rausch entsteht, der auch, wie hier, eine Fluchtphantasie sein kann. Davon handelt das Gedicht. Seinen Abgang allerdings (*und unsre Rosse rauschen wie ein Regen*) finde ich ein bißchen dick: Hollywood in Prag.

RAINER MARIA RILKE
DER PANTHER

Im Jardin des Plantes, Paris

Sein Blick ist vom Vorübergehn der Stäbe
so müd geworden, daß er nichts mehr hält.
Ihm ist, als ob es tausend Stäbe gäbe
und hinter tausend Stäben keine Welt.

Der weiche Gang geschmeidig starker Schritte,
der sich im allerkleinsten Kreise dreht,
ist wie ein Tanz von Kraft um eine Mitte,
in der betäubt ein großer Wille steht.

Nur manchmal schiebt der Vorhang der Pupille
sich lautlos auf –. Dann geht ein Bild hinein,
geht durch der Glieder angespannte Stille –
und hört im Herzen auf zu sein.

WOLFGANG LEPPMANN
DES SCHRECKLICHEN ENDE

Eines der bekanntesten Gedichte von Rilke und wohl das schönste Tiergedicht deutscher Sprache, zumindest für Leser, denen Tier mehr bedeutet als Teddy oder Wauwau und Gedicht mehr als wohlklingende Reime. Ein Gedicht mit vielen Feinheiten, von der Einrahmung durch das Wörtchen »sein«, in jeweils verschiedener Bedeutung, über den Wechsel in der Perspektive (so daß nicht der Blick des Tieres an den Stäben, sondern diese an seinem Blick vorübergehen) und die »Zündfolge« von Stäbe-hält-Stäbe-gäbe-Stäben-Welt (die an das Rat-tattat eines Stokkes gemahnt, mit dem ein kleiner Junge an einem Zaun oder Gitter entlangfährt) bis hin zur letzten, sinngemäß um eine Hebung gekürzten Zeile.

Kaum zu glauben, daß »Der Panther« zuerst als Füllsel in einem böhmischen Provinzblatt erschien, als x-beliebiges Zeitschriftengedicht, eingezwängt zwischen eine Rezension und eine Erzählung. Das war im September 1903 gewesen. Seither ist das Gedicht oft anthologisiert und interpretiert worden, vorzugsweise als sinnbildliche Darstellung aller gefangenen Kreatur inklusive des Menschen, der am Bewußtsein der ihm gesetzten Grenzen – im Arbeitstag, in der Familie, in der eigenen Körperlichkeit, im bürgerlichen Leben, und wie die Deutungen alle lauten – krankt und an dieser Erkenntnis zugrunde geht. Ein weniger metaphorisch veranlagter, dafür aber um so fleißigerer Interpret kam nach dem Studium von Brehms »Tierleben«

gar zum Schluß, daß es sich bei diesem Panther um ein Exemplar »in ziemlich weit vorgerücktem Stadium der Gefangenschaft« handeln müsse. Mag sein. Wir halten uns hier nicht an die Bücher, sondern an den Augenschein, zumal das dem Gedicht zugrundeliegende Erlebnis auf primärer Ebene so leicht wie vergnüglich nachzuvollziehen ist: man braucht sich nur in einigen Zoos umzusehen. Dann entdeckt man sogleich, daß der Panther (selbstverständlich nicht mehr derselbe, den Rilke beschrieb) im Jardin des Plantes heute noch in einem kleinen Käfig dahindämmert – eine Tierquälerei, die also in Paris und leider auch in Frankfurt noch fortdauert. Anderswo sind es andere Tiere, in der Stuttgarter Wilhelma zum Beispiel die Bären, die so gehalten werden, »als ob es tausend Stäbe gäbe und hinter tausend Stäben keine Welt«. In Berlin hingegen, wo der Panther hinter Glas wohnt oder in München/Hellabrunn, wo wenigstens seine Verwandten, die Sibirischen Tiger, ihr eigenes Freigehege haben, verspürt man sehr viel weniger von einem »Tanz von Kraft um eine Mitte, / in der betäubt ein großer Wille steht«.
So schildert Rilkes Gedicht nicht nur einen Panther, sondern das gefährdete und gefangene Tier schlechthin und somit auch eine Phase in der Geschichte des Zoologischen Gartens, ja in der Beziehung des Menschen zum Tier. Freilich ist das Gedicht so vollendet, und jener »weiche Gang geschmeidig starker Schritte« so genau wiedergegeben, daß man es zu den Werken zählen muß, denen ihre eigene Schönheit im Wege steht. Unter diesem Aspekt gehört »Der Panther« in eine Reihe nicht mit Conrad Ferdinand Meyers »Der römische Brunnen« oder anderen Dinggedichten, sondern mit Celans »Todesfuge«. Die Perfektion der Form verstellt nahezu den Blick auf das

Thema: hier die für das Los vieler Gefangener stellvertretende Qual eines gefangenen Tieres, dort die Ermordung unzähliger Menschen.

So kann das Schöne, in Erweiterung der Ersten Duineser Elegie, nicht nur »des Schrecklichen Anfang« sein, sondern auch dessen Ende.

RAINER MARIA RILKE
DER PAVILLON

Aber selbst noch durch die Flügeltüren
mit dem grünen regentrüben Glas
ist ein Spiegeln lächelnder Allüren
und ein Glanz von jenem Glück zu spüren,
das sich dort, wohin sie nicht mehr führen,
einst verbarg, verklärte und vergaß.

Aber selbst noch in den Stein-Guirlanden
über der nicht mehr berührten Tür
ist ein Hang zur Heimlichkeit vorhanden
und ein stilles Mitgefühl dafür –,

und sie schauern manchmal, wie gespiegelt,
wenn ein Wind sie schattig überlief;
auch das Wappen, wie auf einem Brief
viel zu glücklich, überstürzt gesiegelt,

redet noch. Wie wenig man verscheuchte:
alles weiß noch, weint noch, tut noch weh –.
Und im Fortgehn durch die tränenfeuchte
abgelegene Allee

fühlt man lang noch auf dem Rand des Dachs
jene Urnen stehen, kalt, zerspalten:
doch entschlossen, noch zusammzuhalten
um die Asche alter Achs.

WOLFGANG PREISENDANZ
ALLES REDET NOCH

Das Gedicht aus dem zweiten Teil der »Neuen Gedichte« entstand am 18. August 1907 in Paris. In einem Brief vom Dezember 1905 berichtet Rilke von einem Besuch zusammen mit Auguste Rodin in Versailles: »Wir gingen zwei graue, leise Stunden im Garten von Groß-Trianon herum, der uns ganz gehörte und so neu und eigen war mit einer Reihe von Palästen und Pavillons, die auch der Meister noch nie so gesehen hatte.« Die Erinnerung dieser Stunden mag dem Gedicht zugrunde liegen.

Die beiden ersten Strophen beginnen mit dem Bindewort »aber«, das einen Einwand ankündigt. Wogegen sich der Einwand richtet, bleibt unausgesprochen; es erschließt sich nur durch das siebenmalige »noch«: der Doppelaspekt von »noch« und »nicht mehr« motiviert das Gedicht. Verschwundenes, Vergangenes drängt sich dem Anblick einzelner Elemente (Flügeltüren, Steingirlanden, Wappen) des Bauwerks auf, die Vorstellung von unwiederbringlich Versunkenem vertieft und belebt die Wahrnehmung dessen, was da als verlassenes Relikt vor Augen steht, Relikt einer Kulturepoche, in welcher der Pavillon seine Stelle im Leben hatte als Schutzraum verborgenen, so strahlenden wie flüchtigen Liebesglücks. Imaginäres und Sichtbares verschränken sich im Anblick einer Stätte, die noch immer etwas parat hält, was sie als Denkmal, sogar als Komplizin des aus ihr entschwundenen Lebens sprechend werden läßt. Sprechend freilich nur für einen Betrachter, dem sich im materiell Gegenwärtigen dessen Gesichtstiefe auftut, weil sich seiner Sensibilität die Aura mitteilt, die dem Pavillon anhaftet und innewohnt. Ein »stilles Mitgefühl« mit dem erotischen Glück, das sich in ihm »verbarg, verklärte und vergaß«, umwittert die Stätte und bemächtigt sich des Betrachters über die Zeitferne hinweg: »alles weiß noch, weint noch, tut noch weh«. Daß sich eine noch so fern gerückte Sache unser bemächtigen könne, hat Rilke in einem Brief kurz nach der Niederschrift des Gedichts »unsere Eingenommenheiten« genannt, die viel mehr vom Gegenstand als von uns selbst ausgingen. Was einst die Stätte mit Leben erfüllte, überdauert als ihre Aura die Leere eines architektonischen Relikts.

Hugo von Hofmannsthal hat mit Bezug auf Gedichte wie das vorliegende von »einzigartigen, im Visuellen wurzelnden, ins Seelische hinübergehenden Evokationen« gesprochen. Das trifft die Sache besser als der Begriff »Dinggedicht«, der sich für Gebilde wie »Der Pavillon« eingebürgert hat. Denn dieser Begriff besagt nichts über das wahre Gedichtmotiv: auszusprechen, wie sich die Aura eines »Dings« der Wahrnehmung bemächtigen, wie Anschauen zum Eingedenken werden kann. Die kaum unterbrochene Kette von gleichklingenden Vokalen und gleichanlautenden Wörtern sowie das vielmalige Ineinandergreifen der Sätze über das Versende hinaus ergeben eine Klanggestalt, die im Vergleich mit gegenwärtiger »sperrigerer« Lyrik zu eingängig erscheinen mag. Und Rilkes »Eingenommenheit« von der verbliebenen Aura eines verwaisten Pavillons mag man nostalgisch finden; aber den flachen, unbetroffenen Blick touristischer Besichtigung übertrifft sie allemal.

RAINER MARIA RILKE
DER SCHWAN

Diese Mühsal, durch noch Ungetanes
schwer und wie gebunden hinzugehn,
gleicht dem ungeschaffnen Gang des Schwanes.

Und das Sterben, dieses Nichtmehrfassen
jenes Grunds, auf dem wir täglich stehn,
seinem ängstlichen Sich-Niederlassen –:

in die Wasser, die ihn sanft empfangen
und die sich, wie glücklich und vergangen,
unter ihm zurückziehn, Flut um Flut;
während er unendlich still und sicher
immer mündiger und königlicher
und gelassener zu ziehn geruht.

HELLMUTH KARASEK
DES WORTES HÖRBARE GESTALT

Dieses Gedicht, das mit seinen Strophen ein wenig so wirkt, als hätte Rilke ein Sonett auf den Kopf gestellt (natürlich fehlen der letzten Strophe in Wahrheit dazu zwei Zeilen), ist ein fast schon allegorischer Vergleich, in dem das Leben und das Sterben in das Bild eines Schwanes getrieben werden, der sich vom Land ins Wasser begibt, den Übergang zwischen den beiden Elementen zögernd vollzieht, um schließlich im Wasser, seinem »eigentlichen Element«, angekommen zu sein: am Ziel, das eine Fortbewegung ist.

Aber auch dieser Vergleich, den man schon deshalb allegorisch nennen muß, weil er das, was er als erklärendes Bild heranzieht, Zug um Zug »übersetzt« (der Mühsal des Gehens entspricht das Leben, dem zögernden Ins-Wasser-Steigen das Sterben, dem immer befreiteren Schwimmen der Tod), auch dieser Vergleich steht gewissermaßen auf dem Kopf. »Der Schwan« heißt das Gedicht, aber der Schwan ist eigentlich nicht das Thema, nicht der Gegenstand des Gedichts, sondern ist nur das *tertium comparationis*, das Bild, das der Dichter für Leben und Sterben sucht.

Die scheinbar auf den Kopf gestellte Form, das scheinbar auf den Kopf gestellte Bild machen die irritierende Faszination dieses »Ding-Gedichts« aus, das zu Rilkes »Neuen Gedichten« (1906/07) gehört, die den Dichter unter dem Einfluß des Bildhauers Rodin zeigen, und die, zum ersten

Mal, eine geradezu stupende Sicherheit, Eigenheit und Meisterschaft des Ausdrucks zu erkennen geben. Diese Verse der »Neuen Gedichte« sind für Rilke nicht »Gefühle«, sondern (objektivierte, im Wort gleichsam Stein gewordene) »Erfahrungen«. Der Lyriker stellt sich einem epischen Anspruch.

Anders als etwa die Barocklyriker, die aus Gedichten Bilderformen auf dem Papier nachzuahmen suchten, also etwa »Baumgedichte« in Gestalt eines Baumes schrieben, wird in Rilkes »Neuen Gedichten« der Gegenstand selbst zur hörbaren Wortgestalt: Der im Zoo-Käfig gefangene, kreisende »Panther« oder der »Archäische Torso Apollos« von 1908, dessen leises Drehen im Umschreiten des Betrachters das Sonett nachvollzieht.

Im »Schwan« wird in einer sprachlichen Mimesis von höchster Vollkommenheit der ungeschickte, »ungeschaffene« Gang des Schwanes mit der sanften königlichen Harmonie des sich im Schwimmen Entfernenden kontrastiert. Was die Sonett-Assoziation hervorruft, ist die Stelle des »Übergangs« nach der zweiten Strophe, markiert durch den Doppelpunkt. Es ist der für Rilke so wichtige transzendente Übergang der (hier vorweggenommenen) »Sonette an Orpheus«, der Übergang vom Leben zum Tod, von dem wir nichts wissen, von dem als einziger Apoll und sein Sänger Orpheus, also der Dichter künden kann. Das so irritierend auf den Kopf gestellte Bild des Schwans läßt das Leben als Stolpern, als »gebunden« und »schwer« erscheinen und malt das Reich jenseits der Transzendenz als Reich, in dem man mündig, königlich und gelassen wird – in Steigerung des Komparativs.

Wer aus dem Gedicht (falschen) Trost ziehen wollte, den weist seine marmorne Kälte und kunstvolle Perfektion in die Schranken: es ist dann wie in einer Abweisung, ja Abfuhr des Lesers und Hörers, keine Verheißung des ewigen Lebens, sondern der zur Dauer geronnene Augenblick in einem Park, in dem ein Schwan sich ins Wasser niederläßt. Ein Bild, flüchtig und bleibend, flirrend von sich im Stillstand perfektionierender Bewegung. Weniger Rodin, mehr der Sogkraft der französischen Impressionisten verwandt.

RAINER MARIA RILKE
DER WAHNSINN

Sie muß immer sinnen: Ich bin ... ich bin ...
Wer bist du denn, Marie?
  Eine Königin, eine Königin!
  In die Kniee vor mir, in die Knie!

Sie muß immer weinen: Ich war ... ich war ...
Wer warst du denn, Marie?
  Ein Niemandskind, ganz arm und bar,
  und ich kann dir nicht sagen wie.

Und wurdest aus einem solchen Kind
eine Fürstin, vor der man kniet?
  Weil die Dinge alle anders sind,
  als man sie beim Betteln sieht.

So haben die Dinge dich groß gemacht,
und kannst du noch sagen wann?
  Eine Nacht, eine Nacht, über *eine* Nacht, –
  und sie sprachen mich anders an.
  Ich trat in die Gasse hinaus und sieh:
  die ist wie mit Saiten bespannt;
  da wurde Marie Melodie, Melodie ...
  und tanzte von Rand zu Rand.
  Die Leute schlichen so ängstlich hin,
  wie hart an die Häuser gepflanzt, –
  denn das darf doch nur eine Königin,
  daß sie tanzt in den Gassen: tanzt! ...

PETER MAIWALD
ZUM VERRÜCKTWERDEN

Die Poesie zählt zu den Künsten, die ihre Verwandtschaft zu Wahnsinn und Einbildung nicht verleugnen. Shakespeare sah im »Sommernachtstraum« das Dichterauge »in schönem Wahnsinn rollend«, und auch Herder und Tieck haben vom »schönen Wahnsinn des Dichters« gesprochen, Wieland fand ihn »hold«, Jean Paul »selig« und Goethe »gefällig«. Bei soviel Schönseherei der eigenen Manie wundert es nicht, daß die Dichtkunst schon früh auch ein Auge auf fremden Wahnsinn geworfen hat. Kinder- und Narrenmund tun Wahrheit kund, sagt das Sprichwort und enthält gleichzeitig das poetische Interesse und sein Vernarrtsein in alle Erscheinungen der Sinnverrückung. »Der Verrückte«, bemerkte Kant, »ist also ein Träumer im Wachen« und hat auch umgekehrt viel mit den Wachträumern und Wachträumen der Poesie gemein.

Dichter, welche die Stimme ihrer Poesie anderen leihen, geraten leicht in den Verdacht der Unlauterkeit. Wer borgt, erscheint nicht ganz uneigennützig und kommt ins Zwielicht: Will da einer als Gegenleistung das Elend als Kunstfarbe borgen und zur Schau stellen? Zeigt da jemand mehr seine Fähigkeit zu Mitleid vor als das fremde Leid und macht sich auf Kosten der Mühseligen und Beladenen ein gutes Gewissen? Die Schimpf- und Verrufworte sind danach und reichen von Arme-Leute-Poesie über Gossenromantik bis zum saueren Kitsch.

»Denn Armut ist ein großer Glanz aus Innen« heißt es in einem anderen Gedicht des Autors, und der Merkvers hat unter Rilke-Verehrern und Rilke-Verächtern die Runde bis zum Schwindel gemacht. Aus dem Zusammenhang der Gedichte gerissen, redet der Vers leicht der Putzigkeit, Verniedlichung und Verherrlichung von Leid das Wort und unterschlägt, daß sein Autor die Armen, »gegeben unter hundert Quäler«, durchaus »entwürdigt«, »gezeichnet« und »entstellt« sah. Wer einen Gedichtzyklus »Das Buch von der Armut und vom Tode« nennt, weiß, indem er demonstrativ zwei Begriffe verbindet, daß Elend und Armut Zeitverkürzung und Zeitverschwendung, »ungelebte Leben« bedeuten.

Das Gedicht verbindet mit dem Irrsinn seiner Person den Irrsinn einer Welt. Die Wahnsinnige und Kranke verkörpert das Echo des normalen Irrwitzes von oben und unten, von Arm und Reich. Sie ist ein Reflex auf die *Idée fixe* und den Starrsinn der Gesunden, koste es, was es wolle und ohne Rücksicht auf Verluste, nach Besitz und Geltung zu streben. Dabei macht sich das Gedicht mit seiner Figur keinerlei Illusionen auf eine Veränderung dieses Zustandes. Der Autor hält nüchtern genug fest, daß die Einbildungskraft, mit der sich seine arme lyrische Figur adelt, nur zur einfachen Verkehrung der alten Verhältnisse reicht. »Leute«, die knien und »ängstlich« am Rande stehen, scheinen da wiederum oder immer noch vonnöten.

Vielleicht ist die Literatur nur deshalb so auffallend mit Irrläufern, Tollen und Narren, Wahnsinnigen und Aberwitzigen, Verrücktgewordenen bevölkert, um an ihrem Beispiel zu erinnern, daß eher die Verhältnisse verrückt werden sollten statt der Menschen. Aber wie gesagt, auch im Falle der Literatur haben wir es mit einem Fall von »schönem Wahn« und Einbildungskraft zu tun.

RAINER MARIA RILKE
DIE BRANDSTÄTTE

Gemieden von dem Frühherbstmorgen, der
mißtrauisch war, lag hinter den versengten
Hauslinden, die das Heidehaus beengten,
ein Neues, Leeres. Eine Stelle mehr,

auf welcher Kinder, von Gott weiß woher,
einander zuschrien und nach Fetzen haschten.
Doch alle wurden stille, sooft er,
der Sohn von hier, aus heißen, halbveraschten

Gebälken Kessel und verbogne Tröge
an einem langen Gabelaste zog, –
um dann mit einem Blick als ob er löge
die andern anzusehn, die er bewog

zu glauben, was an dieser Stelle stand.
Denn seit es nicht mehr war, schien es ihm so
seltsam: phantastischer als Pharao.
Und er war anders. Wie aus fernem Land.

CHRISTOPH PERELS
PHARAO AUS DER ASCHE

Dies Gedicht gehört nicht zu den prominenten Rilke-Texten. Mit seinen zäh fließenden Übergängen von Vers zu Vers und von Strophe zu Strophe, mit seinen bläßlichen Reimwörtern »der« und »mehr« und »er« und »woher«, mit seinen scheinbar unbeholfen nachgeschobenen Relativsätzen und Parenthesen widersetzt es sich allen Erwartungen an ein wohlgefügtes Gedicht.
Ein Haus ist abgebrannt, herkunftslose Kinder toben auf dem Platz herum, der Sohn des Hauses stochert in der Asche. Der dichtende Einsiedler in Paris, der dort im Frühsommer 1908 seine Verse niederschreibt, mag sich schemenhaft eines Ereignisses in einem der Dörfer um Worpswede mit ihren reetgedeckten Häusern erinnert haben. Ein Motiv, so deutlich wie letztlich belanglos. So habe ich das Gedicht öfter als nichtssagend und grau beiseite gelegt. Und doch blieb eine Beunruhigung zurück, als sei da ein Widerhaken in den Text eingebaut: Was soll der Pharao in der Heide bei dem verwirrten Sohn, bei den Kindern, den versengten Hauslinden, dem Aschehaufen in der konturlosen Landschaft Norddeutschlands?
Eine merkwürdige Gesellschaft hat sich um die Brandstätte versammelt, es geht zu wie auf einer Müllkippe. Lauter Ortlose oder ortlos Gewordene, um die Nachbarin Natur – als Frühherbstmorgen – mißtrauisch einen Bogen schlägt. Mit einem Mal aber beginnt der Sohn zu sprechen, und es tritt Stille ein. Vielleicht lügt er, wie ja nach alter

platonischer Tradition auch die Dichter lügen. Wie so manchen Bettler und Irren hat Rilke auch diesen vom Unglück Geschlagenen in einen Visionär, einen Dichter verwandelt, der sich Glauben zu verschaffen weiß wider allen Schein der Wirklichkeit. Wo alles nur wüst und leer ist – oder weil es so ist? –, findet er Raum für ein Werk seiner Einbildungskraft. Das nur noch erinnerte Heidehaus ersteht erneut aus der Asche, der Destruktion folgt nun aber nicht eine Rekonstruktion, sondern ihr widerspricht eine scheinbar absurde Neukonstruktion, »phantastischer als Pharao«. Eine Märchengestalt, der Inbegriff von Pracht und Größe, erhebt sich am Rande der Natur und am Rande der Zivilisation. Als exotische Figur und als exotisches Wort leuchtet die Erscheinung so irreal wie nur möglich im Grau der Asche und im Grau der Wörter. Daß gerade diese Figur und dieses Wort hierhergehören, verbürgt freilich allein der, der hier einmal gewohnt hat, dem nicht recht zu trauen ist und dem man ja auch nicht alles Beliebige glauben muß. Das Wunder, das da in der Wüstung aufgeht, ist ein Wortwunder, und wo die Erfahrungswelt auseinandergebrochen ist, baut die Wörterwelt überraschend Brücken. Mit dem Wort »Pharao« entsteht an der Stelle des Heidehauses ein Palast. Rilke, in Paris zum Wörterbuchleser geworden, gibt seinem Gedicht ein heimliches Wissen mit, die ursprüngliche Bedeutung des Namens »Pharao«: großes Haus. Die Sprache beglaubigt die phantastische Vorstellung. Was da an die Stelle der niedergebrannten Realität tritt, übertrifft noch alle Wunderwelt des Pharao, ist noch phantastischer.

Gewicht und Sinn dieser drei Wörter in der vorletzten Zeile des Gedichts leuchten desto klarer, je nichtiger und namenloser die Welt ringsum geworden ist. Die Dichtung beginnt einen neuen Tag, der des natürlichen Frühherbstmorgens nicht mehr bedarf, um aufzugehen. Und wenn der »Sohn von hier« lügen sollte, so gleicht sein Lügen doch jenen »priesterlichen Betrügen«, mit denen, wie Rilke gelegentlich schreibt, »seit Anfang der Zeiten das Göttliche gefördert worden ist« – seine Botschaft ist keine mehr von hier, sondern eine »aus fernem Land«, dem Land der Kunst, an deren Göttlichkeit Rilke noch glaubte.

RAINER MARIA RILKE
DIE FLAMINGOS

Jardin des Plantes, Paris

In Spiegelbildern wie von Fragonard
ist doch von ihrem Weiß und ihrer Röte
nicht mehr gegeben, als dir einer böte,
wenn er von seiner Freundin sagt: sie war

noch sanft von Schlaf. Denn steigen sie ins Grüne
und stehn, auf rosa Stielen leicht gedreht,
beisammen, blühend, wie in einem Beet,
verführen sie verführender als Phryne

sich selber; bis sie ihres Auges Bleiche
hinhalsend bergen in der eignen Weiche,
in welcher Schwarz und Fruchtrot sich versteckt.

Auf einmal kreischt ein Neid durch die Volière;
sie aber haben sich erstaunt gestreckt
und schreiten einzeln ins Imaginäre.

WOLFGANG LEPPMANN
FINGERÜBUNG EINES VIRTUOSEN

Was die Sprache an Klangfülle und -farbe, an Geschmeidigkeit und Eleganz, an Alliteration und Lautmalerei hergibt: in diesen drei Sätzen, in diesen vierzehn Zeilen wird es ihr abgefordert. Es ist, als verführten mit den Flamingos auch die Worte sich selber, bis der Neid der von der Natur weniger begünstigten Zoobewohner den Wohllaut kakophonisch zerreißt. Ahnlich wie in der »Weise von Liebe und Tod« führt Rilkes Meisterschaft hier hart am Banalen, ja am Kitsch vorbei und überdauert dennoch alle Nachahmung.
Fragonard gemahnt an *»La chemise enlevée«* und andere Rokokoszenen, in denen sich eine höfisch-galante Erotik spiegelt. Dem Leben, nicht der Kunst entstammt hingegen die Freundin, die uns in einem Männer- oder zumindest einem Herrengespräch geschildert wird, nämlich so, wie sie im Bett aussieht, beim Erwachen: »sie war noch sanft von Schlaf«; die Wiederholung des gedehnten Vokals wirkt hypnotisch wie die Liebkosung einer streichelnden Hand. Zeitlos überhöht schließlich erscheint Phryne, die schon dem Praxiteles Modell gestanden hatte (und ein gleiches noch für Schiller tat, als er den Karl Moor in Bruder Franzens Worten als »empfindsam für die Reize einer Phryne« bezeichnete). Kurz, was in der Oktave vor uns aufgebaut wird, ist nicht weniger als das Bild der Verführerin selbstdritt: im Gemälde, im Fleisch, im Stein. Es ist, wenn man so will, zugleich auch Eros, Sexus, Mythos.

Das wird alles so leicht vor uns hingezaubert, daß man sich fast schämt, den zarten Vögeln mit gelehrtem Geschütz auf den Leib zu rücken.
Überhaupt ist dies ein Gedicht, das sehr leicht hätte mißlingen können. Da ist zunächst das Motiv des Sich-Verbergens in der eigenen Weiche, eine Geste der Autoerotik, die – im Gegensatz zum Narzißmus vieler Werke der damaligen Kunst, etwa der Wiener Sezession – hier jedoch aller Peinlichkeit entbehrt. Auch ist in diesen Zeilen nicht von apokalyptischen Tieren die Rede (nicht einmal, um bei der Fauna der »Neuen Gedichte« zu bleiben, von symbolbefrachteten Schwänen oder Falken), sondern eben von *Phoenicopterus rubex*, einem Vogel, an dem, grob gesagt, unser poetischer Bedarf schnell gedeckt ist. Ein Thema, an dem sich durchaus keine gesellschaftspolitischen Aspekte »erarbeiten« lassen, wird hier in einem Sonett behandelt, das sich als Dinggedicht selber aufhebt, indem es seine Funktion: das dargestellte Objekt aus sich heraus und von seiner charakteristischen Seite her zu beleuchten, so gut erfüllt, daß als eigentlicher Wesenszug der Flamingos nur die völlige Selbstbezogenheit übrigbleibt. Diese wiederum ist ein Destillat, an dem sich der Leser nicht annähernd so erwärmt wie beispielsweise an der Noblesse des »Panther«. – Und trotzdem haben wir hier ein kleines Meisterwerk vor uns.
Man spürt, dies ist die Fingerübung eines Virtuosen, der sein Handwerk spielend beherrscht und nach neuen Themen Ausschau hält. In der Tat ließ der »Auftrag« (so nannte es Rilke) nicht lange auf sich warten: »Die Flamingos« entstand im Frühjahr 1908, kurz vor den »Aufzeichnungen des Malte Laurids Brigge« und den ersten »Duineser Elegien«.

RAINER MARIA RILKE
DIE KURTISANE

Venedigs Sonne wird in meinem Haar
ein Gold bereiten: aller Alchemie
erlauchten Ausgang. Meine Brauen, die
den Brücken gleichen, siehst du sie

hinführen ob der lautlosen Gefahr
der Augen, die ein heimlicher Verkehr
an die Kanäle schließt, so daß das Meer
in ihnen steigt und fällt und wechselt. Wer

mich einmal sah, beneidet meinen Hund,
weil sich auf ihm oft in zerstreuter Pause
die Hand, die nie an keiner Glut verkohlt,

die unverwundbare, geschmückt, erholt –.
Und Knaben, Hoffnungen aus altem Hause,
gehn wie an Gift an meinem Mund zugrund.

EGON SCHWARZ
DAS BITTER-SÜSSE ERLÖSCHEN

Was an diesem Gedicht fasziniert, ist die Tatsache, daß es bei aller kunstvollen Stimmigkeit von Rhythmus, Klang und Diktion über sich hinausweist und erst im Zusammenhang mit der Geschichte seinen tieferen Sinn enthüllt. Die Kurtisane von Venedig, Venedig als Kurtisane: diese Identität wird weit getrieben, mit einer Lust an Verwandlung, die der zu Anfang angerufenen venezianischen Alchemie nicht nachsteht. Der aus einfachen Naturstoffen, dem Salz und Glas ihrer Umwelt gewonnene Reichtum der Stadt hat seine Entsprechung in dem durch die bloße Sonne erzeugten Gold der Haare, die Bögen der Brauen in denen der Brücken, die Tiefe der Augen in der des Meeres. Eine subtile Auswahl der Vokabeln (»heimlicher Verkehr«, »steigt« und »fällt«) setzt sogar die Erotik, das Geschäft der Titelgestalt, in Beziehung zu den berühmten Existenzbedingungen der Stadt.
Bis hierher ist alles, wie die Überlieferung es nahelegt. Als das Sonett 1907 entstand (es gehört zum Zyklus »Neue Gedichte«), war Venedig längst zum Sinnbild kultureller Vergänglichkeit geworden. Gerade seine üppige Schönheit machte seinen Niedergang beispielhaft für das Lebensgefühl des Fin de siècle, das sich darin gefiel, im Ende einer Epoche das bitter-süße Erlöschen einer ganzen Kultur zu empfinden. Von Nietzsche bis Hofmannsthal,von Platen bis Schnitzler wurden Künstler nicht müde, das Schicksal der einst allmächtigen Beherrscherin des Mittel-

meers, deren Geschichte die These von Entfaltung und unvermeidlichem Untergang der Kulturen wie keine andere veranschaulichte, zu besingen und zu betrauern. Die Käuflichkeit der ehedem so stolzen Handelsstadt, die nun selbst zur Ware geworden ist, wird in tausenderlei Metaphern teils bedauert, teils verhöhnt, wobei es gleich bleibt, ob sie wie hier mit einer Hure oder wie etwa in Thomas Manns »Tod in Venedig« mit einer Fremdenfalle verglichen wird.

Aber Rilke wäre nicht Rilke, wenn er sich damit begnügte, in den Chor dieser konventionellen Lamentationen einzustimmen. Im Gegenteil, er benutzt die allgemeine Stimmung nur, um ihr eine charakteristische Wendung zu geben, um die weitverbreitete Allerweltswahrheit in ihr Gegenteil zu verwandeln. Die Sonettform, die so vielen seiner späteren Gedichte zugrunde liegt, eignet sich besonders gut zur Darstellung eines solchen Umschwungs oder Umschlags: eine in den beiden vierzeiligen Quartetten vorgetragene These wird in den beiden kürzeren Terzetten durch eine Gegenthese widerlegt und mittels deren übergreifender Schlagkraft absorbiert. So auch hier.

Nicht die Stadt ist dekadent, während die Besucher, Generation auf Generation, sich in ihrer stets erneuerten Jugendlichkeit und Vitalität gleich bleiben. Umgekehrt: Venedig erweist sich als unvergänglich, während es die Menschen sind, die in ihrer Schwäche an der alle überdauernden fürstlichen Gestalt zuschanden werden.

Aus der Dirne ist unversehens eine unnahbare Königin geworden. Erst jetzt ist die alchemistische Verwandlung vollkommen. Daß die proverbielle Schönheit Venedigs gerade »Knaben ... aus altem Haus« zum Verhängnis wird, verheißt Überleben auch in der heraufziehenden

Zeit, die nicht mehr von der aristokratischen Gesellschaft beherrscht sein wird. Im Geist des Erkennenden und Eingeweihten ist die Stadt durch keinen biologischen Vorgang in ihrem Überdauern bedroht. Käuflich in der Empirie, aber unberührbar in der Idee, triumphiert sie über den Kleinmut der Zeitgenossenschaft.

Hier bewährt sich auch die Nützlichkeit der Poesie. Sie erstellt jenen unsichtbaren Raum, in dem sich die Form des zerfallenden Körpers erhält. Dies war jedenfalls in der Vorstellung Rilkes ihre Funktion. Sein Gedicht soll jedem, der unter dem Einfluß der öffentlichen Meinung bei der Annäherung an Venedig den Anblick einer sterbenden Stadt erwartet, zur Einsicht ihrer bereits eingetretenen Unsterblichkeit verhelfen.

RAINER MARIA RILKE
DU ABER, GÖTTLICHER

Du aber, Göttlicher, du, bis zuletzt noch Ertöner,
da ihn der Schwarm der verschmähten Mänaden befiel,
hast ihr Geschrei übertönt mit Ordnung, du Schöner,
aus den Zerstörenden stieg dein erbauendes Spiel.

Keine war da, daß sie Haupt dir und Leier zerstör.
Wie sie auch rangen und rasten, und alle die scharfen
Steine, die sie nach deinem Herzen warfen,
wurden zu Sanftem an dir und begabt mit Gehör.

Schließlich zerschlugen sie dich, von der Rache gehetzt,
während dein Klang noch in Löwen und Felsen verweilte
und in den Bäumen und Vögeln. Dort singst du noch jetzt.

O du verlorener Gott! Du unendliche Spur!
Nur weil dich reißend zuletzt die Feindschaft verteilte,
sind wir die Hörenden jetzt und ein Mund der Natur.

WERNER WEBER
MELODIE UND ERNÜCHTERUNG

Das Gedicht »Du aber, Göttlicher ...« steht am Schluß des Ersten Teils der »Sonette an Orpheus«; Rilke hat es in Muzot geschrieben, 1922, anfangs Februar. Fast zwanzig Jahre vorher, in Rom, ist das Gedicht »Orpheus. Eurydike. Hermes« entstanden; ein Nachsinnen über den mythischen Bericht, den Ovid in seinem Epos »Metamorphosen« gibt. Das Geschehnis: Orpheus hat sich, entgegen der Weisung, im Aufstieg aus der Unterwelt nach Eurydike umgesehen. »Schon ist die Geliebte entglitten.« Hermes geleitet sie zurück ins Reich der Schatten – dieses Geschehnis (Wiederfinden, Abschied und Verlust) bringt Rilke zu Wort, fast so, als wäre das schweigende Erzählen des attischen Reliefs »Orpheus und Eurydike mit Hermes« (um 420 v. Chr.) nach tausend und tausend Jahren laut geworden.

Aber das war noch nicht, woraufhin Rilke, der Dichter, lebte. Erst nach Jahren, 1921, ergab es sich ihm ganz, und ein zufälliger Fund spielte beziehungsreich mit: die Reproduktion einer Federzeichnung des Giovanni Battista Cima da Conegliano (um 1459 bis 1518). Da war jetzt nur er, Orpheus, der Sänger, dessen Lied die Tiere, die Wälder und Felsen bezaubert, so daß sie ihm folgen. Jetzt hat Rilke sein Schlüsselwort, sein Lebenswort ... *Wir sollen uns nicht mühn / um andere Namen. Ein für alle Male / ists Orpheus, wenn es singt* ... Dieses Singen hat das Heulen der Mänaden, hat ihr zerstörerisches Wüten gegen sich.

Bei Ovid: ... *von dem Hügel dort oben erblicken ciconische junge / Rasende Weiber, die Brust mit Fellen bekleidet, den Orpheus, / Wie in die Saiten der Laute er greift zum Gesange der Lieder. / Eine davon schreit auf ... / ›Dort ist er, der uns mißachtet!‹ und sendet die Lanze / In das Gesicht des Tönebegabten, des Sohnes Apollos ...* Doch im Erleiden dieser Feindschaft, in der Vernichtung des Sängers gründet die Dauer des hinterlassenen Liedes. Da gewinnt es sein ordnendes Vermögen, lehrt Ein-Sehn und Ein-Hören von Welt.

Davon redet das Gedicht »Du aber, Göttlicher ...« Oder singt es? Es redet nicht; es singt nicht. Es vollzieht sich in der Schwebe zwischen beidem; ist redendes Singen, singendes Reden. Der erste Vers schon ist auf diese Weise gestimmt. *Du aber, Göttlicher, du, bis zuletzt noch Ertöner:* Die melodische Reihe *Du / Göttlicher / du / Ertöner* ist unterbrochen durch ordnende, erläuternde Bemerkungen: »aber«, »bis zuletzt noch«. Jedoch das eine wirkt ins andere; die Bemerkungen gewinnen Melodie, die Melodie wird ernüchtert.

Melodie und Ernüchterung. Diese Doppelgebärde gilt überhaupt für Rilkes Umgang mit dem Baumuster des Sonetts. Keine der konventionellen Erwartungen löst er ein, weder metrisch noch in der Anordnung der Endreime. Zu besonderer Kraft (sagte Poe einmal) komme eine Reimfolge, wenn in ihr das Erwartete nicht eintrifft. Hier: Was einem das erste Quartett ins Ohr gibt (*Ertöner / befiel / Schöner / Spiel*), tönt im zweiten nicht nach (*zerstör / scharfen / warfen / Gehör*). Nichts von Stimmungsmache; nichts zu voreiliger Gewöhnung. Eben dadurch aber zeigt das Gedicht auch sein eigenes Spiel als »erbauendes Spiel«. Erbauend – ganz trocken: aus dem Ruin einen Bau erstellend: das Gedicht.

Das führt zur Summe am Schluß, im zweiten Terzett. Da sind die Reimwörter »zuletzt« / »jetzt« je in die Mitte ihrer Verszeile genommen, gewichtvoll ausgezeichnet. Binnenreim; für ihn trifft zu, was Karl Kraus über den Reim sagte: *Er ist das Ufer, wo sie landen, / sind zwei Gedanken einverstanden.* »Zuletzt« und »jetzt« verstehen sich im Übergang vom Ruf des Verlustes »O du verlorener Gott!« zum Ruf des Gewinns »Du unendliche Spur!« Der Sänger, zuletzt für das Werden des Liedes geopfert, öffnet im Lied, jetzt und dauernd, die Spur zu jenem Ein-Sehn und Ein-Hören von Welt. Das ist die Sendung des Dichters, der (so Rilke schon 1907, in einem Vortrag über Rodin) »Orpheus heißt, wenn sein Arm auf einem ungeheuern Umweg über alle Dinge zu den Saiten geht . . .; derselbe, der endlich stirbt, das steil aufgestellte Gesicht im Schatten seiner in der Welt weitersingenden Stimmen«.

RAINER MARIA RILKE
FRÜHER APOLLO

Wie manches Mal durch das noch unbelaubte
Gezweig ein Morgen durchsieht, der schon ganz
im Frühling ist: so ist in seinem Haupte
nichts was verhindern könnte, daß der Glanz

aller Gedichte uns fast tödlich träfe;
denn noch kein Schatten ist in seinem Schaun,
zu kühl für Lorbeer sind noch seine Schläfe
und später erst wird aus den Augenbraun

hochstämmig sich der Rosengarten heben,
aus welchem Blätter, einzeln, ausgelöst
hintreiben werden auf des Mundes Beben,

der jetzt noch still ist, niegebraucht und blinkend
und nur mit seinem Lächeln etwas trinkend
als würde ihm sein Singen eingeflößt.

GERTRUD HÖHLER
GÖTTERFRÜHLING

Der spätarchaische Jünglingskopf im Pariser Louvre ist es 1906, der Jünglingstorso des »Apoll von Belvedere« 1908, denen der dreißigjährige Rilke je ein Sonett widmet. Der »frühe Apollo« von 1906 ist weniger berühmt geworden als jenes spätere Torso-Sonett, das aus der Begegnung mit dem Kunst-Gott folgert: »Du mußt dein Leben ändern.« Zu rätselhaft bleiben im früheren Gedicht die Zeilen des ersten Terzetts, in denen die Rose sich entfaltet, jene mächtige Chiffre, die Rilke über sein Leben hinaus im Grabspruch beschwört.

»Früher Apollo«: Tages-, Jahres- und Lebensfrühe glänzen schattenlos und kühl aus diesem Marmor des sechsten Jahrhunderts. Ungemildert, wie das gnadenlose Frühlingslicht durchs nackte Gezweig blendet, trifft den Betrachter dieses jugendliche Schauen. »Schauen«, das ist für Rilke der Seherblick des Künstlers, der »fast tödlich« trifft, was er verwandelt. Der unverhüllte Glanz der Verse, die der frühe Gott bereithält, strahlt noch unverschattet, solange kein Lorbeer die ekstatische Begeisterung verteilt und dämpft.

Im späteren Sonett von 1908 ist der Glanz des verlorenen Hauptes als flimmernde Glut in das Bruchstück des Leibes abgestrahlt. Apoll, der unter die Götterversammlung mit dem gespannten Bogen trat, verbreitete selbst unter seinesgleichen »fast tödliche« Klarheit. Für den späten Rilke wird dieser Dichtergott zum Überwinder der Schwellen zwischen Tod und Leben. Orpheus, der die apollinische Leier »wie Rosenranken in den Ast des Ölbaums« eingewachsen in der Linken trägt, als er den Tartaros durchquert, wird in den späten Sonetten der Mittler aller Künstler. Von ihm sagt Rilke, vorausdeutend auf seinen eigenen Grabspruch: »Errichtet keinen Denkstein. Laßt die Rose/ nur jedes Jahr zu seinen Gunsten blühn.«

Der Jünglingskopf im Louvre schaut mit weitgeöffneten Augen unter hochgeschwungenen Brauen durch den Betrachter hindurch. Das Ornament der Stirnlocken schmiegt sich im Regelmaß gleicher Spiralen um das entrückt lächelnde Antlitz. Ein »Rosengarten« soll diese weitaufgeschlagenen Augen verschatten, irdisches Blühen den Angriff des Gottes mäßigen. Rosenblätter, die über das marmorkühle Gesicht hingleiten werden, wenn die Rosen reifen und verblühen, müßten die lächelnden Lippen des Gottes in strömenden Versen lösen.

Die Rose ist Rilkes Rätselbild für die Versöhnung aller Widersprüche: »Blütenblätter ... lauter Augenlider,/ geschlossene, als ob sie, zehnfach schlafend,/ zu dämpfen hätten eines Innern Sehkraft.« »Unerschöpflich Sich-Bescheinendes«, ist die Rose Dauer und Flüchtigkeit ineins, »reiner Widerspruch«. Ihre Blütenblätter, »lauter Augenlider«, die das Schauen des Sehers dämpfen, um sein Singen erst zu lösen, werden die Lippen des nicht mehr jugendlichen Gottes streifen. Jetzt noch steinern blinkend, werden diese sich bebend öffnen zum großen Gesang.

Der unerbittlich in die Ferne gerichtete Blick des jungen Gottes, sein stilles Lächeln um den »niegebrauchten« Mund, sein unbekränzter Kopf, der jede Auszeichnung zurückweist: der Dichter sieht in der überlegenen Einfalt

dieses abwartenden Lächelns die Sammlung des Schöpferischen, das auf seinen Augenblick wartet.
Der jugendlich stolze Gott schweigt. Er gehört zu den »großen, niemals werbenden Göttern«, wie Rilke in seinen späten Sonetten schreibt; sie »rühren nirgends an unsere Ränder«. Was uns umtreibt und knechtet, »die Aufenthalte der Liebe«, die Schuld, das blendet uns bei der Begegnung mit dem Gott: »An der Kreuzung zweier/ Herzwege steht kein Tempel für Apoll.« Der Gott begehrt weder noch wirbt er. Deckungsgleich wird nur bei ihm das Leben mit der Kunst: »Gesang ist Dasein. Für den Gott ein Leichtes.«

RAINER MARIA RILKE
FRÜHER, WIE OFT

Früher, wie oft, blieben wir, Stern in Stern,
wenn aus dem Sternbild der freiste,
jener Sprech-Stern hervortrat und rief.
Stern in Stern staunten wir,
Er, der Sprecher des Stern-Bilds,
ich, meines Lebens Mund
Nebenstern meines Augs.
Und die Nacht, wie gewährte sie uns
die durchwachte Verständigung.

JAN KNOPF
KOSMISCHER DIALOG

Von Martin Heidegger stammen die Sätze: »Eigentlich spricht die Sprache, nicht der Mensch. Der Mensch spricht erst, insofern er jeweils der Sprache ent-spricht.« Entsprechungen sind wohl auch der Schlüssel zu diesen rätselhaften Versen, die Rilke Anfang Februar 1926 in Val-Mont geschrieben hat – ein spätes Gedicht also und ein Rückblick dazu. Alle Verben stehen im Präteritum, und der frühere Zustand einer offenbar innigen Gemeinschaft wird emphatisch (»wie oft«, wiederholt im vorletzten Vers) beschworen. »Ich« und »Er« bilden diese Gemeinschaft. Das »Ich« als »meines Lebens Mund« ist der irdische, das »Er« der kosmische Partner. Früher waren sie im Sternbild vereinigt, oder sie haben, nehme ich das »blieben« des ersten Verses beim Wort, eine gemeinsame Bleibe am Himmel gehabt. Möglich war dies durch Projektion: Indem sich das Ich an den Sternenhimmel projiziert, kann es mit dem kosmischen Gebilde eine Einheit im Sternbild werden. So hat das vorkantsche Weltbild noch funktioniert, ehe der Mensch endgültig aus dem Himmel vertrieben wurde. Auch Goethe war noch davon überzeugt, daß nur über eine wechselseitige Verbindung von Subjekt und Objekt Erkenntnis möglich sei, daß der Mensch nur dann von der ihn umgebenden Natur eine Antwort erhält, wenn er ihr ent-spricht.

Nicht ohne Grund ist Rilkes Gedicht ein Gedicht über Sprache und Verständigung. Nähert sich der Mensch angemessen dem gestirnten Himmel über ihm, so bildet er sich nicht nur in ihn hinein, er erhält auch die kosmische Antwort, indem der »Sprech-Stern« hervortritt und dem Menschen zuruft. Verwundert nehmen beide dann wahr, daß solche Verständigung möglich ist, wobei das lyrische Ich nicht vergißt, daß es doppelt bestimmt ist. Als Mund des Lebens bleibt es dem Irdischen verhaftet, als Nebenstern seines Auges jedoch vermag es am Kosmischen teilzuhaben, wenn es – auch da sind Goethesche Anklänge zu hören – in richtiger Weise nach den Sternen blickt: *Wär nicht das Auge sonnenhaft / Die Sonne könnt' es nicht erblikken.*

Freilich, während Goethe darin eine grundsätzliche Maxime von Erkenntnis sah, bildet der kosmische Dialog bei Rilke bereits die Ausnahme. Er ist nur bei Nacht möglich, er geht davon aus, daß das »normale« Leben und die »normale« Verständigung (zwischen den Menschen) ausgesetzt sind. Die Nacht, während das Leben ruht, muß durchwacht werden; nur so funktioniert die Verständigung.

Worüber sich Mensch und Stern verständigen, sagen die Verse nicht. Zu schließen ist aus dem Attribut »der freiste«, daß es sich um einen Loslösungsprozeß handelt. Wenn der Sprech-Stern das Ich anruft, ist das »Gerede«, um nochmals Heidegger zu bemühen, des Tages, des Alltags, außer Kraft gesetzt. Hier findet eine metaphysische Verständigung statt, die das Ich vom Mund des Lebens für die Zeit der Nacht befreit und eine prinzipiell andere Kommunikation, in der sich Mensch und Stern entsprechen, ermöglicht.

Das Gedicht, das zunächst so rätselhaft erscheint, vollzieht sprachlich den Übergang von der »Normalsprache« zur »kosmischen Sprache«. Es verwendet kein unübliches oder besonders »schweres« Wort, und dennoch mutet alles fremd an. Rilke überführt die »normale« Sprache in eine Meta-Sprache. Es geht nicht darum, »etwas« mitzuteilen, sondern die Besonderheit, das »Wie« der »anderen« Kommunikation zur Sprache zu bringen. Das »Sternbild« ist kein wirklich zu beobachtendes, sondern lediglich ein sprachliches Bild des Sterns (deshalb auch die Bindestrich-Komposita). Es ist die Sprache, die die Bilder schafft und die »Welt« bildet, der keine empirische Wirklichkeit mehr entspricht.

Dieser kosmische Dialog wird jedoch nur mehr erinnert. Der Rückblick und die Emphase besagen indirekt: diese Verständigung ist uns Nachgeborenen für immer entzogen. Einen, wenn auch geringen Anteil an ihr haben wir allerdings noch: wenn wir das Gedicht verstehen.

RAINER MARIA RILKE
SONETTE AN ORPHEUS I, XXI

Frühling ist wiedergekommen. Die Erde
ist wie ein Kind, das Gedichte weiß;
viele, o viele ... Für die Beschwerde
langen Lernens bekommt sie den Preis.

Streng war ihr Lehrer. Wir mochten das Weiße
an dem Barte des alten Manns.
Nun, wie das Grüne, das Blaue heiße,
dürfen wir fragen: sie kanns, sie kanns!

Erde, die frei hat, du glückliche, spiele
nun mit den Kindern. Wir wollen dich fangen,
fröhliche Erde. Dem Frohsten gelingts.

O, was der Lehrer sie lehrte, das Viele,
und was gedruckt steht in Wurzeln und langen
schwierigen Stämmen: sie singts, sie singts.

WERNER ROSS
EIN GEDICHT ÜBERS GEDICHTELERNEN

Die »Duineser Elegien« und die »Sonette an Orpheus«, das Doppelwerk des »späten« Rilke, gelten als schwierig. Früher näherte man sich ehrfürchtig, auf Zehenspitzen; heute zögert man – zuviel Weihrauch, zuviel Orakelsprüche, zuviel kirchenväterliche Exegese.

Das einundzwanzigste aus dem ersten Teil der »Sonette an Orpheus« scheint eine glückliche Ausnahme. Es kommt leicht daher, ist sangbar, hat etwas Kindliches. Rilke, in seinen spärlichen Anmerkungen zu den Sonetten, hat diesem einen Kommentarsatz gegönnt: es sei gleichsam die »Auslegung« einer merkwürdig tanzenden Musik, die er einmal von den Klosterkindern in einer kleinen Nonnenkirche zu Ronda während einer Morgenmesse habe singen hören. »Die Kinder, immer im Tanztakt, sangen einen mir unbekannten Text zu Triangel und Tamburin.«

Ein Tanzlied also, ein Frühlingslied, ein Ringelreihen auf der Wiese, in den Farben grün und blau. Der erste Vers so lapidar wie »Der Mai ist gekommen«. Aber schon der zweite biegt das schwebende »Die Erde« des ersten Verses in eine sehr kühne Metapher um, eine, an die kein Frühlingslied jemals gedacht hat: die Erde ein Kind, das »Gedichte weiß«. Und von nichts anderem ist in dem ganzen Sonett die Rede: Von den Leiden und Freuden der Schulkinder – so könnte es überschrieben sein. Bei einem strengen Lehrer hat das Schulkind Erde seine Gedichte, seine Vokabeln, seine Grammatik gelernt, der Winter war die Lehrzeit, Herr Winter hieß der Lehrer.

Der Frühling ist *nicht* personifiziert; er ist die Freiheit, die doppelte der Befreiung vom Lernen und der Hinwendung zum Spiel. Er ist der Preis für fleißiges Lernen, der »Spielraum« für das Fang- und Haschespiel der Kinder. Das Lernen selbst, die Wintermühe, die Monotonie des weißen Bartes, der weißen Buchseiten entpuppt sich als Befruchtungsvorgang: nur wer schwarz auf weiß gelernt hat, *kann* die Vokabeln grün und blau. Wurzeln und Stämme, die Termini der stirnrunzelnd forschenden Etymologen, werden bei ihrem botanischen Doppel- und Ursinn gepackt. Die Wissenschaft, unverächtlich, notwendig, wird nunmehr beiseite getan. »Sie hätte singen sollen, diese neue Seele«, merkte Nietzsche zu seinem gelehrten Erstlingswerk an. Diese Seele singt.

Die rückerinnerte Kindheit, das »*temps perdu*«, wird als Fegefeuer *und* als Paradies erinnert. Damals war sie noch einzufangen, die Erde, das ungebärdige Schulkind, das sich den Erwachsenen verweigert. Die braven kleinen Spanienkinder aus der Nonnenschule, mit ihren Tamburin und Triangel, verwandeln sich in einen himmlisch übermütigen Puttenchor, in ein jagendes Puttengepurzel, »blind und verwildert in des Haschens Hast«.

Die Stirb-und-Werde-Dialektik der »Sonette« gibt auch der Winterstarre und der Lehrerstrenge ihren sakralen Platz. Rilkes karger Winter hatte immerhin ein Jahrzehnt gedauert. So lange brauchen halt Wurzeln und Stämme. Ohne die Qual des Lernens – und es ist schön altmodisch als Auswendiglernen gemeint – nicht der Jubel des Ausrufezeichens hinter »sie kanns, sie kanns!«. Die Dichtungstheorie Paul Valérys hat hier Pate gestanden: das gelungene Gedicht ist die *»difficulté vaincue«*, die überwundene Schwierigkeit, die bezwungene Form. Das Schulkind, das seine *Gedichte* kann, wird zum Sinnbild des Dichters, der das *Dichten* kann. Schulkindes Leid wird übertrumpft von Schulkindes Triumphgefühl, das Schema läßt sich auf allen Ebenen durchexerzieren, auf der höchsten ist es der singende und preisende Orpheus selbst.

Das Tanzlied hat es geschafft, so leicht zu sein, wie sein Sinn es meint. Es *ist* leicht, ein Vergnügen, es auswendig zu lernen. Kein Ballast fürs Gedächtnis, sondern eine Lust. Am gleichen Tag, an dem Rilke Takt und Tanz dieser Verse ersann, schrieb er die berühmten Sätze der IX. Elegie: »Erde, du liebe, ich will ... Namenlos bin ich zu dir entschlossen ...«

RAINER MARIA RILKE
GEBET FÜR DIE IRREN UND STRÄFLINGE

Ihr, von denen das Sein
leise sein großes Gesicht
wegwandte: ein
vielleicht Seiender spricht

draußen in der Freiheit
langsam bei Nacht ein Gebet:
daß euch die Zeit vergeht,
denn ihr habt Zeit.

Wenn es euch jetzt gedenkt,
greift euch zärtlich durchs Haar:
alles ist weggeschenkt,
alles, was war.

O, daß ihr stille bliebt,
wenn euch das Herz verjährt;
daß keine Mutter erfährt,
daß es das gibt.

Oben hob sich der Mond,
wo sich die Zweige entzwein,
und, wie von euch bewohnt,
bleibt er allein.

WOLFGANG KOEPPEN
DIE GEFANGENEN, DIE IRREN UND DER DICHTER

Das »Gebet für die Irren und Sträflinge« ist im Insel-Almanach auf das Jahr 1912 erschienen. Das Kalendarium begleiten zwölf Schattenrisse aus dem Goethekreis, die Wieland-Silhouette, von Goethe geschnitten. Sokrates erscheint als Fotografie der Herme aus dem Neapler Museum und könnte die Büste eines Gymnasialprofessors jener Zeit sein. Ein Porträtmedaillon, gefunden in Como, zeigt Lucrezia Borgia als achtungheischende Landesfürstin, Hausfrau, Mutter von Ferrara, nicht dämonisch, nicht lasziv, zugenommen an Gewicht und hoffentlich Verstand. »Kulturpolitik treiben, heißt den Sinn für Vollkommenheit, Verfeinerung und Raffinement zu wecken oder wieder zu erwecken suchen«, doziert Henry van der Velde, der Arbiter der Ästhetik. Hugo von Hofmannsthal erzählt von einem »Ritt durch Phokis«. »Wir ritten lange zwischen zwei Hecken von wilden Rosen.« Der Insel Verlag, im Nachglanz der Sonne von Weimar, umwarb mit seiner Visitenkarte, dem geschätzten, fast schon bibliophilen Almanach voll schöner Literatur, humaner Sitte und trefflichen Beispielen der bildenden Künste den unterrichteten Leser, der 1912 mit sich und der Welt zufrieden ins Jahr ging.

Der Titel des Gedichtes von Rilke überrascht hier. Ich las ihn heute, nicht 1912, und fand die Überschrift »Gebet für die Irren und Sträflinge« aktuell, provokant, politisch. Ein garstig Lied? Das Gedicht ist schön. Leise sein Erschrekken, sein Zorn, sein Protest, wenn überhaupt vorhanden. Zum vorgenommenen Thema ist der Text blaß, auf den ersten Blick unbedeutend. Ich dachte an zwei andere, gleich diesem zwischen 1910 und 1912 entstandene, den Irren und den Gefangenen zugeeignete Gedichte des jungen Georg Heym. Da kehrt der Sträflingstrupp von der Feldarbeit zurück »in das große Grab, das wie ein Schlächterblock ins Graue stiert«. Das ist das Zuchthaus. Das ist Gefängnis. Wir kennen das; zumindest haben wir eine sehr konkrete Vorstellung von Gefangenschaft, Zwangsarbeit und Verwahrung, dazu Erfahrungen und böse Träume. Und die Irren? Bei Heym sind sie, ist ihre unsägliche Lage mit drei Strichen gezeichnet: »Ein Wärter, eine Peitsche, eine Kette.« Das schlägt in die festen Mauern der Heil- und Pflegeanstalten und reißt das Elend bloß.

Doch kommt mir beim zweiten Lesen Rilkes stillwirkendes Gedicht viel radikaler vor als Heyms Expressionismus, nihilistischer als jeder ja optimistische Aufruf, die Zucht- und Irrenhäuser zu stürmen, die Eingesperrten zu befreien. Die Lage der Gefangenen, für die Rilke betet, ist endgültig hoffnungslos. Es gibt keine Freiheit. Weder auf Erden, noch im Himmel. Die Frage nach Schuld, Sühne und Vergebung erübrigt sich. Die Gefangenen sind aus dem Sein gefallen, »Ihr, von denen das Sein leise sein großes Gesicht wegwandte«, es ist ihnen Furchtbares widerfahren, etwas, das mit ihnen war, das aus dem Kosmos kommt, zum All gehört, dem Unvorstellbaren, das sie verstieß. Wir wissen nicht warum.

Der Dichter und Beter Rilke zählt sich noch, wenn auch nur vielleicht, zu den Seienden draußen in der Freiheit. Das verwundert, zwei Jahre nach den »Aufzeichnungen des Malte Laurids Brigge«. An anderer Stelle heißt es bei Rilke: »Nachtwächter ist der Wahnsinn, denn er wacht.« Hier ist, wie bei großen Völkern in alten Zeiten, der Wahnsinnige der Auserwählte, der Wächter, der Prophet, der Dichter. Man wird nie auf ihn hören, aber er hat das kommende sichere Unglück gesehen. In dem Gebet, das Rilke für die Befallenen spricht, ist von Rettung nicht die Rede. Sie ist poetisch aufgehoben. »Denn ihr habt Zeit.« Die Gefangenen sind in der Ewigkeit. Der Dichter ist es noch nicht. Er ist in Furcht und möchte zärtlich reden zu jenen, denen »alles, was war« schon weggeschenkt ist. Weggeschenkt ist hoffnungsloser, grausamer als weggenommen.

Um 1912 waren Appelle an das Mitleid beliebt. Der fortgeschrittene Zeitgenosse schämt sich dieses Gefühls. Aber Rilke erwägt gar nicht eine Beschwörung menschlicher oder göttlicher Barmherzigkeit. Sein so sanftes, so gütiges Gebet ist böse und brutal wie die Vernichtung von Leben, Leib und Seele in einem Gangsterfilm, der uns grausam begeistert. Der Mond geht noch romantisch auf und ist doch schon die Strafkolonie einer beängstigenden Sciencefiction.

Rilke wird mit den Engeln der »Elegien« kämpfen, die schrecklich sind, aber immerhin korrespondierende Mitglieder des großen Welttheaters. Seinen Gefangenen gebietet Rilke Schweigen. »O, daß ihr stille bliebt, wenn euch das Herz verjährt.« Es zerreißt das Herz.

RAINER MARIA RILKE
HERBSTTAG

Herr: es ist Zeit. Der Sommer war sehr groß.
Leg deinen Schatten auf die Sonnenuhren,
und auf den Fluren laß die Winde los.

Befiehl den letzten Früchten voll zu sein;
gieb ihnen noch zwei südlichere Tage,
dränge sie zur Vollendung hin und jage
die letzte Süße in den schweren Wein.

Wer jetzt kein Haus hat, baut sich keines mehr.
Wer jetzt allein ist, wird es lange bleiben,
wird wachen, lesen, lange Briefe schreiben
und wird in den Alleen hin und her
unruhig wandern, wenn die Blätter treiben.

RAINER KIRSCH
CHEFSACHE UND ARBEIT

Wer spricht? Der Dichter. Zu wem? Zu Gott. Wer ist der? Vor drei Jahren und einem Tag hatte Rilke angefangen, ihm merkwürdige Rollen zuzuweisen: Gott war *uralter Turm*, um den das lyrische Subjekt windig als Falke, Sturm oder großer Gesang kreiste, wurde bald *Nachbar, Gesetz, Ball, raunender Verrußter* auf russischen Öfen und fortan immer ruppiger kleingehauen, bis er mitunter wegblieb und im Herbst 1901 gar log und sich dem Redenden als Mühlstein um den Hals hängte. Nun, am 21. September 1902, des Familienstipendiums verlustig und mit einer Rodin-Monographie beauftragt, sitzt der Atheist Rilke in Paris und ist mit Gott offenbar im reinen – er kann sich ihm klassisch nähern: höflich, selbstbewußt und in Anerkenntnis der Weltordnung.

Wo steht das? Im ersten Vers. Die Anrede ist *Herr* (betont auf unbetonter Silbe, Rilke hat gelernt, mit dem Metrum zu spielen, und setzt sich sozusagen die professionelle Dichtermütze auf. Bisher hatte Gott *Gott, du Gott, du Ast* usw. geheißen, einmal, frech und französisch, als gelte es ein Tänzchen, *mein Herr*). Der respektvoll-knappen Anrede folgt die Mahnung *es ist Zeit*: man trifft sich dienstlich, und der Redende ist vortragsberechtigt. Doch hütet er sich, gleich auf den Punkt zu kommen. Hochmögende bedürfen des Lobs wie unsereins der Speise, ohne das tun sie nichts oder kriegen den Unmut; die ungeheuerliche Lobfloskel *Der Sommer war sehr groß* erweist des Redenden Weltkenntnis, definiert Gott und läßt den Vers in den klassischen Jambus einrasten, zugleich eröffnet sie den Handlungsort, eine Landschaft. Wer ist Gott? Er wirkt, zeigt sich, am Wetter und den Jahreszeiten. Nun ist Wettermachen das Urgeschäft aller ernstlich großen Götter von Aton über Jahwe und Zeus bis zu Wotan; Gott ist demnach bedeutend, die Agenda der nächsten sechs Verse Chefsache.

Was muß auch nicht alles geleistet werden! Die *Schatten auf die Sonnenuhren* legen – Massen an Wolken sind aufzubringen! *Die Winde los* lassen – aber so, daß sie weder einander zunichte blasen noch sich zu Zyklonen zusammenrotten! *Letzte Süße in den schweren Wein* jagen – biochemischer Feinzauber in unterschiedlichsten Hanglagen! Gott, somit, wird vorgestellt als nördlich des Mittelmeers waltender Groß-Gutsbesitzer, dessen Herrschaft durch Atmo- und Stratosphäre bis zur Sonne reicht; der Redende, sein Majordomus, sorgt, daß IHM das Rechte zur rechten Zeit in den Kopf kommt, und braucht sachgemäß schöne Verse – ein durchheiterter Gott ist ein besserer Gott.

Wir lesen Vers 8, und stocken. *Wer jetzt kein Haus hat, baut sich keines mehr* – an wen geht das? Gott, interessierte ihn derlei, wüßte es eh; er wird wohl davon sein, arbeiten. Sonst ist niemand zugegen, der Majordomus redet zu sich selber. Jammert er? Kein Stück. Vielmehr bleibt ihm, nach erledigter Dienstsache, Muße, Privates zu bedenken: Er macht ein Lebenskonzept. Rilkes Haushalt in Westerwede war aufgelöst, die Reserven kärglich, Honorare kaum in Sicht; wie weiter? Hausdiener werden? Sich aufhängen? Ein Manifest der Moderne verfassen, wie Hofmannsthal das gleichenjahrs mit dem Lord-Chandos-

Brief angeblich getan hat? Nichts dergleichen. Der Redende wird *wachen, lesen, lange Briefe schreiben* – er wird sich einschränken, Mäzene suchen und dichten. Vor sechzehn Tagen hatte Rilke Rodins Lebens-Grundregel *Il faut travailler, rien que travailler. Et il faut avoir patience* erfahren, es ist, lesen wir, inzwischen seine. Die Schlußwendung von den *Alleen*, in denen *die Blätter treiben*, rundet das Gedicht und dehnt die Berichtszeit in die nächste Zukunft, den Spätherbst; an Rodins Maxime halten wird Rilke sich noch gut dreiundzwanzig Jahre, bis zum Tod, den er als was beschrieben hat? als *Arbeit*.

RAINER MARIA RILKE
ICH FÜRCHTE MICH SO

Ich fürchte mich so vor der Menschen Wort.
Sie sprechen alles so deutlich aus:
Und dieses heißt Hund und jenes heißt Haus,
und hier ist Beginn und das Ende ist dort.

Mich bangt auch ihr Sinn, ihr Spiel mit dem Spott,
sie wissen alles, was wird und war;
kein Berg ist ihnen mehr wunderbar;
ihr Garten und Gut grenzt grade an Gott.

Ich will immer warnen und wehren: Bleibt fern.
Die Dinge singen hör ich so gern.
Ihr rührt sie an: sie sind starr und stumm.
Ihr bringt mir alle die Dinge um.

WALTER MÜLLER-SEIDEL
SPRECHEN VON DEN DINGEN

Ein Gedicht der Jahrhundertwende, aus dem Furcht und Bangen spricht, und ein Gedicht, das warnen will. Veröffentlicht wurde es 1899 in dem Versbuch »Mir zur Feier«, entstanden ist es zwei Jahre zuvor, nach der Auskunft Ernst Zinns: in Berlin-Wilmersdorf am 21. November 1897.

Mit seinen Gebärden des Bangens und Warnens steht das Gedicht quer zur Zeit und ihrem Fortschrittsglauben – eine unzeitgemäße Betrachtung. Die Welt wird nicht vorbehaltlos bejaht – so wenig wie Vergangenheit beschworen wird. Die gewisse Ratlosigkeit, die zwischen den Zeilen steht, fällt auf. Sie ist für die beginnende Moderne kennzeichnend, weil sich die Wirklichkeit mit den Maßstäben ästhetischer Vollkommenheit immer weniger »bewältigen« läßt. Aber kennzeichnend erst recht ist das vielfach gestörte Vertrauen in die Sprache.

Auch in diesem Gedicht ist es erkennbar, und daß es ein Dichter ist, der Furcht vor dem Wort der Menschen äußert, zeigt an, wie wenig sich das Selbstverständliche noch von selbst versteht. Gilt solche Furcht auch dem Wort der Dichter – derjenigen, die mit ihm Herrschaft ausüben und gebieten?

An Stefan George zu denken liegt nahe. Tatsächlich fühlte sich Rilke von ihm in jenem Spätherbst beeindruckt und bedrängt. Am 14. November war er ihm zum erstenmal begegnet, im Salon des Malerehepaares Lepsius. Von

Georges gebieterischen Versen spricht ein späterer Brief Rilkes; und das eigene Anderssein sucht er in einem Gedicht zu behaupten, das sich auffällig dem Ton des »Meisters« nähert: »Ich werde nie mich neigen vor der Strenge/ Der bleichen Bilder in dem tiefen Buche.« Dennoch reicht die Furcht vor dem Wort der Menschen über eine Beziehung wie diese weit hinaus. Vorbehalte gegenüber jenen sind einzuschließen, die alles überdeutlich oder eindeutig ausdrücken, die alles vorherwissen oder zu berechnen vorgeben.

Das Erscheinen der »Welträtsel« von Ernst Haeckel im Jahre 1899 stand unmittelbar bevor, als Rilkes Gedicht entstand. Es geht daher auch – und nicht zuletzt – um das Wort der Wissenschaft, in der die Lösbarkeit aller Probleme behauptet wird; und zur Wissenschaft gehört Entzauberung, wie es bei Max Weber heißt. Gegenüber einer solchen Kultur der eindeutigen Begrifflichkeit und der »Allwissenheit« werden hier die Dinge zur Sprache gebracht – die Natur, das Tier, die Gegenstände der Kunst.

Sie werden genannt, damit wir sie vernehmen oder sie singen hören, wie gesagt wird. Was heißen soll, daß sie nicht nur Objekte unseres Verfügens sind, sondern daß sie selbst etwas sind, als hätten wir es mit handelnden Subjekten zu tun. Von der Empörung der Dinge ist in einer der frühen Erzählungen Kafkas bezeichnenderweise die Rede. Aus dem veränderten Verhältnis zu ihnen erklärt sich der Ton gegen Ende des Gedichts, die vorwurfsvolle Anrede an alle, denen die Dinge nichts mehr bedeuten, die ihre Musik nicht mehr vernehmen: »Ihr rührt sie an: sie sind starr und stumm./ Ihr bringt mir alle die Dinge um.«

Solches Sprechen von den Dingen hat man vielfach mißverstanden: entweder als Dingmystik und damit als eine Art weltlicher Theologie oder auch als einen zivilisationsfeindlichen Rückfall in ein vorindustrielles Zeitalter – als sei es ausschließlich Aufgabe der Schriftsteller, im Strome der Zivilisation munter mitzuschwimmen, wohin er auch treibt.

In Wirklichkeit haben wir es, was die Dinge angeht, nicht nur bei Rilke mit einem Umdenken von epochaler Bedeutung zu tun, die darin beruht, daß Herrschaft über die Natur nicht mehr unangefochten gilt; daß man der Denkart derjenigen nicht mehr uneingeschränkt vertraut, die alles wissen, »was wird und war«. Der Bewußtseinswandel ist unbeschadet der poetischen Mängel, die man dem Gedicht nachsagen kann, ein Fortschritt: ein solcher nämlich nicht vom Menschen weg sondern zum Menschen hin.

RAINER MARIA RILKE
KOMM DU, DU LETZTER

Komm du, du letzter, den ich anerkenne,
heilloser Schmerz im leiblichen Geweb:
wie ich im Geiste brannte, sieh, ich brenne
in dir; das Holz hat lange widerstrebt,
der Flamme, die du loderst, zuzustimmen,
nun aber nähr' ich dich und brenn in dir.
Mein hiesig Mildsein wird in deinem Grimmen
ein Grimm der Hölle nicht von hier.
Ganz rein, ganz planlos frei von Zukunft stieg
ich auf des Leidens wirren Scheiterhaufen,
so sicher nirgend Künftiges zu kaufen
um dieses Herz, darin der Vorrat schwieg.
Bin ich es noch, der da unkenntlich brennt?
Erinnerungen reiß ich nicht herein.
O Leben, Leben: Draußensein.
Und ich in Lohe. Niemand, der mich kennt.

[Verzicht. Das ist nicht so wie Krankheit war
einst in der Kindheit. Aufschub. Vorwand um
größer zu werden. Alles rief und raunte.
Misch nicht in dieses was dich früh erstaunte]

RALF ROTHMANN
ABSOLUTHEIT

Mit Hilfe von Konventionen, schrieb Rilke in den Briefen an einen jungen Dichter, habe man alles nach dem Leichten hin gelöst, ja, nach des Leichten leichtester Seite. Es sei aber klar, daß man sich, wie jedes Lebendige, das seiner Vervollkommnung entgegenstrebt, an das Schwere halten müsse. »Daß etwas schwer ist, muß uns ein Grund mehr sein, es zu tun.«
Das Gedicht, seine letzte Eintragung im letzten Taschenbuch, dokumentiert: Er hat sich an das Schwerste gehalten, an die Bejahung des eigenen Endes – und der unsagbaren Leiden, die damit zusammenhingen. Eine Bejahung ohne Furcht oder Verbitterung, wie man liest, und das Staunen über Wucht und Wut der Krämpfe scheint aus einer unverwundbaren Mitte zu kommen.
Weniger, weil es ein Entwurf ist und von ihm, im Fall seines Überlebens, so nicht publiziert worden wäre, müßte ein germanistisch-philologisches Vermessen der Zeilen befremden. Jemandem, der sich kaum noch kennt vor Qual, zählt man nicht die Silben seiner Sätze nach. Und doch, die Kunst dieser Verse verblüfft auch dann, wenn man bedenkt, daß hier einer spricht, der sich ein Leben lang zum Ausdruck erzogen hat und letztlich, was die Absolutheit seiner Existenz betrifft, selbst Ausdruck war: einer Kraft, deren Bestimmung seit jeher das ist, was man in der Antike »den Gott schmücken« nannte.
Rilkes Diktion, die oftmals halsbrecherische Hochspra-

che, rief immer schon Spötter auf den Plan – und dieses Fragment beschämt alle. Denn trotz seiner Bravour bleibt es die wahrhaftigste Äußerung, zu der ein Mensch fähig ist: Schmerzenslaut. Und es verkörpert das Verstummen.

Stets hat mich die Inbrunst des Anfangs erstaunt. Die rhythmische Logik dieser Zeile entspricht der eines Liebesgedichts (so wird ein lange Erwarteter empfangen), und Bejahung, auch und gerade die des Unvermeidlichen, ist schließlich eine Form der Liebe. Man glaubt einen Puls schlagen zu hören in den Versen: Kraftvoll und schnell bis zum doppelt erklingenden »Grimm«, wird er zur Mitte hin unregelmäßig, kürzere Sätze, der Atem stockt, und allein in der Zeile vor der Zäsur, im lakonischen »Und ich in Lohe. Niemand der mich kennt.«, ist eine Ermattung gestaltet, der man in ihrer Kunstfertigkeit kaum glauben mag.

Erst das erneute Anheben im Schlußteil nimmt ihr den verzweifelten Glanz; und erschüttert, weil es in Wahrheit der Ausklang ist, das Hinsinken – dessen »Misch nicht in dieses, was dich früh erstaunte« seltsam persönlich anmutet, fast privat, als hätte der Dichter die Umstehenden längst vergessen. Wobei er sich noch berichtigt, noch zur Klarheit ermahnt, während Licht und Sinne schwinden.

Nicht klagen solle man, schrieb Rilke fast zwanzig Jahre früher im »Requiem« für Wolf von Kalckreuth, sondern hart sich in die Worte verwandeln, damit Schicksal eingehe in die Verse. So betrachtet, kann das Fragment, wenige Tage vor seinem Ende notiert, vollkommener nicht sein. Es ist die Totenstille zwischen den Zeilen, die es zum Klingen bringt.

RAINER MARIA RILKE
LIEBES-LIED

Wie soll ich meine Seele halten, daß
sie nicht an deine rührt? Wie soll ich sie
hinheben über dich zu andern Dingen?
Ach gerne möcht ich sie bei irgendwas
Verlorenem im Dunkel unterbringen
an einer fremden stillen Stelle, die
nicht weiterschwingt, wenn deine Tiefen schwingen.
Doch alles, was uns anrührt, dich und mich,
nimmt uns zusammen wie ein Bogenstrich,
der aus zwei Saiten *eine* Stimme zieht.
Auf welches Instrument sind wir gespannt?
Und welcher Geiger* hat uns in der Hand?
O süßes Lied.

---

* Hier stand zunächst »Spieler«. Rilke änderte 1918/19.

GERTRUD HÖHLER
KLIMA DES SCHICKSALS

Ist es Liebe, die hier spricht? Ein Loblied auf die Unzertrennlichkeit der Liebenden, Sehnsuchtsstrophe des Entfernten in Zeiten der Trennung? Hingabe durchtränkt diese Verse; unwiderstehlich klassisch klingt der musikalisch hingeseufzte, vielzitierte erste Satz: Verschmelzungsruf eines erfüllten Liebenden.
Die sanfte Melodie dieses Liebesrufes trägt auch weiter, er bleibt »schön«, wenn der Leser die dunklen Ahnungen überspielt, die von der rätselhaften Gedichtmitte ausgehen: Fluchtimpulse des Ergriffenen, Einsamkeitssehnsüchte klingen hinter dem klagenden »Ach« der vierten Zeile auf.
Täuschte die Hingabe der verführerischen Eingangszeilen? Aber sie meldet sich wieder, sammelt sich im virtuosen Schlußbild, das den Gleichklang der Seelen als geheimnisvollen Akkord feiert: Instrument und Spieler bleiben den gleichschwingenden Seelen unerforschlich. Dennoch: Der Sänger dieser Verse möchte einzeln sein, er möchte diesen rätselhaften Zusammenklang verlassen, der bei jedem Außenreiz die beiden Liebenden in gleiche Schwingungen versetzt. Wem schreibt der junge Dichter Rilke diese Verse? Vielleicht seiner Frau, mit der er damals, Mitte März 1907, von Capri aus viele Briefe wechselt.
Längst war er dem Gleichklang mit dieser Frau auf die ihm eigene sanfte Art entflohen. Was in seinem dichterischen Vermächtnis von 1921, dem »Testament«, als schmerzer-

füllte Lebensklage aufklingt: »diese Angst vor dem Geliebtwerden«, das durchzieht schon diese frühen Verse.
Die Geliebte, umarmt durch das vertrauliche Liebesgeständnis des ersten Satzes, ohnmächtig geliebt, so will es scheinen, steht eigentlich als Hindernis im Weg. Die »Dinge« sind verstellt, die Aufgaben scheinen unerreichbar im Schatten der Liebenden. Der so in Bann Geschlagene möchte sich verstecken; wo niemand nach ihm sucht, wo niemand ihn erkennen kann, keiner sich auskennt, wo niemand ruft, dort möchte er Zuflucht finden. Es soll ein Ort sein, der vom Zauber der Liebenden frei ist: nichts darf hierher die verführerischen Schwingungen der Frauenseele melden.
»Doch«: das Unisono der Seelen widerlegt des Dichters Sehnsucht nach Heimkehr zu sich selbst. Unkenntliche Mächte scheinen im Spiel, die Gesetze des Fühlens liegen nicht in der Verfügung der Liebenden. Zweifach fragend begann der Sänger, doppelt fragend will er enden – da drängt sich noch ein lapidarer Satz an den Schluß, kürzer als alle Zeilen diese letzte: »O süßes Lied.« Nicht: O süße Liebe. Der Künstler spricht, nicht der Liebende. Das Geschaffene steht über dem Gefühl, es schenkt erkennbare Gestalt, wo das Erlebte undurchschaubar, rätselhaft bedrängend blieb. Wie er sich selbst rettet aus den »Bemächtigungen der Liebe«, so hebt er die Rätsel der Hingabe auf in der Form.
Jubel und Klage sind eins in diesem Gedicht; die »Tröstungen« der Liebe verquicken sich unlösbar mit ihrer Dämonie. Schon ist in diesem frühen Werk Rilkes Lebensproblem behutsam ausgebreitet: »die Liebe«, sagt er später, »ist das eigentliche Klima des Schicksals.« »Gab es jene Liebende, die kein Hindernis war, die ihn nicht ver-

langsamte und ablenkte in die Aufenthalte der Liebe?« Die »Speerspielerin Einsamkeit«, zu der er immer wieder schmerzgepeinigt flieht, von Anteilnahme zerrissen, läßt dann das geflohene Erlebnis im Kunstwerk »überstehn«.

Die Gestaltung als »Aufgabe«, die Erleben unerbittlich ausgrenzt: ein altes Künstler-Lebensthema. Das Gedicht des Capri-Frühlings von 1907 zeigt beides noch dicht verschlungen: Staunen, Hoffnung und Furcht. Noch sind die gegenläufigen Wünsche gleich stark: daß die Harmonie mit der Liebenden ihn überwältigen möge und daß ihm die Flucht in die Einsamkeit gelänge.

Dies war der Zwiespalt seines Lebens. »Wohnen in den Umarmungen kann nur der, der auch in ihnen sterben darf«, hat er später, geklärter und ergeben in sein Teil, geschrieben. Singend sah er sich als den Überwinder des Vergänglichen: »Gesang ist Dasein.« O süßes Lied.

RAINER MARIA RILKE
MAGIE

Aus unbeschreiblicher Verwandlung stammen
solche Gebilde –: Fühl! und glaub!
Wir leidens oft: zu Asche werden Flammen;
doch, in der Kunst: zur Flamme wird der Staub.

Hier ist Magie. In das Bereich des Zaubers
scheint das gemeine Wort hinaufgestuft …
und ist doch wirklich wie der Ruf des Taubers,
der nach der unsichtbaren Taube ruft.

GÜNTER KUNERT
KUNSTSTÜCKCHEN

Heute erscheinen uns Gedichte von Rilke oft überspannt, outriert, manchmal die Grenze zu unfreiwilliger Komik, zum Kitsch gerade noch angestrengt wahrend. Aber so liest jede Zeitgenossenschaft anders. Magie und Zauber – Worte, welche wir ohne Gänsefüßchen kaum auszusprechen vermögen, stehen hier noch in fragloser Legitimität, und legitim sind sie ja auch, obschon eher in einem kulturhistorischen als in einem künstlerischen Sinne. Übertreibend ausgedrückt: Jeder Dilettant des Metiers ist über den Ursprung der Lyrik »bestens« informiert. Ihre Quelle entspringt archaischem Denken, Animismus und Geisterbeschwörung, Götteranrufung und Verfluchung: also einer sprachlichen Praxis, mittels derer der Adept auf seine Wirklichkeit Einfluß zu nehmen gedachte. Die Ethnologie weiß davon manches ungereimte Lied zu singen. So wirkt der Titel »Magie« für den im Gedicht evozierten Akt tautologisch, nicht zuletzt weil das Darstellungsmittel mit dem Dargestellten zusammenfällt: Als handele es sich um ein Zauberkunststück zur Demonstration von Zauberei.

Trotz alledem: Selbst in unserer Epoche wissenschaftlich geprägter Rationalität leben Gedichte immer noch vom Saft aus ihren frühen Wurzeln. Ihr Genuines besteht einfach darin, durch assoziative Bildkombinatorik Vorstellungen und Empfindungen zu erwecken, die durch kein andersgeartetes Reizmittel hervorrufbar wären. Insofern sind Gedichte tatsächlich »wirklich wie der Ruf des Taubers, der die Taube ruft«. Ja, ich vermute, die Latenz von Gefühlen wird überhaupt erst vom Gedicht angeregt. Das »hinaufgestufte Wort« selber schafft sich den Empfänger, welcher ohne diesen »Anruf« gar nicht zur entsprechenden Reaktion imstande wäre. Etwas paradox gesagt, produziert der Brief sich seinen Adressaten. Das Gedicht zeugt den Leser. Rilkes Achtzeiler, eine kurzgefaßte Poetologie, die, wie alle ihre Gattungsgenossinnen, die »unbeschreibliche Verwandlung« zu beschreiben unternimmt, ist zugleich ein Lehrbeispiel für Hugo Friedrichs »Struktur der modernen Lyrik«, wo der Name Rilke nicht ein einziges Mal vorkommt. Christliche Bildwelt (Anrufung des Heiligen Geistes im Ruf nach der unsichtbaren Taube) und »leere Idealität« entsprechen einander: »Das Gedicht bewegt sich in einem geläufigen Schema platonischer und christlich-mystischer Herkunft. Nach diesem Schema steigt der Geist in eine Transzendenz auf, die ihn so verändert, daß er rückblickend die Hülle des Irdischen durchdringt und dessen wahres Wesen erkennt. Es ist das Schema der – christlich so benannten – *ascensio* oder *elevatio*.« Und resümierend fährt Friedrich fort: »Von Gott ist nicht mehr die Rede. Wir erfahren auch nicht, welcher Art die nunmehr verstandene Sprache der Blumen und Dinge wäre. Das Ziel des Aufstiegs ist nicht nur fern, sondern leer, eine inhaltslose Idealität. Sie ist ein bloßer Spannungspol, hyperbolisch angestrebt, aber nicht betreten.«

Was hier auf Baudelaire gemünzt wird, trifft ebenso auf Rilke zu: weder wird der Ruf des Taubers in irgendeiner Weise definiert noch die Antwort der unsichtbaren Taube erwartet. Die Säkularisierung ist perfekt, Christentum der

Fundus für Metapher und Wortwahl. Geblieben ist der Lyrik ihr eingeborener Gestus, vom Unsagbaren in Gleichungen und Gleichnissen reden zu müssen, obwohl das Unsagbare inzwischen auch unglaubhaft geworden ist. Aber sie, die Lyrik, kann, um ihres Weiterbestehens willen, nicht aufhören, so zu tun, als wäre anstelle des Garnichts ein Etwas. Aus schieren Existenzgründen muß sie etwas vortäuschen, was aus anderen Daseinsbereichen längst verschwunden ist: die besagte Transzendenz nämlich.

»Hier ist Magie«, schreibt Rilke, aber wir, im Stande der verlorenen Unschuld und eines deprimierenden Aufgeklärtseins, wissen, daß Magie nur eine Sache geschickter Taschenspielerei ist.

RAINER MARIA RILKE
NOCH FAST GLEICHGÜLTIG . . .

Noch fast gleichgültig ist dieses Mit-dir-Sein ...
Doch über ein Jahr schon, Erwachsenere, kann
es vielleicht dem Einen,
der dich gewahrt, unendlich bedeuten:
Mit dir sein!

Ist Zeit nichts? Auf einmal kommt doch durch sie
dein Wunder. Daß diese Arme,
gestern dir selber fast lästig, einem,
den du nicht kennst, plötzlich Heimat
versprechen, die er nicht kannte. Heimat und Zukunft.

Daß er zu ihnen, wie nach Sankt-Jago di Compostella,
den härtesten Weg gehen will, lange,
alles verlassend. Daß ihn die Richtung
zu dir ergreift. Allein schon die Richtung
scheint ihm das Meiste. Er wagt kaum,
jemals ein Herz zu enthalten, das ankommt.

Gewölbter auf einmal, verdrängt deine heitere Brust
ein wenig mehr Mailuft: dies wird sein Atem sein,
dieses Verdrängte, das nach dir duftet.

ECKART KLESSMANN
KÜNFTIGE LIEBE

Wir wissen nicht, an wen Rilke diese Anfang Juni 1924 in Muzot geschriebenen Verse gerichtet hat, wenn sie denn wirklich einer biographisch faßbaren Frau gegolten haben sollten. Es liegt nahe, an die damals achtzehnjährige Erika Mitterer zu denken, die den Dichter im Mai mit einem Briefgedicht überrascht hatte, auf das Rilke erwiderte, aber die Forschung hat dieses nahezu unbekannt gebliebene Gedicht nicht in den Umkreis der Mitterer-Gedichte einordnen wollen. Zu seinem Verständnis sind diese Umstände auch nicht wichtig.

Ein offenbar schon älterer Mann spricht zu einem jungen Mädchen, noch nicht ganz ausgereift (»über ein Jahr schon, Erwachsenere«). Noch ist sich die Angesprochene ihres Körpers nicht ganz bewußt, denn »diese Arme, / gestern dir selber fast lästig«, deuten auf die Unsicherheit des noch jungen Körpers, der mit sich noch nicht eins geworden ist.

In diesem Gedicht geschieht etwas Merkwürdiges, ja höchst Ungewöhnliches: Getreu der Frage »Ist Zeit nichts?« wird nur von Zukunft gesprochen und dem möglichen (»vielleicht«) Gegenüber, das nicht Ich heißt, sondern »einer« oder »er«. Ein Liebesgedicht – das ist es doch wohl – verzichtet auf das, woraus ein Liebesgedicht sonst lebt: Gegenwart, Nähe.

Das »Mit dir sein« ist – sofern Gegenwart – »noch fast gleichgültig«, es gewinnt seine Bedeutung erst im Kom-

menden: »Doch über ein Jahr schon, Erwachsenere ...« Worin liegt das Glück der Liebenden, wenn nicht in den Armen des anderen? Aber erst künftig werden diese Arme des Mädchens »Heimat und Zukunft« dem Geliebten verheißen können, und der muß nicht der Sprechende sein.
Der Wie-Vergleich mit dem spanischen Wallfahrtsort Sankt-Jago di Compostella wirkt durch die Gewichtigkeit der Metapher etwas fremd in dieser Umgebung aus einfacher Rede, wie ja überhaupt in dieser letzten Phase in Rilkes Schaffen, nach den Duineser Elegien, seine Sprache viel von ihrem früheren Prunk einbüßt und oft erstaunlich schlicht ist; vielleicht haben die Reminiszenzen des Dichters an Spanien ihm dieses Bild nahegelegt.
Der Weg zur (zum) Geliebten, wir wissen's, gleicht immer dem »härtesten Weg«. Wie viele Umwege müssen Liebende gehen, bis sie einander begreifen, bis einer versteht, »daß ihn die Richtung / zu dir ergreift«, bis ein Herz »ankommt«. Zeichen werden gegeben und nicht oder falsch verstanden, Sprache und Gesten tasten sich vorsichtig vor, sich dem anderen behutsam verständlich zu machen.
»Gewölbter auf einmal, verdrängt deine heitere Brust ...« – das klingt gelöst und nach leiblicher Gemeinsamkeit, und es mag auch den Durchbruch der Liebe bedeuten, wenn zwei einander endlich erkennen, wenn die Geliebte »sein Atem« wird und die Kontur der »heiteren Brust« dem Duft der Geliebten entspricht, »dein Wunder«.
Diese Verse enthalten alle Zärtlichkeit eines sehr gegenwärtigen und dabei träumerisch distanzierten Liebesgedichts, aber sie täuschen die Zeit, indem sie das Vergehende mit dem Künftigen verknüpfen. Nichts ist, alles

wird sein. Das Wunder gelingt. Das Liebesgedicht verspricht »Heimat und Zukunft«, Ziel aller Liebe, im leisen zärtlichen Atem.

RAINER MARIA RILKE
RÖMISCHE FONTÄNE

Borghese

Zwei Becken, eins das andre übersteigend
aus einem alten runden Marmorrand,
und aus dem oberen Wasser leis sich neigend
zum Wasser, welches unten wartend stand,

dem leise redenden entgegenschweigend
und heimlich, gleichsam in der hohlen Hand,
ihm Himmel hinter Grün und Dunkel zeigend
wie einen unbekannten Gegenstand;

sich selber ruhig in der schönen Schale
verbreitend ohne Heimweh, Kreis aus Kreis,
nur manchmal träumerisch und tropfenweis

sich niederlassend an den Moosbehängen
zum letzten Spiegel, der sein Becken leis
von unten lächeln macht mit Übergängen.

HANS-ULRICH TREICHEL
WUNSCHTRAUM EINES RUHELOSEN

Er war ein Getriebener, der es zumeist nicht länger als ein paar Monate, manchmal auch nur Wochen oder Tage an einem Ort aushielt. Und wer im Falle Rilkes von »Wanderjahren« oder von lebenslanger »Pilgerfahrt« spricht, wie manche Biographen es tun, der möchte der manischen Unruhe des Autors noch nachträglich einen Sinn und eine Richtung abgewinnen.

Auch nach Rom ist Rilke im November 1903 nicht als Pilger – weder im wörtlichen noch im übertragenen Sinne – gereist, sondern als Begleiter seiner Frau, der Malerin Clara Westhoff, die sich zu Studienzwecken in der Ewigen Stadt aufhielt. Obwohl Rilke ein kleines Gartenatelier in vorteilhafter Lage, in der Villa Strohl-Fern nahe der Villa Borghese bewohnt, bleibt ihm die Stadt am Tiber unzugänglich und »attrappenhaft blind«. Und selbst der römische Himmel, der auch den lärm- und smoggestreßten Besucher unserer Tage mit vielem wieder versöhnt, liefert dem Autor nur »billige Farbenspiele«, ist »seicht und versandet«, wie er am 12. Mai 1904 an Lou Andreas-Salomé schreibt. Eine Einladung nach Schweden erlaubt dem Dichter, Rom schon im Juni wieder zu verlassen, und er tut es ohne zu zögern.

Das Sonett »Römische Fontäne« hat Rilke auf seinem Weg in den Norden nicht im Gepäck, es entsteht erst im Juli 1906 in Paris. Wohl aber wird ihn die Erinnerung an den Borghese-Garten begleitet haben, der ihm und seiner Frau

»schon in den ersten Tagen ein vertrauter Zufluchtsort« (Brief an Arthur Holitscher vom 5. November 1903) werden sollte. Die Ruhe des Gartens oberhalb der Spanischen Treppe spiegelt und verdoppelt sich gleichsam in der stillen, träumerischen Bewegung eines seiner Brunnen. Kein Strahl steigt auf, nichts fließt und fällt, wie noch in Conrad Ferdinand Meyers berühmtem Gedicht vom »Römischen Brunnen«, welches ebenfalls durch einen Borghese-Brunnen inspiriert wurde.

Hier ist alle Dynamik von Fallen und Steigen ganz verhalten, ganz leise geworden und wie nach innen gerückt. Fast möchte man meinen, die Fontäne droht zum Rinnsal zu werden, so wenig Druck und Dynamik billigt Rilke ihr zu. Und man ist geneigt, mit Rilkes »Brunnen«-Gedicht aus dem Jahre 1885 bedauernd auszurufen: *Ganz verschollen ist die alte, / holde Brunnenpoesie, / da aus Tritons Muschelspalte / eine klare Quelle lallte, / die den Gassen Sprache lieh.* Doch ging es Rilke hier eben nicht um den Brunnen als Sinnbild entweder überschäumender oder aber wohlregulierter Natur- und Vitalkräfte. Die »Römische Fontäne« der Villa Borghese wird ihm vielmehr zum Ort der Stille, der beruhigten Affekte und der spiegelnden Selbsterfüllung.

In Rilkes aus einem einzigen Satz gebildeten Sonett teilt sich uns das Bild einer schmerzlos-innigen Selbstbegegnung mit. Zwar gibt es auch hier ein Nehmen und Geben, ein Träumen und Wachen, ein Reden und Schweigen, ein Zeigen und Sehen: doch alles geschieht nur innerhalb des Brunnens; ohne ein lyrisches Ich, ohne daß ein Betrachter sich über den Brunnenrand beugt – und ohne den Schmerz der Vergänglichkeit, den uns jeder Spiegelblick lehrt.

Es ist das vom Wasser bewegte Wasser selbst, dessen Erzittern Rilke in ein Lächeln verwandelt, und das wohl Spiegel des Himmels, aber ganz ohne »Heimweh« und nur bei sich selbst ist. »Sich selber ruhig verbreitend ohne Heimweh« aber, das ließe sich auch lesen als Wunschtraum eines Ruhelosen, der zwar ein Heimweh hatte, aber kein Heim; der weder stürzen noch erstarren wollte, sondern seine Kreise ziehen aus einer einzigen Mitte heraus.

RAINER MARIA RILKE
ROSE, OH REINER WIDERSPRUCH

Rose, oh reiner Widerspruch, Lust,
Niemandes Schlaf zu sein
unter soviel Lidern.

WOLFGANG LEPPMANN
ZAUBERWÜRFEL

Die berühmte Inschrift, die Rilke beim Abfassen seines Testaments im Spätherbst 1925 als Epitaph entwarf – sie ziert bis heute seinen inzwischen recht verwitterten Grabstein im Kirchhof von Raron –, ist kurz, aber alles andere als bündig. Gewiß, es sind nur zwölf Wörter, die einen einzigen, in Appositionen gegliederten und über drei Zeilen verteilten Satz bilden. Aber so leicht dieser Satz zu lesen und jedes Wort in seiner syntaktischen Funktion zu erfassen, so schwer ist es, dem Ganzen eine eindeutige, keiner weiteren Erklärung bedürftige Aussage zu entnehmen. Von seiner Originalität und scheinbaren Einfachheit fasziniert, hat die Nachwelt an diesem Epitaph wie an einem Zauberwürfel herumgedreht im Bemühen, das in ihm enthaltene »Problem« zu lösen: mit dem Ergebnis freilich, daß es nicht aufgeht und wohl auch nicht gänzlich aufgehen soll.

Untersucht man zum Beispiel die Schlüsselworte im Hinblick auf den Gebrauch, den Rilke anderswo von ihnen macht, dann schillert schon die »Rose« in vielen, über naheliegend-traditionelle Symbole (etwa für Liebe oder Schönheit oder Tod) hinausgehenden Bedeutungen. Hier sollten wir sie uns vielleicht als Sinnbild des noch aus dem Grabe heraus nachwirkenden Dichters vorstellen wie in dem vielzitierten Sonett, in dem es heißt: »Errichtet keinen Denkstein. Laßt die Rose / nur jedes Jahr zu seinen Gunsten blühn. / Denn Orpheus ist's.« Bei »reinem« Widerspruch haben wir wohl an einen unversöhnten, auf Koexistenz anstatt Ausgleich angelegten Kontrast, bei »Lust« hingegen an eine Bejahung des Lebens auch angesichts des Grabes zu denken. (So ungewöhnlich das Wort »Lust« auf einem Epitaph erscheint, so überliefert, ja banal wirkt die Metapher des Schlafes für den Tod.)

Wer aber ist der »Niemand«, von dessen Schlaf oder vielmehr Nichtschlaf hier die Rede ist? Unter Rückgriff auf ein kurz vor der Grabinschrift verfaßtes Fragment in französischer Sprache erklärt man »Niemandes Schlaf« gern als einen Zustand, in dem die Rose für sich und um ihrer selbst willen blüht, ohne Bezugnahme auf den Toten, aus dessen Grab sie ersprießt. So lassen sich die aus Parallelstellen gewonnenen semantischen Fäden beliebig weiterspinnen, ohne daß sie sich zu einem festen Gewebe zusammenschlössen – geschweige denn zu einem, das das Gewicht einer jener »letzten Wahrheiten« ertrüge, die man damals noch zur Erbauung oder Ermahnung der Nachkommen in Grabsteine einmeißelte.

Wir sollten es weniger philosophisch nehmen und uns auch am Wohlklang dieser Zeilen erfreuen, wobei wir beim Lautlesen einen Übergang von dunklen zu hellen Vokalen und von einem anfangs durch Kommata gehemmten zu einem freien Sprachduktus finden. In dieser Verschränkung des Stockenden mit dem Fließenden und des Widerspruchs mit der Lust ist schon das Ineinandergreifen von Tod und Leben angedeutet, das für diesen Dichter eine Selbstverständlichkeit darstellte.

Für ein zwangloses Übergehen in einen Tod, der das Leben nicht wie ein Schlußpunkt beendet, sondern es wie ein Gedankenstrich auf anderer Ebene weiterführt, spricht auch der oft übersehene Umstand, daß Rilke sich anstatt eines neuen Grabsteins einen alten gewünscht hatte, von dem man die früheren Inschriften entfernen mußte, bevor die seinige angebracht werden konnte. Bei einem solchen, von einem Toten an den anderen weitergereichten Stein kann man in der Tat von »Niemandes Schlaf« sprechen – ohne daß diese Zeilen damit restlos ausgedeutet wären. Wo steht übrigens geschrieben, daß die Lyrik immer Fragen beantworten muß? Liegt ihr Wert manchmal nicht gerade darin, daß sie sie stellt und die Antwort uns überläßt?

RAINER MARIA RILKE
TRÄNENKRÜGLEIN

Andere fassen den Wein, andere fassen die Öle
in dem gehöhlten Gewölb, das ihre Wandung umschrieb.
Ich, als ein kleineres Maß und als schlankestes, höhle
mich einem andern Bedarf, stürzenden Tränen zulieb.

Wein wird reicher, und Öl klärt sich noch weiter im
Kruge.
Was mit den Tränen geschieht? – Sie machten mich
schwer,
machten mich blinder und machten mich schillern am
Buge,
machten mich brüchig zuletzt und machten mich leer.

HARALD HARTUNG
DIE SCHÖNE ERSCHÖPFUNG

»Ich weiß, es kann eine ›Reaktion‹ geben«, schreibt Rilke nach der Vollendung der Elegien und Sonette an Lou. Jene Reaktion stellt sich ein, zunächst als diffuses Unwohlsein, in der Form unbestimmter körperlicher Störungen. In diversen Behandlungen sucht der Dichter Heilung und Aufschluß über seine Krankheit. So verbringt er ab Ende August 1923 vier Wochen im Sanatorium Schöneck am Vierwaldstättersee. Eine verfehlte Kur; aber er gewinnt ihr etwas an Produktion ab. Einer Dame, die er kennenlernt, Elisabeth Salomon, der späteren Frau Friedrich Gundolfs, widmet er »Zwei Gedichte«.

Das erste, »Ex voto«, ist so etwas wie sublime Parodie auf den Brauch der Gläubigen, unter dem Heiligenbild einen Dankspruch mit der Abbildung des geheilten Körperteils anzubringen. Da ihm selbst sein Krankheitsbild unklar ist, richtet er die Aufforderung an die Dame: *Nimm mich ganz an dein Bild: Vielleicht siehst du's an mir*. Erotische Koketterie oder ein versteckter Hilferuf? Wie immer: »Ex voto« bleibt dichterisch ein Spiel mit der Konvention. »Tränenkrüglein« dagegen ist wahrhaft eine Weihegabe.

Man darf an die kleinen Gefäße aus Glas oder Ton denken, wie sie in der Antike als Grabbeigaben üblich waren. In ihnen heiligte der Mensch seine Trauer und begrenzte sie zugleich, indem er ihr ein Maß abgewann. Es war auch die Meinung der Totensagen, daß übermäßige Trauer die

Ruhe der Toten störe. In Bechsteins Märchen vom Tränenkrüglein erscheint das gestorbene Kind der Mutter, die drei Tage und drei Nächte geweint hatte. In den Händen trägt es ein übervolles Krüglein und bittet die Mutter, nicht mehr zu weinen. Sonst werde das Krüglein überfließen, und es werde »keine Ruhe haben im Grabe und keine Seligkeit im Himmel«.

Wie immer, wenn Rilke ein Thema oder Motiv aufgreift, gibt er ihm eine neue Wendung. Zwar benutzt das Gedicht den Reim, doch seine daktylischen Langzeilen haben antikischen Ton und erinnern an Epigramme, wie sie in der Antike als Aufschriften auf Weihgeschenken, Standbildern, Grabmälern erscheinen. Rilkes Tränenkrüglein freilich gibt sich selbst die Aufschrift. Es spricht auch nicht von den Toten oder den Trauernden, sondern buchstäblich in eigener Sache.

Es will anders sein als die nützlichen Gefäße für Wein und Öl und setzt sich nicht ohne Stolz gegen die »anderen« und ihr Menschenwerk ab. Es begreift sich als selbsterschaffen, als Ding, das sich selbst zu seiner Aufgabe geformt hat: *stürzenden Tränen zulieb*. Die zweite Strophe spricht vom Preis dieses Tränendienstes. Er ist hoch, besser: er *war* es. Mitten im Vers geschieht der Umschlag: *Was mit den Tränen geschieht? – Sie machten mich schwer*. Gefragt wird in der Gegenwart, doch die Antwort kommt schon aus dem Vergangenen. Tränen sind nicht zu konservieren; sie verdunsteten zu schillernden Salzen, zersetzten das Gefäß und ließen es leer zurück.

Also liebte Rilke die Tränen nicht? Liebte er die Klage nicht? Doch – nur hatte er sie bislang nicht isoliert. *Nur im Raum der Rühmung darf die Klage / gehn, die Nymphe des geweinten Quells*, verkündet eines der Orpheus-Sonette. Nun aber, kaum daß die große Sinnstiftung geleistet ist, beginnt die Erosion des schönen Zusammenhangs. Der Chemie der Tränen ist das gebildete Gefäß nicht gewachsen. Die Klage »erschöpft« es, läßt es leer zurück. Sagt also das »Tränenkrüglein«, was der Dichter selbst nicht zu sagen wagte?

Das Gedicht verweigert die Antwort. Es delegiert die Klage. Das Tränengefäß, lädiert und leer, spricht – trotzdem, immer noch – zu uns herüber. Aber natürlich spricht nicht ein bestimmtes antikes Fundstück, sondern das Ding aus Worten, das seine Klage in makellosen Versen aussagt. Der Dichter, selbst wenn er seine Erschöpfung besingt, schenkt immer noch aus der Fülle.

RAINER MARIA RILKE
WANDELT SICH RASCH AUCH DIE WELT

Wandelt sich rasch auch die Welt
wie Wolkengestalten,
alles Vollendete fällt
heim zum Uralten.

Über dem Wandel und Gang,
weiter und freier,
währt noch dein Vor-Gesang,
Gott mit der Leier.

Nicht sind die Leiden erkannt,
nicht ist die Liebe gelernt,
und was im Tod uns entfernt,

ist nicht entschleiert.
Einzig das Lied überm Land
heiligt und feiert.

JOACHIM KAISER
UNBEGREIFLICHES LEIDEN UND KUNSTSCHÖNES

Man liest die erste Strophe dieses – wie sagte doch Gottfried Benn irgendwo? – »fast unverzeihlich schönen« Gedichts und ist sogleich ergriffen vom zarten, visionären A-Dur-Klang. Ganz unmittelbar, noch diesseits angestrengter analytischer Nachprüfung, stellt sich jene »Emotionsgewißheit«, jenes »Neugierigwerden«, jenes Gefühl des »Griffs nach der Kehle« her, worauf es in der Kunst, zumal in der Lyrik, vor allem andern ankommt. So meisterhaft wie unauffällig macht Rilke in der ersten Strophe den Vokal a zum Hauptton: Vom »W*a*ndelt« über »r*a*sch« bis zu den »Wolkengest*a*lten«, welchen dann in der vierten Zeile das »heim zum Ur*a*lten« majestätisch kadenzierend, archaisch originell und tief beruhigend entspricht.

Das ist der Rilkesche Zauber, den der Parodist Robert Neumann nach Kräften zu blamieren suchte (»Durchklirrt die Gefahr und schirrt seine Stute. Und der ganzen staunenden Mädchenschaar – ihr girrt noch geblufft über Tag und Jahr der Rilkesche Rhythmus im Blute«). Den aber immerhin Musil mit der Feststellung feierte, Rilke habe »das deutsche Gedicht zum erstenmal vollkommen gemacht«. Was hebt nun Rilkes XIX. Sonett sternenweit hinaus über die blöde Neumann-Formel vom Bluff? Es ist der Umstand, daß hier die Sprache, wie es im lyrischen Wortkunstwerk sein soll, einerseits ihr tönendes Eigenleben führt, in eigener Sache rauscht. Aber sie be-rauscht nicht nur: sie teilt zugleich ein Weltbild, eine charakteristisch gestufte Ordnung der Dinge mit.

Um dieses Weltbild, diese Ordnung der Dinge zu erkennen, braucht der Leser kein Kenner antiker oder mittelalterlicher Philosophie zu sein, wo das Dauernde und Wesenhafte dem Besonderen, Zufälligen, Veränderbaren in strenger Hierarchie übergeordnet erschien. Der Sonett-Text verdeutlicht sein Daseinsmuster hinreichend. Weltliches Treiben wandelt sich so rasch wie Wolken – doch das Vollendete fällt in den Bereich des Alten, Wahren. Die zweite Strophe bezieht Orpheus in dies Spannungssystem ein. Vor allem Wandel und Getriebe »währt« die Kunst. Des Orpheus Gesang. Ob da vielleicht sogar eine Dreidimensionalität gemeint ist, der zufolge Orpheus' Kunst, als »Vor-Gesang«, gleichsam zuallererst da war, braucht nicht eindeutig entschieden zu werden. Die zweite Strophe und die beiden letzten Verse des Sonetts deuten es zumindest an.

Schön und gut – denkt man: was für eine treffliche, scholastische Ideen-Pyramide. Nur, was hat diese perfekte Orpheus-Ontologie, die unterstellt, alles sei von Gott fabelhaft sinnvoll geordnet, mit uns zu tun? 1915 schrieb Rilke in einem Brief: »Wenn wir im Lieben unzulänglich, im Entschließen unsicher und dem Tod gegenüber unfähig sind, wie ist es möglich, dazusein?« Genau diese Einwände, diese ewigen Felsen des Atheismus, nimmt das Sonett in seine Kunstfeier hinein. Und zwar im ersten Terzett, dem genialen und lakonischen Höhepunkt des Gedichtes. »Nicht sind die Leiden erkannt« – kann dies etwas anderes meinen, als daß wir armen Erdenbürger keinen Sinn in den Leiden zu sehen vermögen, die uns ein unbegreifliches Fatum zumutet? »Nicht ist die Liebe gelernt.« Was im Korinther-Brief über die Liebe steht, dem hat die Menschheit nie zu entsprechen vermocht. Und schließ-

lich: Orpheus durfte zwar den Versuch wagen, Eurydike aus dem Totenreich zurückzuholen. Doch ob der Tod etwas Endgültiges ist, ewige Entfernung, oder nur Wandlung – uns bleibt es verschleiert.
Doch das Lied überm Land, so will es der Künstler Rilke, heiligt und feiert trotzdem. Macht ein herbes Dasein überstehbar. Man merkt es der Anmut dieser Verse an, daß Rilke, nach langer Qual mit den Duineser Elegien, seine Sonette an Orpheus 1923 rasch und wie in einem Zuge niederschrieb.

RAINER MARIA RILKE
WILDER ROSENBUSCH

Wie steht er da vor den Verdunkelungen
des Regenabends, jung und rein;
in seinen Ranken schenkend ausgeschwungen
und doch versunken in sein Rose-sein;

die flachen Blüten, da und dort schon offen,
jegliche ungewollt und ungepflegt:
so, von sich selbst unendlich übertroffen
und unbeschreiblich aus sich selbst erregt,

ruft er dem Wandrer, der in abendlicher
Nachdenklichkeit den Weg vorüberkommt:
Oh sieh mich stehn, sieh her, was bin ich sicher
und unbeschützt und habe was mir frommt.

ULRICH FÜLLEBORN
NACHDENKEN ÜBER DAS GLÜCK

Selbst wer mit Rilkes Lyrik vertraut ist, mag von diesem »Wilden Rosenbusch« überrascht sein. Sprachgebung und lyrische Bewegtheit, motivliche und gedankliche Verwobenheit mit des Autors Gesamtwerk weisen den Text zwar als unverkennbar Rilkesch aus. Aber irritierend wirken die Leichtigkeit und Unbekümmertheit, mit der die Mittel eingesetzt sind, der Zauber, der von dem schlichten Naturbild ausgeht, und die naive Direktheit, in der sich dessen Sinn äußert.

Beglückend und unmittelbar überzeugend: vor den »Verdunkelungen« des Hintergrundes die heitere Erscheinung »reinen«, anfänglichen Daseins. Die lyrischen »Beschreibungen« bleiben alle dem Phänomen des wilden Rosenbuschs zugeordnet, lassen sich aber zwanglos auf menschliche Existenzmöglichkeiten übertragen – ein Exempel als Vor-bild. Wäre es nicht ein hohes Glück der Erdenkinder, »schenkend« aus sich herauszugehen, sich hingeben zu können und sich dabei nicht zu verlieren, sondern bewußt-unbewußt dem eigenen Daseinsgrund verhaftet zu bleiben, in ihn »versunken« zu sein und zugleich sicher in der Welt »dazustehen«? Ein solches Dastehen wird uns als die Bedingung suggeriert für ein um so bewegteres, »erregteres« inneres Leben – ein Leben zudem, das wie von selbst nach außen, in die Blüten, drängt. Die insistierenden negativen Wendungen »ungewollt«, »ungepflegt« und »unbeschützt« rücken das Naturbild weit von unserer üblichen Lebenspraxis ab. Desto mehr hören wir einen Appell und ein Versprechen heraus. Den Appell, uns von der Vergötzung des Willens und aller äußeren Existenzangst zu befreien; das Versprechen, daß das endliche Dasein sich in seiner Lebendigkeit selbst zu übersteigen und eine andere, »unendliche« Qualität aus sich hervorzubringen vermöchte.

So viel überschwenglicher Glücksmöglichkeit stellt das Gedicht nun aber den einsamen Wanderer, seine »abendliche Nachdenklichkeit«, entgegen. *Was* ihn nachdenklich macht, erfahren wir nicht. Eine »Leerstelle«, so der Fachausdruck, verweist den Leser ganz auf sich selbst, provoziert sein eigenes Nachdenken über das Glück, das der Rosenbusch verspricht.

Das ist das eine, Wichtigere; ein anderes wäre es, sich an den Autor um nähere Auskunft zu wenden. Denn er hat sich selbst mit der Figur des Wanderers anonym und diskret in das poetische Bild des Gedichts eingebracht. Die Verse gehören zu der Naturlyrik, die im Frühling 1924 auf Rilkes Spaziergängen im Walliser Tal nahe dem Schlößchen Muzot in deutscher oder französischer Sprache entstand. Dort waren zwei Jahre zuvor die »Duineser Elegien« vollendet und die »Sonette an Orpheus« geschrieben worden, womit dem werkgeschichtlich späten Gedicht vom wilden Rosenbusch eine eigene Bedeutungsfülle zuwächst.

Als modernem Lyriker war Rilke die hochgezüchtete, vielblättrige und unfruchtbare Gartenrose, der »unerschöpfliche Gegenstand«, zum prominentesten Kunst- und Daseinssymbol überhaupt geworden, von den reich instrumentierten Rosengedichten der mittleren Schaffenszeit bis zu dem französischen Zyklus *Les Roses* von 1924

und seinem enigmatischen Grabspruch. Da mußte es ihn als einsamen Wanderer im Wallis schon nachdenklich stimmen, wenn ihm plötzlich im Bilde der wilden Rose mit ihren »flachen«, kunstlosen Blüten die Möglichkeit eines Daseinsglücks aufging, dem sich alles das in reiner Spontaneität schenkt, was er mit seiner Kunst in angespanntester existentieller »Leistung« erstrebt hatte.
War es etwa erreicht, wenn er jetzt diese heitere, fast schwerelos scheinende Naturlyrik schrieb? War es einem spätzeitlichen, »sentimentalischen« Bewußtsein noch möglich, die »unsichere« Wanderexistenz in der Zeit mit einem naturhaft-idyllischen Daseinsglück zu versöhnen? – Solche Gedanken, die man bei dem Wanderer-Dichter von 1924 vermuten darf, bewegen sich deutlich in den Bahnen Schillers und Goethes. Auch darauf war man wohl als Leser Rilkes nicht unbedingt gefaßt.

FERDINAND HARDEKOPF
ANGEBINDE

Ich stell dir hin die blassen Herbstzeitlosen,
Den letzten Schierlingszweig trag ich herbei
Und will, Canaille, wieder mit dir kosen,
Wie im Zigeunerkraut am dritten Mai.

Den Taumel-Lolch, dies nette Giftgetreide,
Den zarten Schwindelhafer rupf ich aus
Und winde dir, infame Augenweide,
Aus Hundstod und aus Wolfsmilch einen Strauß.

Im Fingerhut das reichliche Volumen
Digitalin (mein Herz, du kennst es schon),
Das pflück ich dir und Belladonna-Blumen
Und Bittersüß und dunkelroten Mohn.

Kennst du des Bilsenkrautes böse Gnaden?
Der Beeren Scharlachglanz am Seidelbast?
Und die Betäubung, dreimal fluchbeladen,
Die stachlig die Stramin-Frucht in sich faßt?

So nimm sie hin, die blühenden Narkosen,
Aus Nacht und Haß ein Duft-Arrangement,
Und stell es zwischen deine Puderdosen
Und die Parfumflacons von Houbigant.

PETER HÄRTLING
SIND ES DOCH DIE RESEDEN?

Diese Strophen habe ich, seit Jahren, mit Hall, Echo und Gesang im Ohr: dreistimmig. Da ruft einer mit List und Laune aus der Bar ins bürgerliche Wohnzimmer und räumt den Tisch ab. Auf dem standen allerdings keine »blassen Herbstzeitlosen«, sondern »duftende Reseden«.
Ferdinand Hardekopf war, als er 1920 dieses Chanson auf den Rausch und auf die Liebe schrieb und mit ihm zugleich die Travestie eines Lieblingsgedichts mehrerer Generationen, kein aufmüpfiger Jüngling mehr. Der Erste Weltkrieg war vorüber, der Kaiser gestürzt, es wurde geputscht, die Demokratie versuchte sich in ihren ersten Reden, die der Reichstagsstenograph von ehedem mit geschultem und empfindlichem Ohr hörte. Bis 1916 hatte Hardekopf, ein Virtuose der Gabelsberger Kurzschrift, im Reichstag gearbeitet, ehe er sich, ein radikaler Pazifist, in die Schweiz absetzte.
Wieder in Berlin, spielt er erst einmal mit, gründet mit Rosa Valetti das Kabarett »Größenwahn«, versammelt Freunde in Cafés und Bars, zieht es aber immer öfter vor, für sich zu bleiben. Allein, bei einem Cocktail, im Anblick einer Schönen am anderen Ende der Theke, könnte ihn der Lockruf erreicht haben, dieses Lied ohne Worte, das der gelangweilte Pianist anspielt, dessen Text Hardekopf freilich kennt, ein Gedicht, das sich mit seiner Oldenburger Jugend verbindet, einem bürgerlichen Zuhause. Die Mama pflegte, wenn sie einen Strauß in der Vase ordnete, nicht

ohne leise Ironie ein Gedicht aufzusagen, das sie auch singen konnte, denn Richard Strauss hatte es vertont.
Nun spricht, nun singt es der Sohn in der Bar. Ein wunderbar triviales Lied. Gedichtet von Hermann von Gilm: »Stell auf den Tisch die duftenden Reseden, / Die letzten roten Astern trag herbei, / Und laß uns wieder von der Liebe reden, / Wie einst im Mai.«
In einer heineschen Anwandlung nimmt sich Hardekopf des Liedes an. »Vergiftet sind alle meine Lieder.« Er vergiftet es mit dem Geist der Zeit. Aus der getragenen Aufforderung – Gilm nannte sein Gedicht »Allerseelen« – wird ein zynisches: »Ich stell dir hin die blassen Herbstzeitlosen.« Es könnte wieder die Dame am anderen Ende der Bar sein, die er, jetzt ein Kavalier ohne Gnade, »beschenkt« mit den »Blumen des Bösen«, mit Wolfsmilch und Fingerhut, mit Bilsenkraut, Belladonna und Mohn, jenen »blühenden Narkosen«, ein »Duft-Arrangement aus Haß und Nacht«. Was von ihr, der das »Angebinde« gilt, bleibt, ist ein Abziehbild: Garçonne der zwanziger Jahre mit gelacktem Bubikopf, in einem untaillierten Kleidchen und mit einer Zigarettenspitze, mit der sich spielen, dirigieren läßt: zum Beispiel dieses verruchte Chanson.
Es wirkt noch immer. Auch meine Mutter hat gelegentlich Richard Strauss gesummt, wenn sie eine Vase mit Bedacht aufstellte. Ich lese, höre Hardenkopfs Strophen als einen klirrenden Abschied. Jede Epoche findet ihr Lied. Es hält ihn nicht mehr lange in Berlin. Er kehrt zurück in die Schweiz, gemeinsam mit der Schauspielerin Sita Staub, die diesen empfindsamen und immer leiser werdenden Mann ein Leben lang schützt. 1921 erscheint bei Kurt Wolff sein einziges Lyrikbändchen mit dem für ihn kennzeichnenden Titel »Privatgedichte«.

Aus der Schweiz zieht er nach Frankreich, nach Paris, schreibt an einem großen philosophischen Werk, »Die Dekadenz der deutschen Sprache«, das er in einem Koffer aufbewahrt, den er von Ort zu Ort schleppt. Als Hitler die Macht antritt, werden er und Sita staatenlos. Er übersetzt, vor allem André Gide, aber auch Ramuz, Malraux, Zola, Maupassant. Nach dem Einmarsch der deutschen Truppen kommen er und Sita ins Lager. Gide und anderen einflußreichen Gönnern gelingt es, daß sie »freigelassen« werden und sich im unbesetzten Frankreich verstecken können. Bei dieser Flucht geht der Koffer mit dem Manuskript verloren.

Nach dem Krieg darf das Paar auf Betreiben von einflußreichen Freunden wieder in die Schweiz. Hardekopf, erschöpft und gebrochen, besteht darauf, ein Staatenloser zu bleiben. Auch als ihm ein neuer deutscher Paß angetragen wird. Er weiß, weshalb. Während der Flucht beobachtete er in Nizza, wie sich ein zehnjähriges jüdisches Mädchen aus dem Fenster stürzte, als seine Eltern von der Gestapo abgeholt wurden.

Sind es nun doch die Reseden?

1954 starb er im Alter von 78 Jahren in Zürich. Von einem Freund verabschiedete er sich mit dem Satz: »Erlauben Sie, daß ich still bin.«

FERDINAND HARDEKOPF
ZWIEGESPRÄCH

Doctor Schein und Doctor Sinn
gingen ins Café;
Schein bestellte Doppel-Gin,
Sinn bestellte Tee.

Seitlich von dem Plauderzweck
Nahmen sie dabei:
Schein – verlognes Schaumgebäck;
Sinn – verlornes Ei.

Dialog ward Zaubertext,
Nekromantenspiel;
Zwieseits wurde hingehext,
Was dem Geist gefiel,

Was dem Sinn Erscheinung schien,
Was der Schein ersann.
Schein gab Sinn, und dieser ihn,
Und die Zeit verrann.

Und die Stunde kam herein
Leis' des Dämmerlichts.
Schein verging zu Lampenschein,
Sinn verging zu Nichts.

EVA DEMSKI
ABSCHIEDSGEDICHT

Ein Blick zurück, ein eher beiläufiger Blick über die Schulter in eine kleine Welt, die, zusammen mit der großen, fast unbemerkt versunken ist: das Caféhaus. Außer ein wenig pflichtschuldiger Trauer, verklärter Beschreibung und der Ahnung einer anregenden Mischung von geistiger und körperlicher Erfrischung ist nichts davon übriggeblieben. Hier aber öffnet es sich unverklärt, von seinem Untergang noch nichts ahnend; ein Gedicht wie ein Raum: Ferdinand Hardekopfs »Zwiegespräch«.

Die Szenerie verliert sich im Dunkel, der Text richtet sich wie eine Lampe auf einen Tisch, an dem zwei sitzen und reden. Der Raum kann nur das Caféhaus sein, der Inbegriff, die Idee aller Caféhäuser, sei es in Berlin oder in Wien, und die beiden, die vom Gedicht beleuchtet an diesem Tisch sitzen, sind die Idee des Caféhausgängers, das müßiggängerische, schwatzende, räsonnierende Ich samt seinem Gegen-Ich: Doctor Sinn und Doctor Schein.

Wir wissen: Hardekopf läßt uns einen Blick in einen Raum tun, der für immer verloren ist. Obwohl er ihn uns nicht zeigt, kennen wir alle seine Einzelheiten, die man nicht nachbauen kann – aber wie ist es mit den zwei Herren, die so schattenhaft dasitzen? Sind sie mit untergegangen, damals, als alles in Scherben fiel? Oder kann man ihre Nachfahren treffen, leise, leichte Speisen und scharfe Getränke zu sich nehmend und in einen Dialog versunken, von dem der Dichter uns den Inhalt nicht verrät, die Form aber neiderregend vorführt: *Zwieseits wurde hingehext / Was dem Geist gefiel* – haben wir in letzter Zeit welche gesehen, bei denen uns solche Zeilen in den Sinn gekommen wären? Nicht wirklich: Das versunkene, ineinander versunkene Paar der Doctores Schein und Sinn bietet ein stilles, anmutiges Bild – *Und die Zeit verrann.*

Heutzutage sorgen ihre Nachfahren für Lautstärke, ob es sich nun um Schein oder Sinn handeln mag, Hörbarkeit und Sichtbarkeit sind wichtig, auch wenn Unsinn zum Vorschein kommt. Die Wahl der Speisen allerdings aus der zweiten Strophe mutet vertraut an und könnte auch heutigentags so getroffen werden.

Spät, aber um so dringlicher die Frage: Wer war der Dichter? »Leichtigkeit, Anmut und Ironie« hat ihm Peter Panter alias Kurt Tucholsky attestiert, das sind in Deutschland verdächtige Tugenden und haben schon manchem den Weg in den innersten Kreis des literarischen Himmels verstellt. Gelebt hat Hardekopf von 1876 bis 1954, in Oldenburg ist er geboren, in Leipzig ging er zur Schule, Berlin wurde seine Stadt und Frankreich und die Schweiz sein Exil. Das ist exemplarisch für unser Jahrhundert und die Wege seiner Dichter. Er war ein Zeitungsschreiber und Essayist, einer, der die kleine Form gewählt hat – und heute kennt ihn keiner mehr. Das Leichte, Anmutige, das er verkörpert, hat die Eigenschaft, ebenso leicht und anmutig zu verwehen, weil nur wenige es festhalten mögen.

In diesem Zwiegespräch, mit dem Hardekopf hier ins Gespräch gebracht werden soll, läßt er seine Figuren zum Schluß sich auflösen wie eine Geistererscheinung – und das ist nicht nur ein zarter Hieb, ein fast schmerzloser Hieb gegen jene Art von Gesprächen, bei denen man sich später nur wenig an den Schein und gar nicht mehr an den Sinn erinnern kann, sondern auch eine fast E. Th. A. Hoffmannsche Vision. Wieder das Wort »leise« – und heute gelesen, klingt es wie ein Abschiedsgedicht.

GERTRUD VON LE FORT
DEUTSCHES LEID

Schiffer, zieh fort die Brücke,
Du lockst mich nimmermehr an Bord,
Ich weiß von keinem Glücke,
Ich weiß von keinem Zufluchtsort.

Und ob sich draußen weiten
Noch Länder froh und gastbereit,
Und ihre Arme breiten
Wie fremder Mütter Lindigkeit:

Ich würde doch entbehren
Bei ihres reichen Tisches Brot,
Ich würde mich verzehren
Nach meiner Heimat bittrer Not.

Ich stünde doch in Ketten
Mitten im festlich hohen Saal,
Ich könnt mich niemals retten
Vor meines Volkes Schuld und Qual.

Mir bräche doch in Scherben
Des vollen Bechers Prunkgerät,
Ich müßte dennoch, dennoch sterben,
Wenn Deutschland untergeht.

WALTER HINCK
VOLKES SCHULD

Es gab Lyrikerinnen und Lyriker, von denen man nach dem Ende des »Dritten Reichs« Verse über »deutsches Leid« nicht hören mochte, weil ihre Klagen zu sehr von Krokodilstränen trieften. Wer mit Gedichten dem »Genie« des Führers gehuldigt und die Waffen in Hitlers Krieg mit Poesie gesegnet hatte, dem stand es jetzt an zu schweigen. Manche der Dichterinnen, deren Verse in die Schulbücher eingingen, hatten sich von den grandiosen Massenkundgebungen blenden und von der nationalen Rhetorik betören lassen, waren – und sei es nur vorübergehend – Hitler-gläubig geworden. Gegen die Anfälligkeit einer Agnes Miegel aber war die Dichterin Gertrud von Le Fort gefeit.

Sie entstammte, 1876 geboren, einer hugenottischen Adelsfamilie und studierte Theologie, Philosophie und Kunstgeschichte. Sie war Schülerin des bekannten evangelischen Theologen Ernst Troeltsch, nicht ohne Folgen aber blieben ihre Rom-Aufenthalte; 1926 konvertierte sie zum Katholizismus. Noch ausschließlicher beherrschten von nun an religiöse Themen das lyrische und erzählerische Werk. Die Verankerung im Glauben schützte sie auch vor der nationalsozialistischen Ideologie.

Dabei durchzog ihre »Hymnen an Deutschland« aus dem Jahre 1932 noch ein voller vaterländischer Ton. Nicht selten erhielt sich ja gerade in hugenottischen Familien eine Dankbarkeit aus den Zeiten der Aufnahme in besonders starker Identifikation mit dem Gastland. Diese gefühlsbetonte Bindung ist auch in jeder Strophe unseres Gedichtes spürbar, das schon 1923 in einer Zeitschrift veröffentlicht wurde, aber in der Gedichtausgabe von 1950 auch wie ein Text der Gegenwart gelesen werden konnte, ja erst jetzt volle Sinnfälligkeit gewann.

Im Unterschied zu anderen in Deutschland gebliebenen Autoren, die nach dem Kriege gegen die geflohenen, vom Naziregime verbannten Schriftsteller zu Felde zogen, war Gertrud von Le Fort ganz ohne Selbstgerechtigkeit. Sie verdächtigte keinen der Emigrierten, gefiel sich nicht in der Rolle der »besseren« Deutschen.

Im Gedicht wird das Angebot zur Ausreise abgelehnt, weil die Aussicht, in gastlichen Ländern willkommen zu sein, nicht auch schon Rettung verheißen kann. Denn nirgendwo gibt es Zuflucht »vor meines Volkes Schuld und Qual«. In immer neuen Anläufen verneinen die Strophen drei bis fünf die Möglichkeit einer erträglichen Existenz in der Fremde (das läßt sich auch auf die ersten Nachkriegsjahre beziehen). In keiner Form des Wohllebens wäre das Bewußtsein von der Not des eigenen Volkes abzuschütteln.

Die bis in den gemeinsamen Tod und Untergang gehende Identifikation hat etwas von jener Bedingungslosigkeit, mit der auch Hitler Gefolgschaft und der Nationalsozialismus Selbstaufgabe zugunsten der Gemeinschaft verlangten – man darf diese Nähe zu einem fatalen Absolutheitsanspruch nicht übersehen. Was aber Gertrud von Le Fort von allen Verfechtern blinder Gemeinschaftshörigkeit trennt, ist der Gedanke der Verantwortlichkeit für »Volkes Schuld«. Das war der eigentliche Appell an den Leser, der die Verse in der Gedichtsammlung von 1950 fand.

RUDOLF BORCHARDT
AUF DIE RÜCKSEITE EINES HANDSPIEGELS

Spiegel, wenn dich ihre Augen streifen,
Flüstr' ihr zu und immer zu:
»Niemals stand ein Wunder so wie du
Eingefaßt von diesem bleichen Reifen.«

Hauch ihr, daß er nur durch ihre Miene
Seinen Inbegriff enthält:
Daß gleich einer Wildnis in ihn fällt,
Was von ihr zu ihr nicht widerschiene.

Blink ihr unser Glück, in uns zu fassen
Alle Strahlen, die sie warf:
Dunkl' ihr des, der nie behalten darf,
Unergründlich trübes Gleitenlassen.

Aber schweig ihr, wenn sie vor dir trauert:
Zeig ihr, wenn sie zu dir kehrt,
Das Gesicht, das danken mich gelehrt
Der Minute Fülle, die nicht dauert.

RALPH-RAINER WUTHENOW
REFLEKTIERTE SPRACHE, SPIEGELNDES GEDICHT

Auf den ersten Blick schon erkennbar und auf den zweiten noch nicht aufzuschließen, besitzen die Gedichte Rudolf Borchardts einen stark hermetischen Charakter, noch was als die Rhetorik dieses bedeutenden Redners erscheint, ist nicht unmittelbare Anrede, sondern Reflexion der Sprache im Gedicht, das hat verlernen müssen, naiv zu sein.
Im Ton, im Vorgehen, in der raffinierten Verschlüsselung erscheint das Gedicht, das hier »Auf die Rückseite eines Handspiegels« geschrieben wird, als ein Widmungsgedicht, wie Borchardt deren mehrere geschrieben hat (»Mit den Schuhen«, »Mit einer griechischen Kette«), das hinter sich eine lange, eine gesellschaftliche Tradition hat. Aber die sonst eine Gabe begleitenden Huldigungsverse werden hier zum Liebesgedicht, in dem die Anrede an den das Antlitz der Geliebten spiegelnden Gegenstand die nur andeutungsweise durchbrochene konsequente Ich-Verschweigung gestattet. Dem Gebrauchsgerät auf dem Putztisch wird das Rollengedicht gewissermaßen eingeschmeichelt, doch wird dieses als solches nicht voll verwirklicht.
Die direkte Anrede erfolgt auf einem Umweg, der Entfernung herstellt, als wäre die Nähe nicht zu wagen oder zu bewahren. Dabei werden geistreich-epigrammatische Wendungen in den umarmenden Reimstrophen zum Concetto erhöht: des Spiegels Leere wird sinnvoll erst dadurch, daß sie das in ihn sich legende Bild erwarten darf. Die Anrede ist durchsetzt, ja, getragen von sich häufenden

Imperativen, die den Charakter einer drängenden Aufforderung gewinnen: flüstr', hauch zunächst, dann blink, dunkl', schweig und zeig – was kaum vernehmbar gesprochen worden war, gilt wenig angesichts des Bildes, das immer neu erscheinen soll. Um dieses Bild allein geht es; die gespiegelte Geliebte ist nicht allein das Wunder, wie der Topos es vorschlägt, alles andere, was den Spiegel füllen könnte, was zwischen Gegenstand und Spiegelbild hin- und widerscheinen wollte, wird, wie die Hyperbel es verheißt, zur Wildnis.

Unfaßbar scheint zunächst das besitzanzeigende Fürwort im Plural zu Beginn der dritten Strophe: der Liebende identifiziert sich mit dem Spiegel, dem es ein Glück sein soll, ihren, der Schönen, ganzen Glanz zu fassen; doch soll er ihr auch vorenthalten, was die Unfähigkeit dessen ist, der nicht festhält, was sich in ihn legt, der das Bild wohl einrahmt, aber nicht bewahrt. Auf einem Umweg wird gestanden, was verborgen bleiben sollte, Trennung deutet sich an. So aber wird, was verschwiegen werden sollte, als zu Verschweigendes vernehmbar gemacht.

Die letzte Strophe bezieht sich dann wieder auf die erste zurück: jetzt wird dem Gerät der Auftrag zuteil, zu verbergen, was die Geliebte statt an Glanz an Trauer in den Spiegel legen könnte, er soll sich, was er doch nicht vermag, ihrem Schmerz verweigern. Wie in der vorhergehenden Strophe deutet der Doppelpunkt nunmehr auf einen Gegensatz: *das* Gesicht nur soll widerscheinen, das den Sprechenden beglückte, mit Dankbarkeit erfüllte, angesichts des Einmaligen, das nicht bleiben kann und das der Spiegel paradoxerweise wiederholen soll, als hätte ihm der so heftig Wünschende Gewalt eingehaucht, als würde nun der Spiegel selbst zum Bild, das dem Vorübergehenden

Dauer verleiht – wie das Gedächtnis, dem die ›Fülle der Minute‹, die vergangene, nicht mehr vergeht.
So soll der Spiegel verhüllen, was er nicht-haltend entgleiten läßt, er soll bewahren, was als Vergehendes für die kürzeste Frist die ganze Fülle heißen konnte, die man sonst auch das Glück nennt. Gewährt der Spiegel so Bewahrung im Verzicht? Er tut es, wenn er die Sprache spiegelt, wie die Textur des Gedichtes dies will. Denn auf das Gleichnis von Spiegel und Sprache sind diese Verse gestellt, in denen dem Spiegel zugemutet wird, was er nicht vermag und was die Sprache wiederum leistet, indem sie dies vernehmbar macht – als das Unmögliche, das es für sie nicht gibt.

RUDOLF BORCHARDT
DAS MÄDCHEN LIEST DAS BUCH UND SPRICHT

Dies ist nicht so laut zu sagen,
  Was von so Berauschtem Dein ist –
Solch ein Glühen ob es mein ist, –
  Stumm, nur stumm! wenn sie Dich fragen,

Denn es war im zu Verwirrten,
  Daß es uns so überblühte,
Daß es aus den Nächten sprühte
  Mit den Sternen wie sie schwirrten, –

Daß es stand in jeder Stunde,
  Uns umfing wie ein Vertrautes!
Aber nun wie fremde schaut es!
  Nun wie sprichts, mit welchem Munde:

Nun Dus wie mit Händen fingest,
  Stumm, wie stumm ist meine Seele!
Auf und ab durch meine Kehle
  Übermannt michs, daß Du singest!

Ja mit Worten, die wir wagen,
  Nur geheimnisvoller scheint es:
Dunkel lacht es; dunkel weint es;
  Keinem dürfen wir es sagen!

HANS CHRISTIAN KOSLER
SCHÖNER SCHEIN

Dieser Dichter, so urteilte einer seiner besten Kenner, Theodor W. Adorno, habe die Sprache beschworen, bis sie klirrend zu zerspringen drohte. Das klingt nach Gewalt ebenso wie nach Magie. Und in der Tat hat Borchardts Werk zwei Seiten: die eine, die sich auch in seiner Physiognomie abzeichnete, und mit Strenge, Anstrengung und Selbstzucht zu tun hat, daneben eine zweite, entgegengesetzte, in der Herrschaft, Dünkel und Anspruch abgelegt zu sein scheinen und die Dichtung dem Leser entgegentritt, als sei sie – wie ein Poem Borchardts überschrieben ist – »Im Gehen gesagt«.

Verse von solch elementarer Qualität, von solcher Unschuld und gleichzeitig vollendet in der Form, Verse, die nichts von Gebärde wissen, finden sich in den zwischen 1898 und 1903 entstandenen Jugendgedichten, zu denen auch das Gedicht »Das Mädchen liest das Buch und spricht« zählt. Unter dem seltsam unlyrischen, nach einer szenischen Anweisung klingenden Titel stehen Strophen, die sich durch ihren fließenden Rhythmus und ihre eingängigen, aber frischen Reime dem Gedächtnis schnell einprägen, ja die bei wiederholter Lektüre schon ausgesprochen vertraut wirken.

Aber wovon ist die Rede und wie lautet das Geheimnis, das das Mädchen offenbar mit dem Dichter teilt? Ist es das jungmädchenhafte Verliebtsein, ein unsicheres, vages, im Vorfeld eigentlicher Liebe befindliches Gefühl, das zu schweigen gebietet und ihm die Worte einflößt: »Stumm, nur stumm! wenn sie Dich fragen«? Doch vor einem vorschnellen Verstehen dieses Gedichts sei gewarnt.

Nicht irgendein Mädchen läßt Borchardt die rätselhaften Verse sprechen, sondern eine bestimmte junge Dame. Borchardt hatte 1901 während eines Kuraufenthalts in Nassau die einundzwanzigjährige Margarete Ruer, eine Tochter aus gutem Hause, kennengelernt. Daß der junge Hochschulabsolvent mit seiner überspannten Einbildungskraft, seinen anglophilen und snobistischen Neigungen und mit seiner Bildung, durch die er selbst einen Hugo von Hofmannsthal in Verlegenheit brachte, Eindruck auf sie machte, steht außer Frage. Außer Frage steht freilich auch, daß er ihr als Mann völlig gleichgültig blieb.

Nicht im geringsten aber störte sich Borchardt an der Reserviertheit Margarete Ruers, die ihm innerhalb der gemeinsamen acht Wochen nur einen einzigen Handkuß gewährt haben soll. Er hatte sich gerade – wie es damals Mode war – mit Swinburne, Walter Pater und den Präraffaeliten beschäftigt und war vermutlich durch ein Gemälde von Edward Burne-Jones auf eine Sage aus der Artusrunde aufmerksam geworden, in der der vom Teufel und einer Jungfrau gezeugte Zauberer Merlin seinerseits von der Fee Vivian bezaubert wird, die sich dessen Künste zu eigen machte.

Keine Frage, Borchardt benötigte für die Sonette, Lieder und Sestinen, in denen er sich übte, eine literarische Vivian, und er hatte sie in dieser Zufallsbekanntschaft gefunden. »Wir machen das Buch Vivian und ich lege es auf Ihren Geburtstagstisch«, schrieb er in einem seiner Briefe hinterher, in denen er alle Töne – von der hingerissenen Verehrung bis zur spöttelnden Herablassung – posenreich beherrscht.

Was aber ist echt an all der Liebe und Leidenschaft, die der Dichter seiner Vivian zukommen läßt? Ebendies läßt Borchardt das Mädchen fragen, als es das »Buch Vivian« zur Hand nimmt: es sei nicht so laut zu sagen, man solle also besser darüber schweigen, was von dem »Berauschten« oder »Glühen« wirklich ihm oder ihr gehöre. Und schließlich: es scheine alles geheimnisvoller, als es wirklich sei. Mit dieser Vorgeschichte hat das Gedicht, das zunächst wie ein Liebesgedicht aussah, eine andere Bedeutung gewonnen. Der Sprachzauberer und Wortartist hat sich in dem sprechenden Mädchen keine Anbeterin, sondern ein kritisches, ihn durchschauendes Gegenüber geschaffen, dessen Urteil über ihn nicht viel anders lautet als das eines Walter Benjamin, der vor dem »ungeheuer Trügerischen des Einzel-schönen« in Borchardts Werk warnte.

Daß Borchardt seinen Hang zum Trügerischen selbst in Frage stellte, zeigt dieses Gedicht, das zudem von etwas anderem zeugt: just von der Schönheit des Trugs.

HERMANN HESSE
GUTE STUNDE

Erdbeeren glühn im Garten,
Ihr Duft ist süß und voll,
Mir ist, ich müsse warten,
Daß durch den grünen Garten
Bald meine Mutter kommen soll.
Mir ist, ich bin ein Knabe
Und alles war geträumt,
Was ich vertan, versäumt,
Verspielt, verloren habe.
Noch liegt im Gartenfrieden
Die reiche Welt vor mir,
Ist alles mir beschieden,
Gehöret alles mir.
Benommen bleib ich stehen
Und wage keinen Schritt,
Daß nicht die Düfte verwehen
Und meine gute Stunde mit.

GABRIELE WOHMANN
VERWEILE DOCH

Glühende Erdbeeren? Die »süß und voll« duften? In was für eine gesteigerte Sommerszenerie nehmen mich die ersten zwei Zeilen sofort mit? In welche Entrücktheit, wie bei angehaltenem Atem? Weil Erdbeeren weder stark duften noch glühen, muß den, der mir erzählt, ein hochgestimmter Wahrnehmungszustand vereinnahmen, das konzentrierte, wachsame Interesse all seiner Sinne.
Ich stelle mir den Mann in einem Fiebertraumgarten vor, trancehaft und glücklich verwundert. Die Farb- und Geruchserfindungen seiner Phantasie verbessern die pure Natur. Im »grünen Garten« überrascht ihn die plötzlich wiedergefundene Kindheitsharmonie. Aus der Selbsttäuschungseinkehr in die schöne Tiefe der Heimwehwelt speist sich die Einbildungskraft und korrigiert die gewöhnlichen, langweiligeren Angebote der Wirklichkeit. Beim Eintauchen in den Gedächtnisfund verkindlicht sich ihm die Gegenwart: Hesses Nostalgie-Heimkehrer hat Glück mit der Empfindung vom »günstigen Augenblick«. Es gelingt ihm (und dem, der ihm zuhört), die unwiederbringliche Kindheitsselbstverständlichkeit ins Bewußtsein zu heben, und aus den Pflanzenkulissen scheint die beschützte Zeit der einfachen Lösungen auf; zurückgewonnen, wenn er nur stillhält: die Verwandlung.
Bald wird die Mutter kommen. Wozu sie erwartet und gebraucht wird, spielt keine Rolle, dem unbefangenen Kindervertrauen genügt die Es-ist-alles-wie-immer-Zuver-

sicht. Sie wird in irgendwelchen Kindersorgen weiterwissen. *Mir ist, ich müsse warten, / Daß durch den grünen Garten / Bald meine Mutter kommen soll.* Diese schönen, volksliedhaft einfachen Zeilen, die von ruhiger Freundlichkeit und Verläßlichkeit der Mutter künden (wobei kein charakterisierender Kommentar stört), wirken auf mich am stärksten, am bildlichsten: Ich sehe in der grünen Nahaufnahme das wartende Kind, und schon macht sich, noch entfernt, die Mutter auf den Weg. Diese Momentaufnahme faßt das Beste zusammen, das im Leben zu haben war und dann verlorengeht. In ihr erkenne ich die Summe aus der »guten Stunde«.

Die schien damals nicht von der Vergänglichkeit bedroht, blieb unbeachtet. Wie jedes Glück, unscheinbar, solang es dauert, das sich uns erst nach seinem Verlust als Glück offenbart. Die Vergänglichkeit! Indem Hesses Wiedergänger szenisch spricht, spricht er durch all dieses Dingliche in Wahrheit von ihr. (*No ideas but in things!*: Die Forderung von William Carlos Williams an ein gutes Gedicht erfüllte Hesse *per se*.) Das Bescheidwissen über die Vergänglichkeit überschattet jede Erleuchtung des Erwachsenen, der sich als Kind wiedererlebt; mit Wehmut und Sorge muß er seine traumwandlerisch verklärte »gute Stunde« vor der Verlustangst abschirmen. Seine mysteriöse Verwandlung ist in Gefahr, die Gefahr heißt Realität, und die ist nun einmal das Vergehen, Sterben, der Tod jeder Minute.

Der Mann im Garten als Kind oder das Kind im Garten als Mann: ein schönes, schön melancholisierendes Trugbild. Dem Mann fällt in der Heimkehrhalluzination die verführerische Kindervorfreude auf die vielen unbekannten Möglichkeiten ein, die jenseits des Gartenfriedens ihn zu erwarten schienen: seine Zukunft, »die Welt«, die ihm noch beherrschbar vorkam und so, als sei ihm in ihr alles »beschieden«, als »gehöre« alles ihm. Im Rückblick aber empfindet er sein Lebenszwischenspiel – vom Kinderfrieden zum Mann mit Erfahrungen – als *vertan, versäumt, / Verspielt, verloren*; nicht mehr lang und er wird wieder wissen, daß er diese bittere Erkenntnis nicht nur geträumt hat.

Über die Vergeblichkeit aller Schutzmaßnahmen schweigt das Gedicht sich klug aus. Wir verlassen den Mann inmitten seiner Metamorphose. Daß sein Scheitern darin, ihr Dauer zu verleihen, unbejammert, überhaupt uninterpretiert bleibt, daß der Atem über das letzte Wort hinaus angehalten ist, unaufwendig und wunderbar nichtbelehrend, unversehrte Gartenstille – das macht das Gedicht vollkommen.

HERMANN HESSE
IM NEBEL

Seltsam, im Nebel zu wandern!
Einsam ist jeder Busch und Stein,
Kein Baum sieht den andern,
Jeder ist allein.

Voll von Freunden war mir die Welt,
Als noch mein Leben licht war;
Nun, da der Nebel fällt,
Ist keiner mehr sichtbar.

Wahrlich, keiner ist weise,
Der nicht das Dunkel kennt,
Das unentrinnbar und leise
Von allen ihn trennt.

Seltsam, im Nebel zu wandern!
Leben ist Einsamsein.
Kein Mensch kennt den andern,
Jeder ist allein.

PETER VON MATT
ZWEIDEUTIGE MELANCHOLIE

Es muß an der ersten Zeile liegen! Der Rest besteht aus Gemeinplätzen, ist wehleidig und auch etwas eitel. Es muß diese erste Zeile sein, die alle Banalitäten magisch verwandelt und das Ganze zu einer Verlautung werden läßt, in der Hunderttausende ihr tiefstes Gefühl ausgesprochen hören durften. Gibt es ein Gedicht, das innigere Zustimmung gefunden hätte in diesem Jahrhundert?

Als Jacob Burckhardt einmal Überlegungen anstellte darüber, was die Literatur eigentlich leiste, meinte er: »Die Poesie hat ihre Höhepunkte, wenn sie dem Menschen Geheimnisse offenbart, die in ihm liegen und von welchen er ohne sie nur ein dumpfes Gefühl hätte.« Genau das muß sich angesichts von Hesses Gedicht in ungezählten Leserinnen und Lesern ereignet haben. Der Erfolg dieser vier Strophen ist undenkbar ohne den schockartigen Offenbarungsmoment: »Ja, so ist es! Endlich sagt es einer . . .« Das dumpfe Gefühl der Verlassenheit, des Alleinseins und Nichtverstandenwerdens, hier wird es plötzlich zum klaren Wort. Hier gab ein Gott einem Dichter zu sagen, was alle, alle leiden. Ein Allerweltsgedicht. Tatsächlich und in des Wortes imponierendster Bedeutung.

Und doch kann da etwas nicht stimmen. Burckhardt spricht von »Geheimnissen«. Läßt sich dieses Wort wirklich auf Sätze anwenden wie: »Leben ist Einsamsein« und: »Jeder ist allein«? Sollen das Offenbarungen sein? Dann ist alles Offenbarung, auch: »Das Leben ist kurz« und »Al-

ler Anfang ist schwer«. Dann gibt es überhaupt keine Plattitüde, die nicht Offenbarung sein könnte.
So ist es in der Tat. Der Gesamtbestand an Grundwahrheiten ist weit kleiner als die Zahl der lebenden Philosophen. Und diese Grundwahrheiten sind alle längst bekannt. Nur ist, was bekannt ist, damit nicht auch schon erfahren. Man kann mit einer einfachen Wahrheit jahrzehntelang vertraut sein und sie hundertmal selbst ausgesprochen haben, bevor sie einem zum ersten Mal in die Knochen fährt.
Nichts anderes leistet Hesses Gedicht. Es verwandelt einen Gemeinplatz in eine akute Erfahrung. Daß es gelingt, liegt an der ersten Zeile. Sie ist ein lyrisches Ereignis, das einzige in allen sechzehn Versen. Das Sprachspiel Nebel/Leben, das uns in der Schlußstrophe etwas zu aufdringlich vorgerückt wird, steckt hier noch latent im Satz. Wir hören es mit, ohne uns seiner bewußt zu sein. Der alte Gedanke, daß das Leben eine Wanderschaft sei, taucht durch die Verbindung des Wortes »wandern« mit dem Wort »Nebel«, dem Spiegelwort zu »Leben«, im Hallraum der Zeile auf. Ja, dieser Hallraum entsteht dadurch überhaupt erst. Er verzaubert die fünf Wörter und bewirkt, daß man den Vers nicht mehr vergißt.
Die Zustände der Verlassenheit, des Alleinseins, des Nichtverstandenwerdens gehören zu unsern frühesten Erinnerungen. Sie sind ein wesentliches Element jeder Kindheit. Als Vater oder Mutter versucht man eifrig, sie seinen Kindern zu ersparen. Denn die Psychologen sagen, daß die Kinder dadurch Schaden nehmen, unglückliche Erwachsene werden und ihrer Eltern nur noch mit Bitterkeit gedenken. Das ist Unsinn. Nichts wäre schrecklicher, als immerzu restlos verstanden zu werden. Es gibt keine Selbstfindung, keine Gewißheit eines eigenen Ichs, ohne das

schmerzlich durchgekostete Gefühl des Einsamseins. In diesen Momenten wird man seiner Mitte gewahr, jener seltsamen Gegebenheit, für die sich nie ein rechtes Wort findet. Goethe nannte sie »mein Herz«. Daher führen alle kritischen Lebensphasen zu einer Steigerung und Häufung solcher Zustände. Denn alle kritischen Lebensphasen müssen auch mit einer neuen Selbstfindung enden. Das tut weh und ist beflügelnd zugleich.

Es gehört zur naiven Raffinesse von Hesses Gedicht, daß es das triumphale Gefühl erlangter Einzigartigkeit hinter der vordergründigen Melancholie kräftig hervorscheinen läßt. »Wahrlich, keiner ist weise . . .«, das heißt doch wohl: »Ich bin es, und wie!« Und da es sich um ein Allerweltsgedicht in des Wortes imponierendster Bedeutung handelt, schenkt es auch jedem Leser die Gewißheit, ein Weiser zu sein. Gar kein so schlechtes Geschenk.

HERMANN HESSE
KNARREN EINES GEKNICKTEN ASTES

Dritte Fassung

Splittrig geknickter Ast,
Hangend schon Jahr um Jahr,
Trocken knarrt er im Wind sein Lied,
Ohne Laub, ohne Rinde,
Kahl, fahl, zu langen Lebens,
Zu langen Sterbens müd.
Hart klingt und zäh sein Gesang,
Klingt trotzig, klingt heimlich bang
Noch einen Sommer,
Noch einen Winter lang.

8. August

HANS BENDER
DAS LETZTE GEDICHT

Am 7. August 1962 schickte Hermann Hesse – mit Begleitzeilen für Walter Höllerer – die erste und zweite Fassung des Gedichts »Knarren eines geknickten Astes« an die Redaktion der »Akzente« in Frankfurt. Am Tag darauf, am 8. August, schrieb Hesse noch eine dritte Fassung. Erst mit ihr gab er sich zufrieden. Im Privatdruck »Hermann Hesse zum Gedächtnis«, den Siegfried Unseld zum Jahresende 1962 herausgab, konnte man nachlesen, was Hesse dieses Gedicht, sein letztes, bedeutet hat. Mehrere Maschinenabschriften hatte er angefertigt. Eine schickte er seinem Sohn Martin, eine legte er Frau Ninon aufs Zimmer. Sie fragte ihn – so berichtete sie in einem Brief an Unseld –, ob er das Gedicht heute, am 8. August, geschrieben habe. Er antwortete: »Nein, ich habe es am 1. August geschrieben. Aber erst heute ist es fertig geworden.«

Die Einsendung an die »Akzente« bewies zudem: Nicht nur das Gedicht war ihm wichtig; auch der Prozeß seiner Entstehung; die Korrektur, aus der die zweite Fassung sich geschält hatte. Die erste Fassung war noch ein herkömmliches Gedicht in drei vierzeiligen Strophen mit brav gereimten, melodisch taktierten Zeilen. »Das Knarren eines geknickten Astes« hatte ihm eine Erinnerung eingegeben: »Ich sah ihn Jahr um Jahr so hängen –«. Es hat ihm einen Trost vorgesprochen: »Man ist geknickt, noch nicht gebrochen –«. Die Schlußzeile artikulierte die Identifikation wie eh und je: »Was du gleich mir zu knarren hast.« Alliterationen waren eingesetzt, und ein paar Wörter zuviel, die den Klang harmonisieren, den Duktus glätten sollten.

Gleich die zweite Fassung wurde, obgleich Bild und Eingebung dieselben waren, zu einem überraschend anderen Gedicht. Alle Neuromantik war verflogen, aller Schmuck abgefallen. Aus dem wohlgeformten Lied war ein konzises, blockartiges, durchgeformtes Gedicht geworden, das den, der sich darin bekannte, in Laut und Schrift gegenwärtig machte. Die Korrekturen von der zweiten zur dritten Fassung waren dagegen nur gering. Das Adjektiv »rauh« war in »zäh« verändert, das »klingt bang« verlängert in »klingt heimlich bang«. Ferner war die Schlußzeile nun in zwei untereinandergestellte Zeilen geteilt. So wurde dem, der das Gedicht vor sich hinsprach, eine Atempause mehr gegeben: *Noch einen Sommer, / Noch einen Winter lang.*

Im Sinne Goethes war es ein »Gelegenheitsgedicht«. Hesse hatte – auch das berichtete jener Brief von Frau Ninon – im Winter 1961/62 eine Krankheit überstanden. So wandte er sich im Frühjahr und Sommer desto intensiver dem Leben zu. Das war für ihn die Natur, die Landschaft, der Garten, der Wald, der an das Grundstück in Montagnola grenzte und in dem er gern spazierenging und Holz sammelte. Dort konnte er das »Knarren eines geknickten Astes« gehört haben. Im Gedicht wurde es zum Sinnbild des Lebens und des trotzigen Aufbäumens des greisen Dichters gegen die kurze Frist, die ihm noch gegönnt war. Nach der dritten Fassung waren es nur noch ein paar Stunden. Am Morgen des 9. August 1962 starb Hermann Hesse.

HERMANN HESSE
LAMPIONS IN DER SOMMERNACHT

Warm in dunkler Gartenkühle
Schweben bunte Ampelreihn,
Senden aus dem Laubgewühle
Zart geheimnisvollen Schein.

Eine lächelt hell zitronen,
Rot und weiße lachen feist,
Eine blaue scheint zu wohnen
Im Geäst wie Mond und Geist.

Eine plötzlich steht in Flammen,
Zuckt empor, ist rasch verloht ...
Schwestern schauern still zusammen,
Lächeln, warten auf den Tod:
Mondblau, Weingelb, Sammetrot.

HERMANN BURGER
INSTASE UND EKSTASE

Selten tritt im Werk eines Dichters der Glücksfall ein, daß ein Text, und gar ein lyrisches Gebilde, die Summa seiner Ästhetik und Philosophie widerspiegelt. Man dächte, dies sei am ehesten einem Lehrgedicht vorbehalten, doch es können, wie Hesses »Lampions in der Sommernacht« zeigen, auch reine Stimmungsverse sein. Da geht es zunächst um nichts anderes als ein Sommerfest, bei dem ein paar Ampeln dekorativ in den Zweigen hängen, Früchte aus Kreppapier.

Das Adjektiv »geheimnisvoll« verrät freilich nichts Gutes, da wir spätestens seit Goethe wissen, daß man vom Unerklärlichen gerade nicht geheimnisvoll sprechen soll, und seit Mörikes Gedicht »Auf eine Lampe« ist uns bewußt, daß man »scheinen« im Sinne von »leuchten« und »ein Trugbild vermitteln« auffassen kann. Was meint Hesse nun: ist das sommerliche Gartenfest Illumination oder bloß Illusion? Nähere Auskunft gibt uns das Verb »senden« in der ersten Strophe, das an eine Botschaft denken läßt und einen Empfänger voraussetzt. Der mißt offenbar dem samtsatten Lichtzauber größere Bedeutung bei als dem Wein oder dem Gespräch. Wir haben es mit einem Romantiker zu tun, Farbklänge dominieren die zweite Strophe.

Einzig der blauen Kugel widmet der Dichter zwei Zeilen, er verweist implizit auf die »Blaue Blume« bei Novalis, und hier ist nun »scheint« als *videtur* aufzufassen, von der

Metapher her, vom expliziten »wie Mond und Geist« legitimiert. Es genügt also nicht mehr, die Stimmung zu kolorieren, wie das der junge Hesse auf dem Vierwaldstättersee getan hat. Auch der Mond ein Topos der Romantik, mit ihm ist werkgeschichtlich die Instase des Komponisten im Roman »Gertrud« verkörpert, sie verlangt nach dem Gegenpol der Ekstase in der dritten Strophe: »Eine plötzlich steht in Flammen«, und dies wiederum ist der Maler in »Klingsors letzter Sommer«, dessen Kerze an beiden Enden brennt.

Liest man »Lampions in der Sommernacht« von hinten her, stellt sich zunächst die Frage nach der Notwendigkeit von Vers 5 in Strophe 3, zumal er nur einen Dreiklang wiederholt. Aber erst dadurch läßt sich ermitteln, welche Ampel verbrannt ist: die weiße, jene, die, um es wortspielerisch zu sagen, nicht »Farbe bekannt« hat. Doch der Tod wird wie in der »Klingsor«-Novelle zum Brennpunkt der Existenz. Das Papiergebilde leuchtet nicht mehr indirekt, es verzehrt sich, indem es selber Feuer wird.

»Scheinen« kann man für die Brenndauer einer Kerze, »verlohen« nur in wenigen Sekunden. Mit dem Motiv des Flammentodes tritt der Expressionist Hesse, der in den zwanziger Jahren ungeschminkte »Bekenntnisdichtung« schrieb, gegen den Ästheten der früheren Periode an. »Zuckt« ist das einzige dynamische Verb in den drei Strophen. Doch Hesse wäre nicht der passionierte Maler gewesen, wenn er sich mit den Primärfarben Rot, Gelb und Blau zufriedengäbe.

Am Schluß nuanciert er: »Weingelb« deutet auf das gereichte Getränk, »Sammetrot« auf Damentoiletten. Im lächelnden Warten der Schwestern auf ihr Ende manifestiert sich eine »Siddhartha«-Haltung weniger indischer als stoi-

scher Prägung. Mich hört die Frage nicht auf zu beschäftigen – und deshalb liebe ich dieses Gedicht –, was denn das bessere Los sei: auszuharren im Wissen um den Tod, das uns von jeder anderen Kreatur trennt, oder lichterloh unterzugehen. Dahinter steckt ein ziemlich vertracktes Problem: unseren Todesbeweis können nur die sterbenden Mitmenschen erbringen, weil wir sowohl nach christlicher wie nach agnostischer oder nihilistischer Auffassung »todsicher« nie in die Lage kommen werden, zu bestätigen: Ich bin gestorben. Was die überlebenden Lampions schauern macht, ist folglich eine höchst komplexe Induktion.
Doch damit bewegen wir uns im Spekulativen, was dem Lyrischen nicht angemessen ist. Die Ironie, also »erheuchelte Unwissenheit«, des Gedichts besteht denn auch darin, daß es sich jederzeit auf den konkreten Anlaß zurückziehen kann. Ein Windstoß, eine Panne, mehr nicht. Das macht seine besondere Leuchtkraft aus: daß das Allgemeine, das Philosophische, im harmlos Besonderen so spielerisch zur Anschauung kommt.

HERMANN HESSE
NEID

Wenn ich doch Banjo könnte spielen
Und Saxophon in einer Jazzband blasen,
Vortänzer sein in einem Nachtlokal,
Mit meiner Kunst in alle Herzen zielen,
Froh mich ergehn in Späßen und Ekstasen,
Der Ladenmädchen Held und Ideal!
Vergnügt in mein geschweiftes Blasrohr blies' ich
Und sänge zwischenein in hellem Jubel,
Grell und begeistert in den heißen Saal
Die wunderlichen Tonraketen stieß' ich,
Peitschte im Takt empor den trunknen Trubel
Und opferte mit Tanz dem Gotte Baal.

Dann wär ich hier nicht Fremdling mehr und Gast,
Wär einer von den Priestern der Astarte,
Heimat wär mir der tönende Palast,
Aus dem ich mich so oft bekümmert stahl,
Vor dem ich oft so lang beklommen warte.
Zu spät! Vorbei! Ich werde nie erreichen
Die Strahlenden, die Götter dieser Erde,
Einsam bin ich und schwach. Ich weiß, ich werde
Nie diesen Glücklichen und Künstlern gleichen,
Ein Fremdling muß ich sein und scheuer Gast,
Muß mich mit Zuschaun, Draußenstehn bescheiden,
Muß Tänzer, Banjo, Saxophon beneiden,

Muß traurig in die frohen Feste sehen
Und meiner Verse Leierkasten drehen,
Den andern lächerlich, mir selbst verhaßt.

ULRICH LAUTERBACH
KRISIS

Dieses Gedicht wurde, unter dem Titel »Der Intellektuelle«, einer breiteren Öffentlichkeit durch das heute schon legendär zu nennende Monatsmagazin »Uhu« der zwanziger Jahre bekannt, dessen Herausgeber Wert darauf legten, neben Karikaturen, Glossen, Reportagen und aktuellen Meinungsumfragen auch anspruchsvolle Kurzgeschichten und Gedichte prominenter Autoren anzubieten: von Arnold und Stefan Zweig, von Kästner, Klabund, Hesse und Zuckmayer. Heinrich Mann ließ sich zu einer Zeit-Diagnose überreden, Thomas und Klaus Mann steuerten Positionsbestimmungen der neuen Eltern und der neuen Kinder bei. Der wohl erstaunlichste Beitrag war Bertolt Brechts Radio-Hörspiel »Lindberghflug«.

Trotz der spürbaren ironischen Note habe – so Günter Kunert – die dominierende Rolle der Banalität, ja Trivialität zum Erfolg dieses »reinen Konsumartikels« (F. A. Z. vom 2. Februar 1980) geführt; er bemängelte dessen »Verlust ... an historischem Indiz«. Dennoch bleibt der »Uhu« für uns ein unvergleichliches und unterhaltsames Dokument der goldenen Zwanziger. In diesem bunten Angebot reiner Zerstreuungen finden sich überraschenderweise auch einige bittere, zeitbezügliche Bekenntnisgedichte Hermann Hesses. Zunächst ist man geneigt, sie ironisch zu interpretieren, bei näherer Betrachtung aber erweisen sie sich als selbstquälerische, mit masochistischer Lust formulierte Protokolle einer beschädigten seelischen

Struktur. Sie haben die romantisch verbrämte, geschönte Wehleidigkeit und naturbezogene Larmoyanz seiner frühen Dichtungen weit hinter sich gelassen.

Mehrmals in den zwanziger Jahren hatte sich Hesse in psychoanalytische Behandlung gegeben. Als literarischer Niederschlag der Sitzungen gilt im allgemeinen der »Steppenwolf«. Weit schonungsloser in der Preisgabe und sprachlichen Fixierung verdrängter, allzu lang negierter Lust- und Trieb-Wünsche sind die Gedichte, die Hesse in dem Bändchen »Krisis« zusammengefaßt hat. Sie erschienen in einer einmaligen Auflage von tausend Stück, gedacht für den Kreis der »lieben Freunde«, die teilhaben sollten an »einer jener Etappen des Lebens, wo der Geist seiner selbst müde wird, sich selbst entthront und der Natur, dem Chaos, dem Animalischen das Feld räumt«. Dabei ging der Dichter in der Umkehrung der Werte so weit, daß er sich als lächerlichen Barbaren sah im Vergleich mit den Tango-Tänzern, Saxophonbläsern und Lebemännern, »Göttern dieser Erde«.

Bemerkenswert ist nun, daß Hesse in der unretuschierten Beschreibung der radikalen Verhaltenswende und Analyse – in diesem Falle ist der Begriff in mehrfacher Weise legitim – zugleich den Zeitgeist und die aktuelle Zeitwirklichkeit der Zwischenkriegsjahre dokumentiert hat. »Asphaltliteratur« hieß das ambivalente Neuwort, mit dem die Autoren der verketzerten oder lustvoll genossenen neuen Realität gerecht zu werden versuchten. Gedichte erhielten dabei die Funktion der »Gebrauchslyrik«, in der unter anderem auch die Verlockungen und die Wonnen großstädtischer Gewöhnlichkeit ihren Platz hatten.

Viele der in dem Band »Krisis« zusammengetragenen

Verse sind nichts als locker gefügte, mechanisch hingeleierte Augenblicksspiegelungen. Hesse tat gut daran, die meisten von ihnen in den gesammelten Gedichten auszusparen. Für »Neid« gilt das nicht. Die rücksichtslose Selbst- und Zeit-Analyse hätte als Dokument einer wichtigen Entwicklungsphase des Dichters und der Literaturgeschichte den ihr gebührenden Platz finden sollen.

HANS CAROSSA
HEIMLICHE LANDSCHAFT

Reich verstreute Tempeltrümmer
Glühen gelb im Sonnenbrand.
Ginsterbüsche zwischen Säulen
Ziehen Gold aus heißem Sand.

Edle Schmetterlinge zieren
Marmorhaupt und Marmorschoß.
In des Gottes Achselhöhle
Wuchert blühend grünes Moos.

Eine silbergraue Schlange
Liegt zerbrochen starr im Staub.
Kinder knien zu ihr nieder,
Decken sie mit Walnußlaub.

Und schon steigen aus dem Boden
Harte Käfer scharenweis,
Toten Leib zurückzutragen
In der Wesen heißen Kreis.

LUDWIG HARIG
HEILE WELT, VERHEERENDE ZEIT

Carossas römische Verse in vierhebigen, spröden, streng gehämmerten Trochäen habe ich in der 1943 von Werner Riemerschmid und Karlheinz de Bruyn (übrigens einem Bruder des Schriftstellers Günter de Bruyn) im Münchner Verlag Karl Alber herausgegebenen Anthologie »Italien im deutschen Gedicht« zum erstenmal gelesen. Und in den Aufzeichnungen aus Italien, beliebig zitiert, fand ich einen Satz wie diesen: »In einer Gartenwiese blühte wilder Mohn in dichten Büschen; er hat hier ein dunkleres Rot als im Norden.«

Im gleichen Jahr, am 12. Oktober 1943, wurde Willi Graf, der Saarbrücker Freund der Geschwister Scholl, in Stadelheim mit dem Fallbeil hingerichtet. »Kannst Du Dir vorstellen, daß ich hier einen Sommer und Herbst verlebt habe, ohne Blumen angeschaut oder den Duft von ihnen verspürt zu haben?« hatte er an seine Freundin Marita Herfeldt aus Rußland geschrieben, das Erlebnis einer Blume sei ihm »in dem Ablauf erschütternder Schauspiele von unbarmherziger Wucht« versagt geblieben.

Was hat Carossas Beschwörung einer römischen Ruinenlandschaft und eines Büschels blühenden Mohns mit Willi Grafs Blumensehnsucht und seinem Opfertod als Widerstandskämpfer der »Weißen Rose« zu tun? Und was reizt mich heute an einem klassizistischen Gedicht und an Willi Grafs Interesse für solcherlei Dichtung, die er wohl selbst noch aus Carossas Mund gehört hat, als er am 5. Mai 1942 dessen Lesung in München besuchte? Es ist die Wechselbeziehung von hehrer, heiler Welt und verheerender, heilloser Zeit, ist der zwanghaft wirkende Zusammenhang von sich selbst heilender Natur einerseits und unheilbarem Geistesverfall andererseits, erzeugt vom befreienden Lese- und Lernbedürfnis konträr zur Wahrnehmung zerstörerischer Realität im Kopf eines jungen Menschen, das Mit- und Ineinander von Kunst und Leben, von Schein und Sein.

In Carossas Gedicht spricht sich das unerschütterliche Stirb und Werde aus: Alte Tempel samt Säulen und Marmorbildern liegen in Trümmern, doch aus dem Schutt grünt und blüht es; eine Schlange liegt tot im Staub, Käfer kommen und verzehren den Leib. So hinfällig Kunst und Leben auch sein mögen, so beständig ist das ihnen innewohnende Gesetz ewiger Wiederkehr. Im Kreislauf ineinandergreifender Kräfte geht das eine aus dem anderen unerschöpflich hervor. Die Welt bleibt heil. Carossas Gedicht, ein Musterstück sinnstiftender Urbilder, ist zugleich auch ein poetisches Beispiel für Seelentrost und Lebenshilfe.

Als solches haben die Freunde der »Weißen Rose« die Bücher Carossas geradezu verschlungen. Willi Graf schreibt an Marita Herfeldt von zuchtvoller Sprache, von einem Sinn, der ihn berühre, an seine Schwester Anneliese, Carossa sei sehr zart, etwas verschämt und schüchtern, doch bei ihm könne man »die Ehrfurcht vor ernsten Dingen« lernen. Er empfiehlt ihr die Lektüre Carossas, damit sie in »das Innerste seiner Dichtung« eindringen könne. Im »Jahr der schönen Täuschungen« finde er Ruhe. Graf spricht von Linien, Ordnungen, von Maß und Form: Häufig geschmähte, auch als Attribute sekundärer Tugenden mißachtete Werte, hier auf einmal, im Widerstand gegen das Zerstörerische, Chaotische, gegen den inhumanen Geist der Zeit, gewinnen sie ganz neue, die festigende Bedeutung des Rettenden.

An Carossas Gedicht »Heimliche Landschaft« knüpft sich ein tiefkatholisches Heilsdenken, auch das Elitedenken gegen jede Art von Abstumpfung und Gleichgültigkeit. Die Mitglieder der »Weißen Rose« waren katholische Schöngeister, ihr Aufstand war eine Empörung des Herzens, eine Verschwörung gegen alles Primitive, Grobe, Brutale. Es war kein parteipolitisches, kein analytisch vorbereitetes, kein rational geplantes und strategisch durchgeführtes Komplott, es war ein Widerstand aus dem Geist der schönen Kunst heraus. In verheerender Zeit verlangt man offensichtlich nach heiler Dichtung, Katastrophenliteratur gedeiht in sicheren Verhältnissen.

GEORG KAISER
DER SPIEGEL

Aus weitem Spiegel kam ich mir entgegen.
Ich sah die Landschaft, die sich fern verlor –
das graue Meer, sein stürmendes Bewegen,
und öde Inseln hinterm Nebelflor.

Ich sah die Pracht der Sonnenhorizonte
mit jedem Strahl ein Flammenjubelruf –
ich sah dies Werk, das nie ermüden konnte,
wie sich die Welt mit neuem Tag erschuf.

Ich bin es doch, dem alles dies gewesen
einmal in weggerückter Lebenszeit –
wie Kranke, die von taubem Sinn genesen,
bin nochmal ich zum Widerbild bereit.

Ich will mich mit dem Spiegel-Ich vereinen
und stehe vor der dünnen Scheibe dicht –
doch keine Mauer konnte breiter scheinen
als diese Glaswand, die ein Finger bricht.

WALTER HINCK
SELBSTBEGEGNUNG

Narkissos, so berichtet die antike Sage, erblickte sich selbst im Wasser einer Quelle und verliebte sich in sein Spiegelbild. Vielfach abgewandelt wandert das Spiegelmotiv durch die neuzeitliche Literatur. Ein Zeitgenosse Georg Kaisers, Franz Werfel, wendet in seinem Drama »Spiegelmensch« die Selbstverliebtheit des Narziß ins Gegenteil: aus Selbsthaß schießt der junge Thamal in sein Spiegelbild, und aus dem Rahmen springt sein anderes Ich, der mephistophelische Spiegelmensch.

Den Dramatiker Kaiser fasziniert die Zwillingsversion: das Doppelgängermotiv, dem wir nicht erst in der späten Bearbeitung des Amphitryon-Stoffes begegnen, sondern schon in zwei früheren Stücken. Ein Milliardär, auf der Flucht vor der Wirklichkeit und sich selbst, überläßt seine Pflichten gegenüber der Öffentlichkeit einem Doppelgänger (»Koralle«, 1919). Realität und Illusion durchdringen sich für den Verwandlungskünstler Oliver, der im Auftrag einer Dame deren ungetreuen Liebhaber darstellt und beim Rollenspiel im völligen Persönlichkeitstausch sich selber vergißt und verliert (»Zweimal Oliver«, 1926). Auch in Kaisers Gedicht »Der Spiegel« geht es um die Identität der Person. Der Spiegel wird zum Ort der Selbstbegegnung. Aber die Selbstannahme will nicht mehr gelingen.

Georg Kaiser hat sich dem Gedächtnis seiner Zeitgenossen als Dramatiker, nicht als Lyriker eingeprägt. Erst am Ende seines Lebens, in den Jahren zwischen 1943 und 1945, entsteht »Das Werk Gedichte«, zu dem »Der Spiegel« gehört. Kaiser konnte das öffentliche Schweigen, in das ihn nach 1933 Goebbels' Kulturpolitik verbannt hatte, auch im Schweizer Exil nicht durchbrechen. Denn selbst dort blieb er von den Bühnen so gut wie exiliert. Zum Lyriker wird er als der echolose, vom Ort der Mitteilung abgeschnittene Bühnenautor. Der Dramatiker zieht sich zurück in den Monolog. Im Gedicht »Der Spiegel« spitzt sich die Monologsituation noch einmal zu: in der Vergeblichkeit des Versuchs, mit dem Spiegel-Ich in unmittelbare Berührung, mit sich selbst ins Einverständnis zu kommen.

Der Spiegel, der dem Menschen sein eigenes Gesicht entgegenhält, ist immer auch ein Mittler der Wahrheit, der Selbsterkenntnis. In Kaisers Gedicht holt er überdies, als Werkzeug der Erinnerung, Vergangenheit wieder zurück. Mit dem früheren Ich treten Landschaften und elementare Ereignisse ins Bild, Symbole der Lebenssituationen und der eigenen Schöpferkraft.

Gerade deren schroffe Gegensätzlichkeit ist Chiffre der Lebensgeschichte Kaisers, einer Biographie mit allen Höhen und Tiefen, gespannt zwischen Luxuswohnung und Gefängniszelle, zwischen Tagen des Überflusses und der Not, der europäischen Erfolge und der erzwungenen Einsamkeit in Grünheide bei Berlin – einer Lebensgeschichte voller Widerstände, denen das dichterische Werk abgerungen werden mußte. Und noch heilbar – die Krankheit steht als Bild für den Verlust der Identität und das Genesen für die Hoffnung, sie zurückzugewinnen –, noch schließbar scheint der Riß zwischen der früheren und der jetzigen Existenz.

Aber das Trennende ist zu mächtig. Kaiser, der verbannte,

nicht mehr gehörte, echolose Schriftsteller, vermag seine Persönlichkeit nicht mehr als ein Ganzes zu erleben. Er ist sich selbst ein anderer geworden.
Doch weist dieses Gedicht über die autobiographische Aussage des Schriftstellers Kaiser hinaus in die Situation seiner Mitopfer, der in die Isolation, ins Exil Verstoßenen. Das Spiegelbild, durch das einst Narziß sich selbst verführte, hier enthüllt es nur noch Selbstentfremdung.

ERICH MÜHSAM
DER REVOLUZZER

Der deutschen Sozialdemokratie gewidmet

War einmal ein Revoluzzer,
im Zivilstand Lampenputzer;
ging im Revoluzzerschritt
mit den Revoluzzern mit.

Und er schrie: »Ich revolüzze!«
Und die Revoluzzermütze
schob er auf das linke Ohr,
kam sich höchst gefährlich vor.

Doch die Revoluzzer schritten
mitten in der Straßen Mitten,
wo er sonsten unverdrutzt
alle Gaslaternen putzt.

Sie vom Boden zu entfernen,
rupfte man die Gaslaternen
aus dem Straßenpflaster aus,
zwecks des Barrikadenbaus.

Aber unser Revoluzzer
schrie: »Ich bin der Lampenputzer
dieses guten Leuchtelichts.
Bitte, bitte, tut ihm nichts!

Wenn wir ihn' das Licht ausdrehen,
kann kein Bürger nichts mehr sehen.
Laßt die Lampen stehn, ich bitt!
Denn sonst spiel ich nicht mehr mit!«

Doch die Revoluzzer lachten,
und die Gaslaternen krachten,
und der Lampenputzer schlich
fort und weinte bitterlich.

Dann ist er zuhaus geblieben
und hat dort ein Buch geschrieben:
nämlich, wie man revoluzzt
und dabei doch Lampen putzt.

GERTRUD FUSSENEGGER
DER TREUE LAMPENPUTZER

Selten hat mich ein Gedicht so erheitert wie dieses, weil damals, als ich es zum erstenmal las, bei uns an allen Ecken und Enden, doch – wie mir schien – ohne ausreichende Gründe, das Revoluzzern geprobt wurde. So empfand ich mich im Einverständnis mit dem braven Lampenputzer, mit seinen Ängsten, Protesten und Kümmernissen.
Als ich mich später etwas näher mit dem Autor Erich Mühsam einließ, verging mir freilich die Erheiterung, und ich erkannte meinen Irrtum: Mühsam, dieser Heimatlose, auf radikale Utopien Fixierte, stand ja gar nicht auf der Seite seines Helden, im Gegenteil. Der Untertitel hätte mich schon eines Besseren belehren können! Mühsam erhob bitter gekränkte Anklage gegen jene, die sich's in seinen Augen genug sein ließen an der revolutionären Geste (Mütze auf dem linken Ohr), genug am Schein der Gefährlichkeit, genug an einer begrenzten Solidarität, die an den Barrikaden endete und sich davonmachte, als das »gute Leuchtelicht« aufklärerischer Humanität von anarchischer Wut in Trümmer geschlagen werden sollte. Mühsam war der Meinung, daß die deutsche Sozialdemokratie die Chance der Gesellschaftsveränderung in lampenputzerischer Kleinkariertheit vergeben habe, und er verzieh ihr das nie, bis zu seinem bitteren Ende, 1934, im KZ Oranienburg.
Doch zur Ballade selbst: acht Strophen zu je vier Zeilen, durchwegs gereimt nach dem Schema aa/bb. Die ersten

Strophen kommen wie im Marschschritt daher, aufmüpfig, dynamisch, ein wenig pueril auftrumpfend mit ihren gehäuften tz, zz und ihren vielen u, o, ü. Ab Strophe 4 flacht der Rhythmus ab, so als würde er durch das Ausscheren des armen Lampenputzers gebremst, der in seiner Bedrängnis sogar in eine Art Kindersprache verfällt: »... dieses guten Leuchtelichts. Bitte, bitte, tut ihm nichts!«

Selbst an die Bürger denkt er noch, der Brave, denen man das Licht (Licht der Aufklärung?) nicht ausdrehen dürfe. »Doch die Revoluzzer lachten, und die Gaslaternen krachten ...« So banal das klingt, so schallen diese Zeilen doch von der Lust des Autors an revolutionärer Realität. Dafür gerät ihm dann das weitere Schicksal des Lampenputzers zu einem elegischen Abgesang, der sich in den ersten Zeilen der letzten Strophe – vor allem in den zwei sanft gedehnten Partizipien »geblieben« und »geschrieben« – sozusagen selbst hinauswinkt aus dem Raum frischfröhlich agierender Solidarität ins Abseits des Theoretikers, in die Klause des grübelnden Bücherwurms, der das für Mühsam Absurde leisten und Versöhnung erdenken will zwischen lampenputzerischer Pflichttreue und Revolution, zwischen Ordnung und Herrschaftsabbau.

Mühsams politische Ideen waren sicher ganz unrealistisch. Dennoch hat er in dieser politischen Ballade ein Stück Realität überliefert, ein Stück deutscher Geschichte, Entzweiung von Links und Ultra-Links.

RUDOLF ALEXANDER SCHRÖDER
STANZE AUS
DEM LIEDERZYKLUS »ELYSIUM«

Nur mit meines Fingernagels Rande
Deines Scheitels letztes Haar berührte
Gar zu gern ich noch in diesem Lande.

Und wenn mich der dumpfe Wind entführte
An die leeren Küsten, käm ich doch
Nicht als einer, dem nur Trost gebührte,

Weil ich, da ich lebte, einmal noch,
Einmal eine Seligkeit verspürte.

KARL KORN
DAS GRAUE VERDÄMMERN DER SCHATTEN

Der Dichter, der 1905 den Zyklus »Elysium« veröffentlichte, war siebenundzwanzig Jahre alt. Hugo von Hofmannsthal und Rudolf Borchardt waren dem jungen Herrn aus Bremen, mit Alfred A. Heymel Begründer der Schwabinger Literaturzeitschrift »Die Insel«, aus der später der Inselverlag entstand, lebenslang zugetan und er ihnen. Rudolf Alexander Schröder (1878-1962) hat eines der reichsten lyrischen Gesamtwerke unseres Jahrhunderts hinterlassen. Er ist kaum auf einen Nenner zu bringen: Poeta doctus, Erlebnislyriker in der Tradition Goethes, Spruchdichter, geistlich und weltlich, Eklektiker – wer und was war er?

Hofmannsthal hat über das Werk gesagt, es sei bereits mit der ersten Gedichtreihe »Elysium« völlig dagewesen, sein Inhalt und Gehalt sei »unbedingte Gegenwart wie vor dem Auge der unterweltlichen Richter«.

Schröder, der Gelegenheitsdichter im Goetheschen Sinne war, hat vielleicht mit der merkwürdigen, fast dreißig Jahre später veröffentlichten Erzählung »Reiseandenken aus dem Harz« (zuerst in der »Literarischen Welt« 1932) das Rätsel seiner frühen Gedichte aus der Schattenwelt gelichtet. In dieser autobiographisch getarnten Brieferzählung an einen Freund geht es um die erste, erschütternde Erfahrung des Jünglings mit dem »allgemeinen Schrecken der Welt und des Lebens« und dem Grauen, das durch die

»unterweltliche Transzendenz« angerührt wurde. Der Jüngling war in den Sommerferien einer zehn Jahre älteren, strahlenden Todgeweihten begegnet. Ein genialer Kunstgriff, daß der Tod aus einem Erinnerungsfoto plötzlich den Betrachter gleichsam anspringt. Mit dem Wort unterweltliche Transzendenz sind das biographisch formulierte Erlebnis und der im Umkreis des jungen Hofmannsthal evidente literarische Einfluß der Dekadenz um die Jahrhundertwende auf den Begriff gebracht. »Elysium«, aus dessen erstem Buch die Stanze mit der originellen Reimfolge »a b a b c b c b« stammt, ist der ironische Titel für den Hades, den der Dichter als den Ort eines dahindämmernden, abgestorbenen Schattenlebens begreift. Der Moment der Stanze ist der Übergang, ein letztes Verharren, aber nicht als Episode, sondern als Existenz auf der Grenze zum entwesten Leben der Schatten, wie die in drei Büchern versammelten Gedichte des Zyklus durchweg das Thema der blassen Scharen, »Ihr ohne Sinn!«, vielfältig variieren.

Die Stanze liegt gleichsam unmittelbar vor Charons Nachen und dem Trank aus Lethe. Es ist ein letztes Verhalten in der Zone zwischen »diesem Lande« und den »leeren Küsten«, an die das Ich bald entführt werden wird. Das Schattenreich ist mit für Schröder typischen knappsten szenischen und sprachlichen Funden bezeichnet, wie man sie in der dreißig Jahre später konzipierten »Ballade vom Wandersmann« – auch sie ein Gedichtzyklus – wieder antrifft.

Der Ton der Stanze liegt auf dem noch einmal aufschäumenden Leben. Da klingt das Norddeutsch-Vollblütige zugleich mit eminenter Sensibilität auf. Es ist wie eine letzte Nagelprobe, höchste Steigerung von Lebensglück,

»einmal noch, einmal eine Seligkeit« vor dem Hingang in das graue Verdämmern der Schatten, das den Dichter in den anderen Gedichten des Zyklus geradezu fasziniert. Die Intensität wird durch die äußerste Zuspitzung von Bild und sprachlichem Ausdruck, »Rand des Fingernagels«, der »das letzte Haar deines Scheitels berührt«, erreicht. Dem entspricht in den beiden letzten Versen das »einmal noch, einmal eine Seligkeit«. Das Gegenbild des Schattenreichs (der dumpfe Wind, die leeren Küsten) ist spannungssteigernd in das Mittelstück der Stanze hineingenommen.

Typisch schrödersch das prosodisch-metrische Kunststück der Verschränkung der Verszeilen über den Rand hinaus (das Enjambement). So läuft der Satz des ersten und des zweiten Dreizeilers über die Schwelle des Rhythmus hinweg. Diesen Kunstgriff hat Schröder als Odendichter, alkäisch oder sapphisch, zumal als kongenialer Übersetzer des Horaz, meisterhaft beherrscht. Da werden Metrum und Reim durch weit ausgezogene Sprachbögen nicht etwa aufgehoben, sondern durch Gegengewichte austariert, überwölbt. So entsteht die von Hofmannsthal gepriesene »äußerste Gespanntheit der Form«. Sie ist das Korrelat zu Schröders Vision des Daseins. Kraft, Zartheit der Empfindung, der elegische Grundton und souveräne Formbeherrschung halten einander die Waage. Diese Momente sind es, die des zu Unrecht vergessenen Dichters lyrisches Werk nicht in formalistische Bildungsspielerei oder Epigonentum abgleiten lassen.

RUDOLF ALEXANDER SCHRÖDER
VOM GLÜCK DER UNTRÖSTLICHKEIT

Ich wühle mich in Gram und Mißmut ein;
Ich mag nicht mehr. Laßt, Freunde, mich allein.
Euch blüht der Tag, die Sonne dünkt euch hold;
Und Glück der Jugend ist euch noch im Sold.

Was wißt ihr, was es heißt: verloren sein?
Was kennt ihr nur das Traumbild solcher Pein?
Bleibt fern von dem, der wie Gewitter grollt,
Und den ihr quält, wenn ihr ihn trösten wollt.

Ich weiß, an welchem Ort ich bleiben will,
Um meine Trauer mit mir selbst zu teilen,
Fern von der Welt Geschwätz und Lästerungen.

Im Walde meiner Lieder weil ich still;
Dort springt ein Quell; und mag er mich nicht heilen,
So ist doch Labung seinem Mund entsprungen.

WERNER FULD
ANDENKEN AN EINE VERSTORBENE

Die Melancholie ist das Glück der Untröstlichkeit; wer sich ihr anvertraut, leidet mit Lust. »The Pleasures of Melancholy« lautete 1747 der Titel einer Gedichtsammlung Thomas Wartons, der den drei Jahre zuvor erschienenen »Pleasures of Imagination« von Mark Akenside einverständig antwortete. Beide gehören zusammen: Melancholie und Gedankenspiel, Phantasie und Schwermut.
Die von Cicero überlieferte Frage des Aristoteles »Warum erweisen sich alle außergewöhnlichen Männer in Philosophie oder Politik oder Dichtung oder in den Künsten als Melancholiker?« blieb bisher durch die Jahrhunderte zwar ohne befriedigende Antwort, aber es häuften sich die Zeugnisse. Vermittelt durch italienische und englische Einflüsse kam es während des 18. Jahrhunderts im deutschen Sprachraum zu einem regelrechten Melancholie-Kult, in dessen Mittelpunkt die folgenreiche Entdeckung der Trauer als Quelle der Poesie und der Poesie als Trösterin stand. Ungezählt reichen die Variationen dieses Themas bis in die zeitgenössische Lyrik.
In solche Tradition gehört auch dieses Sonett, dessen fast programmatische erste Zeile uns den Autor mit großer Intensität bei der Trauerarbeit zeigt. Kunstvoll sind beide Quartette geteilt und verknüpft: die letzten zwei Zeilen des ersten und die ersten beiden Zeilen des zweiten Quartetts entwerfen emphatisch das Bild der eigenen Weltverlorenheit, doppelt gerahmt von der Aufforderung zur

Distanz. In jenem inneren Bezirk stören selbst Freunde nur; hier gelten eigene Regeln.

Der Melancholiker legt ein dunkles Band zwischen sich und die Welt, aber er behält die Fäden in der Hand. Zwar zieht er sein Ich aus dem Reich von »Geschwätz und Lästerungen« zurück, doch bricht er nicht wie der Depressive mit der Umgebung und verstummt – seine besondere Begabung zu sagen, wie er leidet, erlaubt ihm noch im betrübtesten Monolog eine Antwort auf das äußerliche Treiben. An diesem Spiegel bricht sich seine Trauer und kehrt sich ihm wieder zu als sein nun einzig sicherer Besitz. Stets bleibt sie damit Opposition und Resignation in einem. Diesen Doppelcharakter ignoriert eine vulgärsoziologische Interpretationsweise, die Melancholie als eine Spielart des kleinbürgerlichsten Eskapismus diffamiert.

Um der Klage Raum geben zu können, wählt der Melancholiker die Einsamkeit, über die seine Klage wiederum hinausweist. Der Hinweis auf unversöhnliche Antagonismen, auf die peinigende Verlorenheit des Ich in der Welt findet statt vor dem Horizont einer Versöhnung, die allein in der Kunst ihren antizipatorischen Ausdruck finden kann.

Das lesen wir im Schlußterzett. Das Gedicht soll Ausdruck des Leidens sein und öffnet zugleich den einzigen Weg zu dessen Aufhebung. Mehr noch: das herbeigesehnte Gedicht liegt bereits vor unseren Augen, und wir haben in ihm Anteil an jener Hoffnung, die uns, nach Benjamins Worten, nur um der Hoffnungslosen willen gegeben ist. Heilung, also Aussöhnung mit der Welt, bringt es nicht, weil der Melancholiker sie nicht will und nicht brauchen kann. Aber es stärkt gegen die tägliche Versuchung des allzu leichten Trostes.

ROBERT WALSER
DIE REITERIN

Dort war es schön für mich, mir vorzustellen,
das beste sei, sich in der Seele still
zu halten wie ein Kind in seinem Bettchen.
Ich dachte damals weder an Vergangenes
noch Kommendes und lag in einer Lichtung
des ausgedehnten Waldes wie ein Bursche,
den eine schöne Frau nun grüßen müsse,
und in der Tat erschien auf einem Pferde
auch eine Reit'rin schon. Entzückend war es
für meine Seele, die dem Teiche glich
an Ausgeglichenheit und Stille, so als
gäb's eine hübsche Oberfläche nur
und keine Tiefe unter der gezognen
Linie des Lieblichen und Wünschenswerten,
wie sie aus einiger Entfernung freundlich
zum ruhig Liegenden hinüberblickte.

WERNER WEBER
VOR DEM VERSTUMMEN

Bei Anlaß seines fünfzigsten Geburtstags hat Walser von sich als einem »zähen Prosafortsetzenden« gesprochen. Er durchschaut sein Verhältnis: schreibt gegen das Verstummen an, in Prosa, und die Prosa setzt sich in der Lyrik fort. Ein beirrender lyrischer Gestus. Die Wendungen, die Vergleiche, die Bilder haben Anflüge des Gebrauchsfertigen; sie sind auf Faßlichkeit angelegt – und da man sie fassen und in Gebrauch nehmen möchte, entziehen sie sich.

»Dort war«, »Ich dachte damals«; das Gedicht »Die Reiterin« redet von etwas räumlich-zeitlich Abgerücktem. Es tut das in der Sprache des Berichts; diskursive Floskeln gehören dazu: »weder ... noch«, »in der Tat ... auch ... schon«, »so als«, »aus einiger Entfernung«. Für sich genommen, sind die Wortgruppen grau, gewöhnlich. Aber von ihnen her ist auszumachen, wie ungewöhnlich solch Gewöhnliches an seinem Ort im Gedicht wirkt; denn dort ist es berührt von Verschwiegenem. Und jetzt erkenne ich den Text in seiner Eigentümlichkeit: in seinen Gesten wird sichtbar eine durch Reflexion gebrochene Magie-Poesie, die ihrem Poesiewesen nicht mehr traut und dieses Selbstmißtrauen in den Brechungen zwischen beschwörendem Sagen und berechnendem Nennen sprachlich unverhohlen vorzeigt.

Der Entdecker Walsers, Josef Viktor Widmann, hat früh kritisch auf Banalitäten bei Walser hingewiesen. Seitdem

ist der Begriff »Stilbruch« im Gespräch über Walsers Gedichte (die späten besonders) zu einiger Geltung gekommen. Man sollte, besser, von einem Stil-Brechen reden. Damit wäre der Betrachter ins Nachdenken über schöpferisches Wollen verwiesen. Er sähe in Walsers »Stilbrüchen« weniger ein Versagen, vielmehr ein Fragen: nach dem noch möglichen Wort. Noch möglich? Hinter der Frage steht bei Walser die Einsicht in das, was nicht mehr geht. Was? In den Worten, die sich auf die Reiterin dort beziehen, ist die Antwort zu suchen: ».... wie ein Bursche, / den eine schöne Frau nun grüßen müsse, / und in der Tat erschien auf einem Pferde / auch eine Reit'rin schon ...« Und: »... wie sie aus einiger Entfernung freundlich / zum ruhig Liegenden hinüberblickte.«
Das sind Echos auf Eichendorffs »Der Gärtner« (»Wohin ich geh' und schaue ...«), auf Mörikes »Der Gärtner« (»Auf ihrem Leibrößlein ...«). Walser kannte beide Gedichte. Und ebendas – reden wie Eichendorff, wie Mörike – geht nicht mehr. Walser kann solches Reden nur noch erinnern, indem er es in die Gebrochenheit aufnimmt und da aushält. Das ist elegisches Reden. Es zielt auf den Lebensort, den Walser im Gedicht »Wie wir wuchsen« mit diesen Worten bestimmt: »Einst, als wir noch wie Wälder grünten, / uns aussichtslos zu sein erkühnten ...« Aussichtslos-Sein, mythisches Einig-Sein ist im Gedicht »Die Reiterin« mit der auffälligen Metapher gemeint: »Ich ... lag in einer Lichtung / des ausgedehnten Waldes ...« In der »Lichtung«, in völliger Gegenwart.
Und auch dieses Einig-Sein von Ich und Gegenüber ist nur noch zu erinnern (»damals«) und im Erinnern schwierig genug zu halten als ein Nicht-Mehr im Jetzt. Der letzte Satz des Gedichtes, der über acht Verse hinläuft, sagt dies

nicht nur, sondern zeigt es in seinem Bau: »Entzückend war es für meine Seele ...«; danach, durch anspruchsvolle Zwischenglieder weit abgerückt, das Zugehörige: »... wie sie aus einiger Entfernung freundlich / zum ruhig Liegenden hinüberblickte.« So bildet die Sprache, als Sprache, das schwierige Erinnern ab; der Zusammenhang ergibt sich nicht selbstverständlich, ich muß ihn erfragen.

1930 ist das Gedicht »Die Reiterin« geschrieben worden; ein Gebilde, nicht schön im Sinn eines »selig in ihm selbst«, sondern problematisch, das heißt: Fragliches vorlegend, um das Fragen herauszufordern. Das hat etwas zu tun mit dem historischen Ort, an dem Walser als Dichter sprach. Sein problematischstes Gedicht ist dann: sein Verstummen – für ihn das einzige noch mögliche von 1933 an. Die historische Dimension dieser Schwelle ist klar. Ins Vorfeld darauf hin gehört das Gedicht »Die Reiterin«.

ROBERT WALSER
DIE SCHÖNE FRAU VON THUN

Ein schwarzes Kätzchen schaute eines Abends einen
feinen,
es streicheln woll'nden Weltmann an mit glühnden
Augensteinen.

In einem Kinderwägelchen lag äußerst lieb und brav
ein ungewöhnlich leis aufwächselender Biograph.

Als ein Virtuos einst seine Symphonie zusammenbaute,
es ihm dabei schon fast vor seinen Fähigkeiten graute.
Ein Oberlehrer schaute mir von ferne, als ich schanzen,
will sagen, dichten sollte, zu, er sah mich jedoch tanzen.
Die Bockwurst, die ich schon vor vielen Jahren einmal aß,
unglaublich appetitlich auf dem weißen Teller saß.

Nun komm' ich noch zu sprechen auf die schöne Frau
von Thun,
die ganz entzückend plauderte schon bloß mit ihren
Schuhn.

WOLFGANG ROTHE
DER ABGRUND DES SPASSES

Hätte nicht Robert Mächler, der Biograph Walsers, die lyrischen Ergüsse seines Landsmannes gesammelt, wüßte unter den Jüngeren wohl kaum noch jemand, daß der vielgerühmte Meister der kleinen Prosa zugleich ein eifriger Versschmied war.

Er trat 1898, als Zwanzigjähriger, zuerst mit einer Handvoll Gedichte an die Öffentlichkeit, und Verse waren vermutlich das Letzte, was er vor seinem Verstummen 1933 schrieb. Damals lebte Robert Walser bereits seit Jahren in der Heil- und Pflegeanstalt Herisau, wo er 1956 starb, nachdem er mehr als ein Vierteljahrhundert das Leben eines gewöhnlichen Anstaltsinsassen, jedes Privileg zurückweisend, bald auch auf die Besonderheit des Dichtens verzichtend, geführt hatte.

Die Lektüre der annähernd dreihundert Versgebilde, von denen immerhin rund die Hälfte zu Lebzeiten des Autors von Zeitungen und Zeitschriften gedruckt worden war, ist, ehrlich eingestanden, eine Qual. Nicht zufällig schiebt die Walser-Forschung eine kritische Würdigung des Lyrikers verlegen vor sich her. Die allermeisten Poeme verraten einen peinlichen Mangel an Formkraft, viele sind randvoll einer unfreiwilligen Komik, die Walser in die Nähe einer Friederike Kempner bringt. Dem erklärten Liebhaber des Erzählers muß diese herbe Feststellung schwerfallen, aber er kommt nicht um sie herum.

Jedoch, zwischen den Massen tauben Versgesteins findet

sich hin und wieder ein lyrisches Goldkorn. Der Leser wird, zugegeben, überaus selten mit solchen Funden für seine zähe Ausdauer belohnt, sie lassen sich strenggenommen an zwei Händen abzählen. Einige von ihnen freilich gehören dank ihrer unübertrefflichen Reinheit des Tons, ihrer lapidaren Aussage, der nahezu volksliedhaft-anonymen Einfachheit und ihrer Unzeitgemäßheit – richtiger: Überzeitlichkeit – zum Merkwürdigsten, was im ersten Drittel unseres Jahrhunderts in deutscher Zunge gedichtet wurde.

Mit zum Besten zählen einige Distichen-Kompositionen von 1925 und 1927. Das halbe Dutzend Zweizeiler »Die schöne Frau von Thun«, Dezember 1925 in der Zeitschrift »Die literarische Welt« gedruckt, mag auf den ersten Blick ein Nachhall des groteskenseligen Berliner Expressionismus dünken. Die Inkohärenz ihres Sinngefüges – nicht pure Gedankenflucht – läßt an den sogenannten Zeilenstil Trakls und anderer Zeitgenossen denken, sie signalisiert das Zerbrechen der Welt im Kopfe des Dichters, das also, was man heute im Bereich der Bildnerei Geisteskranker die »schizophrene Welt« nennt. Es ließe sich aber auch eine Linie zur kessen, aggressiven, mit Überraschungseffekten arbeitenden Lyrik der Neuen Sachlichkeit ziehen, zu den Autoren der »linken Melancholie« (Benjamin). Desgleichen wähnt man einen Hauch von *Nonsense poetry* zu spüren, ihr sanftes Blödel-Parlando wiederzufinden.

Und doch sind es die Zeilen eines literarischen Einzelgängers, absoluten Außenseiters, die sich unter keine Schule, Bewegung, Strömung subsumieren lassen. Sie widerstehen hartnäckig jeder hochgemuten philologischen Deutungskunst. Einzig der treue Leser, der sich durch den Wust des kraß Mißlungenen, eines erbarmungswürdigen

Nichtkönnens des Gedichteschreibers Walser gearbeitet hat, wird mit einem gewissen »Verstehen« – nicht viel mehr als ein leises Ahnen – belohnt: durch den Vordergrund einer harmlos tuenden Ironie (und Selbstironie), wohlfeiler Reimspäße, alberner Neologismen und Diminutive à la bürgerliche Goldschnittlyrik hindurch blickt er erschreckt in einen Abgrund.

ROBERT WALSER
MIKROGRAMM III

In dem Reisekorb oder Wäschekorb,
der in meinem Schlafgemach steht,
räuspert es sich nachts,
als läge dort jemand
und als säße auf dem Korb
im umspannenden Talar, mein grausamer
Diener, mein fester Entschluß,
mir selbst zu gehören. Mein Gedanke,
der kennt mich. Wie ist oft, was ich denke,
fürchterlich, und ich steige aus
der Nachtzeit wie aus granitenem Grab
und aus gespenstischem Schlaf wie aus vieler
armer geplagter Seele bleiche
Bilder um ihre Schläfen schleudernder
Vergangenheit
und kann am Morgen meines Lebens wieder froh sein.
Niemandem wünsche ich, er wäre ich.
Nur ich bin imstande, mich zu ertragen:
So vieles zu wissen und so viel gesehen zu haben und
so nichts, so nichts zu sagen.

ARMIN AYREN
SO NICHTS, SO NICHTS ZU SAGEN

In den Jahren 1924-28, also vor seinem freiwilligen Eintritt in die Heilanstalt Waldau im Jahre 1929, hat Robert Walser 526 Blätter und Zettel mit winziger, nur äußerst mühsam und teilweise gar nicht zu entziffernder Bleistiftschrift bedeckt. Dabei handelt es sich einerseits um Entwürfe zu später ins reine geschriebenen Prosatexten, andererseits aber um vieles, was zu seinen Lebzeiten unveröffentlicht blieb, vor allem um den »Räuber-Roman«, die »Felix«-Szenen und um zahlreiche Gedichte, von denen erst wenige entziffert sind. Die 1978 im Suhrkamp Verlag erschienene Ausgabe des Gesamtwerks enthält deren ganze drei, mit römischen Ziffern numeriert. Das hier abgedruckte Gedicht ist das »Mikrogramm III«. Es ist in Walsers Handschrift vierzig Millimeter hoch. Die Höhe der Kleinbuchstaben beträgt durchschnittlich einen Millimeter. Im Konvolut aller Mikrogramme hat es die Nummer 236.

Auf Äußerungen Walsers, vor allem auf zwei Prosastücke und einen Brief an Max Rychner gestützt, vermutet der Herausgeber Jochen Greven, der Dichter habe eine Zeitlang so klein geschrieben, um »die Bedrohung durch eine sich bis ins Körperliche auswirkende Schreibhemmung zu ›unterlaufen‹«. Weiter habe die Schrift Walser erlaubt, sehr rasch zu notieren, rascher als ihn Zweifel am Niederzuschreibenden hätten befallen können. Und schließlich sei die winzige Schrift auch als Ausdruck von Walsers

»Minimalismus«, »seines oft formulierten sozialen und moralischen Ideals des ›Kleinseins‹ zu verstehen«.

Lohnt es sich, diese oft nur als vorläufige Skizzen gedachten Mikrogramme zu entziffern? Die Mehrzahl der über zweihundert Gedichte, die Walser in den Jahren 1925-33 geschrieben und teilweise auch veröffentlicht hat, werden von Kommentatoren als »inhaltlich oft banal oder skurril« eingestuft (Robert Mächler). Für manche Gedichte mag dies zutreffen – es entspricht im übrigen Walsers Selbsteinschätzung. Aber Walser hat auch an Hölderlin gedacht und an seine in den Jahren der Krankheit entstandene Lyrik.

Anmaßung, Selbstüberschätzung, Verkennung von fundamentalen Unterschieden? Ich glaube: nein.

Im »Mikrogramm II« steht: »Ich verlange mehr von mir, als was sie fordern, daß ich wäre. Wie ist jeder Tag ein unverstandenes Schauspiel.«

Daß er den an sich selbst gestellten Forderungen nicht gerecht werden zu können fürchtete, davon spricht das »Mikrogramm III«. Ehe er sich in das endgültige, viele Jahre dauernde Verstummen begab, in das granitene Grab, in den gespenstischen Schlaf, aus dem er einst wieder aufzusteigen hoffte wie aus der Vergangenheit vieler armer geplagter Seelen, die bleiche Bilder um ihre Schläfen schleudern, hat Robert Walser diese Angst in kompromißloser Ehrlichkeit ausgesprochen, in harten Fügungen, die sich nicht mehr um grammatische Klarheit kümmern, in denen vielmehr das Versagen des Dichters vor seiner Berufung selbst Sprache wird.

Wo gibt es, neben Hölderlin, noch einen deutschen Dichter, der, ehe er sich in den Wahnsinn zurückzog, die Gründe, die ihn dorthin trieben, so unerbittlich hellsichtig erkannte und auszusprechen wagte? So nichts, so nichts zu sagen – hat Walser damit nicht, ähnlich wie Kafka, der seine Manuskripte verbrannt wissen wollte, das Urteil gesprochen über seine vielen tausend Seiten Prosa? Im »Mikrogramm II« sagt er: »Ich habe alle Verliebtheiten abgeworfen«. Vor sich hatte er nur noch das gähnende Nichts. Der grausame Diener, sein fester Entschluß, nur noch sich selbst zu gehören, also niemandem mehr, dem er sich hätte mitteilen können, saß als Gespenst auf dem Reisekorb nachts im Schlafzimmer.

Wenn es eines Beweises bedurft hätte – das Gedicht straft alle Interpreten Lügen, die aus Robert Walser einen niedlichen, gemütlichen Kleinmeister haben machen wollen. Es gibt wenig, was man im Ausdruck von Verzweiflung Walsers Mikrogrammen an die Seite stellen könnte in deutscher Lyrik. Vielleicht werden diese Gedichte, wenn sie einmal alle entziffert sind, zu den großen Büchern unserer Literatur zählen.

ROBERT WALSER
UND GING

Er schwenkte leise seinen Hut
und ging, heißt es vom Wandersmann.
Er riß die Blätter von dem Baum
und ging, heißt es vom rauhen Herbst.
Sie teilte lächelnd Gnaden aus
und ging, heißt's von der Majestät.
Es klopfte nächtlich an die Tür
und ging, heißt es vom Herzeleid.
Er zeigte weinend auf sein Herz
und ging, heißt es vom armen Mann.

SIEGFRIED UNSELD
GEHEN

Dieses Gedicht erschien erstmals im August 1899 in der »Wiener Rundschau«. 1909 nahm Robert Walser es in seine Auswahl »Gedichte« auf, die – illustriert von Karl Walser – in einer Kleinstauflage von dreihundert Exemplaren vom Verlag Bruno Cassirer herausgebracht wurde. Zu vermuten ist, daß Robert Walser dieses Gedicht als Neunzehnjähriger geschrieben hat; es war in jenem Heft enthalten, das er dem Berner »Bund« eingesandt und aus dem Redaktor Josef Viktor Widmann sechs Gedichte zur Veröffentlichung ausgesucht hatte. Der Abdruck der Gedichte im »Bund« 1898 hatte für Robert Walser eine wichtige Folge. Franz Blei lud den jungen Autor zu sich nach Zürich ein und brachte danach eine Verbindung mit Walter Heymel und Rudolf Alexander Schröder zustande, die damals in München die Zeitschrift »Die Insel« planten, in deren erstem Heft dann auch vier Gedichte von Walser erschienen.

Das Gedicht »Und ging« muß bei Schröder großen Eindruck hinterlassen haben; er erinnerte sich 1935 an die Münchner Anfänge des Insel Verlages: Die Zeit um die Jahrhundertwende sei eine außergewöhnlich reiche und glückliche gewesen, »unzählige neue Kräfte waren am Werk, unabsehbare Entwicklungen kündigten sich an«. Zu den neuen lyrischen Kräften zählte Schröder Rudolf Borchardt, Stefan George, Rainer Maria Rilke und eben Robert Walser, »der damals, jung wie wir, ein häufiger

Gast unseres Kreises und unserer Zeitschrift war« und auch von Hugo von Hofmannsthal geschätzt und gefördert wurde. Schröder zitierte in seinem umfangreichen Essay ein einziges Gedicht als Beleg jener neuen Kräfte und Entwicklungen, das Gedicht »Und ging«. Er rühmte die Zartheit und Reinheit der Aussage Walsers und meinte, daß er »Ähnliches innerhalb unsrer Sprache nicht an die Seite zu setzen wüßte«.

Soweit ich sehe, ist Schröder der einzige geblieben, der auf dieses Gedicht hingewiesen hat. Keiner der Auguren entdeckte und erkannte dieses gelungene, eigene, durch und durch poetische Gedicht. Das poetologisch Reizvolle liegt einerseits in der ganz einfachen, fast statischen metrischen Struktur des vierfüßigen Jambus, der andererseits den wiederholten Verseinsatz »und ging« als Bewegung betont und hervorhebt. Die Wiederholung beschwört immer wieder aufs neue einen dagewesenen existentiellen Zustand. Die Substantive des reimlosen Versendes zielen schon auf jenen armen Mann des Schlusses. Wir können sicher sein, daß es sich bei dem Personalpronomen »Er« um das Ich des Autors handelt: der arme Wandersmann, der leise seinen Hut schwenkt, der immer im Herbst eines Daseins lebt, der von den Gaben der Majestät nicht erreicht, von der Größe der Oberen nicht berührt wird, klein bleibt und der schließlich, krank von einem Herzeleid, geht, fortgeht.

»Gehen«, und dies ist die erstaunliche Besonderheit des Gedichts eines Neunzehnjährigen, sollte ein Leben lang die Grundbefindlichkeit seines Daseins *und* die Grundfigur seines Schreibens bezeichnen. Gehen im Sinne von: sich bewegen, aufbrechen, fortgehen, reisen; aber auch in der Bedeutung: sich lösen, verlassen, zugleich hinübergehen, untergehen, zugrunde gehen. In einem späten Gedicht Walsers finden sich die Zeilen: *Ich wanderte und wandre noch / Doch war mein Geh'n nicht immer gleich.* Ein Wanderer, ein Ruheloser, ein Nichtseßhafter war Walser. Ob in Zürich, Biel oder Bern, er wechselte dauernd Wohnung und Arbeitsplatz; Spaziergänge und Wanderungen werden oft zu Gewaltmärschen: um Max Dauthendey zu besuchen, geht er die 280 Kilometer von München nach Würzburg zu Fuß.

In der Erzählung »Der Spaziergang«, eines der vollkommenen Werke Walsers, bekennt er, »daß er immer phantasiert, gedichtet haben mußte beim Spazieren«. Und: »Spazieren muß ich unbedingt ..., ohne spazieren wäre ich tot, und mein Beruf, den ich leidenschaftlich liebe, wäre vernichtet.« Sein Gehen schafft ihm den Rahmen, in dem er atmen und denken kann: der Himmel über ihm, der Boden, der Grund, die Erde unter den Füßen und zur Seite die Häuser und Gaststätten, »Baum« und »Tür« – dieser Rahmen gibt ihm den Halt, gegen den »rauhen Herbst« anzuschreiben, gegen seine Erfolglosigkeit, gegen die Gefahr des Verstummens, gegen sein »Herzeleid«. Gehen ist für ihn Inspiration und Motivation. Aber auch ein Zuendegehen, ein Sterben. Beim Gehen im Schnee starb Robert Walser, im 79. Jahr. Und ging.

ROBERT WALSER
WAS FIEL MIR EIN?

Ja, es war hübsch für mich, mich nach der Göttin
zu sehnen, alle Plätze, alle Straßen hatten
ein Ansehn wie von reicherer Lebendigkeit.
Wie war's mir mannigfaltig in der Seele, seit
ich sie für auserlesen herrlich hielt,
obschon ich offenherzig zu mir sprach: »Sie schielt.«
Das Fehlen der vollkommnen Schönheit
gab mir zu glauben Grund, sie sei die Schönste,
da Zärtlichkeit ja doch die Bildnerin
selbst ist. Wie kühl ist mit der Zeit das Herz mir
geworden. Habe ich den Schmerz vergessen,
der eigentlich das Sonnigste des Lebens ist,
woran ich mich erquickte, wie ich noch an keinem
Vergnügen hing? Wann ging die feine Stäubung
dem Schmetterling in mir verloren?
Wann fing es an, wann, wo begann, was mich
entfärbte, weshalb war's mir eines Tages nicht
mehr möglich, süß um sie zu sterben, so
wie Liebende den blumenduftenden
Tod verstehen? Sieht für mich nun alles wie
entzaubert aus, doch müssen nicht die andern
auch lieblos durch das lange Leben wandern?
Was fiel mir schönheitstrunkner Seele ein?

PETER VON MATT
WELTVERFINSTERUNG

Sind das nicht zwei Gedichte? Verschieden im Klang, in den Bildern, in der Art des Redens? Beginnt in der zehnten Zeile nicht ein anderer Text? Dieser ist herzzerreißend, während der erste Teil in der Art von Walsers Prosastükken daherplaudert. Gewiß, auch der Anfang ist doppelbödig. Er umspinnt eine seltsam schrille Dissonanz – »Sie schielt« –, als müßte sie entschärft werden. Er reflektiert mit zierlicher Umständlichkeit, ist »hübsch« im Walserschen Sinn und kann nachdenklich machen – ergreifend ist er nicht. Ergreifend, erschütternd werden die Verse erst nach dem Satz: »Wie kühl ist mit der Zeit das Herz mir geworden.«

Das Bewegende daran liegt nicht nur in der Mitteilung, daß einem glücksmächtigen und trauerstarken Menschen die Gefühle in der Brust absterben, daß er die Aufschwünge des Entzückens ebenso verloren hat wie die Sehnsucht und jene »unendlichen« Schmerzen, welche die Götter, nach den Worten des achtundzwanzigjährigen Goethe, »ihren Lieblingen ganz« geben. Außerordentlich sind die Zeilen deshalb, weil sie den Verlust der Schönheit und das Ende des Werbens um den Zauber der Welt aussprechen mit Worten von magischem Glanz. Über die hereinbrechende Nacht wird in einer Sprache geredet, durch die zum letzten Mal das Licht fährt wie durch blühende Bäume.

Ein Blick auf die grammatische Beschaffenheit des Textes

zeigt, warum dies möglich ist. Die zweite Hälfte des Gedichts besteht aus lauter Fragesätzen. Aus ihnen entspringt die Paradoxie. Es sind die alten Fragerufe der Elegien: Wo seid ihr? Wo ist das Glück geblieben? Wo nehm' ich, wenn es Winter ist, die Blumen? Die rhetorische Frage, die den Verlust bestätigt, nennt das Verlorene noch einmal und gewinnt dabei einen Widerschein von dessen Schönheit. So heben, um das gewaltigste Beispiel zu nennen, die elegischen Fragen in Hölderlins »Archipelagus« durch ihre inständige Wiederholung die versunkene Herrlichkeit der griechischen Welt ans Licht empor.

Allerdings sind Walsers Fragen nicht nur rhetorisch. Der hier spricht, weiß, daß er am Kaputtgehen ist. Die Wüste wächst, um ihn und in ihm. Aber warum das so ist, weiß er nicht. Das Pathos der großen Elegie wird begleitet von einer rührenden Hilflosigkeit. Während sich Hölderlin am prophetischen Gestus aufrichtet und darüber einen öffentlichen Ort gewinnt, ist Walser ganz auf seine Zimmerexistenz zurückgeworfen. Er hat nur sich und seinen Koffer.

Er ist der Alleinstehende schlechthin, der »Zimmermann« im wörtlichsten Sinn. So nennt er sich tatsächlich einmal, in den »Prosastücken« von 1916, und sein Bruder Karl, der große Maler, hat den Text illustriert und den Dichter gezeichnet, wie er in seinem Zimmer auf dem Koffer sitzt, nachdenklich, den Chaplin-Hut auf dem Fenstersims, ein Einsiedler der Moderne.

Kein Einsiedler ohne seinen Gott. Hier ist es eine Göttin. Der Mann in den billigen Zimmern hat mit ihr gelebt, bis »es anfing«. Sie schwebte vor ihm als Ziel seiner Sehnsucht, und doch wußte er genau, daß er sie selbst in den Raum strahlte, mit seinen farbenschaffenden Augen, seiner farbenschaffenden Seele, Schmetterlingsseele. Nicht aus einem tatsächlichen Himmel stieg diese Gottheit nieder wie einst die Engel zu den Wüstenvätern, sondern er strahlte sie in den Raum, und dann sehnte er sich nach ihr, und sein Glück schien ihm größer als das aller andern. Eine Frau im Kaffeehaus, am Tisch schräg gegenüber, konnte zur Göttin werden oder die Sonne über dem Jura. Das war sein Lebensspiel. Immer war er auch der Herr seiner Herrinnen. Wenn sie schielten, bestätigte das seine Macht. Er lachte sie aus unter Tränen des Verlangens, und seine Dichtung war ein kultischer Dienst. Ganz feierlich und ganz ironisch.

Das Gedicht entstand ein Jahr, bevor Robert Walser, fünfzigjährig, in die psychiatrische Klinik Waldau zu Bern eintrat.

PAUL KLEE
HERR WALDEMAR

Herr Waldemar,
als sich die Aasfliege
auf seine Hand setzte:

»Bitte noch zweimal
um etwas Geduld!«

PETER MAIWALD
DIE KUNST DES EPIGRAMMS

Unter den poetischen Künsten leidet das Epigramm am meisten unter dem Vorurteil, es sei kurz und darum leicht zu machen, dazu genüge schon ein guter Einfall, der, bei natürlicher Begabung, Gesundheit und entsprechender Mondphase, jedem einfällt. Tatsächlich handelt es sich bei diesem Vorurteil, wie bei allen anderen, um einen Flüchtigkeitsfehler, der eine kleine Form der Kunst mit Kleinkunst verwechselt und die Poesie mit ihrem Gegenteil, nämlich Leichtfertigkeit.

Im Gegensatz dazu steht das titellose Epigramm des Malers Paul Klee, der zeitlebens ein lyrischer Dilettant, also ein Liebhaber von Gedichten war und, wenn man sich nur seiner gleichnishaften Bildtitel erinnert – »Zwei Männer, einander in höherer Stellung vermutend, begegnen sich« –, ein Wissender in der Kunst, sich kurz zu fassen, dazu. Anders als die landläufigen Maulwürfe, die sich Epigramme nennen und nichts sind als zeilenversetzte Sprüche oder verkappte Aphorismen, die mit ihren Zeilenbrüchen angeben wie der Modegips beim Après-Ski, läßt Paul Klees Gedicht wie alle besseren im Fertigen Halt und Bauplan erkennen. Da dieser klassischen Einrichtungen folgt und widerspricht, ist die helle Freude, die Könner des Genres von Martial bis Lessing damit hätten, durchaus annehmbar.

Wenn wir nun wissen, daß sich seit Lessing in der Architektur des Epigramms, Herder und allen Professoren zum

Trotz, wenig Nennenswertes getan hat – dafür sind von Goethe über Brecht bis zu den Neueren vorzügliche Epigramme gebaut worden –, können wir ohne Umschweife auf ihn, Lessing, und seine »Zerstreuten Anmerkungen über das Epigramm« von 1771 zurückgreifen, um damit auf die Qualität von Klees Entwurf zu kommen.

Wie in den Vorlagen bedient sich Klee des »belebenden« Elements der Anrede, eines Subjekts, nur daß seine Widmung weniger den Pyllinen und Belinden, Hinzen und Kunzen, sondern zeitgemäßer und asphaltnäher dem gassenhauerischen Herrn Waldemar gilt, in dem wir durchaus den späteren sogenannten kleinen Mann der Straße vermuten dürfen. Da sich nach Lessingschem Maß ein Epigramm aus zwei Teilen, der »Erwartung« und dem »Aufschluß«, zusammensetzt, erregt in der Tat der erste Teil von Klees Notat unsere Aufmerksamkeit und die Frage, wie wohl die Person des Gedichts auf das lästige Insekt reagiert. Der Aufschluß, den der zweite Teil des Epigramms gibt, ist so ungewöhnlich, daß wir wieder auf unsere Erwartung zurückgeworfen werden und erkennen, daß sich in der kleinen Geste eine größere verbirgt, daß von einer Lebenserwartung die Rede ist und die Aasfliege nur als der säkularisierte, ernüchternde und sarkastisch gefaßte Todesengel früherer Zeiten und Gedichte fungiert.

Das Denkmal, das Klee dem Lebensgefühl seiner Zeit setzt, ist, gemessen an früheren Menschenbildern, kleinlich, aber dem Selbstwertempfinden der Menschen in den Industriegesellschaften angemessen, wo sich das Moribunde mit dem Trivialen und das Triviale mit dem Moribunden ebenso massenhaft wie alltäglich mischt. Die Inschrift darauf sagt leise und ohne größere Hoffnung und in aller Skurrilität ein zaghaftes, bittendes Verweile-doch-du-bist-so-schön zum Leben. Das Epigramm wurde 1908 geschrieben. Sechs Jahre später waren die Aasfliegen unerbittlich geworden.

KONRAD WEISS
PROPRIA PEREGRINA

Ich ging auf einer Straße,
mein Gehen war so leicht,
daß ich mit Sinn gewahrte
kaum eine Jungfrau, eine reich
und liebliche Gestalt, sie trat
noch kaum erblickt auf meinen Pfad.

Ihr Angesicht war rosig,
doch sah ich, war ein Fleck
ihr, die auf mich gestoßen,
aufs Auge zu mir schwarz gedeckt,
sie stieß an mich wie Blattgelock,
wie eine Rebe hart am Stock.

Die unerkannte Fraue
zu mir nur war sie blind;
sie, der das andre Auge
so wie die Sonne weiter schien,
entwand sich kaum gefesselt gleich
von mir nicht röter und nicht bleich.

Und ging. So ging vorüber
die Bräutliche, ich sah,
wie unerschüttert ihre
Gestalt, ihr Wandel von mir trat,
wie tiefer unterm jungen Grün
der Blätter schwer die Sonne schien.

FRIEDHELM KEMP
EINE BEGEGNUNG

Vielleicht gehört es zu den Aufgaben der Dichtung, das Alte neu zu sagen, ungewohnt; nicht der Ungewöhnlichkeit zuliebe, sondern um der eigenen Erfahrung willen. Dieses Alte könnte auch ein Vergessenes sein, etwas, das verlorenging.

Das Gedicht von Konrad Weiß, der 1880 im Württembergischen geboren wurde und 1940 in München starb, bietet Merkwürdiges genug. Nicht daß es beim ersten Lesen sonderlich schockierte, es sei denn, man fände es ein wenig altmodisch. Doch schon seine strophische Form ist außer jedem Brauch: Jamben, dreimal mit drei und dreimal mit vier Hebungen; die ersten vier Verse assonierend, die beiden letzten paarweise gereimt. Und nun die Satzführung, und diese in ihrem Verhältnis zur Versgliederung: verschränkt, verkeilt, sperrig, übergreifend, dann wieder eben. Man muß sich da erst einmal zurechtfinden.

Leitend sind die Bilder. Es kommt alles darauf an, daß man die einzelnen Momente dieses Vorübergangs mitvollzieht: das leichte Gehen dessen, der da spricht, zerstreut, gedankenlos, die überraschende Begegnung, das Angestoßen-, das Nichtgesehen-, ja nicht einmal Bemerktwerden, die Abwendung und das Entschwinden der Erscheinung. Einige Kontraste: leicht – schwer; rosig – schwarz; gestoßen – unerschüttert.

Die Vorübergehende ist eine Jungfrau, eine hohe, adlige

Frau (denn das heißt Fraue: *frowe, domina*, Herrin), und sie ist bräutlich in ihrem reichen Schmuck. Ein schwarzer Fleck jedoch auf einem ihrer Augen verhindert, daß sie den, an den sie da stößt, sieht; das durch diese halbe Blindheit verursachte Anstoßen weckt weder Scham noch Erschrecken in ihr. Sie löst sich, geht ihres Weges: ein festlicher Anblick.

Wer aber ist diese »unerkannte Fraue«? Nur der lateinische Titel bietet eine Hilfe. Sie ist, wörtlich übersetzt, die »eigene fremde, wandernde, pilgernde« – zu ergänzen ist: *anima* –, die eigene Seele; meine Seele, mir fremd, ich ihr fremd, blind für mich in meiner nicht sehr belangvollen biographischen Zufälligkeit; reich geschmückt, eine Braut – unter der *sponsa*, der Braut des Hohen Liedes, ist schon nach frühen mittelalterlichen Auslegungen die menschliche Seele, unter dem Bräutigam Christus zu verstehen. Das klingt hier wieder auf.

Aber so gesehen hat sie, so begegnet ist ihr vor diesem Dichter noch keiner. Gibt es dieses, das in uns mehr ist als wir selbst? Ist das, was hier geschildert wird, allegorisch, symbolisch zu verstehen? Aber reicht es nicht, wie es sich im Gedicht ereignet, über jedes personifizierte Abstraktum hinaus?

Der Dichter verläßt uns mit einem Natureindruck: schweres, vielleicht schon abendliches Sonnenlicht tiefer unter frühlingsgrünem Laub, eines nahen Waldes oder der Bäume längs der Straße. Das »andere Auge« der Vorübergehenden schien »wie die Sonne«; ist nun die Sonne, wie in einem hellen Traum, das freie Auge der Seele? »Sonnenhaft« sei das Auge, heißt es in einem bekannten »zahmen« Xenion Goethes, und »des Gottes eigne Kraft« wird dem Menschen als ein in ihm Wirkendes dort zugesprochen.

Meint dieses Gedicht Verwandtes? Wenn ja, so doch wie »enteignet«. Es ist unsere Seele, herrlich, göttlich; aber sie übertrifft uns, sie gehört uns gewissermaßen nicht, sie geht vorüber, ihres eigenen Weges...

WILHELM KLEMM
AN DER FRONT

Das Land ist öde. Die Felder sind wie verweint.
Auf böser Straße fährt ein grauer Wagen.
Von einem Haus ist das Dach herabgerutscht.
Tote Pferde verfaulen in Lachen.

Die braunen Striche dahinten sind Schützengräben.
Am Horizont gemächlich brennt ein Hof.
Schüsse platzen, verhallen – pop, pop, pauuu.
Reiter verschwinden langsam im kahlen Gehölz.

Schrapnellwolken blühen auf und vergehen. Ein Hohlweg
Nimmt uns auf. Dort hält Infanterie, naß und lehmig.
Der Tod ist so gleichgültig wie der Regen, der anhebt.
Wen kümmert das Gestern, das Heute oder das Morgen?

Und durch ganz Europa ziehen die Drahtverhaue,
Die Forts schlafen leise.
Dörfer und Städte stinken aus schwarzen Ruinen,
Wie Puppen liegen die Toten zwischen den Fronten.

ERNST JANDL
ZUR ZERSTÖRUNG DES KRIEGES

Kaum hatte im August 1914 der Erste Weltkrieg zu wüten begonnen, wurde der dreiunddreißigjährige Kommissionsbuchhändler und Dichter Wilhelm Klemm aus Leipzig, ein ausgebildeter Mediziner, der diesen Beruf sechs Jahre früher zwecks Übernahme des väterlichen Betriebs aufgegeben hatte, als Arzt an die Westfront beordert, wo er aus erster Hand eine Reihe von Kriegsgedichten, darunter das Gedicht »An der Front«, schrieb, die in der deutschen Dichtung ihresgleichen suchen und ihn für einige Zeit berühmt machten, was nicht verhinderte, daß er im Jahr seines Todes, 1968, als Dichter beinahe vergessen war.

1941, im sechzehnten Lebensjahr, Schüler an einem Wiener Gymnasium, in einer Klasse ohne nationalsozialistischen Kern, wußten wir, was auf uns zukam. Wir kannten unsere Bestimmung als Kanonenfutter und bezeichneten sie mit ebendiesem Wort. Mit dem Gedicht »An der Front« konnten wir etwas anfangen, sofern es überhaupt Gedichte für uns gab. Dieses kam von außen, nicht durch Unterricht in die Klasse. Es gab verborgene Winkel, in denen etwas übrig war von der Welt, die man uns vorenthielt. Die Entstehungszeit des Gedichtes war uns bekannt; aber nichts daran war Vergangenheit, alles paßte genau auf den gefürchteten, verhaßten Krieg *jetzt*, wir selbst, noch Schüler, fanden uns darin enthalten, in unserer Ohnmacht und unserem Fatalismus.

Der Ablauf des Gedichtes entspricht der Besichtigung eines Kriegsschauplatzes, nüchtern und distanziert; bald von einer Anhöhe aus, bald von Wald umschlossen; dann ein nur in der Vorstellung möglicher Blick auf einen ganzen Kontinent; dann, wieder näher, ohne den Boden nochmals zu berühren, die Vogelperspektive des Schlusses – nicht daß der Boden jetzt verlorengegangen wäre, aber die ihn berührten, waren hingestreckt.

Unmittelbarkeit wird an allen Stellen angestrebt und erreicht, jede Nachdenklichkeit vermieden, als in diesem Stadium unangebracht. Ein Trupp von Fußsoldaten, in einem Augenblick der Ruhe, provoziert ein schweres Wort über den Innenzustand dieser Männer. Das Ich des Dichters, als des Leiters der Besichtigung, ist an einem Punkt im Wort »uns« mit enthalten, sonst ausgespart; seine Stimme, und Geste, tritt ein einziges Mal hervor, im Wort »dahinten«. Worüber nicht zu vergessen ist, daß alles hier Mitgeteilte als mitgeteilt erscheinen muß von einem, der es sich schon zu Beginn zu sagen versagt hat, die Felder, einfach, seien »naß«; und der die Straße, auf der *sie* sich, und damit *wir uns*, befinden, ungeachtet jeder bloß ästhetischen Erwägung schlicht als *böse* bezeichnet.

Für das Kriegsgedicht, müßte je wieder einer eins schreiben, ließe sich aus diesem lernen: die Vermeidung des Reims – Krieg reimt auf Sieg; die Vermeidung des Gleichschritts eines regelmäßigen Metrums; die Vermeidung einer, wie man sagt, gehobenen Sprache (sie bewegen sich bäuchlings, auf Ellbogen und Knien »robbend«, über das Schlachtfeld); die Vermeidung von jeglichem Glanz – Trakl, »Grodek«: »Am Abend tönen die herbstlichen Wälder / Von tödlichen Waffen, die goldnen Ebenen /

Und blauen Seen, darüber die Sonne / Düstrer hinrollt« et cetera, et cetera. Der Krieg ist grau, schwarz, stumpf, lehmig, verfault, stinkend – Trakl: »Alle Straßen münden in schwarze Verwesung.« Hier treffen sich Georg Trakl und Wilhelm Klemm.

Das Moment der Diskrepanz – mit »gemächlich« als einer Spur von Idylle dem Wort »aufblühen« als einem Anflug von Schönem und mit »herabgerutscht« als einem Rückgriff aufs tägliche kleine Malheur – ist Klemms schärfster und wirksamster Beitrag zur Zerstörung des Krieges durch das Gedicht.

LUDWIG RUBINER
FRIEDRICH EISENLOHR
LIVINGSTONE HAHN

GOLD

FRED wird in einem braunen Tabakballen
Vom Hafen auf die Zollstation getragen.
Dort schläft er, bis die Schiffsuhr zwölf geschlagen.
Erwacht und schleicht sich in die Lagerhallen.

Am Gold-Depot, wo trunkne Wächter lallen,
Läßt er den kleinen Mörtelfresser nagen,
Bis wie beim Kartenhaus die Mauern fallen.
Dann lädt er Gold in einen Grünkohlwagen.

Als Bauer fährt er sächselnd durch den Zoll.
Doch dort verraten ihn zwei blanke Barren.
Berittne jagen den Gemüsekarren.

Fred sinnt verwirrt, wie er sich retten soll.
Da sitzt DER FREUND in hoher Eberesche
Und schießt ihm pfeiferauchend eine Bresche.

ROBERT GERNHARDT
CRIME UND REIM

Ein ungewöhnliches Gedicht, und das gleich in dreifacher Hinsicht: Gewöhnlich hat ein Gedicht einen Verfasser, dieses hat drei. Gewöhnlich handelt ein Gedicht nicht vom Verbrechen, dieses wird von seinen Verfassern als »Kriminalsonett« bezeichnet. Gewöhnlich ist ein Gedicht ernst, dieses ist komisch.

»Kriminalsonette« – so hieß der schmale Gedichtband, den der Verlag Kurt Wolff im Jahre 1913 herausbrachte, vermutlich kurz nach deren Abfassung, da die drei Dichter der gegenseitigen Widmung der Verse noch eine Orts- und Zeitangabe hinzugefügt haben: »Paris, im Frühjahr 1913«.

Ein Ort, den wir uns merken wollen, doch zunächst ein Wort zu den Autoren Rubiner, Eisenlohr und Hahn. Sie waren Jugendfreunde und, als sie die »Kriminalsonette« verfaßten, noch leidlich junge Menschen, einzig Rubiner hatte die Dreißig überschritten. Er ist bis auf den heutigen Tag der Bekannteste der drei geblieben, wenigstens unter Kennern, die bereits über Eisenlohr wenig und über Hahn so gut wie nichts zu sagen wissen – der scheint nie wieder zur Feder gegriffen zu haben, die Spur des Kaufmanns (?) verliert sich in Spanien (?).

Kein Wunder, daß dem Dichter Rubiner das Hauptverdienst an den »Kriminalsonetten« zugesprochen wird, doch ob das nun zutrifft und wie die Gedichte denn nun wirklich entstanden sind, ob die drei einander lediglich zu einzelnen Sonetten angeregt oder wirklich zu dritt an einem Sonett gearbeitet haben – das alles ist nicht mehr feststellbar, zumal auch die Verfasser nur dunkle Angaben machen, etwa in dem letzten, »Das Ende« überschriebenen Sonett: »Man sieht drei Männer sich zusammenrotten / Die Feder wühlt in ungeheuren Dingen.«

Das tat sie in der Tat. FRED und DER FREUND sind zwei Kriminelle *par excellence*, Meister der Maske und weltweit gefürchtet. Immer wieder glaubt Detektiv GREIF ihrer habhaft zu werden, immer wieder entkommen die beiden, entweder um neue Schandtaten zu begehen – »Schon barg DER FREUND im Beinkleid den Giorgione« – oder um nach mißglückter Tat wenigstens dem Laster zu frönen: »Zum Trost führt Fred den Freund in kleine Bars.«

»Auf steilen Dächern rennt ein Herr im Frack« – so beginnt das erste der Kriminalsonette. »Dem Bürger fliegt vom spitzen Kopf der Hut« – so hatte Jakob van Hoddis sein Gedicht »Weltende« begonnen. Der Gleichklang der fünfhebigen Zeilen ist unüberhörbar, unübersehbar auch, mit welch bewegten Bildern die Katastrophen in beiden Gedichten anheben – kein Zweifel, das berühmte Gedicht von 1911 war einer der beiden Paten der »Kriminalsonette«. Der andere ist gleichaltrig, jedoch französischer Herkunft. Er heißt »Fantomas«, ein Serienheld und Meisterverbrecher, stets verfolgt und nie gestellt von Detektiv Juve, dafür heißgeliebt von Leuten wie Apollinaire, der 1914 schrieb: »Die Lektüre von Fantomas ist in vielen Künstlerkreisen in Mode.«

Daß es nicht beim Lesen blieb, beweisen die »Kriminalsonette«; daß sie mehr sind als ein Jux für Eingeweihte, ist das Verdienst der drei Verfasser, die gleich drei Grundbedürfnisse des Lesers befriedigen, das nach *crime*, das nach

Reim und das nach einer Komik, die keiner Pointe hinterherzujagen braucht, sich vielmehr zwanglos von Zeile zu Zeile entfaltet, bis hin zu so krönenden Blüten wie einer Bresche, die naturgemäß von einer Esche aus geschossen wird.

STEFAN ZWEIG
DER SECHZIGJÄHRIGE DANKT

Linder schwebt der Stunden Reigen
Über schon ergrautem Haar,
Denn erst an des Bechers Neige
Wird der Grund, der gold'ne, klar.

Vorgefühl des nahen Nachtens
Es verstört nicht – es entschwert!
Reine Lust des Weltbetrachtens
Kennt, wer nichts mehr begehrt.

Nicht mehr fragt, was er erreichte,
Nicht mehr klagt, was er gemißt,
Und dem Altern nur der leichte
Anfang seines Abschieds ist.

Niemals glänzt der Ausblick freier
Als im Glast des Scheidelichts,
Nie liebt man das Leben treuer
Als im Schatten des Verzichts.

ULRICH WEINZIERL
NAHES NACHTEN

Weltruhm konnte ihn nie zufrieden oder gar glücklich machen. Stefan Zweig, einer der unbestrittenen Erfolgsautoren des Jahrhunderts, blieb sein Lebtag ein Rastloser, ein Gehetzter. Für einen Dichter im strengen Sinn hat er sich wohl nur im Überschwang der Jugend gehalten, damals, als er – kaum zwanzigjährig – seinen ersten Band veröffentlichte: »Silberne Saiten« lautete der preziöse Titel, und so war auch die darin versammelte Lyrik – fein und gebildet, bestimmt von musikalisch-impressionistischem Empfinden, indes nicht sonderlich originell.

Seine poetische Zweitpublikation, »Die frühen Kränze«, wurde zwar anno 1906 mit einer Ehrengabe des Bauernfeldpreises bedacht, aber der große Kollege Hugo von Hofmannsthal höhnte bloß über die »bescheidene Auszeichnung«, die der jüngere Rivale »mit 8 anderen Individuen sechsten Ranges« teilen mußte. Späterhin, da Zweig mit Romanbiographien und erzählender Prosa hohe und höchste Auflagen erzielte und seine künstlerische Berufung erkannt hatte, beschränkte er sich im Grunde auf versifizierte Gelegenheitsarbeiten wie jene letzte, die seinen Namen trägt.

An runde Geburtstage wollte er tunlichst nicht erinnert werden. Schon zum Fünfzigsten, 1931, war er gemeinsam mit Carl Zuckmayer den drohenden Feierlichkeiten in ein Münchner jüdisches Restaurant entflohen. »Eigentlich hätte man jetzt genug vom Leben«, soll er danach gesagt haben, »was noch kommen kann, ist doch nichts als Abstieg.« Als Stefan Zweig am 28. November 1941 sechzig Jahre alt wurde, war er längst Emigrant, ein Vertriebener aus dem von Hitler beherrschten Europa. Im brasilianischen Petropolis hatte er zusammen mit seiner zweiten Frau Lotte Zuflucht gefunden.

Und abermals versuchte der Jubilar allfälligen Gratulanten auszuweichen: Er verabredete für den »ominösen Tag« eine Autofahrt, um nicht zu Hause angetroffen zu werden. Dennoch schrieb er zum unwillkommenen Anlaß einige Verse und verschickte sie. Mit Fug und Recht gelten die vier Strophen als Zweigs bedeutendstes lyrisches Vermächtnis. Gewiß handelt es sich um kein ästhetisch perfektes Sprachkunstwerk. Die einfachen Kreuzreime sind nicht immer rein, manche Wendungen wirken ein bißchen abgenützt. Trotzdem ist es ein schönes Gedicht. Warum? Vielleicht weil es sich selbst belügt und in der Lüge zugleich unbewußt die Wahrheit offenbart. Melancholie war dieses Erotikers beständigste Begleiterin, der altehrwürdige Begriff ist jedoch nichts als ein nobles Pseudonym gewesen. In Wirklichkeit hieß das Leiden des Schriftstellers klinisch brutaler: Depression.

So philosophisch abgeklärt, gleichsam in Schopenhauerlaune, sich der Verfasser auch geben mochte, die Wortwahl und das Metrum bringen die tatsächliche, die verzweifelte Herbststimmung ans Licht. Lauschen wir nun dem Leitmotiv, der am häufigsten wiederkehrenden Formel: »Nicht mehr fragt«, »Nicht mehr klagt«, »Niemals glänzt«, »Nie liebt man«. Es klingt wie ein Echo des düsteren *Never more* aus Edgar Allan Poes *The Raven*. Und in der Zeile »Denn erst an des Bechers Neige« ist der Bezug auf Sokrates, der den Schierlingsbecher leerte, nicht zu überhören.

Kein Zweifel, an der Oberfläche preist ein alternder Mann die Freuden des Loslassens, der Befreiung von Pflichten und Trieben, er spielt uns ein serenes, beinah heiteres *Les Adieux* vor. Allein, der Text darunter spricht von Zwang und vom »nahen Nachten«, also von der Krankheit zum Tod. Am Abend des 22. Februar 1942, nachdem die irdischen Dinge geordnet waren, nahm das Ehepaar Stefan und Lotte Zweig eine Überdosis Veronal. Der Sechzigjährige war dem angeblich geliebten Leben untreu geworden.

MATTHIAS WEGNER
VERZICHTSERKLÄRUNG

Ein trauriges, aber auch etwas sentimental anmutendes Gedicht, mit dem da ein doch eben erst Sechzigjähriger, einem berühmten Vorbild folgend, die Entsagung feiert. Der klagende Tonfall und die vierfüßigen Trochäen des Versmaßes scheinen aus neuromantischen Versatzstücken arrangiert, das »ergraute Haar«, »des Bechers Neige«, der »Schatten des Verzichts« sind vielstrapazierte Klischees, die Alliterationen (»nahen Nachtens«, »mehr begehrt«, »Anfang seines Abschieds«) klingen hohl. Ein erstarrter Klassizismus, der die Entwicklung der Lyrik in diesem Jahrhundert ignoriert, mildert die Trauer dieser Verse.
Und doch: Beim wiederholten Lesen beginnt die konventionelle Sprache weniger zu stören. Man spürt, daß es hier jemand sehr ernst mit dem Abschied meint. Das – in einem traurigen Sinne – Gelegenheitsgedicht entstand 1942 in der paradiesischen Landschaft von Petropolis, einem üppig bewachsenen brasilianischen Luftkurort, einige Stunden entfernt von Rio de Janeiro. Der Emigrant hatte sich an diesem schönen Fleckchen Erde niedergelassen, nachdem ihm zuerst seine Heimat Österreich verschlossen und später das Leben in England zu gefährlich erschienen war. Brasilien war ihm als rettendes Ufer erschienen.
»Du kannst Dir nicht vorstellen, welche Tröstung von der Natur ausgeht, wo alles farbig ist und die Menschen kindlich rührend«, schreibt Stefan Zweig an seine erste Frau Friederike. Der leidenschaftliche Europäer, dem alle Poli-

tik der Gegenwart verhaßt war, schien endlich das private Glück wiedergefunden zu haben. Das Morden des Krieges vollzog sich weit entfernt. Zweig war, anders als die meisten Emigranten, materiell abgesichert, seine frühere Sekretärin und zweite Frau Lotte bewunderte ihn geradezu ehrerbietig. In Brasilien schrieb er sein vielleicht schönstes, in jedem Fall persönlichstes Buch: »Die Welt von Gestern«, in dem er noch einmal das alte Europa, den Zauber der Erinnerung beschwor. Sein Name galt auch außerhalb des deutschen Sprachraumes viel in der Welt der Literatur, wenngleich er selbst seine Werke als »ziemlich ephemer« einstufte und sich gerne im Hintergrund hielt.

Der Erfolgsautor, der von sich sagte, er sei als »Österreicher, als Jude, als Schriftsteller, als Humanist und Pazifist fast pausenlosen vulkanischen Erschütterungen unserer europäischen Erde« ausgesetzt gewesen, erlag am Ende seinen Depressionen, von denen ihn auch das tropische Paradies nicht mehr erlösen konnte: Am 23. Februar 1942, etwa vier Monate nach der Niederschrift dieses Gedichts und unmittelbar nach einem Besuch des Karnevals in Rio, nahmen er und seine dreiunddreißigjährige Frau eine Überdosis Veronal. Ein uns hinterlassenes Foto der brasilianischen Polizei zeigt das tote Paar in zärtlicher Umarmung »im Scheidelicht«.

Der an seiner Zeit, genauer: an der Brutalität seiner österreichischen und deutschen Landsleute zerbrochene Emigrant fühlte sich endlich »entschwert«. Seinen Freunden rief er diese letzten Zeilen zu: »Mögen sie die Morgenröte noch sehen nach der langen Nacht. Ich, allzu Ungeduldiger, gehe ihnen voraus.« Ein Schriftstellerleben hatte sich aus freier Entscheidung vollendet, das in seiner vornehmen Stilisierung identisch war mit einem traditionsverhafteten, aber stets von großer Bildung und tiefer Menschenkenntnis getragenen Werk. Das auf den ersten Blick so konventionell stilisierte Gedicht erweist sich als eine sehr persönliche und freimütige Verzichtserklärung von bewegender poetischer Wahrheit.

WILHELM LEHMANN
AMNESTIE

Ausrufer Kuckuck: Amnestie
Dem Frevel, je der Welt getan!
In sein Gebetbuch zeichnet Dürer wieder sie
Für Kaiser Maximilian.

WOLFGANG KOEPPEN
RITTER, TOD UND DICHTER

Es ist ein kleines Gedicht. Vier Zeilen nur. Doch das läßt sich nicht messen. Ich nenne das Gedicht »Amnestie« von Wilhelm Lehmann groß. Es ist der Kern eines poetischen Kosmos. Als es 1964 in der Frankfurter Allgemeinen zu lesen war, weckte es die schönsten und melancholischsten Empfindungen. Vier Jahre später starb Wilhelm Lehmann. Sein Gedicht fügte sich in sein Sterben. Ich erinnere mich einer Begegnung mit dem fast Neunzigjährigen. Von ihm ging ein Licht aus. Was konnte er hoffen? Amnestie!
Japan kennt eine überlieferte strenge Form der Lyrik, Haiku genannt, drei Zeilen zu fünf, sieben, fünf, insgesamt siebzehn Silben. Die Haiku sind wie die Tuschbilder in alten japanischen Häusern; die nicht ausgemalten, die ausgesparten, die weißgebliebenen Stellen, die zurückgehaltenen, verschwiegenen Wörter führen den Betrachter, den Leser, immer den Liebhaber in ein magisches Reich.
Der Kuckuck ist ein anrüchiger Vogel, sein Image ist schlecht, er gilt als Sittenstrolch, die Ornithologen rügen seinen liederlichen Lebenswandel. In der Mythologie der toleranten Alten war der Kuckuck der Vogel des Frühlings, der Verkünder der heißen Jahreszeit, der ersten Gewitter, oft auch ein phallisches Symbol. Des Kuckucks Schrei ermunterte Heiratslustige; er saß auf dem Zepter der Hera. Die Römer nannten den treulosen Ehemann *cuculus,* bei den Franzosen ist der *cocu* der vielbelachte Ehemann der treulosen Frau. Die ewige Komödie; zuweilen

bringt sich ein Schauspieler um. In der germanischen Sage war der Kuckuck ein altheidnischer Zaubervogel, vom Teufel geholt oder zum Teufel führend. Faust wird ihn gekannt haben. Den Kuckuck sieht niemand, der Kuckuck sieht alles. Er prophezeit die Lebensdauer. Die Kinder lauschen bang in den Wald. Der Greis möchte weinen. Vier Jahre noch. Ausrufer Kuckuck.

Amnestie, das ist Straferlaß, Gnade, vielleicht Vergebung. Amnestie ist eine Anmaßung. Am besten ist das Vergessen, die letzte Hoffnung für den Frevel, je der Welt getan. Der Frevel wird immer getan. Er wird von jedermann getan. Der Frevel ist das Leben. Der Kuckuck weiß es. Vor ihm bleibt nur Scham.

Kaiser Maximilian machte so gut wie alles falsch. Aber er liebte die Künste, die Dichtung, die Wissenschaft, die Kampfspiele, die alte Zeit und doch den Wind der Renaissance, war Kollege den Humanisten, den Literaten, schrieb oder diktierte autobiographische Wunschträume, setzte sich vortrefflich in Szene, steigerte sich zum letzten Ritter im Sonnenuntergang des Mittelalters, Dürer war ihm wichtig, Dürer malte ihn, wie er Reichstag hielt, Erdenrichter war, Dürer zeichnete ihm allen Frevel, eine Weltgeschichte wie nach Maß in das Gebetbuch, der Kaiser hatte eine gute Presse, Volkslieder priesen seine Niederlagen als Siege, Knechte und Mägde sangen sie am Abend, die Nekrologe der Gelehrten vergötterten den Cäsar, Dürer schuf die Holzschnitte des großen Triumphwagens für die Himmelfahrt der Majestät, die tüchtigen, haushälterischen Nachkömmlinge Maximilians erbten das Habsburger Reich, spätere, schon wieder schwärmend, spendierten ihm das gepanzerte Grabmal in Innsbruck, vor dem einer erschauernd verweilen mag. Amnestie?

Amnestie dem Don Quichotte gegeben, Amnestie vom erwählten römischen Kaiser gewährt?
Der Dichter war nur ein Dichter, alt geworden in bürgerlicher Verkleidung. Die Geschichte war ihm keine reine Quelle. Er läuterte den Trank. Amnestie.

HILDE DOMIN
VORSCHLAG, ES ANDERS ZU LESEN

Über ein gutes Gedicht etwas Treffendes sagen kommt ebenso selten vor wie ein gutes Gedicht selbst.

Wilhelm Lehmann

Mit Entzücken las ich das Gedicht Lehmanns und sehr amüsiert die geistreichen Assoziationen, die es bei Wolfgang Koeppen ausgelöst hat.

Wilhelm Lehmann, ja einer unserer besten Poetologen, hatte vom Interpretieren fast wörtlich die gleichen Vorstellungen wie Brecht, beide schreiben dem Gedicht eine »außerordentliche Lebensfähigkeit« zu, »soweit es überhaupt lebensfähig ist«, es habe die Kraft, »die eingreifendsten Operationen zu überstehen« (Brecht), sei »ebenso zart wie widerstandsfähig« und habe eine »gute Heilhaut« (Lehmann). Das ermutigt mich, das Gedicht nochmals vorzunehmen, und zwar Zeile für Zeile.

»Ausrufer Kuckuck«, eine wunderbare Neubildung. Der »Ruf« des Kuckucks, das ist das Übliche. Wer im Frühling durch den Wald geht und den Kuckuck hört, hört den Ausrufer des Frühlings, des Neubeginns. Ja sicher, man zählt. Und man verzeiht dem Kuckuck sein unsolides Leben: daß der Rufer aus einem »Kuckucksei« geschlüpft ist und, statt ein Nest zu bauen, wieder ein Kuckucksei legen wird, das stört die Freude gar nicht, das erwähnt man lachend, vielleicht, wenn man weitergeht. Die Hauptsache ist, daß Frühling ist und daß der Kuckuck ruft. (So wie im

Süden die Zikade »des Sommers süßer Prophet« ist, Anakreon.) Er kommt im April, und damit hat der Winter und auch der Winterschlaf der Winterschläfer sein Ende. Aus mit dem »totgesagten Park«, ein neuer Zyklus beginnt.

»Begnadigung« hätte Lehmann nun schreiben können. Oder »Errettung«, zu einem neuen Lebensjahr. Für den Schreiber ganz besonders, er war ja nahe den Neunzig. Hätte er nun formuliert: »Ausrufer Kuckuck: Rettung« oder auch »Ausrufer Kuckuck: Begnadigung« (man lese das laut), so wäre das Gedicht erledigt gewesen. Er brauchte etwas, was die Stimme steigen ließ. »Amnestie«, da geht der Ton hoch bis in die letzte Silbe. Hat er das nun überlegt? Ja und nein. Die Sprache »tut« es, für den, der das Handwerk hat. Der Dichter will rauf mit dem Ton, und die Sprache geht dann eben nach oben.

»Ausrufer Kuckuck: Amnestie«. Die Stimme reitet hoch auf einer juristischen Vokabel, wie sie wohl kaum je als Gleichnis für den Frühling benutzt worden ist. In dieser ungebräuchlichen Metapher schwingt mit – und das macht sie so leicht – eine heitere Selbstironie des Verurteilten über die Freude, diesmal noch entronnen zu sein.

Nachdem wir, um der steigenden Zeile willen, auf einer juristischen Vokabel hochgeritten sind in die Frühlingsbegeisterung, bleibt die Sprache im Juristischen, denn jede Wortwahl hat Folgen. Nicht vom Tod, von Winter, von Zerstörung ist die Rede: Nein, vom »Frevel«, der der Kreatur angetan wird. Der ganzen Welt. »Der Frevel je«, sagt er ausdrücklich und mit Schwung. Frühling, Neubeginn, die große Rettung, egal, was gegen das Leben gesündigt worden ist.

Ich stelle ihn mir vor, wie er bei Eckernförde durch den

Wald ging und der Kuckuck rief und er sich und die Welt gerettet fühlte.

Und da kam ihm gleich das »Singet dem Herrn ein neues Lied, denn er tut Wunder ... er gedenket an seine Gnade ...« des 98. Psalms. Das ist ja schon in den beiden ersten Zeilen mitzulesen, das beginnt schon bei »Amnestie«. Und mit diesem Psalm fiel ihm vermutlich gleich Dürers Randzeichnung ein, weil auf den Ranken ein singender Vogel sitzt, gerade auf dieser Seite, und beide Vögel vereinten sich in ihm. (Ob es im »Gebetbuch« sogar der Vogel »Kukupha« war, ist ebenso gleichgültig hier, wie ob bei Dürer ein verwandtes Frühlingserlebnis zugrunde lag.)

Und beide Vögel vereinten sich in ihm. In seiner großen Freude hat er das dann wunderbar formuliert und sogar in Reime gebracht. Bei *»wieder sie«* steigt die Stimme genau so freudig wie schon in der ersten Zeile, bei *»Amnestie«*, auf die sich das *»sie«* bezieht. – »Kaiser Maximilian« in Zeile 4 tritt eigentlich nur auf als der Auftraggeber des Gebetbuchs und weil der Name sich glücklicherweise auf *»getan«* reimt, denn sonst wäre er gar nicht aufgetreten. Die letzte Zeile, man lese sie laut, liest sich fröhlich und fast wie eine Parodie des eigenen überschwingenden Gefühls. »Máximílián« hat man zu lesen.

Mir scheint, wir haben hier eines der sublimsten Frühlingsgedichte der deutschen Literatur, geschrieben von einem uralten, seine Lebensaufregung selber ein wenig persiflierenden Dichter.

PS. Der Akzent liegt auf »urált«. Frühlingshafter bleiben, unbestritten, die Gedichte selber noch »frühlingshafter« Dichter: etwa Mörikes »Hier lieg ich auf dem Frühlingshügel / die Wolke wird mein Flügel. / Ein Vogel singt mir voran ...« Oder auch Goethes: »... und zu Tänzen auf neuen Wiesen ...« Womit ich den Bedenken eines Lesers gerecht geworden zu sein hoffe, und Wilhelm Lehmanns Gedicht zugleich in und gegen einen Kontext stelle.

WILHELM LEHMANN
AUF SOMMERLICHEM FRIEDHOF (1944)

In memoriam Oskar Loerke

Der Fliegenschnäpper steinauf, steinab.
Der Rosenduft begräbt dein Grab.
Es könnte nirgend stiller sein.
Der darin liegt, erschein, erschein!

Der Eisenhut blitzt blaues Licht.
Komm, wisch den Schweiß mir vom Gesicht.
Der Tag ist süß und ladet ein,
Noch einmal säßen wir zu zwein.

Sirene heult, Geschützmaul bellt.
Sie morden sich: es ist die Welt.
Komm nicht! Komm nicht! Laß mich allein,
Der Erdentag lädt nicht mehr ein.
Ins Qualenlose flohest du,
O Grab, halt deine Tür fest zu!

GÜNTER BLÖCKER
GEDICHT DER FREUNDSCHAFT

Freundschaften zwischen Literaten, Dichterfreundschaften gar, sind eine Rarität. Das immaterielle Wort scheint wenig geeignet, Übereinstimmungen zu stiften, wie man sie bei den bildenden Künstlern – allen Rivalitäten und divergierenden Kunstanschauungen zum Trotz – allein schon auf Grund der Gemeinsamkeit des mit Händen zu greifenden und mit Händen zu verarbeitenden Materials antrifft.

Eine der seltenen Ausnahmen ist die lebenslange Freundschaft zwischen den einander wahlverwandtschaftlich zugeneigten Lyrikern Oskar Loerke und Wilhelm Lehmann; und eines der kostbarsten Zeugnisse dieser Freundschaft ist das hier abgedruckte Gedicht, das Lehmann drei Jahre nach Loerkes Tod schrieb. Es beginnt, wie Naturlyrik – scheinbar ganz auf sich selbst bezogen – zu beginnen pflegt: die Rastlosigkeit des seiner beweglichen Beute nachjagenden Fliegenschnäppers, die üppige Schwere des Rosenduftes. Doch schon in der zweiten Zeile fällt das Wort, das dem beliebig Scheinenden die thematische Richtung gibt. Der Rosenduft berauscht nicht, er »begräbt«; und nicht nur das, er begräbt – beklemmende Verdoppelung – ein Grab, das Grab des Freundes Oskar Loerke.

Wir wissen nun, wo wir sind. Die dritte Zeile reflektiert den Frieden des Ortes, aber nur, um ihn – nach dem ökonomischen Gesetz dieser auf äußerste Gedrängtheit zielenden Verse – mit der nächsten abrupt zu brechen. Sie attackiert und überwältigt durch ihre unerwartete Dramatik. Die Stille wird von einem Aufschrei zerrissen, von dem verzweifelten, widervernünftigen Ruf nach der leiblichen Wiederkehr des dort Ruhenden. Es ist ein Moment befremdlicher Exaltation, auf den die physische und mentale Erschöpfung folgt. Doch mit schmerzlicher Insistenz wird an der Vision festgehalten – jetzt ganz ohne Pathos, mit der Bitte um den schlichtesten Freundschaftsdienst (»Komm, wisch den Schweiß mir vom Gesicht«) und der Vergegenwärtigung des bescheidenen Glücks, noch einmal beieinandersitzen zu dürfen.

Dann abermals ein jäher Registerwechsel. Die Zeit bricht in die jenseitige Idylle ein. Nicht ohne Grund hat der Dichter die Jahreszahl 1944 in den Titel aufgenommen. Lautmalerisch läßt er das Geschützmaul bellen; und mit der gleichen Heftigkeit, mit der er anfangs sein »Erschein, erschein!« rief, fordert er nun den Toten auf, fortzubleiben, im Qualenlosen zu verharren; und als bedürfe es dazu noch eines außermenschlichen Beistandes, wendet er sich in der Schlußzeile an das Grab wie an einen Bundesgenossen mit dem Appell, seine Tür vor der mordenden Welt fest verschlossen zu halten.

Es sind Verse, denen man sich nur schwer entziehen kann. Einfachstes Reimschema, äußerste metrische Schlichtheit bis an die Grenze des Monotonen – und doch welch herzergreifende Gewalt des geformten Menschenlauts. Der Tumult der Gefühle wird durch Form nicht geglättet und besänftigt, sondern manifest gemacht. Das (scheinbar!) Unkalkulierte des Ganzen, der Verzicht auf Übergänge, die rücksichtslose Kontrastierung der Empfindungssphären heben diese Strophen auf eine Ebene, wo Kunstprodukt und Dokument sich zu dem verbinden, was Wilhelm Lehmann in einer seiner theoretischen Äußerungen auf die stolze Formel »Das Gedicht als Tatsache« gebracht hat – als Tatsache einer leidenschaftlich ergriffenen und mit allen Sinneskräften erfahrenen, aber erst in der Sprache ganz zu sich selbst kommenden Wirklichkeit. Ebendies machte ihm Mut zu einer noch kühneren Perspektive, nämlich im Dichter den »allernützlichsten Menschen« zu sehen.

WILHELM LEHMANN
IN SOLOTHURN

Vor hundert Jahren suchte ich die schöne Magelone.
Sie liebte mich, ich war ihr gut genug.
Vor hundert Jahren, als mein Fuß mich schwebend trug.

Ich bin in Solothurn. Frag ich, ob sie hier wohne?
Die weiße Kathedrale fleht den Sommerhimmel an.
Auf hoher Treppe sitze ich, ein junggeglühter Mann.
Die alten Brunnenheiligen stehn schlank:
Die Wasser rauschen, Eichendorff zu Dank.

Hôtel de la Couronne. Mit goldnen Gittern schweifen die Balkone.
Ein Auto hielt. War sie's, die in den Sitz sich schwang?
Adieu! Dein Reiseschal des Windes Fang.

Die Brunnen rauschen. Ihre Stimme spricht
Uns hundert Jahre wieder ins Gedicht:
Mich, Peter von Provence, dich, Magelone.

HANS BENDER
IN DER MÄRCHENSTADT SOLOTHURN

Wilhelm Lehmann hörte es gern, wenn ich die Titel seiner Gedichte, die ich besonders schätzte, hersagte: »Oberon« und »Arion«, »Januarmond« und »Mond im Februar«, »Fahrt über den Plöner See« und »In Solothurn«. Als ich ihm gestand, dieses Gedichts wegen hätte ich in Solothurn Station gemacht, sogar übernachtet im Hôtel de la Couronne, sagte er: »Ja, eine schöne Stadt, aber da leben möchte ich nicht.« Unbekümmert, und ganz im Gegensatz zum pädagogischen Eifer, mit dem er in seinen Essays reflektierte, hatte er im Gespräch seine Meinung preisgegeben über die Wirklichkeit der Welt und des Gedichts, wie er sie unterschied.

Man kann nachlesen, wann und wo Wilhelm Lehmann die Anregung zum Gedicht »In Solothurn« empfangen hat. Im »Bukolischen Tagebuch 1948«, in der Eintragung vom 30. August, ist sein Besuch in der Kantonshauptstadt und ihrem historischen Kern in Prosa beschrieben: »In der Märchenstadt Solothurn führt eine großartige, von zwei köstlichen Brunnen flankierte Freitreppe zu der barockklassizistischen Ursenkathedrale. Den Jurastein, aus dem die gebaut ist, wandelt das still brennende Mittagslicht zu weißem Marmor. Die Brunnen spielen wie in den Versen Eichendorffs. Am Hôtel de la Couronne am Fuße der Kathedrale, mit vergoldeten Balkongittern, fährt der Reisewagen aus dem ›Taugenichts‹ vor, und ihm entsteigt die schöne Magelone.«

Man kann jetzt, seitdem Band I der Gesammelten Werke vorliegt, in den Kommentaren auch eine Vorform des Gedichts »In Solothurn« nachlesen und so den Übergang aus der Prosa zu ihr und zur endgültigen Fassung mitvollziehen; zudem Einblicke gewinnen in die Entstehung und die Kunstgriffe des Gedichts. Die Szenerie der Prosabeschreibung ist fast wörtlich übernommen. Die »Brunnenheiligen« sind konkreter benannt. Die fremde Frau entsteigt nicht mehr einem »Reisewagen«, sondern, ganz prosaisch, einem »Auto«! Hinzugekommen ist »der junggeglühte Mann«, als welcher der Verfasser des Gedichts sich fühlt. Die Vorform ist noch ein impressionistisches Postkartengedicht; die gültige, zum erstenmal 1950 im Band »Noch nicht genug« veröffentlichte Fassung dagegen ein viel komplizierteres Gebilde.

Dem Vorgang wurden zwei Reminiszenzen unterlegt. Der Begegnung mit der fremden Frau ging eine andere, frühere Begegnung voraus: »Sie liebte mich, ich war ihr gut.« Die Frau vor dem Hôtel de la Couronne steigt nicht aus, sondern ein und fährt davon. Die zwei Zeilen, die ihr gelten, sind ins Imperfekt gerückt: »Ein Auto hielt. War sie's, die in den Sitz sich schwang? / Adieu! Dein Reiseschal des Windes Fang.« Die fremde Frau – das Possessivpronomen spricht es aus – ist zur fernen, doch vertrauten Geliebten geworden.

»Vor hundert Jahren ...« – dreimal wiederholt sich die Zeitangabe – hat auch ein anderer Dichter seine so ähnliche Begegnung beschrieben: Eichendorff. Als seinem Taugenichts, der im zweiten Kapitel zum Zolleinnehmer avanciert ist, endlich die aus der Ferne bewunderte Schloßherrin entgegentritt, erinnert er sich an die »alten Bücher«, die er daheim in seines Vaters Mühle gelesen hat.

Die »Volksbücher« sind gemeint, zu denen die Liebesgeschichte von der schönen Magelone und dem Grafen Peter von Provence gehört.

Sie, die Titelhelden, kamen Wilhelm Lehmann wie gerufen. Auch in seinen anderen Gedichten treten aus der Atmosphäre, die das Gedicht erzeugt, Gestalten der antiken oder christlichen Mythologie und Poesie, ohne daß ihr Erscheinen eigens erklärt werden müßte. »Alle Wesen gehen überein in Gestalt, können sie tauschen, Bäume werden Menschen, Menschen Bäume«, heißt es in einem Essay. Die Frau von Solothurn, die Geliebte der Jugend und der Literatur verwandeln sich zur schönen Magelone; der Dichter, der junge und alte, »der junggeglühte Mann«, zu ihrem Partner, Helden und Liebhaber Peter von Provence. Gegenwart und Vergangenheit, Geschichte und Mythos, Erlebnis und Erfindung verschränken sich im Gedicht »In Solothurn« zu einer anderen, zweiten, poetischen Wirklichkeit.

WILHELM LEHMANN
MOND IM JANUAR

Ich spreche Mond. Da schwebt er,
Glänzt über dem Krähennest.
Einsame Pfütze schaudert
Und hält ihn fest.

Der Wasserhahnenfuß erstarrt,
Der Teich friert zu.
Auf eisiger Vitrine
Gleitet mein Schuh.

Von Bretterwand blitzt Schneckenspur.
Die Sterblichen schlafen schon –
Diana öffnet ihren Schoß
Endymion.

HANS DAIBER
BLICK IN DIE WERKSTATT

Die »Vossische Zeitung« erklärte am 17. Februar 1931 ihren Verzicht auf den Abdruck dieses Gedichts (damals hieß es noch »Mondfrost«) mit der Begründung: »Mondfrost ist doch zu kompliziert für uns, solche dichterische Feststellung wie ›Ich spreche Mond‹ werden von unseren Lesern bestimmt nicht kapiert.« Es ist schwer, keine Satire zu schreiben über Redakteure als Vormünder; Schlüsselwort wäre das so unscheinbare »doch«: es fingiert, das ablehnende Urteil sei das Ergebnis langer Überlegung und unterläuft zudem vorsorglich etwaigen Widerspruch.
Kann man schöner und schlichter die evozierende Kraft der Poesie ausdrücken als so: »Ich spreche Mond. Da schwebt er«? In der ersten Fassung vom Ende Januar 1931 hatte diese Zeile noch »Ich nenn ihn Mond. Er schwebt« geheißen, da war der gemeinte Unterschied zwischen Idee und Wirklichkeit noch nicht klar.
Im Erstdruck (»Literarische Welt«, März 1932) und in der ersten Buchausgabe (in Ernst Niekischs »Widerstandsverlag«, Berlin 1934) steht hinter »Mond« noch ein Gedankenstrich. Die Pause zwischen Anrufung und Erscheinung markiert aber der schlichte Punkt vollauf. Der Tiefsinnsbalken übertrieb: Zauberer Lehmann sagt »Mond«, simsalabim, da ist er. Applaus.
Ein anderer Gedankenstrich ist geblieben, zwischen dem Ende der Beschreibung und dem Einbruch des Mythos. Plötzlich weitet sich das Panorama ins Überwirkliche. Ein

Ausblick nur für Schwindelfreie. Für Lehmann war das kein Überraschungseffekt, denn »für die Dichtung ist der Mythos Gegenwart, und darum Natur, und seine Sprache ist übergreifende Wirklichkeit«, so erklärte er in seinem letzten Interview (März 1966). Mythos unterbinde die Verwandlung des Erzählten (man darf wohl auch sagen: der Poesie) in Begrifflichkeit? Er (Lehmann) lächle über diese Argumentation hinweg.

Griechisches und Römisches wurden zusammengespannt. Zwar ist Diana auch Mondgöttin (Diviana, die Leuchtende), aber der griechische Hirte Endymion ist in seiner karischen Höhle nicht von der Römerin, sondern von ihrem griechischen Original, von Selene besucht worden. Selene hätte genausogut ins Versmaß gepaßt. Aber der Dichter hat es anders gewollt.

Vielleicht auch sonst Unstimmigkeiten? Erst ein Blick nach oben: hinter einer kahlen Baumkrone der Januarmond. Dann ein Blick nach unten: eine Pfütze spiegelt ihn wider. In der zweiten Strophe kann man schon Schlittschuh laufen, in der ersten war noch nicht einmal die Pfütze zugefroren, denn Wind kräuselte ihre Oberfläche. Daß die Schleimspur einer Schnecke bis in den Winter hinein erhalten geblieben ist? Kaum möglich. So real, wie das Gedicht acht Zeilen lang scheint, ist es also gar nicht. Das Ganze, nicht nur der ausdrücklich hervorgerufene Mond, ist ein Phantasiebild.

Was da in zwölf Zeilen für immer seinen Ausdruck gefunden hat, das hat ihn nicht auf einmal gefunden, wie die Lesearten zeigen. Die zum hundertsten Geburtstag erschienenen »Gesammelten Werke« haben zum ersten Mal den Dichter bei der Arbeit gezeigt. Statt »Einsame Pfütze schaudert und hält ihn fest« hieß es anfangs: »Die kalte

Pfütze fängt ihn auf«. Ein hübsches Beispiel dafür, daß auch zwischen einfacher und einfacher Ausdrucksweise ein großer ästhetischer Unterschied bestehen kann. So ein Blick in die Werkstatt schärft die Bewunderung für das fertige Werkstück. »Gedichte müssen gearbeitet werden«, sagte Lehmann. Und im selben Atem: »Vorher aber müssen sie entstehen.«

Freiheit in der (formalen) Bindung zu finden, hielt Lehmann für das Allerschwerste. Der ohrenfälligste Beweis, daß das nicht nur so dahingesagt worden ist, ist der Reim. Lehmann hat ihn immer in Ehren gehalten, gerade weil die Welt »ungereimt« ist. Unregelmäßige Verse. Ein unstimmiges Naturbild, eine ungenaue mythische Anspielung. Aber ins Recht gesetzt mit dem Vorrecht des Dichters: Ich spreche Mond, ich spreche Nest, Pfütze, Teich, Wand, Schnecke, Diana, Schoß. Und siehe da, es »stimmt«. Ein kleines poetisches Wunder.

WILHELM LEHMANN
OBERON

Durch den warmen Lehm geschnitten
Zieht der Weg. Inmitten
Wachsen Lolch und Bibernell.
Oberon ist ihn geritten,
Heuschreckschnell.

Oberon ist längst die Sagenzeit hinabgeglitten.
Nur ein Klirren
Wie von goldnen Reitgeschirren
Bleibt,
Wenn der Wind die Haferkörner reibt.

SIEGFRIED LENZ
ÜBERREDUNG DER SINNE

Längst hat er Literaturgeschichte gemacht, der zwerghafte, der zauberkundige Elfenkönig Oberon: Shakespeare hat ihm eine Rolle im »Sommernachtstraum« angewiesen, Wieland ihm ein romantisches Epos gewidmet, und Weber war von ihm so angezogen, daß er ihn auf die Opernbühne brachte. Man fragt sich unwillkürlich: Ist nicht alles über ihn gesagt und gesungen, über diesen kleinwüchsigen Herrscher der Feen, der seinem ältesten Sohn unbedingt eine Prinzessin aus Konstantinopel verschaffen mußte? Empfiehlt er sich noch als Reiz für unsere Phantasie?

Der Naturlyriker Lehmann hatte seinen eigenen Natur-, er hatte seinen eigenen Zeitbegriff. Er war überzeugt davon, daß sich das Ganze auch dann noch geheimnisvoll verschleiert, wenn das Einzelne wissenschaftlich-objektiv festgelegt ist. Bei aller Bewunderung für die »Kraft des Begriffs«, der Natur erkennbar und vorübergehend dingfest macht, zog er es vor, sie »geschöpflich« zu erfahren, als sinnliche Macht von seltsamster Anschaulichkeit. Natur, so sagte er mir einmal, könnte er nur in »mesmerischem Bann« erfahren, in ekstatischen Augenblicken, im Eifer des Seins. Es sind Überfälle durch die Sinne, die es unwillkürlich mit sich bringen, daß Zeit aufgehoben wird; – Zeit, und das heißt: Vergänglichkeit. Es sind magische Schrecksekunden, in denen alles noch einmal gegenwärtig wird, um sich, so ließe sich annehmen, gegenseitig auszulegen.

Dies Gedicht erscheint als nahezu programmhaftes Beispiel für solch einen erkenntnisbereiten Augenblick von mesmerischer Gebanntheit. Oberon: er gibt lediglich den Namen für eine gesteigerte Wahrnehmung, für einen Zustand, der durch sich allein nicht erklärt werden kann. Dem Weg, durch warmen Lehm geschnitten, könnte man noch trauen, auch wenn über ihm der Flimmer der Hitze liegt, doch Lolch und Bibernell, die da wachsen, machen das Bild ungewiß. Sie geben zu erkennen, daß hier kein reiner Verlaß ist auf das Angeschaute.

Der Dichter, der sich zeitlebens mit Geheimnis und »sinnvoller« Organisation der Pflanzen beschäftigt hat, wußte selbstverständlich, daß es Lolch und Bibernell in sich haben: während die eine durch ihre narkotisch wirkende Substanz eine Trübung des Sehvermögens hervorrufen kann, wirkt die andere mit ihrem ätherischen Öl auf die Schleimhäute des Mundes, löst also gewissermaßen die Sprache. Die ohne Zweifel absichtsvoll genannten Pflanzen möchten die Sinne überreden, die Anerkennung dieser Wirklichkeit hinauszuzögern. Es ist, wie so oft bei Lehmann, die siedende, pulsende, flimmernde Wirklichkeit, die nur in ihrem Widerspruch begriffen werden kann.

Daß Oberon diesen Weg geritten ist: hier ist es nicht allein Feststellung, sondern auch Erklärung für die Schreckstarre, in die man selbst geraten ist. Der zauberische Augenblick muß einen Verantwortlichen haben – ihn natürlich, der die Zeit anhält und die Bilder mischt, den Ausgelassenen, der sein Vergnügen an der Sinnestäuschung hat. Schon aber wehrt sich der Betroffene gegen die naheliegende Empfindung, will das magische Angebot zur Seite schieben: Oberon ist längst die Sagenzeit hinabgeglitten. Die Überfallartigkeit dichterischen Erkennens – in diesem mesmerischen Schreckprotokoll wird sie offenbar und läßt zugleich etwas von dem Geheimnis ahnen, das Wilhelm Lehmann immer bemüht war, in sein Recht zu setzen.

JAKOB HARINGER
ABEND

Wir suchen in Jeder die Andre,
Wir finden in Keiner was war!
All unser Sehnen verbrannte
Und war doch der Morgen so klar.
Weißt Du, die Veilchen und Ampeln –
Ach so verdämmern auch wir,
An unser mailiches Wandeln
Band sich bloß welkendes Haar.
Häuser! sie winken uns Gnade,
Doch ihre Türn warn verflucht,
Kindliche Sommergestade;
Ach wo bist Du, die mich sucht?
Toren, wir! ewig Verbannte!
Was hieß einst Glück und Altar …
Wir suchen in Jeder die Andre,
Wir finden in Keiner was war.

HANS CHRISTIAN KOSLER
DES LUMPEN KATZENJAMMER

Auf einer Reise kam er, Sohn eines Salzburger Gastwirts, 1898 in der Nähe von Dresden zur Welt, und ein Vagant, ein Umhergetriebener sollte Jakob Haringer zeit seines Lebens bleiben. Man zählt ihn zu den Expressionisten, doch mit Ausnahme einiger seiner frühen Gedichte, die durch ihre kühne Wortwahl auffallen, findet man nur wenige spezifisch expressionistische Tugenden bei ihm. Im Unterschied zu den meisten seiner Kollegen dichtete er nicht am Schreib-, sondern an den Wirtshaustischen, und statt als Anwalt der leidenden, geknechteten Menschheit aufzutreten, machte er sich lieber zum Anwalt seiner selbst, etwa wenn er unter der Überschrift »Ich und die Welt« verlauten ließ: »Mich hat der liebe Gott als Erstes, ganz Allererstes erschaffen – Euch schuf er ganz zuletzt, na, ihr seid auch danach.« Wer mit dem »Euch« gemeint war, wird aus dem Prosastück »Abschied von allen Heiligen« deutlich, in dem es heißt: »Was soll ich mit Euch! Die Ihr das Leben nie geliebt, die Ihr es verachtet und in Verzicht, Entsagung, kasteiend vegetiert, die Ihr stets nur über den Tod und sein Jenseits gedacht, nie an das Bunte, Satte, Große, Wilde, Herrliche unseres Lebens.«
Besieht man sich Haringers Wirkungsgeschichte, so scheint es, als habe sich das Schicksal an ihm, der nur mit dem lieben Gott und den kleinen Leuten auf gutem Fuß stand, für solche Blasphemien bitter gerächt. Seinen zum Teil aus zusammengeschnorrten Geldern finanzierten

Büchern waren nur geringe Auflagen beschieden, eine auf zehn Bände geplante Werkausgabe sollte nie erscheinen. Dem »Hain des Vergessens« – wie sein erster Gedichtband hieß – fiel seine Dichtung schon zu Lebzeiten anheim. Sicherlich, Haringer hinterließ ein alles andere als ausgewogenes Werk mit einem großen qualitativen Gefälle. Falls er die Kraft zur Selbstzucht und zur Arbeit an sich aufbringe, urteilte ein Zeitgenosse Haringers, so zweifle er nicht an seiner Zukunft. Aber eben an Selbstdisziplin mangelte es Haringer, der sein Talent verschwendete, ohne es vor Anforderungen zu stellen, und der nach Zechgelagen, wenn er zornig oder sentimental das Leben im Vokativ anfuhr, oft auch nur zustande brachte, was seinem letzten, postum erschienenen Gedichtband den Namen geben sollte: Lieder eines Lumpen.

Doch innerhalb des wunderlichen Gemisches aus reinen und verpatzten Tönen, das seine Lyrik als gesamte darstellt, trifft man auf Gedichte von makelloser Schönheit, die ganz von ihrer Sprache und Gestalt leben und in denen, wie in »Abend«, an die Stelle der lauten Botschaft die leise Melancholie tritt. Man kann sich anhand dieses Gedichts, das aus der Feder eines Dreißigjährigen stammt, fragen, ob Haringer je dauerhaft glücklich gewesen ist. Im bürgerlichen Sinne wollte er es gar nicht sein, aber er war es wohl auch nicht im Rahmen der eigenen Ansprüche. Der Schlawiner, für den er gehalten wurde, weil »Frauengeschichten« seinen Weg säumten, dürfte kein Schlawiner aus Überzeugung gewesen sein.

Er lehnte die »Gnade winkenden Häuser« nicht ab, er fand nur das nicht, was er suchte, und er war nicht bereit, das nur kurz währende Glück der Gewohnheit oder einem Kompromiß zu opfern. Er wollte, wenn das »Sehnen verbrannte«, die Sehnsucht nicht aufgeben, er weigerte sich – sieht man im Erwachsenwerden den Eintausch der Träume gegen das »Realitätsprinzip« –, erwachsen zu werden. So hat ihn denn auch Hermann Hesse »ein Sonntagskind in einer Welt ohne Sonntag« genannt. Er blieb unter den bekannteren Schriftstellern nicht der einzige, der Haringer schätzte. Ihre Anerkennung dürfte einzelnen, verstreuten Gedichten gegolten haben, die man einmal liest und nicht wieder vergißt. Das Gedicht »Abend« in seiner liedhaften Einfachheit, mit seinen Urtopoi von Glück gehört zu ihnen. Der Augenblick des Katzenjammers, in dem man zu ihm zurückgreifen mag, dauerte bei Haringer ein ganzes Leben lang.

FRANZ KAFKA
KÜHL UND HART

Kühl und hart ist der heutige Tag.
Die Wolken erstarren.
Die Winde sind zerrende Taue.
Die Menschen erstarren.
Die Schritte klingen metallen
Auf erzenen Steinen,
Und die Augen schauen
Weite weiße Seen.

In dem alten Städtchen stehn
Kleine helle Weihnachtshäuschen,
Ihre bunte Scheiben sehn
Auf das schneeverwehte Plätzchen.
Auf dem Mondlichtplatze geht
Still ein Mann im Schnee fürbaß,
Seinen großen Schatten weht
Der Wind die Häuschen hinauf.

Menschen, die über dunkle Brücken gehn,
  vorüber an Heiligen
  mit matten Lichtlein.

Wolken, die über grauen Himmel ziehn
  vorüber an Kirchen
  mit verdämmernden Türmen.
Einer, der an der Quaderbrüstung lehnt

und in das Abendwasser schaut,
die Hände auf alten Steinen.

PETER DEMETZ
IM DRANG NACH ZUFLUCHT UND ZWEISAMKEIT

Ob das *ein* Gedicht ist, oder zwei oder drei, darüber läßt sich trefflich streiten – nicht über den Verdacht, daß sich der zwanzigjährige Franz Kafka noch in diesem oder jenem poetischen Idiom übte. Es ist jedenfalls das älteste lyrische Bruchstück, das sich in einem Briefe vom 9. November 1903 erhalten hat. Kafka schrieb damals an seinen Schulfreund Oskar Pollak, noch vom Gymnasium her, von »einigen Versen«, die er »in guten Stunden lesen« möge.

Die erste Strophe mit ihren Satzreihungen, Dingen und Menschen im Plural und der apokalyptischen Unwirtlichkeit der Stadt erinnerte spätere Kommentatoren an den frühen Expressionismus; und in den »zerrenden Tauen« hallen noch Hölderlins »klirrende Fahnen« nach. Die folgende zweite Strophe ist eine lyrische Katastrophe, denn Kafka wandelt deutschtümelnd und »fürbaß« durch adrette Verkleinerungsformen, wie er sie zu jener Zeit in der lebensreformatorischen Zeitschrift »Der Kunstwart« zu lesen liebte. Vom Schmarren zur Kunst ist es hier nur ein Schritt, und die dritte Strophe bildet das wunderbarste Gedicht, das Kafka je geschrieben hat.

Mag sein, daß er, der eben zu studieren begonnen hatte, aber noch nicht recht wußte, an welcher Fakultät (»ein klein wenig Germanistik, in der Hölle soll sie braten«), seinem Freund Pollak eine kleine Anthologie seiner poetischen Versuche vorlegen wollte, das Schlechte wie das

Gute. Die Fragmente, so verschieden die Schreibarten sind, haben etwas Gemeinsames, denn sie sind von der poetischen Bewegung eines winterlichen Spazierganges getragen; und nicht nur Kafka und seine Freunde, auch Spätere kennen den Weg.

Man beginnt am ungeschützten Moldauquai, ausgesetzt den heftigen Winden und mit einem Blick auf den flachen und frostigen Fluß, geht dann quer durch den Altstädter Ring, wo der traditionelle Weihnachtsmarkt mit den üblichen Buden stattfindet, erreicht in wenigen Schritten das »schneeverwehte Plätzchen« (hier stimmt das Diminutiv, denn es handelt sich um den »Kleinen Ring«) und begibt sich zuletzt zum Kreuzherrenplatz und zur Karlsbrücke, mit den Kirchen und Heiligenfiguren. Endlich, auf der Brücke, hält der Spaziergänger mit einer Geste inne, in welcher seine ruhelose Bewegung ihr beruhigteres Ziel findet, »die Hände auf alten Steinen«.

Aus drei mach eins? Nicht ganz, aber zumindest zwei der Strophen, Anfang und Ende, arbeiten mit einer Formelhaftigkeit, die nicht zu überhören ist, die erste aufgefüllt durch analoges Vokabular (Wolken/Menschen erstarren) und in der dritten, die Konstruktion mit dem Relativsatz, das wiederholte »mit« und »vorüber«. Ich finde die entscheidendere Verknüpfung der drei Strophen, so verschiedenartig sie sind, in der Gestalt des tragischen Flaneurs selbst – als ob Kafka die Absicht gehabt hätte, dem Freunde seine Einsamkeit anklagend entgegenzuhalten. Anfangs ist der Spaziergänger noch in der Anonymität der Menge verborgen, wird dann zu einem »Mann« auf dem Wege durchs Getriebe (sein »großer Schatten« über die Häuserfronten geworfen, als ob ein expressionistischer Filmregisseur die Frage stellte, was dieser Ahasver auf dem

Christkindlmarkt suche) und zuletzt der »Eine«, immer *vorüber* an Kirchen und Heiligen, im Drang nach Zuflucht, Zweisamkeit und erlösender Berührung, die er nur findet, indem er seinen Körper gegen die Brückenquadern lehnt und die Hände sanft auf die alten Steine legt.

Das Gedicht, alle seine Strophen, ist ein Weg durch Frost und Fremdheit, und es will den Freund fragen: Ich suche Trost, Nähe und Wärme, und wo bist Du, lebendiger Mensch? Es ist eine Frage, die Kafka noch lange in seinen Schriften und in seinem Leben wiederholen wird.

FRANZ KAFKA

Und die Menschen gehn in Kleidern
schwankend auf dem Kies spazieren
unter diesem großen Himmel,
der von Hügeln in der Ferne
sich zu fernen Hügeln breitet.

HEINZ POLITZER
STIL ALS EXISTENZ

In meinem Buch »Franz Kafka, der Künstler« habe ich diese Verse als einen »Hofmannsthal des kleinen Mannes« bezeichnet. Das Urteil war streng, aber ungerecht. Hofmannsthal *hatte* Stil: Er hielt das Niveau der großbürgerlich-aristokratischen Dichtung Österreichs, indem er sich souverän von einer Manier in die andere begab. Kafka *war* Stil, selbst in der schütteren Gebrechlichkeit der frühen fünf Verszeilen. »Wenn ich wahllos einen Satz hinschreibe, zum Beispiel ›Er schaute aus dem Fenster‹, so ist er schon vollkommen«, merkte er 1911 im Tagebuch an. Hofmannsthal mochte er nicht. Nach einer Vorlesung des Dichters beobachtete er, der Wiener lese »mit einem falschen Klang in der Stimme«. Für Kafka waren Stimme, Stil und Existenz identisch.

Die Verse stehen gleichsam als Motto über der Prosa »Beschreibung eines Kampfes« aus den Jahren 1904/1905. Ihr Thema ist die Fremdheit des Menschen vor scheinbar weltweiten Horizonten. So könnten sie aber auch über Kafkas gesamtem Frühwerk stehen, vor dem Durchbruch von 1912 also, da mit einem Donnerschlag der Vater als Generalthema in Erscheinung trat.

Es sind die »Kleider«, in denen die Menschen auf dem Kies (des Moldau-Ufers? der Parkwege im sogenannten Baumgarten?) spazieren, die dieses Gefühl der Entfremdung wie einen Schock ins Bewußtsein des Lesers treten lassen. Wie anders sollten die Menschen denn Spaziergänge unternehmen? Nudistenkolonien waren im Prag jener Tage äußerst selten. Das Wort »Kleider« aber, in dem die Menschen so unvermutet daherkommen (das Selbstverständliche wird zum Verfremdungseffekt), assoziiert, ganz von ferne und vermutlich aus dem Unbewußten des Dichters aufgetaucht, eine urzeitliche Erinnerung der Menschheit: »Und sie waren beide nacket / der Mensch und sein Weib / und schemeten sich nicht.«

Es gab eine Zeit, zu der die Menschen ohne Kleidung und Scham in einem Baumgarten lustwandelten; sie schwankten weder, noch spürten sie den Kies unter ihren Sohlen. Es gibt immer auch eine metaphysische Dimension bei Kafka; das Erstaunliche ist nur, daß er schon in seiner Frühzeit zu keiner Zeile ansetzen konnte, ohne den religiösen Ursprung seiner Entfremdung von der Welt mitanklingen zu lassen.

Die Hügel deuten auf das Panorama des Moldau-Ufers; Prag liegt in einem Talkessel, der hier eindrucksvoll sichtbar wird. Der Himmel aber ist groß. Zunächst scheint diese beinah grenzenlose Größe den Kontrapunkt zur Entfremdung der Menschen bilden zu wollen, die unter ihm dahinziehen. Nach dieser Interpretation würde das lyrische Ich zum Himmel emporblicken, der sich als Partner im schweigenden Zwiegespräch mit der Unendlichkeit darbietet. Die »Hügel in der Ferne« und die »fernen Hügel« stimmten dann ebenso schweigend in den stummen Dialog mit ein.

Ein Brief an Max Brod vom 10. Juli 1912 legt eine andere Deutung nahe. Da heißt es über das Fragment »Der Verschollene«: »Der Roman ist so groß, wie über den ganzen Himmel hin entworfen (auch so farblos und unbestimmt wie heute).« Obwohl der Roman in Amerika spielt, ist er doch unter dem Himmel von Prag geschrieben, so fahl und vag wie jener Himmel, der sich, etwa sieben Jahre früher, über unsere Verse gebreitet hatte.

Da für diesen Schriftsteller Literatur und Existenz identisch waren, verstörte ihn die Größe des Himmels, wann immer sie ihn am Schreiben hinderte. Viel später heißt es dann: »Himmel bedeutet eben: Unmöglichkeit von Krähen.« Zur Familie der Krähen gehören aber auch die Dohlen. Dohle hinwiederum ist die tschechische Übersetzung des Namens »Kavka«. Zu dieser Zeit (nach 1917) schlossen Himmel und Kafka einander schon zur Gänze aus.

»Der Roman bin ich, meine Geschichten bin ich«, schrieb er im Januar 1913 an Felice Bauer. Aber schon seine frühen Verse tragen in ihrer Transparenz und Assoziationsfülle unmißverständlich die Signatur F. K.

JOACHIM RINGELNATZ
AN DER ALTEN ELSTER

Wenn die Pappeln an dem Uferhange
Schrecklich sich im Sturme bogen,
Hu, wie war mir kleinem Kinde bange! –
Drohend gelb ist unten Fluß gezogen.

Jenseits, an der Pferdeschwemme,
Zog einmal ein Mann mit einer Stange
Eine Leiche an das Land.
Meine Butterbemme
Biß ein Hund mir aus der Hand. –
O wie war mir bange,
Als der große Hund plötzlich neben mir stand!

Längs des steilen Abhangs waren
Büsche, Höhlen, Übergangsgefahren. –

Dumme abenteuerliche Spiele ließen
Mich nach niemand anvertrauten Träumen
Allzuoft und allzulange
Schulzeit, Gunst und Förderndes versäumen. –
Hulewind beugte die Pappelriesen.
O wie war mir bange!

Pappeln, Hang und Fluß, wo dieses Kind
So viel heimlichstes Erleben hatte,
Sind nicht mehr. Mir spiegelt dort der glatte
Asphalt Wolken, wie sie heute sind.

ECKART KLESSMANN
KINDHEITSÄNGSTE

Beide entstanden 1929 fast gleichzeitig: das Ölbild, das Joachim Ringelnatz unter dem Titel »Am Fluß« malte, und dieses Gedicht: »Beide entkeimt aus den Erinnerungen an meine Kindheit.« Es gibt in seinem Werk mehrere solcher Parallelen künstlerischer Auseinandersetzung. Das Gedicht wurde 1929 in dem Band »Flugzeuggedanken« veröffentlicht.
Wie ist das, wenn wir nach Jahrzehnten einem topographisch fixierbaren Ort unsrer Kindheit wieder begegnen? Einem Ort der Träume, Sehnsüchte und nicht zuletzt auch der Ängste? Es ist besser, solche Orte nicht wiederaufzusuchen und sie dafür in der Erinnerung rein zu bewahren, denn das Wiedersehen ist grausam ernüchternd. Alles ist kleiner geworden, überschaubar und hat sein Geheimnis verloren; meist haben Asphalt und Beton den Kindheitstraum unter sich begraben.
Im deutschen Gedicht wird erinnerte Kindheit nur allzuoft von einer gehörigen Prise Sentimentalität ungenießbar gemacht. »O selig, ein Kind noch zu sein«, sang Lortzing, und so mancher Poet hat's ihm nachgesungen. »Den lieben Weg zum Kinderland«, wünschte Klaus Groth zu wissen, und Friedrich Rückert klagte, daß keine Schwalbe zurückbringe, »wonach du weinst«. Von solcher Tränenseligkeit ist Ringelnatz frei; er vergoldet sich nicht ein Kapitel seiner Erinnerung mit vermeintlich reinem Kinderglück. Erwachsene vergessen nur zu rasch, daß Kindheit

immer auch das Erfahren von überwältigenden Ängsten ist, mit dem ungetrübten Glück so verknüpft wie Licht mit Schatten.

Dreimal wiederholt sich das »wie war mir bange« und läßt Urängste nachklingen: die vom Sturm gezausten Pappeln, das Bergen einer Wasserleiche, der große Hund. Kindheitsworte wie »Hulewind« und »Butterbemme« scheinen den Strophen fast einen gemütlichen Akzent zu geben, aber der »Hulewind« (er widerhallt den Schreckenslaut in der ersten Strophe) beugt selbst die schon als drohend empfundenen Pappelriesen und wird damit noch furchtbarer, und die »Butterbemme« (das Butterbrot, in sächsischer Mundart bezeichnet, wirkt wie ein schützendes familiäres Amulett) holt sich der furchtbare Hund, der tatsächlich vielleicht ein ganz harmloser Köter gewesen ist. Nein, Gemütlichkeit kommt nicht auf, das verhindert schon der gelegentlich bewußt gesprengte Rhythmus, der die bergende Gelassenheit der Verse jäh aufbricht wie ein anderer »Hulewind«.

Die letzte Strophe verläßt die Erinnerung. Der Autor sagt nicht mehr »ich«, sondern »dieses Kind« und sieht sich damit in einer historischen Distanz, und tatsächlich liegen nicht nur zwischen dem Kind am Fluß und dem Dichter von 1929 vier Jahrzehnte, auch der Kindheitsschauplatz, auch die Natur sind fremd geworden. Der wie eine Lava alles überziehende Asphalt spiegelt (jetzt wieder »mir«) »Wolken, wie sie heute sind«. Nicht nur die vertraute Erde ist nicht mehr, auch der gespiegelte Himmel wirkt gealtert, die Wolken der Kindheit waren, wir wissen's, anders.

Klaus Groth reimte: »Ik wull, wi weern noch kleen, Jehann, do weer de Welt so grot.« Ringelnatz mochte solch frommem Gemütsbetrug nicht trauen. Er hat Kinder ernst genommen, weil er nie deren geheime Ängste vergessen konnte, die jede Kindheit begleiten, unser aller Ängste. In keinem Gedicht habe ich mein eigenes Kindheitserleben so widergespiegelt gefunden wie in diesem, in keinem so die enttäuschte Erinnerung.

JOACHIM RINGELNATZ
AN MEINEN LÄNGST VERSTORBENEN VATER

Ach steh noch einmal auf ins Leben,
Du toter Papa!
Der Krieg ist aus. Dann hat sich viel begeben.
Ob du wohl weißt, was mir geschah?

Ach, wenn du kommst, gibt es die Frage nicht:
Wer von uns hatte recht in seiner Meinung?
Wenn du nur kommst – doch komm nicht als Erscheinung.
Komm in mein reingeweintes Augenlicht.

Wenn du nur kommst! Ganz greifbar, nicht geträumt.
Wir werden wie zwei Wellen uns umschlingen.
Was uns durch Alter trennte, was versäumt
War, würde groß und unbefangen schwingen.

Ach weiß ich, daß kein Toter aufersteht.
Doch wenn es das, woran ich glaube, gibt,
Papa, dann hauche in mich ein Gebet.
Wir haben uns bisher nur fremd geliebt.

ECKART KLESSMANN
ZÄRTLICHE TOTENKLAGE

Hier hält kein Sohn Gerichtstag über den verstorbenen Vater. Hier versucht einer, überwältigt vom Gefühl, die fast unbeholfene Beschwörung eines Toten, und es ist die in diesen Versen sich ganz ungeschützt und unverstellt offenbarende Naivität, die mir dieses Gedicht so lieb macht.

Georg Bötticher, der Vater von Hans Bötticher (der sich seit 1919 Joachim Ringelnatz nannte), starb am 15. Januar 1918. Die Nachricht erreichte den Sohn als Kommandanten eines Minensuchboots: einen Mann von bürgerlich-repräsentativem Status also. Darin hatte die Schwierigkeit im Verhältnis zwischen Vater und Sohn gelegen: Georg Bötticher, zuerst Zeichner, später Schriftsteller (über 40 Bücher), kam nie darüber hinweg, daß sein als Literat damals noch erfolgloser Sohn das Bürgertum, dem er entstammte, verschmähte. Dieser Sohn nämlich war ein Unsteter, ein fahrender Gaukler, erfolglos im rechtschaffenen Broterwerb, materiell immer ungesichert, in seinen Versen ein Bürgerschreck, der Familie eher ein schwarzes Schaf. Auch politisch verstand man einander nicht immer, der Sohn teilte nicht das nationale Hochgefühl, wie es sich 1914 artikulierte.

Und doch liebten sie sich, auf ihre Weise. Den Sohn hat nie das Gefühl zärtlichen Respekts für die Vater-Autorität verlassen, ja er litt darunter, durch seine Lebensform dem Vater weh tun zu müssen. In einem anderen, ebenfalls dem Andenken des Vaters gewidmeten Gedicht hatte er bekannt: »Je mehr ich altre und lerne, / Kommt er mir immer mehr nah.«

Unser Gedicht entstand 1929; es ist das Jahr, in dem der Vater achtzig Jahre alt geworden wäre. Was einmal als trennend empfunden wurde (»Wer von uns hatte recht in seiner Meinung?«), ist neun Jahre nach dem Todesdatum belanglos geworden; was jetzt einzig zählt, ist das geistige Band, ist die Liebe. Darum wird der Angeredete auch nicht als Toter beschworen (»komm nicht als Erscheinung«), sondern als geistiges Abbild ins »reingeweinte Augenlicht«; das folgende »ganz greifbar« widerspricht dem nicht, denn es wird nur dem »geträumt« entgegengestellt: Das Empfinden liebevollen Einsseins soll bewußt erfahren werden.

Fünf Jahre später, kurz vor seinem eigenen Tod, schrieb Ringelnatz an den ihm befreundeten Glasmaler Otto Linnemann: »Einmal sehen wir uns schon froh wieder, und wäre es nach dem Tode, sonst lögen Deine Fenster und alle Kunst und Religion.« Das ist das, was das Gedicht ausspricht: »Wenn es das, woran ich glaube, gibt«, das vorsichtige Zögern der Skepsis vor dem als Gewißheit empfundenen Glauben, in der bewußt unbeholfenen Formulierung »Ach weiß ich ...«.

»Wir haben uns bisher nur fremd geliebt«: Wie oft haben wir selbst das schon bei einer unerwarteten Todesnachricht empfunden, dem nunmehr Verstorbenen unser Gefühl nicht unverstellt bekannt zu haben. Und wie oft wohl erleben es Söhne, daß erst Jahre über den Tod des Vaters vergehen müssen, bis sie dieses Gefühl einer ganz reinen, von allen Vorbehalten befreiten Liebe innewerden, dann nämlich, wenn alle Meinungen und alles Rechthaben wesenlos geworden sind? Es liegt ein Schatten von Tragik über diesem Vers: Erst der Tod nimmt der von Fremdheit beschatteten Liebe die Distanz.

Viele Totenklagen in der deutschen Lyrik sind vollendeter formuliert, und gewiß zählt dieses so unverschlüsselt-naive Gedicht nicht zu den bedeutendsten von Ringelnatz. Ich liebe es wegen seiner großen Lauterkeit, und weil es so ungeschützt etwas auszusagen wagt, das ich so und nicht anders selbst empfunden habe, viele Jahre lang, in denen mir diese Verse etwas auszusprechen halfen, das ich selbst zu formulieren nicht fähig war.

JOACHIM RINGELNATZ
DIE NEUEN FERNEN

In der Stratosphäre,
Links vom Eingang, führt ein Gang
(Wenn er nicht verschüttet wäre)
Sieben Kilometer lang
bis ins Ungefähre.

Dort erkennt man weit und breit
Nichts. Denn dort herrscht Dunkelheit.
Wenn man da die Augen schließt
und sich langsam selbst erschießt,
Dann erinnert man sich gern
An den deutschen Abendstern.

WERNER ROSS
DAS KOMISCHE IM KOSMISCHEN

Das Gedicht »Die neuen Fernen« verblüfft den Ringelnatz-Kenner und -Liebhaber. Es fällt aus dem Ringelnatz-Sound heraus, keine Matrosen und Mütterlein, nicht Heimat und hohe See, nicht »Die Mädchen mit dem Muttermal« und »Kostümball-Gedanken 1928«, die Unendlichkeiten des Intimen und Privaten, sondern gleich im ersten Vers die Stratosphäre – damals, Anfang der dreißiger Jahre, vermutlich für die Allgemeinheit noch ein ziemlich neuer Begriff.

Auch die Machart unterscheidet »Die neuen Fernen« von den üblichen Gesängen. Ringelnatz war ja ein gottbegnadeter Reimer; die lustigsten und originellsten Reime flogen ihm nur so zu, und so reimte er gern weiter, die Gedichte dehnten sich, nicht immer zu ihren Gunsten. Es strömte aus ihm, aber er unterschied nicht genau zwischen dem glücklichen Einfall und dem Kalauer, zwischen jenem höheren Blödsinn, der unvermittelt in Tiefsinn übergeht, und dem gewöhnlichen, der ein gemischtes Publikum sich vor Lachen ausschütten läßt.

Die Stratosphäre ist Ringelnatz im allgemeinen zu hoch. Auch die Gedichtsammlung »Flugzeuggedanken« von 1928 enthält überwiegend Banales: »Ich spreche von Flugmaschinen. / Sie summen lauter als Bienen / Und sind eine Kreuzung von Taube, / Ente, Maikäfer und Schiffsschraube.« Nette Einfälle, Humor fürs Heim.

Das Gedicht »Die neuen Fernen« habe ich in Enzensbergers »Museum der modernen Poesie« gefunden, in nicht nur alphabetischer Nähe zu Rilke, in der Nachbarschaft von Hans Arp und Kurt Schwitters. Bei Enzensbergers Sammlung liegt der Ton auf »modern«; da dürfen nicht viele deutsche Dichter passieren, Rilke, Benn, Brecht, ein paar Expressionisten und eben Ringelnatz mit zwei Gedichten (Rilke hat auch zwei).

Das eine, »Schneiderhüpfl vor dem Ochsen am Spieß«, ist ein bayerischer Spaß, das andere kosmischer Tiefsinn, zwischen Wittgenstein und Heisenberg. Die neue kopernikanische Wende, die Erweiterung des Weltalls ins nicht mehr Vorstellbare, die Absurdität des Vorsatzes, es doch noch irgendwie plausibel zu machen, die hat Ringelnatz in genau elf Versen demonstriert.

Im Märchenton, wie die Oma, erzählt er, im Reiseführerton erklärt er: Das Wunderbare ist gleichzeitig das Selbstverständliche, es liegt um die Ecke. Er braucht die »Man nehme«-Anweisung: man gehe ... Ein Gang, unter- oder überirdisch zwar, aber doch nur sieben Kilometer lang (und nur in Klammern, beiläufig, die Unmöglichkeit, ihn zu nutzen). Die Reiseroute beginnt zu wackeln; Ziel: das Ungefähre. Dann das herrliche Enjambement, die Pause am Versende hinter »weit und breit« und, als Pointe geschossen, »Nichts«, groß geschrieben am Versanfang, aber in der Perspektive dieses Gedichts gar nicht groß genug zu schreiben. Der Tatbestand totaler Dunkelheit kurz mitgeteilt, dann das komisch-überflüssige »Augen schließt« und das witzig-verzweifelte »sich langsam selbst erschießt« und die ganz und gar umwerfende Schlußwendung – angesichts des Grauens vor dem Unendlichen, Uneinsehbaren, Unentrinnbaren die Heimkehr, der Rückfall ins Gemütliche, in die menschlichen und bürgerlichen

Maßstäbe, in die von Matthias Claudius bis Richard Wagner poetisch ausgepolsterten Wohnstuben der Altvordern. Nur daß Ringelnatzens Abendstern ausgerechnet im Jahr 1932 herbeizitiert wird und Ringelnatz selber kein Bürger ist, sondern ein Bohemien, der Worte wie »Abendstern« nur ironisch aufrufen kann, mit einer kleinen Beimischung von Nostalgie.

Das Gedicht »Die neuen Fernen« steht übrigens überraschenderweise in dem Gedichtband »Kinder-Verwirr-Buch« (1932). Es kann aber auch Erwachsene noch verwirren. Oder, in seiner paradoxen Spannung zwischen ganz nahe und unendlich fern, tief befriedigen.

JOACHIM RINGELNATZ
DIE SCHNUPFTABAKSDOSE

Es war eine Schnupftabaksdose,
Die hatte Friedrich der Große
Sich selbst geschnitzelt aus Nußbaumholz.
Und darauf war sie natürlich stolz.

Da kam ein Holzwurm gekrochen.
Der hatte Nußbaum gerochen.
Die Dose erzählte ihm lang und breit
Von Friedrich dem Großen und seiner Zeit.

Sie nannte den alten Fritz generös.
Da aber wurde der Holzwurm nervös
Und sagte, indem er zu bohren begann:
»Was geht mich Friedrich der Große an!«

WOLFGANG BRENNEISEN
KOMITRAGÖDIE

»Die Schnupftabaksdose« von Joachim Ringelnatz: eines der bekanntesten deutschen Gedichte – und zugleich eines der verkanntesten. Scheinbar eine harmlose Schnurre, in Wirklichkeit ein unheimlicher Blick in den Abgrund des Seins. Keineswegs ist Ringelnatz der leichtfüßige Spaßmacher und Entertainer, als den man ihn gerne hinstellt. Ringelnatz ist im Grunde ein Tragiker.

Das Gedicht beginnt so behaglich und idyllisch wie ein Märchen von Hans Christian Andersen. Doch wer genau hinhört, wer nur ein bißchen weiterdenkt, entdeckt sofort Risse in dem zierlichen Spielzeugkosmos. Friedrich der Große habe die Tabaksdose gefertigt. Ja, es ist schon ein Kreuz mit den großen Leuten. Es genügt ihnen nicht, auf ihrem Gebiet groß zu sein, nein, sie maßen sich an, überall Großes zu leisten. Eine Schnupftabaksdose herzustellen? Nichts sei leichter als das, tönte König Friedrich in seinem Kabinett und »schnitzelte«, wie es verräterisch heißt, so ein Ding mit seinen beiden linken Händen. Genausogut hätte sich ein preußischer Kunsttischler anmaßen können, Schlesien zu überfallen oder in seiner Werkstätte mit Voltaire geistreiche Konversation zu führen.

Wie dem auch sei, die Tabaksdose war da: ein unförmiges, häßliches Ding, aus dem Friedrich, wie wir wissen, andauernd Tabakkrümel auf seinen alten Uniformrock klekkerte. Desungeachtet entwickelte die Dose als innigste Vertraute des Königs ein monströses Selbstbewußtsein,

schnappte aus der königlichen Konversation ein paar Brocken auf und verlor ihren Dünkel auch nicht, als der König längst tot war, während sie wie durch ein Wunder in einem Haufen Gerümpel weiterlebte. Und nun betritt der zweite Akteur die Bühne, ein ganz anderer Charakter aus einem ganz anderen Milieu, nämlich dem der Arbeiter, Handwerker und kleinen Leute: ein Holzwurm. Ein einfacher, aber kreuzbraver Kerl, den wir uns irgendwie rotbackig und untersetzt vorstellen dürfen. Kein Freund von tiefsinnigen Gedanken, ein Pragmatiker, der seine inneren Probleme dadurch löst, daß er »ins Holz geht«, wie er sagt. Was er anpackt, macht er sauber und gewissenhaft. Trotz seiner Einfalt im Grunde ein sympathischer Typ.
Da aber trifft ihn der Schock seines Lebens: Das Holz, das er bearbeiten will, fängt an zu reden! In ihrem altdamenhaften Dünkel plappert ihm die Tabaksdose die Ohren voll, ohne sich der Gefahr für Holz und Leben bewußt zu sein. Der brave Holzwurm versteht nur Bahnhof, doch hat er ein feines Gefühl für falsche Töne. Und als das völlig deplazierte Wort »generös« fällt, das nur durch den Reim gerechtfertigt ist, weiß er: Jetzt muß er sofort an die Arbeit, ins Holz, will er nicht den Verstand verlieren.
Am Ende bleiben zwei verstörte Wesen zurück. Die Schnupftabaksdose muß sich wie eine Gestalt bei Ibsen der bitteren Tatsache beugen, daß ihre Lebenslüge zerbröckelt. Brutal wird ihr klargemacht, daß sie nur ein Stück Holz ist. Der brave Holzwurm aber hat seine liebenswerte Naivität verloren. Fortan lebt er, durch das Schockerlebnis mit einem Schlag »sentimentalisch« geworden, in der geheimen Furcht, daß irgendwann wieder ein blödes Holz zu quatschen beginnt. – Wer mag da noch lachen?

JOACHIM RINGELNATZ
ICH HABE DICH SO LIEB

Ich habe dich so lieb!
Ich würde dir ohne Bedenken
Eine Kachel aus meinem Ofen
Schenken.

Ich habe dir nichts getan.
Nun ist mir traurig zumut.
An den Hängen der Eisenbahn
Leuchtet der Ginster so gut.

Vorbei – verjährt –
Doch nimmer vergessen.
Ich reise.
Alles, was lange währt,
Ist leise.

Die Zeit entstellt
Alle Lebewesen.
Ein Hund bellt.
Er kann nicht lesen.
Er kann nicht schreiben.
Wir können nicht bleiben.

Ich lache.
Die Löcher sind die Hauptsache
An einem Sieb.

Ich habe dich so lieb.

PETER HORST NEUMANN
FÜR DEN SENTIMENTALEN HAUSGEBRAUCH

Zur oberen Güteklasse zählen diese Verse nicht, sie haben aber einen soliden melancholischen Gebrauchswert. Sicher sagt man von einem Gedicht, das man mag, nicht eben gern, daß es zu lang sei; aber ich kann es nicht leugnen. Es ist ein bißchen beredt, zu traurig-direkt, ein bißchen unkontrolliert in seiner Neigung zum Spruchhaften. Auch der Narrenschuß auf einen analphabetischen Hund ist wahrlich kein Treffer. Was tut's. An Ringelnatz wird mir klar, wie bestechlich mein ästhetisches Urteil ist. Er wollte ein Lebenskünstler sein, es reichte aber nur zum Poeten und Kabarettisten. Und weil ich für den eine Schwäche habe, halte ich mich an seine Stärken. In jedem dritten oder vierten Gedicht gelingt ihm unweigerlich die eine unverlierbare Wendung. Sie ist selten ganz sprachfest, doch fast immer so wort-leicht, wie es nur wenige erreichen. Er spricht dann schön wirr und präzis nebenhin.

Hier sind ihm gleich zwei solche Wendungen gelungen. Ich meine die erste Strophe und die letzte mit der Schlußzeile. In der ersten ist ein Geschenk ganz Poesie, und Poesie ist ein hübsches Geschenk. Der Schluß aber gehört in die Spruchweisheit resignierender Liebe. Ich fragmentiere das Ganze, überspringe die schwächere Mitte und habe zwei kleine Liebesgedichte gewonnen: zärtliche Sprachschnörkel, leicht zu merken, gut für den sentimentalen Hausgebrauch. Die passende Traurigkeit fürs Zitieren findet sich ganz gewiß – »lieb« reimt auf »Sieb«. Und dies noch: Fast jedes Desaster hat seine erfreulichen Nebenfolgen; die Frage ist nur, für wen. Von gegenwärtiger Ölkrise zum Beispiel profitiert (auch) das Ofensetzer-Gewerbe. So werden wir bald wieder besser verstehen, was es heißt, jemandem eine Kachel aus unserm eigenen Ofen zu schenken. Weil aber den meisten von uns ein rechtes Liebesgeschenk – ein herzerwärmend-verrücktes – fast immer erst hinterher einfällt, empfehle ich, dieses Gedicht auf Vorrat zu lesen.

JOACHIM RINGELNATZ
KINDERSAND

(Fassung des Erstdrucks, 1931)

Das Schönste für Kinder ist Sand.
Ihn gibt's immer reichlich,
Er rinnt unvergleichlich
Zärtlich durch die Hand.

Weil man seine Nase behält,
Wenn man auf ihn fällt,
Ist er so weich.
Kinderfinger fühlen,
Wenn sie in ihm wühlen,
Nichts und das Himmelreich.

WOLFGANG WERTH
DER STOFF DES HIMMELREICHS

Weniges kommt auf der Welt so reichlich vor wie Sand. Schon ein Teil davon, der Sand am Meer, genügt uns als Maßeinheit der Unmenge. Doch wovon es (zu)viel gibt, das gilt meist wenig. Sand wird weder als Ackerboden noch als Baugrund geschätzt und schon gar nicht als Bodenschatz. Ein Tor, wer sich Sand in die Augen streuen läßt. Wer Köpfchen hat, streut lieber selbst und gesellt sich zur kleineren Schar derer, die sich nicht zweimal auffordern lassen: »Seid unbequem, seid Sand, nicht das Öl im Getriebe der Welt.«

Den Sand-Imperativ hat Günter Eich 1953 dem Schlußgedicht seines Hörspiels »Träume« hinzugefügt. Mit einem Sand-Superlativ – und zwar einem der positivsten! – beginnt das zweiundzwanzig Jahre zuvor entstandene Ringelnatz-Gedichtchen. *Das Schönste für Kinder ist Sand:* Ein Fanfarensignal. Danach bleibt den neun weiteren Versen, die in drei dreigliedrigen Satzperioden mit schmeichelnden I-, Ä-, Ü-, vor allem aber Ei-Tönen und überwiegend weichen Konsonanten dem jeweiligen Schlußpunkt entgegenrieseln, nichts anderes übrig, als diese Ouvertüre erläuternd zu bestätigen.

Geschrieben und gereimt hat da einer, dem, nach Alfred Polgars Befund, »ein Kinderherz im stachelhaarigen Busen schlägt«, der im »Geheimen Kinder-Spiel-Buch« von 1924 schon so manches listige Rezept für strafrisikoarme Streiche wider die »Großen«, die sogenannten Respektspersonen, ausgeheckt und der seine Adressaten animiert hat: *Denkt nach, dann könnt ihr zwischen Zeilen / auch mit geschlossnen Augen lesen / daß Onkel Ringelnatz bisweilen / ein herzbetrunknes Kind gewesen.* Mit dem »Kindersand« machte er sich einmal mehr zum Anwalt und Interpreten der Kinder.

Das kleine Gedicht benennt ein großes Glück, das beinahe jedes Kind kennt und das den meisten abhanden kommt, sobald sie sich ihrer eigenen Welt entfremden und erwachsen werden. Ja, es zeugt von wahrer Kindergröße, den Sand gerade deshalb zu lieben, weil genug für alle davon da ist, weil er so zärtlich durch die Hand rinnt und, nicht zuletzt, weil die Nase dran bleibt, wenn man, nein, nicht auf sie, sondern auf ihn, den weichen Sand, fällt – selbst wenn man seinen Körper dabei so verrenkt, wie »Onkel Ringelnatz« den zweiten Dreiversesatz verdreht hat. Nicht bloß um des Reimes willen scheint er das getan zu haben; vielleicht ging es ihm auch darum, daß die Nase im Gedicht da erscheine, wo sie im Gesicht ihren Platz hat: in der Mitte.

Im Finale erreicht das Sandlob nachgerade religiöse Dimensionen: *Nichts und das Himmelreich* fühlen die im Sand wühlenden Kinderfinger. Nicht: Nichts *oder* das Himmelreich. Sondern beides zugleich und als ein und dasselbe. Nichts ist das Himmelreich, das, so lehrt Jesus, die Erwachsenen nicht erlangen, »wenn ihr nicht umkehret und werdet wie die Kinder« (Matth. 18,3). Und das Himmelreich ist das Nichts, in das, so lehrt Gothama, der Buddha (zum Beispiel bei Brecht), nur jene eingehen, die zuvor alle Begierde abtun oder die, wie die Kinder, (noch) frei sind von ihr. Sand als der Stoff, der das Höchste und Letzte erfühlbar macht: Darüber hinaus ist nichts mehr zu sagen, weshalb Ringelnatz gut daran getan hat – oder getan hätte –, hier den Schlußpunkt zu setzen . . .

So, zweistrophig und zehnversig, wurde das Gedicht »Kindersand« denn auch erstmals gedruckt, und zwar am 22. Mai 1931 in der Frauenbeilage der Frankfurter Zeitung, und so stand es kurz darauf, am 1. Juli, in der Neuen Leipziger Zeitung. Genau so lebte es seit langem und bis vor kurzem auch in meinem Gedächtnis, in das es während meiner thüringischen Schulzeit geraten war: als Fund aus einem Ringelnatzbändchen, das eine Freundin aus West-Berlin mitgebracht hatte. Jetzt, beim Nachlesen, aber habe ich feststellen müssen, daß auf *Nichts und das Himmelreich* noch ein Doppelvers folgt: *Denn kein Kind lacht / Über gemahlene Macht.* Mit diesem Nachtrag wurde »Kindersand« ins 1932 erschienene »Kinder-Verwirrbuch« aufgenommen, und seither gilt die erweiterte Fassung als die letztgültige. Doch anders als Günter Eich, der sein Gedicht mit dem 1953 hinzugefügten »Sand-Appell« steigerte und vollendete, hat Ringelnatz das seine, das »aus einem Guß« war, durch die wie angeflickt wirkende Zutat eher abgewertet. Aus triftigen Gründen, so scheint mir, hatte mein Gedächtnis sich ihr verschlossen.

Nicht vergessen aber ist die strahlende Macht des Tschernobyl-Fallouts, der die Kinder aus den Sandkästen vertrieb und der vielleicht auch Ringelnatzens »Kindersand« kontaminierte. Darf man das Gedicht überhaupt noch »mit geschlossenen Augen« lesen?

JOACHIM RINGELNATZ
KNIEBEUGE

Kniee – beugt!
Wir Menschen sind Narren.
Sterbliche Eltern haben uns einst gezeugt.
Sterbliche Wesen werden uns später verscharren.
Schäbige Götter, wer seid ihr? und wo?
Warum lasset ihr uns nicht länger so
Menschlich verharren?
Was ist denn Leben?
Ein ewiges Zusichnehmen und Vonsichgeben. –
Schmach euch, ihr Götter, daß ihr so schlecht uns versorgt,
Daß ihr uns Geist und Würde und schöne Gestalt nur borgt.
Eure Schöpfung ist Plunder,
Das Werk sodomitischer Nachtung.
Ich blicke mit tiefster Verachtung
Auf euch hinunter.
Und redet mir nicht länger von Gnade und Milde!
Hier sitze ich; forme Menschen nach meinem Bilde.
Wehe euch, Göttern, wenn ihr uns drüben erweckt!
Beine streckt!

PETER RÜHMKORF
PROMETHEUS UND DIE HALBE PORTION

Joachim Ringelnatz ist ein deutscher Dichter, den wir unserem geschätzten Publikum nicht erst groß vorstellen müssen, allerdings ... Allerdings fragt sich bei der Lektüre seiner Gedichte gelegentlich schon einmal, ob wir bei einem früheren Durchgang nicht gewisse feine Eigentümlichkeiten überlesen, geheime Zwischentöne überhört oder geisterhaft Vorüberhuschendes übersehen haben, kurz, ob wir bei so viel trügerisch geglätteter Oberfläche überhaupt bis zum Grund der Dinge vorgestoßen sind.
Bei seinen besonders populären, weil besonders leicht eingängigen Turngedichten scheint mir der Abstand zwischen oberflächlicher Bekanntschaft und tieferer Verkennung sogar besonders bemerkenswert. Was wir zur Kenntnis nehmen und dann auch gern mit einem Lachen quittieren, ist das Vergnügen des Poeten an bestimmten gymnastischen Verrenkungen, zumal wenn gesteigerte Kraftaufwände den erstrebten lockeren Eindruck verfehlen oder martialische Selbsterprobungsnummern in eine unfreiwillige Komik entgrätschen. Wieweit sich freilich turnerisches und artistisch-dichterisches Höhenstreben manchmal kurios entsprechen und beides zusammen dann »ein Symbol für das Leben« bildet, läßt sich nur an einzelnen Exerzitien gesondert studieren.
Auch der Sport hat seine eigene Körpersprache, und der poetische Sportreporter steht nicht an, gelegentlich selbst in die Rolle eines Mitturnenden zu springen. Auf das

Kommando »Knie beugt« schrumpft das lyrische Ich im Nu zu der erwünschten närrischen Haltung zusammen, was einen sympathetischen Geist dann schon zu einer ganzen Folge von närrischen Überlegungen verleiten kann. Der Gedankensprung von der Eingangszeile zu dem unmittelbar anschließenden »Wir Menschen sind Narren« kommt also nicht ganz so abrupt, wie es vielleicht den Anschein hat.

Auch die folgenden Lamentationen über den ewig gleichen Narrengang der Menschheitsgeschichte fügen sich ihrerseits sinnvoll in den öden Wechseltakt einer gymnastischen Nonsensübung. Das entmutigende Auf und Ab von Systole und Diastole, von Zeugung und Vergängnis, von »Zusichnehmen und Vonsichgeben« legt sich dem Zusammengekauerten sogar derart nachhaltig auf die Brust, daß er sich dem Wiederholungszwang am liebsten verweigern und für ewig und drei Tage in seinem stummen Verhocktsein »verharren« möchte.

Das Gedicht geht noch einen Schritt weiter. Um einen unansehnlichen Pariapart als menschliche Ausnahmestellung zu verteidigen, leiht es sich das Mundstück eines anderen berühmten Befehlsverweigerers aus, die weithin durch unser humanistisches Bildungsgebäude hallende Stimme des Goetheschen »Prometheus« (»Hier sitze ich; forme Menschen nach meinem Bilde«), was auf den oben skizzierten Narren noch einmal anderthalbe setzt. Der Gegensatz könnte kaum komischer sein. Auf der einen Seite der selbstbewußt die Götter in die Schranken fordernde Titanensproß und Menschenbildner, der den Sterblichen das Feuer brachte und seither als Galionsfigur für unser humanes Fortschrittsstreben zu gelten hat. Auf der anderen die halbe Portion und Simplex Simplicissimus, der nichtsdestoweniger eigensinnig auf seiner Froschperspektive beharrt und dem aufrechten Gang nebst angeschlossenen prometheischen Betriebsamkeiten die Gefolgschaft aufkündigt.

»Das ist ein Symbol für das Leben. / Immer aufwärts, himmelan streben«, so sagte es das Gedicht »Klimmzug« mit der angemessenen ironischen Biestigkeit. Und in der »Kniebeuge« folgt die gleiche Lehre noch einmal anders herum und mit etwas versetztem Fragezeichen: »Warum lasset ihr uns nicht länger so / Menschlich verharren?« Aber ernst gemeint ist es doch.

JOACHIM RINGELNATZ
LIEDCHEN

Die Zeit vergeht.
Das Gras verwelkt.
Die Milch entsteht.
Die Kuhmagd melkt.

Die Milch verdirbt.
Die Wahrheit schweigt.
Die Kuhmagd stirbt.
Ein Geiger geigt.

REINHARD LAUER
WERDEN UND VERGEHEN

Joachim Ringelnatz hat dieses »Liedchen« zum Jahresende 1930 in der »Weltbühne« veröffentlicht. Schlicht und einfach klingen die acht Verse, fast wie ein Kinderlied. Daß die Zeit vergeht, daß Milch entsteht und dann verdirbt, daß eine Kuhmagd melkt und irgendwann einmal stirbt – das scheint so dahingesprochen zu sein. Und doch gibt es auch Irritation in dem Gedichtchen, so wenn es plötzlich heißt: »Die Wahrheit schweigt.« Und was soll der geigende Geiger am Schluß? Ist, was hier ausgesagt wird, doch nicht so belanglos, wie es auf den ersten Blick schien?

Die acht simplen Verse sind allesamt nach dem gleichen syntaktischen Muster gebaut: Artikel – Substantiv – Verb. Siebenmal erscheint der bestimmte Artikel, diese Reihe wird im Schlußvers durch den unbestimmten Artikel unterbrochen. So haben wir achtmal die einfachste Satzkonstruktion vor uns, die denkbar ist: Subjekt und Prädikat. Die Präsensformen legen nahe, daß das, was geschildert wird, gerade jetzt und immerzu geschieht. Hört man genau hin, so klingen die zweihebigen jambischen Verse wie das träge Ticken einer Perpendikeluhr, den Ablauf der Zeit markierend.

Auch die Bildpartikel, die hier Vers für Vers aneinandergereiht werden, sind nicht so beliebig verschieden, wie es zunächst scheinen mochte. Verwelkendes Gras, also Heu, Melken, das Gewinnen der Milch und der Tod derer, die daran beteiligt sind, stehen durchaus in einem sachlich-logischen Zusammenhang. Fast zeichnet sich eine kleine Geschichte ab. Denkt man nun wieder an die Zeit als bestimmendes Thema, so erkennt man, daß in einfachen Worten und Versen ein großer Bogen von Vergänglichkeit gezogen wird, begründet nicht durch »nachdem« und »sodann«, sondern allein durch den Wechsel der Verben (vergeht, verwelkt, entsteht, verdirbt, stirbt).

Der das Liedchen singt oder spricht – im Zweifel also wohl der schnodderig-nachdenkliche Joachim Ringelnatz selbst – hat nun in seine einfach-konkrete Geschichte ein abstraktes Thema einfließen lassen: das Verhältnis von Zeit und Wahrheit. »Die Wahrheit schweigt«, heißt es im sechsten Vers, nachdem Verwelken und Verderben um sich gegriffen haben. Ist damit gesagt, daß die auf die Wahrheit gerichtete Wissenschaft, die Philosophie also, vielleicht auch die Religion, zum Vergehen keine Erklärung hat? Und die Magd – stirbt sie gar, weil sie die Wahrheit nicht erkennen konnte? Noch bleibt der Geiger. Bloß eine Pointe, ein Gag, der seine Wirkung aus dem Kontrast zum Vorausgegangenen bezieht, oder eine Antwort auf Fragen, die das Liedchen unmerklich aufgeworfen hat?

In einem so kurzen lyrischen Gebilde wiegt jedes Wort, jeder Laut schwer. Daher wird man für nicht gering nehmen, daß sich durch die Verse eine Steigerung des Diphthongs *ei* zieht, die von »Zeit« über »Wahrheit schweigt« zum Schlußvers führt, der ganz von ihm getragen wird. Sollte hier der Schlüssel zum Verständnis unseres »Liedchens« liegen? Wirklich schafft er ja so etwas wie einen »philosophischen« Kontrapunkt zur einfachen Moritat. Denn man wird im geigenden Geiger am Schluß nicht nur jenen sehen, der ein Grablied auf den Tod der Kuhmagd spielt, sondern den Künstler überhaupt. Und sein Spiel stünde dann für die Kunst, die einzig, über Wissenschaft und Philosophie hinaus, der Drift der Zeit widersteht. Aus der Schnoddrigkeit des Bänkelsangs taucht der Schatten Schopenhauers auf.

JOACHIM RINGELNATZ
LOGIK

Die Nacht war kalt und sternenklar,
da trieb im Meer bei Norderney
ein Suahelischnurrbarthaar. –

Die nächste Schiffsuhr wies auf drei.

Mir scheint da mancherlei nicht klar,
man fragt doch, wenn man Logik hat,
was sucht ein Suahelihaar
denn nachts um drei am Kattegat?

LUDWIG HARIG
ÜBERALL IST WUNDERLAND

Eine Art Geschenkbüchlein mit Gedichten von Joachim Ringelnatz, 1947 als frühe Nachkriegspublikation im Saar-Verlag erschienen, ruft in meinem Gedächtnis köstliche Leseaugenblicke hervor. Es sind leichte, heitere Gedichte über die Schwere und Ernsthaftigkeit des Lebens, Blitzlichter aus dem Weltdunkel. Auf dem Buchumschlag zeigen sich, bunt durcheinandergewürfelt, Korallen und Seepferdchen, Krokodil und Flamingo, Flugzeug, Leuchtturm, Kinderdrachen und eine altmodische Handharmonika, ein Bürger mit Zylinder ist mit dem Ballon aufgestiegen, ein Seemann hält seine Nixe mit der Pranke umschlungen. »Überall ist Wunderland« heißt der Titel des Bändchens; in Luftreisen und in Seefahrten scheinen sich üppige Zauberreiche über Wellen und Wolken aufzutürmen, doch schon im zweiten Gedicht rückt der Bänkelsänger jede Art von Großmannssucht zurecht und ruft: »Hohe Türme sind nur Türmchen, wenn ein Adlerauge sieht.«

Ich las wie berauscht. Die Gedichte eröffneten mir: Alles ist relativ, alles fließt. Noch bevor Wissenschaft und Philosophie mich für eine Weile zu interessieren begannen, begriff ich das Absurde der Logik und die Logik des Absurden auf andere Weise als die rationale: Die Poesie lehrte mich die Instabilität der Verhältnisse, und Joachim Ringelnatz war es, der in dieser Hinsicht am fruchtbarsten wirkte.

Sein Gedicht »Logik« legt die Zufälligkeit rational erfaßbarer Ereignisse und die Aussagen darüber als spielerische Verabredungen aus, es belustigt sich über die Ansprüche des Verstands, die Überheblichkeit der Vernunft, indem es sich zum Schein auf ihre Seite schlägt. Der Autor gibt sich für einen logisch denkenden Menschen aus, und in harmloser Hinterhältigkeit fragt er, was ein Suahelihaar in einer Sternennacht um drei in der See bei Norderney zu suchen hat. Oder am Kattegat, was genausowenig Wahrscheinlichkeit besitzt. Schon dieses Austauschen von Norderney und Kattegat verhöhnt die in der Logik für so notwendig erachtete Festlegung des Ortes als Ausgangspunkt und verwirrt die folgerichtige Schlußendlichkeit.

Das Leben von Joachim Ringelnatz war, wie er am 22. April 1917 an seine Braut »Muschelkalk« schreibt, »düster im Bunten«. Er war Seemann, diente als »Vizefeuerwerker« an Bord S. M. S. »Schaarhörn« – und haßte den Krieg. »Wir fingen keine Engländer«, schreibt er, »aber 4000 Häringe«, und nimmt mit raffiniert vertauschten Prämissen das Gedicht »Logik« voraus. Überall ist Wunderland: Bei der scheinbaren Unvereinbarkeit von Gegenstand, Zeit und Ort waltet jedoch eine geheime Plausibilität in den paradox anmutenden Versen. Sie künden von den »Faxen des Seins«, wie E. T. A. Hoffmann die außergewöhnlichen Kollisionen von Wirklichkeit und Phantasie bezeichnet.

Wer die Südseestrände kennt, die sich von Norderney bis Sylt und von dort bis ans Kattegat erstrecken, begreift noch am ehesten ihre Ähnlichkeit mit den Stränden von Somalia und Mosambik. Man braucht sich nur zu bücken: Es ist nichts einfacher zu finden als ein Suahelihaar nachts um drei im Wellengekräusel an Buhne 16 in Kampen.

JOACHIM RINGELNATZ
NEUJAHRSNACHTFAHRT

Wenn du nachts in ein Auto steigst,
Und dir ist bang und winterlich zu Mut,
Und du dem Chauffeur die Richtung zeigst
Und sagst: »Sie fahren gut.«

Wenn du so den Kopf des Wagenlenkers lenkst,
Daß er's gar nicht gewahrt,
Wie du traurig bist und an Sterben denkst, –
Das ist nächtliche Fahrt.

Draußen leuchtet Volk und lacht und schießt. –
Mitlächelnd denkst du fremdwärts still
An etwas, was du vom Flugzeug aus siehst,
An ein Flüßchen, das unter dir weit fließt
Sohin, dorthin, wo es muß; nicht will.

EVA DEMSKI
ER HAT DEN STEIN DER NARREN ENTDECKT

Im Lauf der Jahre hat er sich ganz sachte in einer seiner Figuren aufgelöst, Hans Bötticher, der sich ab seinem sechsunddreißigsten Lebensjahr den Namen Joachim Ringelnatz gab und den Seemann Kuttel Daddeldu erdichtet hatte, zu dem er in den Augen der Nachfahren wurde. Die »Neujahrsnachtfahrt« aber unternimmt ein anderer. Weit ist er weg von seiner Münchner Seemannsbühne im Knödel- und Bierdunst des »Simpl«, wo er, wie Hans Brandenburg sich erinnert, »wie bunte Ballons seine Reime über uns hinblies«. Es ist ein Feiertag, Silvester, jenes Fest, über das sich nur junge und ganz unbefangene Menschen freuen, markiert es doch ein weiteres Stück auf dem Weg zum Ende.
Das denkt der Dichter Ringelnatz, der sich in dem kleinen, ein wenig nachlässigen Gedicht an sich und seinen Leser wendet, er sagt du und stellt ganz behutsam Entfernungen her, Distanz vielfacher Art. Es ist kalkuliert kunstlos, dieses Neujahrsliedchen, eigentlich fehlt ihm eine Zeile und der Rhythmus stolpert manchmal ein bißchen.
Man ist selten nüchtern in Neujahrsnächten, und auch Hans Bötticher, Ringelnatz oder Kuttel Daddeldu waren das nicht oft. Es hat ihn, den Seemann unter den Dichtern, nichts festhalten können, er ist ein Nichtseßhafter gewesen, und auch das Jahresende erträgt er nur in Bewegung, einen Taxifahrer als Charon, dessen Blick der dunkle Fahrgast von sich ablenkt. Wohin die Fahrt geht, ist gleichgül-

tig. Und das Volk, das draußen lacht und schießt – und leuchtet! – wird keineswegs verachtet. Er gehört nur einfach nicht dazu, für den Augenblick oder für immer, wer weiß das schon. Er ist nicht neidisch und nicht hochmütig, der traurige Mensch auf der nächtlichen Fahrt, nur eben »fremdwärts«, er lächelt mit den anderen, die ihn nicht sehen, und denkt sich hoch hinauf in die Luft. »Hätte ich ein anderes Gesicht«, schreibt er in einer autobiographischen Notiz, »wäre mein Leben ganz anders, jedenfalls sehr viel ruhiger verlaufen.« Als wäre sein unvergeßlicher Kasperlkopf mit der Riesennase und den nachdenklich zusammengekniffenen Augen schuld, daß es ihn so heftig durch alle möglichen Berufe und Länder getrieben hat.
An Neujahr macht man Bilanz. Auf das vermeintlich blank geputzte und spurenlose Neue Jahr schaut man nicht mehr, dergleichen ist lang her. Statt dessen nimmt Ringelnatz in aller Unschuld das abgenutzte Bild vom Fluß des Lebens, macht ein Flüßchen draus, »sohin, dorthin«, und das Bild wird frisch und anrührend. Ringelnatz, der »sächsische Seemann«, Bänkelsänger, Kabarettist und liebevolle Dichter der kleinen Dinge, der melancholische Trinker, war eine Hauptfigur in jenen Jahren vor dem Ersten Weltkrieg, da »München leuchtete« – und auch danach, in den Berliner Zwanzigern aus Katzengold. »Kleines Gedichtchen, / Ziehe denn hinaus! / Mach ein lustiges Gesichtchen. / Merke dir aber mein Haus.« Wir verdanken ihm die schönsten Liebesgedichte für seine Frau, die er »Muschelkalk« nannte, wir wüßten ohne ihn nichts von Suahelihaaren und wären um die wichtigsten Kindergebete ärmer. Alfred Polgar schreibt über ihn, er habe »den Stein der Narren entdeckt (welcher, wie wunderbar, dem Stein der Weisen zum Verwechseln ähnlich sieht)«. Sicher-

heit und heimliche Melancholie habe der »torkelnden Poetengestalt« angehaftet, sagt Friedrich Luft. Sohin, dorthin, fließt das Lebensflüßchen, das der Nachtfahrgast nur noch von weit oben aus wahrnimmt. Ringelnatz ist viel zu jung und rechtzeitig gestorben, 1934, mit einundfünfzig Jahren. Begabungen wie der seinen, heißt es in einem hämischen Nachruf, habe die neue Zeit ein Ende bereitet. Das hatte sie – aber sie sind unsterblich, die »kleinen Gedichtchen«.

JOACHIM RINGELNATZ
SOMMERFRISCHE

Zupf dir ein Wölkchen aus dem Wolkenweiß,
das durch den sonnigen Himmel schreitet.
Und schmücke den Hut, der dich begleitet,
mit einem grünen Reis.

Verstecke dich faul in der Fülle der Gräser.
Weil's wohltut, weil's frommt.
Und bist du ein Mundharmonikabläser
und hast eine bei dir, dann spiel, was dir kommt.

Und laß deine Melodien lenken
von dem freigegebenen Wolkengezupf.
Vergiß dich. Es soll dein Denken
nicht weiter reichen als ein Grashüpferhupf.

LUDWIG HARIG
EIN UNAUFDRINGLICHES ZAUBERWORT

Schon einige Male habe ich die folgende Geschichte erzählt, doch nur das Mädchen, das heute meine Frau ist, hat sie mir geglaubt. Es ist fünfzig Jahre her, ich lag mit ihr am Waldrand über dem Dorf; wir schauten in die untergehende Sommersonne und fühlten uns wohl. Das Liegen im Gras mit dem Blick zu den Wolken am Himmel erinnerte mich an den ersten Maisonntag 1945, als ich, einem Gefangenentransport entsprungen, an einem Waldrand der Schwäbischen Alb lag, frei von allem Zwang der vorangegangenen Jahre.

Wer je versucht, Schäfchenwolken am Faden aufzuziehen, sie aus den ätherischen Maschen zu lösen und sich dabei mit dem Sommergedicht von Ringelnatz amüsiert, könnte etwas von unserem Wohlgefühl des Freiseins beim Liegen im Gras empfinden. *Zupf dir ein Wölkchen aus dem Wolkenweiß,* wiederholten wir ein ums andere Mal den Eingangsvers des Gedichts und erfreuten uns an den übermütigen poetischen Bildern des Vaganten Ringelnatz, der mit seinen Auftritten die deutschen Kabarettbühnen der zwanziger Jahre erobert hatte. Mitten zwischen seinen burlesken Seemannschansons tauchte das graziöse Lied von der Sommerfrische auf und verzauberte die Zuhörer mit seiner blütenleichten Stimmung und Nachdenklichkeit.

In diesem Gedicht hat sich der freche Sarkasmus des Sängers in burleskes Lobpreisen der Faulheit, die verbummelte, von Whiskyräuschen umnebelte Derbheit in schwelgerische Genußfreude des Pan verwandelt. Beim Anhören des Gedichts sehen wir ihn müßig im üppigen Gras liegen – und dort, wo der griechische Wein- und Hirtengott die Flöte bläst, improvisiert er auf der Mundharmonika. Wenn wir damals, vom schwerelosen Rhythmus der Sprache emporgetragen, bei der Stelle vom *freigegebenen Wolkengezupf* angekommen waren, hatten wir, mit geschmücktem Hut auf dem Kopf, tagträumend den ganzen Himmel durchschritten, selbstvergessen, in Ungedanken, wie man zwischen Saar und Rhein diesen schwerelosen Zustand des Losgelöst-, des Ungestörtseins benennt. Es beschah, wie Schiller schreibt, im »fröhlichen Reich des Spiels und des Scheins«, worin dem Menschen »die Fesseln aller Verhältnisse« abgenommen sind und er »von allem, was Zwang heißt, sowohl im Physischen als im Moralischen« entbunden ist.

So entdeckten wir auf Schritt und Tritt in den Romanen und Gedichten der Weltliteratur die kuriosesten Befreiungserlebnisse erfundener und wirklicher Gestalten: Odysseus, entspannt gegen den Stamm des Ölbaums gelehnt, und Simplicius Simplizissimus, gelöst auf das weiche Herbstlaub hingeräkelt, beide den Schrecken lebensbedrohender Abenteuer und Kriegsgreuel entronnen. Der halbverhungerte Jean-Jacques Rousseau streckt sich auf einer Terrassenmauer aus, über ihm singt eine Nachtigall, »mein Schlummer war süß, mein Erwachen war es noch mehr –, merkwürdig ist dabei, daß ich in böser Lage weder traurig noch unruhig war«.

Nicht nur in gesicherter Friedensatmosphäre gedeiht das Wohlgefühl des Freiseins, auch mitten in äußerster Todesgefahr; auf der Flucht, im Kriegseinsatz, im Konzentrationslager. Alfred Andersch desertiert aus der deutschen Armee, legt sich trotz ausgeschwärmter, nach Fahnenflüchtigen spähender Feldjäger unter einen Kirschbaum ins sanfte Gras, greift nach einem Zweig und ißt »die Kirschen der Freiheit«; Ruth Klüger wechselt von Auschwitz nach Groß-Rosen über, der Willkür, den Mißhandlungen, dem unbegreiflichen Widersinn der Naziverbrechen ausgesetzt; in ihrem Erinnerungsbuch »weiter leben« gesteht sie überraschenderweise: »So gab es Stunden, wo ich in reinster Euphorie im Gras herumliegen konnte, wohl zum ersten Mal im Leben, und niemand mich störte.«

»Freigegeben« ist das Signal, ein unaufdringliches Zauberwort im Gedicht von Ringelnatz. Er benutzt nicht das volltönende, von Politikern oft inflatorisch mißbrauchte Wort Freiheit, sondern suggeriert mit dem Wort »freigeben« die erleichternden Gefühle des noch nicht vollendeten, ein für alle Male erreichten Freiseins. Es ist leicht einzusehen, daß diese Vorstellung von Freiheit nicht jedermanns Sache ist, denn manchem fehlt der Mut, elementar Erlebtes, das wegen seiner erstaunlichen Banalität so gering geachtet ist, als auslösendes Moment für etwas derart Hochgeschätztes wie die Freiheit zu begreifen.

JOACHIM RINGELNATZ
VORM BRUNNEN IN WIMPFEN

Du bist kein du,
Wasser. – Hättest nicht Ruh,
Mich auszuhören.

Ihr fließet immerzu
Und immer weiter und möglichst weit.

Wie euch der Brunnen aus eisernen Röhren
In den heißen Althäuserplatz speit,
Erdengeläutert und ausgekühlt;
Da ihr alte und neue Zeit
Und den Himmel abkonterfeit –

Siehet mein durstiges Staunen
In euch doch immerzu andre.
Immer wieder mit über den Rand gespült,
Fängt es aus eurem Raunen
Nur eines auf: Wandre!

Von euch möcht' ich trinken.

Ihr würdet lau, wenn ihr stehenbliebt,
Ihr würdet trüb. Ihr würdet verweilend
Faulen und stinken.

Was kümmert's euch, ob ein Mensch euch liebt.
Dauernd zerteilt euch selber enteilend.
Seid ihr getrieben ein treibendes
Ganzes, rein Bleibendes.

PETER RÜHMKORF
IN FLAGRANTI GEFASST

Von Kuttel Daddeldu ist bekanntgeworden, daß er oft zu tief ins Glas gekuckt und dann wahrgesprochen hat. Auch aus dem Meer, dem im ganzen schwer begreiflichen, hat er uns manche bedenkliche Einzelwahrheit herausgefischt. Seltsam, daß er am Schluß des Buches den vertraut schwankenden Boden der Seemannsballade verläßt und tiefsinnig-erkenntnisgierig in einen Binnenlandbrunnen blickt.

Brunnengedichte gibt es zahlreiche und schöne in der deutschen Literatur. Sie haben allesamt einen deutlichen Zug ins Pädagogische, manchmal Kunstpädagogische, gelegentlich Lebenserzieherische. Gegenüber dem dionysischen Meergedicht stellen sie so etwas wie die apollinisch gezügelte Kulturerscheinung dar: das bezähmte Element, an die Leine gelegtes Wasser. Trotzdem sollten wir festhalten, daß es so verschiedene Brunnengedichte wie Brunnentypen gibt: naive und artistisch vertüftelte, tritonisch aufgetriebene und männekenpißhafte, konstruktiv einsichtsreiche und zauberische. Das Ringelnatzsche scheint (vorerst) von der letzten Sorte.

Sibyllinisch raunend auf jeden Fall gleich der Anfang: »Du bist kein du, Wasser« – was soll man davon halten? Davon ist zu halten, daß sich jemand mit jemandem bespricht, der gar kein richtiger Jemand ist. Daß ein – ich sage sogenanntes – Ich sein Gegenüber als haltlos-gestaltlose Unperson anredet. Daß sich ein »Individuum« (in Gänsefüßchen) in einem Etwas bespiegelt, was a) nur im unpersönlichen Plural, b) wechseltierig-unumrissen und c) überhaupt nur in flagranti existiert. Wen wir vor uns haben, ist nicht Narziß, der sich in seinem eigenen Abbild festglotzt, sondern ein ahasverischer Reisegeist, der in den unermüdlich sich versprudelnden Wassern zur flüchtigen Einkehr findet.

»Vom Wasser haben wir's gelernt, das Wandern«, sang schon einmal ein anderer Umhergetriebener, der Dichter der sogenannten »Müller-Lieder«. Allerdings, wo wir den Wilhelm Müller immer hübsch separat neben dem lehrreichen Bach einherspazieren sehen, scheint sich unser Daddeldu alias Ringelnatz alias Hans Bötticher in gefährlicherer Tauchtiefe auf sein Erkenntnismedium einzulassen. Die vielfach zerteilte Person läßt sich von den ziellos enteilenden Wassern nur noch einmal ihre Selbstentäußerung bestätigen. »Durstiges Staunen« hängt unersättlich am Bild eines nicht mehr stillbaren Verrinnens.

Daß wir schließlich doch noch wieder auftauchen und sogar so etwas wie eine Lehre mit nachhaus nehmen können, hängt mit den stets didaktisch-lebensretterischen Absichten des Joachim Ringelnatz *und* mit der heimlichen Funktionsmechanik des Brunnengedichts zusammen. Wie ein gut organierter Brunnen das flüssige Wesen des Wassers erst faßbar und plausibel macht, so der lyrische Brunnenbauer die flüchtige Natur des Menschen. Erst das in Bewegung gehaltene Leben, lesen wir, hat noch Aussicht auf Klarheit, Lauterkeit; das Gegenteil wäre hier, sich setzen wollen bis zur Abgestandenheit. Erst die mit viel Kunst (allerdings! und ohne vermutlich überhaupt nicht mehr) geleitete Verströmungslust darf noch auf Zusammenhalt hoffen.

Die Bilanz heißt dennoch nicht Ruhe. Nicht einfach Klassik. Die Bilanz wird wortwörtlich und grammatikalisch zum Balanceakt zwischen passiv (»getrieben«) und aktiv (»treibend«), zwischen Tätigkeit, Eigenschaft und Substanz (»zerteilt«, »enteilend«), zwischen Dauer und Vollendung (»treibendes Ganzes, rein Bleibendes«). Die Bilanz heißt: ein Leben im Schwebe-Zustand des Partizips, des Mittelwortes, des an allem teilnehmenden, dennoch oder gerade darum ewig infiniten.

ERNST STADLER
ANREDE

Ich bin nur Flamme, Durst und Schrei und Brand.
Durch meiner Seele enge Mulden schießt die Zeit
Wie dunkles Wasser, heftig, rasch und unerkannt.
Auf meinem Leibe brennt das Mal: Vergänglichkeit.

Du aber bist der Spiegel, über dessen Rund
Die großen Bäche alles Lebens geh'n,
Und hinter dessen quellend gold'nem Grund
Die toten Dinge schimmernd aufersteh'n.

Mein Bestes glüht und lischt – ein irrer Stern,
Der in den Abgrund blauer Sommernächte fällt –
Doch deiner Tage Bild ist hoch und fern,
Ewiges Zeichen, schützend um dein Schicksal hergestellt.

BARBARA FRISCHMUTH
AUSEINANDERSETZUNG ZWISCHEN ICH UND ICH

Diese »Anrede« des früh verstorbenen Ernst Stadler, der von 1883 bis 1914 lebte, gehört zu den Gedichten, die mich vom Augenblick der ersten Lektüre an durchs Leben begleitet haben. Ich setzte es in den Mittelpunkt einer Erzählung namens »Otter«, die Mitte der achtziger Jahre auch verfilmt wurde, dennoch läßt sich nur sehr schwer in Prosasätze fassen, was es mir bedeutet.
Gewiß ist, daß ich dieses Gedicht immer als große Wasser-Metapher gelesen habe, so als sei es selbst ein Fluß, der Fluß der Poesie, in dem das sich an der Sprache abarbeitende, doppelgängerische Ich an seine Grenzen stößt. Denn es liest sich nun einmal wie die Auseinandersetzung zwischen ich und ich, einem menschlich verzweifelnden und einem poetisch erhabenen Ich, wobei das erhabene (hoch und fern, ewiges Zeichen) mit der Kraft der Worte herbeigewünscht, -geschrieben, -gezaubert werden soll.
Der Anspruch ist ein hoher, um nicht zu sagen ein vermessener. Allein die mittlere Strophe »Du aber bist der Spiegel, über dessen Rund / Die großen Bäche alles Lebens geh'n« zeugt von der Überhöhung des innewohnenden Gegenparts. »Der Freund des Künstlers« lautete der ursprüngliche Titel dieses Gedichts, und daß er schließlich weggefallen ist und zur »Anrede« wurde, hat wohl den guten Grund, daß man im Angeredeten den Dichter in Form eines Wunschbildes von sich selbst sehen darf. Und welch schreibender dichtender Mensch wünschte sich nicht, aus

»quellend gold'nem Grund die toten Dinge schimmernd aufersteh'n« zu lassen und sei es in den Köpfen seiner Zuhörer, seiner Leser.
Andererseits zeugt die bedingungslose Hingabe an die starken Gefühle, von denen in der ersten Strophe die Rede ist, zugleich von der Angst, dem Empfinden ausgeliefert zu sein, eine Angst, die sich in der wunderbar ungewöhnlichen zweiten Zeile »Durch meiner Seele enge Mulden schießt die Zeit« erkennbar Ausdruck verschafft, um bald darauf, nämlich in der vierten Zeile, beim Stigma alles Lebendigen, der Vergänglichkeit, anzukommen.
In der dritten Strophe werden dann die beiden antithetischen Dichterwesen in eins gefaßt. Der »irre Stern« deckt sich mit dem »ewigen Zeichen«, das nur scheinbar, weil das menschliche Auge es eben so will, »in den Abgrund blauer Sommernächte fällt« und doch auf unübersehbare Weise als hohes, fernes Bild wieder aufgeht. Ohne das Glühen und Brennen, das Schreien und Verlöschen wüßte der Spiegel nichts zu zeigen, und nur was vergänglich ist, kann auferstehen. So bedingen sich Anredender und Angeredeter auf existentielle Weise. Auch kann nur schimmern, was von einem »gold'nen Grund« erhellt wird. All das und wahrscheinlich viel mehr läßt sich zu recht aus dem Gedicht »Anrede« herauslesen, aber es hat einen anderen Grund, warum es Teil meiner privaten Sammlung von unentbehrlichen Gedichten ist. Formal gesehen, gehört es nicht zu den für Stadler so charakteristischen Langzeilen-Gedichten, obgleich es – 1911 geschrieben – ebenfalls aus der Sammlung »Der Aufbruch« stammt. Es besteht aus drei vierzeiligen Strophen mit dem Reimschema a-b, a-b. Einfacher und unmoderner könnte es gar nicht zugehen. Dennoch kenne ich wenige Gedichte von solch sprachli-

cher Vollkommenheit. Man versuche nur einmal, dieses Gedicht laut zu lesen, und sogleich wird sich eine überwältigende Melodie einstellen, eine Melodie, die für sich etwas bedeutet, unabhängig vom Sinn der verwendeten Wörter.

ERNST STADLER
DER SPRUCH

In einem alten Buche stieß ich auf ein Wort,
Das traf mich wie ein Schlag und brennt durch meine
Tage fort:
Und wenn ich mich an trübe Lust vergebe,
Schein, Lug und Spiel zu mir anstatt des Wesens hebe,
Wenn ich gefällig mich mit raschem Sinn belüge,
Als wäre Dunkles klar, als wenn nicht Leben tausend
wild verschlossne Tore trüge,
Und Worte wiederspreche, deren Weite nie ich
ausgefühlt,
Und Dinge fasse, deren Sein mich niemals aufgewühlt,
Wenn mich willkommner Traum mit Sammethänden
streicht,
Und Tag und Wirklichkeit von mir entweicht,
Der Welt entfremdet, fremd dem tiefsten Ich,
Dann steht das Wort mir auf: Mensch, werde wesentlich!

MICHAEL KRÜGER
MENSCH, WERDE WESENTLICH

Das Gedächtnis ist ein eigenwilliger Anthologist. Es sammelt Gedichte, die einem auf seltsame Weise die Treue halten, auch wenn ihre Verfasser schon längst im Kleingedruckten der Literaturgeschichte verschwunden sind. Oft sind es nicht einmal die besten Gedichte, die diese haftende Eigenschaft besitzen, und oft sind ihre Widerhaken stärker als ihre ästhetischen Qualitäten. So jedenfalls geht es mir mit Ernst Stadlers »Spruch«, einem Gedicht über ein Epigramm, und es ist gar nicht sicher, ob am Ende der Dichter Stadler überleben wird oder der Autor, den er zitiert.

»Expressionismus meint Ausdruck, Aufbruch, Sprengung«, heißt es bei Gerhard Kaiser, und »Aufbruch« ist auch der Titel des (nach den mit Recht so genannten »Präludien«) einzigen Gedichtbandes von Ernst Stadler, der im Dezember 1913 gedruckt und im Jahr des Kriegsausbruchs ausgeliefert wurde. Er wurde sein Vermächtnis. Der Elsässer Stadler, Professor für vergleichende Literaturwissenschaft an der Université Libre in Brüssel, starb im Oktober 1914 in Zandvoorde in der Nähe von Ypern als Leutnant der Reserve. Am 4. Juli hatte er eine Berufung nach Toronto angenommen, am 9. Juli hielt er in Straßburg einen Vortrag über »Die elsässische Dichtung des 16. Jahrhunderts in ihrer Bedeutung für die Geschichte der deutschen Literatur«, am 31. Juli wird er einberufen, am 2. August beginnt sein Einsatz an der Westfront, von Colmar bis Flandern, am 30. Oktober, kaum 31 Jahre alt, ist er schon tot.

Ernst Stadlers Gedicht »Der Spruch« berichtet in der ersten Zeile von einem Fund, der Entdeckung eines lebensgeschichtlich unerhört wichtigen Satzes, der ihn wie ein Schlag trifft. Wo er ihn gelesen hat? Das verrät er nicht. Und erst im letzten Vers, als Pointe und Abschluß, teilt er wortwörtlich den kurzen Satz mit, der ihn im Innersten aufgewühlt hat: Mensch, werde wesentlich. Die weit ausholenden Verse zwischen dieser Klammer, zwischen Bekanntgabe und Mitteilung des Fundes, lesen sich wie ein Manifest des Expressionismus: »Wir sind Expressionisten. Es kommt uns wieder auf den Gehalt, das Wollen, das Ethos an«, heißt es bei Kurt Hiller. Das war auch Ernst Stadlers Programm, der auf der Schwelle stand zwischen dem Ästhetizismus Georges und einer Avantgarde, die am Vorabend des Ersten Weltkrieges zu einer umfassenden Erneuerung des Denkens, Fühlens und Handelns aufrief, gegen die Entfremdung von Ich und Welt. Es war eine Generation, die den Aufbruch wollte und in den Stahlgewittern verheizt wurde.
Auch der Dichter, bei dessen Lektüre Ernst Stadler schockhaft die Augen aufgingen, wollte einen Aufbruch, allerdings einen zu Gott. Der 30. Spruch im zweiten, »anderten« Buch des »Cherubinischen Wandersmann« lautet: »Zufall und Wesen«: *Mensch werde wesentlich: denn wann die Welt vergeht / So fällt der Zufall weg / das wesen das besteht.*
Der Barock-Experte Stadler hat die mystischen Epigramme des Angelus Silesius aus dem 17. Jahrhundert in seine Zeit und damit ins Weltliche übersetzt. Aber trotz aller Selbstermutigung durch die Spruchweisheit des schlesischen Dichters bleibt ein dunkler Schatten auf Stadlers Versen liegen, als hätte er geahnt, daß alle Anstrengungen,

den moralischen Niedergang der Zivilisation aufzuhalten, vergeblich waren: Die Welt wollte im ersten großen Krieg vergehen.

ERNST STADLER
FAHRT ÜBER DIE KÖLNER RHEINBRÜCKE BEI NACHT

Der Schnellzug tastet sich und stößt die Dunkelheit entlang.
Kein Stern will vor. Die ganze Welt ist nur ein enger, nachtumschienter Minengang,
Darein zuweilen Förderstellen blauen Lichtes jähe Horizonte reißen: Feuerkreis
Von Kugellampen, Dächern, Schloten, dampfend, strömend .. nur sekundenweis ..
Und wieder alles schwarz. Als führen wir ins Eingeweid der Nacht zur Schicht.
Nun taumeln Lichter her .. verirrt, trostlos vereinsamt .. mehr. . und sammeln sich .. und werden dicht.
Gerippe grauer Häuserfronten liegen bloß, im Zwielicht bleichend, tot – etwas muß kommen .. o, ich fühl es schwer
Im Hirn. Eine Beklemmung singt im Blut. Dann dröhnt der Boden plötzlich wie ein Meer:
Wir fliegen, aufgehoben, königlich durch nachtentrissne Luft, hoch übern Strom. O Biegung der Millionen Lichter, stumme Wacht,
Vor deren blitzender Parade schwer die Wasser abwärts rollen. Endloses Spalier, zum Gruß gestellt bei Nacht!
Wie Fackeln stürmend! Freudiges! Salut von Schiffen über blauer See! Bestirntes Fest!

Wimmelnd, mit hellen Augen hingedrängt! Bis wo die
Stadt mit letzten Häusern ihren Gast entläßt.
Und dann die langen Einsamkeiten. Nackte Ufer. Stille.
Nacht. Besinnung. Einkehr. Kommunion. Und Glut
und Drang
Zum Letzten, Segnenden. Zum Zeugungsfest. Zur Wollust. Zum Gebet. Zum Meer. Zum Untergang.

WERNER ROSS
MYTHISCHE LOKOMOTIVE

Ein Zug donnert durch die Nacht. Im Zeitalter der Bundesbahndefizite wird man darin kaum noch ein lyrisches Motiv entdecken, ganz abgesehen von der Frage, ob Züge nicht ein eher saumseliges Verkehrsmittel sind, in dem man schläft, döst oder sich lesend die Zeit vertreibt.

Das war einmal anders. 1909 veröffentlichte Marinetti das Gründungsmanifest für den Futurismus, für eine Zukunftskunst, die vor allem der Maschine und der Schnelligkeit gewidmet sein sollte. Ernst Stadler, ein junger Lyriker in Straßburg, hielt die Ohren für das Geräusch der Welt weit auf. Sein Gedichtband »Der Aufbruch« von 1913 enthielt für den deutschen Lyrik-Horizont viel Kühnes (das später als »expressionistisch« eingereiht wurde), darunter auch diese Eisenbahnfahrt.

Es ist ein großes mythisches Gemälde, das Stadler in diesem in Langzeilen galoppierenden Gedicht entworfen hat. Mythologisch durch und durch: umtaufend die Eisenbahnfahrt erst in eine Hadesreise (im Bild des Bergwerkstollens), dann in eine Epiphanie. Zu dem einen, dem Eisenbahn-Erlebnis tritt das zweite auch noch ziemlich neue Wunder: die erleuchtete Stadt.

Die Verse, die das schildern, braucht man nicht nur in der Rückerinnerung an jene Aufbruchszeit der Technik zu lesen. Von »Dann dröhnt der Boden wie ein Meer« an haben sie ihren Hallelujaklang bewahrt, vollziehen das, was sie schildern. Die Schauplätze, die hohe Brücke, der

Fluß, der sich zum Meer erweitert, kommen zur Hilfe, um das Ganze so königlich auszustaffieren, wie es ihm gebührt. Daß da mit vielen Ausrufungszeichen gearbeitet wird, atemlos sozusagen, nimmt man gerne hin. Die Parade entfaltet sich überschwenglich, die Bilder flackern wie bei einem Feuerwerk ineinander, eine Klimax wird jubelnd erreicht.

Was sollte, was mußte folgen nach Hades und Auferstehung? Stadler verlor den großen lyrischen Atem wieder, auch den Faden: die Fahrt. Nicht zu verhindern war nach dem Lichtermeer, daß es wieder finster wurde. »Nackte Ufer. Stille. Nacht.« Da wäre es eigentlich zu Ende gewesen. Aber der Dichter holte noch einmal aus, schaffte alles Hochpoetische von »Kommunion« bis »Wollust« heran, setzte Punkte, die man sich als erhabene Pausen vorstellen muß, doch die alte Höhe wurde nicht mehr erreicht. Die Expressionisten nahmen's ihm nicht übel. Ihre Lyrik gefiel sich in solchen bedeutungsschwangeren Vokabeln, die feierlich in den Raum gestellt waren wie schwere Akkorde.

Was die damals neue Form angeht, die am Ende reimenden Langzeilen, so finde ich sie nicht besonders großartig. Sie war als Gegenmittel gegen die Klingklangpoesie gedacht, gesprochene Prosa beinah, der Reim versteckt, aber doch Gebundenheit der Verse herstellend, als eine Art Echo-Klang. Aber in dem Augenblick, wo aus dem taktmäßigen, sozusagen ratternden Sprechen des ersten, des Eisenbahn- und Bergwerk-Abschnittes Gesang wird, verliert das auferlegte Schema seinen Sinn. Es wird weggeschwemmt, und das ist gut so, denn wer sich von diesen Versen tragen läßt, höher hinauf, fragt nicht mehr nach dem Reim von »Wacht« und »Nacht«.

ERNST STADLER
GRATIA DIVINAE PIETATIS ADESTO SAVINAE DE PETRA DURA PERQUAM SUM FACTA FIGURA

(Alte Inschrift am Straßburger Münster)

Zuletzt, da alles Werk verrichtet, meinen Gott zu loben,
Hat meine Hand die beiden Frauenbilder aus dem Stein
gehoben.
Die eine aufgerichtet, frei und unerschrocken –
Ihr Blick ist Sieg, ihr Schreiten glänzt Frohlocken.
Zu zeigen, wie sie freudig über allem Erdenmühsal
throne,
Gab ich ihr Kelch und Kreuzesfahne und die Krone.
Aber meine Seele, Schönheit ferner Kindertage und mein
tief verstecktes Leben
Hab ich der Besiegten, der Verstoßenen gegeben.
Und was ich in mir trug an Stille, sanfter Trauer und
demütigem Verlangen
Hab ich sehnsüchtig über ihren Kinderleib gehangen:
Die schlanken Hüften ausgebuchtet, die der lockre Gürtel
hält,
Die Hügel ihrer Brüste zärtlich aus dem Linnen
ausgewellt,
Ließ ihre Haare über Schultern hin wie einen blonden
Regen fließen,
Liebkoste ihre Hände, die das alte Buch und den
zerknickten Schaft umschließen,
Gab ihren schlaffen Armen die gebeugte Schwermut
gelber Weizenfelder, die in Julisonne schwellen,

Dem Wandeln ihrer Füße die Musik von Orgeln, die an
Sonntagen aus Kirchentüren quellen.
Die süßen Augen mußten eine Binde tragen,
Daß rührender durch dünne Seide wehe ihrer Wimpern
Schlagen.
Und Lieblichkeit der Glieder, die ihr weiches Hemd
erfüllt,
Hab ich mit Demut ganz und gar umhüllt,
Daß wunderbar in Gottes Brudernähe
Von Niedrigkeit umglänzt ihr reines Bildnis stehe.

KARL LUDWIG SCHNEIDER
HINWENDUNG ZU DEN ERNIEDRIGTEN

Bedeutende Werke der bildenden Kunst haben immer wieder Dichter zur Auslegung und Beschreibung gereizt, und gelegentlich geht es dabei auch um den Versuch einer möglichst genauen Nachbildung des Kunstwerks im Medium der Sprache. Dieser Art von Texten scheint Ernst Stadlers Gedicht über zwei Frauenstatuen vom Straßburger Münster anzugehören, denn es beschreibt die berühmten Portalfiguren der Ecclesia und der Synagoge.

An den beiden äußersten Punkten des südlichen Münsterportals plaziert, sind diese Frauengestalten durch ihre allegorische Bedeutung aufeinander bezogen und stellen den Sieg des Neuen Bundes (Christentum) über den Alten Bund (Judentum) dar. Siegesbewußt ist die *Ecclesia triumphans* der unterlegenen Synagoge zugewandt, deren Lanze zerbrochen ist und deren kraftlos herunterhängende Hand nur noch schlaff die Gesetzestafeln hält.

Wer die faszinierenden frühgotischen Bildwerke aus eigener Anschauung kennt, wird die meisterhafte Treffsicherheit der Verse Stadlers bewundern, allerdings auch feststellen, daß der Autor den allegorischen Sinn dieser Figurenkonstellation weitgehend ignoriert und auf die Gegenüberstellung von Siegerin und Besiegter reduziert hat. Ja, das Gedicht scheint selbst diese vorgegebene Beziehung noch provozierend anzutasten durch die unverhohlene Begünstigung der Besiegten. Ihrer Darstellung nämlich ist der größte Teil der Verse gewidmet, während die Charakteristik der Siegerin nur wenige summarische Zeilen in Anspruch nimmt.

So sehr nun das Gedicht dazu einlädt, bei der Betrachtung der Figuren zu verweilen, so falsch ist es, sich dieser Perspektive ausschließlich zu überlassen. Es wäre sogar irreführend, weiterhin von einer direkten Beschreibung der Skulpturen durch Stadler zu reden, denn der Autor schildert keineswegs unmittelbar. Er läßt vielmehr den Meister dieser Werke selbst über seine Figuren sprechen. Damit ist neben den Frauengestalten eine dritte und vielleicht die wichtigste Figur eingeführt: der Künstler. Er tritt allerdings nicht gestalthaft in Erscheinung, sondern schildert den Schaffensvorgang, durch den die Figuren »aus dem Stein gehoben« wurden. Er bekennt, daß er seine Seele der Verstoßenen gegeben habe – und bei ihr verweist er auf jedes Detail der Gestaltung. So kommt es in einer den Schaffensprozeß wiederholenden und gleichsam prüfenden Nachgestaltung zu einer umfassenden Vergegenwärtigung dieser »von Niedrigkeit umglänzten« Figur.

Der Name des Meisters wird nicht genannt, doch scheint die als Gedichttitel verwandte »Alte Inschrift« vom Südportal darauf hinzudeuten, daß Stadler den Münster-Sagen folgt und die Figuren der Ecclesia und der Synagoge einer legendären Bildhauerin zuschreibt. Die Übersetzung der während der Französischen Revolution mit vielen Skulpturen zerstörten Inschrift lautet: »Die Gnade Gottes sei mit Sabina, von deren Hand aus hartem Stein gehauen ich als Figur hier stehe.« Die Ermittlung des tatsächlichen Schöpfers der Frauengestalten mag den Kunsthistorikern überantwortet bleiben, denn sicher ist, daß der sein Werk beschreibende Künstler in Stadlers Gedicht nur eine Maske ist, durch die hindurch der Autor selbst spricht und sein künstlerisches Credo ablegt.

Es ist der Expressionist Stadler, der seine Deutung des Figurenpaares dem mittelalterlichen Meister in den Mund legt und diesem ein »demütiges Verlangen« zu den Erniedrigten als geheimen Antrieb des Schaffens unterstellt. Die verklärende Darstellung der gedemütigten Synagoge durch ihren Schöpfer ist zugleich die Verkündigung des engagierten Künstlertums, für das Stadler selbst sich in seiner literarischen Entwicklung entschied. Seine Anfänge waren den großen Vorbildern des Symbolismus und der Neuromantik bis zur Imitation verpflichtet. In seiner expressionistischen Gedichtsammlung »Der Aufbruch« von 1914 jedoch verwarf er »die Reisen ins Metaphysische« und verschrieb sich dem Leben, dem Alltag und nicht zuletzt der Hinwendung zu den Verfemten und Geschlagenen.

Es handelt sich hier um ein expressionistisches Künstlergedicht, um ein besonders geglücktes, wie man hinzufügen sollte, denn seine Botschaft bricht nicht unverhüllt und programmatisch hervor, sondern entfaltet sich erst mit der Darstellung der Figuren und ihres Schöpfers.

ERNST STADLER
JUDENVIERTEL IN LONDON

Dicht an den Glanz der Plätze fressen sich und wühlen
Die Winkelgassen, wüst in sich verbissen,
Wie Narben klaffend in das nackte Fleisch
der Häuser eingerissen
Und angefüllt mit Kehricht,
den die schmutzigen Gossen überspülen.

Die vollgestopften Läden drängen sich ins Freie.
Auf langen Tischen staut sich Plunder wirr zusammen:
Kattun und Kleider,
Fische, Früchte, Fleisch, in ekler Reihe
Verstapelt und bespritzt
mit gelben Naphthaflammen.

Gestank von faulem Fleisch und Fischen klebt an Wänden.
Süßlicher Brodem tränkt die Luft, die leise nachtet.
Ein altes Weib
scharrt Abfall ein mit gierigen Händen,
Ein blinder Bettler
plärrt ein Lied, das keiner achtet.

Man sitzt vor Türen, drückt sich um die Karren.
Zerlumpte Kinder kreischen über dürftigem Spiele.
Ein Grammophon quäkt auf,
zerbrochne Weiberstimmen knarren,
Und fern erdröhnt die Stadt
im Donner der Automobile.

HANS CHRISTOPH BUCH
POETISCHE FLAMMENSCHRIFT

Dieses Gedicht stammt aus einer Zeit, als das Verhältnis zwischen Deutschen und Juden noch keinen irreparablen Schaden genommen hatte durch millionenfachen Mord. Ernst Stadlers Verse sind weder antisemitisch noch philosemitisch; sie reihen sich ein in die Tradition expressionistischer Großstadtlyrik vor und nach dem Ersten Weltkrieg und sind erfüllt von sozialer Anklage, wie sie eine Generation früher die Naturalisten erhoben hatten. Emile Zolas zorniges »J'accuse!« (gegen den durch die Dreyfus-Affäre aufgewühlten Bodensatz des Antisemitismus) hallt hier ebenso nach wie die Elendsschilderungen in den Romanen von Charles Dickens, dessen Londoner Unterwelt von zwielichtigen Juden beherrscht wird.
Stadlers Gedicht entstand als Frucht einer England-Reise 1913, als der aus Colmar gebürtige, damals in Brüssel lebende Deutsche an der Universität Oxford den Baccalaureus Litterarum erwarb. Das soziale Elend in London scheint den jungen Dichter aus großbürgerlicher Familie (sein Vater war Kurator der Straßburger Universität) nachhaltig schockiert zu haben: »Ihr Anzug roch nach Keller, lichtscheuen Stuben« heißt es in einem dem gleichen Zyklus entstammenden Gedicht mit dem Titel »Kinder vor einem Londoner Armenspeisehaus«; solche Verse hätten der Jugend- und Wandervogelbewegung als Motto dienen können, die der dumpfen Enge der Großstadt Licht, Luft und Sonne als Allheilmittel entgegenhielt.

Was Ernst Stadlers Gedicht von der gängigen Sozialkritik seiner Zeit unterscheidet, ist dessen Dämonie: Der Dichter ist angezogen von dem, was ihn abstößt, fasziniert von Armut und Schmutz des Londoner Judenviertels wie heutige Autoren von den Elendsvierteln der Dritten Welt. Das Dämonische wird faßbar in einem Vers, der nicht von ungefähr in der Mitte des Gedichts steht: »Verstapelt und bespritzt / mit gelben Naphthaflammen.« An dieser Stelle, so scheint mir, transzendiert der Text die pubertäre Lust der frühen Expressionisten an Tod und Verwesung, Blut und Kot, wie sie in den »Morgue«-Gedichten von Gottfried Benn oder in Versen von Trakl zum Ausdruck kommt. Das Gedicht wird zum Menetekel für Künftiges, wie die Flammenschrift im Palast zu Babylon, die Nebukadnezars Tod ankündigt: die »gelben Naphthaflammen« weisen voraus auf den gelben Stern, den die Juden unter der Naziherrschaft tragen mußten, und Naphta heißt der jüdische Intellektuelle in Thomas Manns »Zauberberg«, der Züge von Georg Lukács trägt.
Ist der Text damit nicht überinterpretiert? Ein Dichter ist kein Prophet, der die Zukunft voraussagt, aber sein Gedicht wird manchmal zum Orakel, das, wie ein Seismograph, aus winzigen Vorbeben kommende Katastrophen ankündigt. Zu diesen von Stadler sensitiv registrierten Vorzeichen gehört die Atomisierung der Menschen zu anonymen Massen in der Großstadt – Entfremdung ist ein anderes Wort dafür –, die den sozialpsychologischen Nährboden schuf für die Wahlsiege der Nazis und den Erfolg ihrer antisemitischen Propaganda. Ihr zerstörerisches Potential aber entfaltete die NS-Ideologie erst in Verbindung mit modernster Technik, und auch diese Erkenntnis wird in Stadlers Gedicht vorweggenommen. Das quä-

kende Grammophon weist voraus auf die Volksempfänger, aus denen zwanzig Jahre später die »zerbrochne Weiberstimme« des Führers bellen wird, und im »Donner der Automobile« kündigt sich der Geschützdonner des Ersten Weltkriegs an, der bald darauf die Städte Europas erdröhnen ließ. Ein Jahr nach Erscheinen seines Gedichts zerriß eine englische Granate bei Ypern den früh vollendeten Dichter, der in einem Brief an Carl Sternheim geschrieben hatte, daß »ich mir schließlich noch eine andere Aufgabe im Leben denke und wünsche, als mich von einer Granate in Stücke reißen zu lassen«.

ALFRED WOLFENSTEIN
TIGER

Die große Sonne scheint in seine Zelle
Und zieht auf seinem bunt gestreiften Felle
Noch andre Striche: schwarzer Stäbe Schatten.

Er blinzt hinauf mit wütendem Verlangen:
Das Licht durchbricht doch die zerbißnen Stangen!
Es legt sich innen zu ihm auf die Matten!

Kann sich die Sonne nicht mit ihm zusammen
Aufs Gitter werfen? Schmelzen heiße Flammen
Aus ihrer beider Rachen nicht die Platten?

Die Sonne ist nicht heiß, wie er sie kannte,
Als sie im fernen freien Himmel brannte –
Auch sie gefangen, malt hier Kerkerschatten.

GÜNTER KUNERT
DIE GITTER, DIE KERKERSCHATTEN, DER SELBSTMORD

Dieser »Tiger« erweist sich als Gegenstück zu einem anderen Raubtier – nämlich zu Rainer Maria Rilkes »Panther«. Zwei ähnliche Gedichte, doch von grundlegendem Unterschied. Jedes spiegelt die Befindlichkeit seines Verfassers wider. Bei Rilke dominiert Melancholie und Resignation, bei Wolfenstein unverkennbar die Zeichen der Rebellion: zerbißne Stangen, aufs Gitter werfen und die Frage, ob nicht, im Verein mit der Sonne, dem Tiger der Ausbruch gelänge. Und schließlich wird sogar die Sonne als Gefangene apostrophiert.

Alfred Wolfenstein, 1883 geboren, Kaufmannssohn, Jurist, dann Schriftsteller und Exponent des Expressionismus, war eine aktivistische, kämpferische Natur. Dennoch hielt er Rilke für eine Art »Paten«. So schreibt er in einem Brief, Rilke habe am Anfang seines »literarischen Hervortretens« gestanden. Aus der Bekanntschaft der beiden entwickelte sich eine Freundschaft, wobei Rilke die Gedichte des Freundes mit vorsichtiger Kritik bedachte, während Wolfenstein der Lyrik des schon Hochberühmten seine Reverenz erwies.

Wolfenstein litt an einem für Lyriker gefährlichen Wesenszug. Seine Unzufriedenheit mit dem eigenen Schaffen, der Zweifel an seinem künstlerischen Vermögen führten dazu, daß er ständig seine Texte korrigierte und verbesserte. Sein Werk wimmelt von Versionen, Zeugnisse für die innere

Unsicherheit eines ruhelosen Geistes. Möglicherweise entsprang dies unaufhörliche Suchen nach Vollkommenheit dem oftmals die Prosanähe nicht scheuenden literarischen Expressionismus selber. Die Formen waren gesprengt, die ästhetischen Normen ad acta gelegt – nun blieb einem nur noch der sprachliche Instinkt als Maßstab. Viele Dichter jener Aufbruchszeit sind nach dem Ende der »Menschheitsdämmerung«, die eine Ära des Schreibens bezeichnende Anthologie von Kurt Pinthus, gescheitert. Wolfensteins Œuvre ist bis zum Schluß von dieser Dämmerung beeinflußt.

Doch mit dem Jahre 1933 spielte das alles keine Rolle mehr. Der jüdische Autor Wolfenstein mußte, wie so viele Schriftsteller und Intellektuelle, ins Exil. Zuerst nach Prag, dann nach Paris. Die Arbeiten jener Tage machen die Hilflosigkeit des Exilierten offenkundig. Seine appellativen Gedichte, der Gestus der verblichenen Ausdrucksweise geschuldet, machten das deutlich: »Treibt aus den Dämon, reißt seine Hölle ein / Wir lassen ihm nicht unsre Heimat / Sterbe er so, daß Europa lebe!« Da wußte er noch nicht, daß er die »Heimat« für immer verloren hatte.

1940 verhaftet ihn die Gestapo an der Loire. Die Kerkerschatten, die Gitter haben sich für ihn auf tragische Weise realisiert. Ob er sich wohl seines »Tigers« in der Zelle erinnerte? Ob er des Freundes Rilke gedachte, dessen »Cornet« zur gleichen Zeit in Deutschland ein Kultbuch gewesen ist? Nach drei Monaten wurde er entlassen, die Tötungsmaschinerie war noch nicht angelaufen. Sicherheitshalber ging er in die Illegalität und lebte, wenn man das leben nennen will, ständig auf der Flucht. Unter solch unerträglichen Umständen büßt man die Gesundheit

ein, die physische wie die psychische. Wolfenstein wurde schwer herzkrank.
Nach der Befreiung Frankreichs nahm das Hospital Rothschild den Leidenden auf, der kurz darauf Selbstmord beging. Für den Überlebenden schien das Dasein sinnlos geworden. Die einstmals gewohnte Welt samt ihrer Kultur war untergegangen, und die Freunde und Verbündeten, die Verwandten und Bekannten waren ins Grab in den Lüften expediert. Wolfensteins Suizid ist kein Einzelfall. Auf dieser Liste der dem Nazismus mit Verspätung zum Opfer Gefallenen stehen Namen wie Primo Levi, Jean Améry, Celan, Peter Szondi. Die Zahl der Namenlosen, die den gleichen Weg wählten, ist unbekannt.
In Wolfensteins Texstsammlungen findet man eine Hommage à Rilke, deren letzte Zeile für alle Dichter und für alle Erdkreise Gültigkeit besitzt: ». . . ein Gedicht ermordet man nicht.« Was ja wohl heißen soll, daß es unsterblich ist. Ein schwacher Trost für die verjagten und verfolgten Poeten.

OSKAR LOERKE
ANS MEER

Der Nebel reißt, der albisch kroch
Aus meinem Blut zum Totenfeld:
Ein Morgen scheint im Wolkenloch
Hoch auf die Welt.

Das Leben kommt von weitem her.
Und es geschieht, was einst geschah?
Mit ihrer Wäsche fährt ans Meer
Nausikaa.

Ein Weg weist nach Byzanz und Rom,
Für mich betritt ihn der Barbar.
Im Stein verwittert schon am Dom
Sein Mund, sein Haar.

Doch wann bin ich? Der Morgen währt,
Ein Rauschen ruft, ein Meer ist nah –
Ans Meer mit ihrer Wäsche fährt
Nausikaa.

SIEGFRIED UNSELD
WAS AUF ERDEN NICHT ZU HAUSE IST

Wer wird nicht einen Loerke loben? Doch wird ihn jeder lesen? Nein! Lessings berühmtes Dictum über Klopstock kommt mir in den Sinn, wann immer der Name Loerke auftaucht, und damit die Trauer, daß dieser so bedeutende Lyriker uns so wenig bedeutet. Die großen Geister der Zeit haben ihn gerühmt: Gottfried Benn, Gerhart Hauptmann, Hermann Hesse, Hans Henny Jahnn, Hermann Kasack, Elisabeth Langgässer, Wilhelm Lehmann (»verglichen mit den beiden anderen Versmeistern, George und Rilke, ist Loerke die große Natur«) und Thomas Mann (»... man muß nur genauer hinsehen, dann öffnet sich eine klare Tiefe«). Drei wesentliche Lyriker unserer Zeit – Eich, Huchel und Krolow – sind ohne Loerke kaum denkbar. Zwei nicht unbekannte Verleger haben sich um sein Werk bemüht, Samuel Fischer und Peter Suhrkamp, beide mit durchschlagendem Mißerfolg. Es bleibt bei Hesses Urteil: »Man kann ohne Übertreibung sagen, daß das Volk der Dichter und Denker in Loerke wieder einmal eine Begabung und einen Charakter höchsten Ranges unerkannt, ungenutzt und ungeehrt hat leben, arbeiten und sterben lassen.«

Das Gedicht »Ans Meer« veröffentlichte Loerke als 45-jähriger 1930 im Band »Atem der Erde«, dem fünften Teil seines »Siebenbuches«. Es zählt mit »Pansmusik«, »Strom«, »Urleid«, »Das Segelschiff des Knaben« und

»Der Wald der Welt« zu den für ihn charakteristischen Gedichten, deren Ruhm freilich lautlos bleibt.

Das Adverb »albisch« findet sich in keinem Wörterbuch, es ist eine Erfindung des Dichters, und doch spielen die beiden ersten Zeilen auf Goethes »Erlkönig« an. »Albisch« geht auf das althochdeutsche »alb« oder »elb« zurück, der Alb oder Erlkönig (wie Goethe dies aus einer falschen Übersetzung Herders aus dem Dänischen übernahm) bringt Unheil und Tod. Das Ich des Gedichts fühlt sich oft albisch dem »Totenfeld« nahe. Doch dann reißt der Nebel ein Loch auf; ein Morgen scheint hoch auf die Welt.

Das Leben kommt von weitem her. Der »Barbar«, der Nicht-Vertraute, sucht den einen möglichen Weg zu den Kirchen von Byzanz und Rom vielleicht zu äußerlich, seine Spuren verwittern deshalb schon. Das lyrische Ich geht den anderen Weg, zum chinesischen Mythos (der »Morgen« im »Wolkenloch« weist auf das Kreiszeichen, auf Himmel und Mitte) und zum griechischen, in dem Liebe, Leben und Tod eine Einheit bilden. Nausikaa, von Athene, der Göttin der Weisheit, aufgefordert, fährt ans Meer, um Wäsche zu waschen und für das Fremde, für die Liebe bereit zu sein (Goethe notiert als sein Grundmotiv für das »Nausikaa«-Fragment: »... die Rührung eines weiblichen Gemüts durch die Ankunft eines Fremden.«) Nausikaas Liebe zu Odysseus bleibt unerwidert. Muß das immer so sein? Geschieht immer, was einst geschah? Dies das erste Fragezeichen des Gedichts.

Das zweite: Doch wann bin ich? Ich bin dann, wenn ich wie Nausikaa meiner Aufgabe nachgehe, meiner Sehnsucht folge: Ans Meer! – denn der Morgen (der im Gedicht zweimal beschworen wird), die Hoffnung *währt.* Das Gedicht, so oft ich es lese, weckt ein Gefühl der Gleichzeitigkeit oder Zeitlosigkeit, die sichere Empfindung, daß im Fernsten das Nächste liegt, daß das Hinfällige zum Dauernden wird (»Beständig ist das leicht Verletzliche«), daß Untergang und Wiederkehr, Wirklichkeit und Phantasie, Tat und Traum, Geschichte und Gegenwart so dicht beieinander liegen wie Licht und Schatten. Loerke, der 1930 sein Dasein als bedrückend empfand, schrieb in diesem Gedicht sein Prinzip Hoffnung. Es gibt ein Immer im Niemals; der Nebel reißt, der Morgen währt.

Der Kunstauffassung von Loerke entspricht der strenge Bauwille von Vers und Strophe (auch aller Gedichtbücher), der musikalische Rhythmus seiner Sprache, die klare, sinnenhafte Vokalisierung und die souveräne Behandlung des Reims, bei dem sich nicht nur Silben und Worte, sondern Gedanken und Dinge reimen (Totenfeld/Welt. Rom/Dom. Währt/Fährt. Geschah/Nausikaa/nah.).

Loerkes altes Wagnis des Gedichts ist Begegnung mit magischer Wirklichkeit. Als er den »Atem der Erde« abgeschlossen hatte, notierte er im Tagebuch: »Mein Gedichtbuch. Das Buch der Wirklichkeiten. Wirklichkeiten in mir und außer mir ... Wir tasten immer nach dem, was auf Erden nicht zu Hause ist.«

OSKAR LOERKE
GRAB DES DICHTERS

Früh sah ich vorne
Vorm Tor, wo der Bauer im Kühlen harkt,
Die feurigen Dorne
Des Morgens zu maßlosem Licht erstarkt.

Der Gott hat Muße.
Andern verblieb es, ein Tagwerk zu tun,
Mir, unter dem Fuße
Der trauernd geschwätzigen Winde zu ruhn.

Wenn die uralte Traube,
Die schwarze, wiederkehrt staubig und warm,
Weckt mich immer der Glaube:
Du sollst nicht schluchzen, der Gott wird nicht arm.

ECKART KLESSMANN
ABBILD DES SEINS

Was geht da in uns vor, wenn wir den Spuren zweitausendjähriger Existenz begegnen? Ist Identifikation nach so langer Zeit überhaupt noch nachvollziehbar? Gewiß nicht, wir füllen die alten Formen mit unserem Bewußtsein, wobei dieses Bewußtsein wiederum Veränderung erfährt durch die überlieferte Form. Nie ist mir das deutlicher geworden als an einem Juninachmittag 1973 an der Gräberstraße in Pompeji. Und dort stellten sich plötzlich Verse ein, ebendiese Verse Loerkes, und ich merkte erstaunt, daß ich sie auswendig konnte.
Oskar Loerke hat am 19. Mai 1914 Pompeji besucht. Sein Tagebuch notiert den uns allen vertrauten Verdruß über die Touristen: »Wenn man die ekelhaftesten Visagen stehen und Notizen machen sieht, mit philiströser Geschäftigkeit, scheut man sich überhaupt zu schreiben. Und wirklich ist alles unbeschreiblich. Soll ich die Tatsachen aus dem Baedeker nachschmieren? Die Sonne, die spielenden Eidechsen nehmen den Urschauer. Nur manchmal in den Tempeln, in einigen ganz verlassenen Winkeln, regt es sich. Die Häuser kamen mir teils wie noch bewohnt vor. In dem einen, dem der goldenen Amoretten, habe ich meine mitgebrachte Mahlzeit verzehrt.«
Pompeji hat Loerke zu einem ganzen Zyklus inspiriert, den er 1921 in seinen Gedichtband »Die heimliche Stadt« aufnahm. Darunter ist »Grab des Dichters«, erstmals 1917 in der Zeitschrift »Marsyas« unter dem Titel »Dichter-

gruft« publiziert. Ein Jahr später heißt es »Grab des jungen Dichters« und bekommt schließlich den jetzigen Titel. »Eines meiner besten Stücke« nennt Loerke das Gedicht 1918.
Wer spricht? Ist es Loerke selbst oder der tote Dichter? Wohl der letztere: Der Tote ruht »unter dem Fuße / Der trauernd geschwätzigen Winde«. Die erste Strophe bestimmt das Geräusch des Harkens: elfmal das »r«, viermal die Verbindung »or«, ein rauher, aufkratzender Laut; »Kühle« und »feurigen« sind kontrapunktisch gesetzt. Der Klang wechselt in der zweiten Strophe, wo dem fünfmaligen »u« dreimal das betonte »i« entgegensteht. Die dritte gleicht die Lautkontraste aus: Sie wird dominiert durch die Klangfarben »a«, »u« und »au«.
»Der Gott hat Muße«: Das ist – bewußt? – eine deutliche Anspielung auf Vergils 1. Ekloge: »Ein Gott gab uns diese Muße«, und auch dort bleibt dem nicht von Gott Gesegneten »ein Tagwerk zu tun«. Gott, und das bestätigt die dritte Strophe, ist hier die unablässig schaffende Natur in schöpferischer Muße gegenüber der Arbeitswelt dessen, der »im Kühlen harkt«.
Was ist »die uralte Traube«? In einem früheren Gedicht Loerkes begegnet uns »die schwere, warme Hesperidentraube«, also ein Sternbild (Reinhard Tgahrt hat mich darauf hingewiesen). Ist es die ewige Wiederkehr der Gestirne, die uns mit der Unerschöpflichkeit Gottes tröstet? Dem widerspricht aber, daß die Traube »schwarz« und »staubig« benannt wird; zumindest spricht »schwarz« gegen das Licht des Sternbilds. Aber die Traube könnte sehr wohl auch die jährlich wiederkehrende Frucht des Rebstockes sein, und ihr Saft, der Wein, ist seit alters her inspirierendes Dichtergetränk. Auch bei Vergil ist ja die stete

Wiederkehr der Frucht im Kreislauf des Jahres ein Zeichen göttlicher Heilsgewißheit. Aber vielleicht hat Loerke beides im Sinn gehabt: die Traube als Sternbild und als Frucht, göttliche Verheißung am Himmel wie auf Erden.

Und wenn der göttliche Kreislauf, das Gesetz des Kosmos, den toten Dichter »weckt«: Könnte nicht auch so etwas wie die ewige Wiederkehr des Menschengeistes im Sinn der wiederholten Erdenleben gemeint sein?

Das vollkommene Gedicht ist meist vieldeutig und nur selten eindeutig-plakativ. Die in den Versen verknüpfte Trias – Menschenwerk, meditative Muße und unerschöpfliche Hoffnung – ist so etwas wie das Abbild unseres Seins, freilich eines Seins, das noch an seine göttliche Sinnbestimmung glaubt.

OSKAR LOERKE
PANSMUSIK

Ein Floß schwimmt aus dem fernen Himmelsrande,
Drauf tönt es dünn und blaß
Wie eine alte süße Sarabande.
Das Auge wird mir naß.

Es ist, wie wenn den weiten Horizonten
Die Seele übergeht,
Der Himmel auf den Ebnen, den besonnten,
Aufhorcht wie ein Prophet

Und eine arme Weise in die Ohren
Der höhern Himmel spricht:
Das Spielen wankt, im Spielen unverloren,
Das Licht wankt durch das Licht.

Heut fährt der Gott der Welt auf einem Floße,
Er sitzt auf Schilf und Rohr,
Und spielt die sanfte, abendliche, große,
Und spielt die Welt sich vor.

Er spielt das große Licht der Welt zur Neige,
Tief aus sich her den Strom
Durch Ebnen mit der Schwermut langer Steige
Und Ewigkeitsarom.

Er baut die Ebenen und ihre Städte
Mit weichen Mundes Ton
Und alles Werden bis in dieses späte
Verspieltsein und Verlohn:

Doch alles wie zu stillendem Genusse
Den Augen bloß, dem Ohr.
So fährt er selig auf dem großen Flusse
Und spielt die Welt sich vor.

So fährt sein Licht und ist bald bei den größern,
Orion, Schwan und Bär:
Sie alle scheinen Flöße schon mit Flößern
Der Welt ins leere Meer.

Bald wird die Grundharmonika verhallen,
Die Seele schläft mir ein,
Bald wird der Wind aus seiner Höhe fallen,
Die Tiefe nicht mehr sein.

ECKART KLESSMANN
EIN NACHRUF AUF DIESE WELT

Es gibt Verse, die nehmen so sehr Wohnung in uns, daß sie Teil unserer selbst werden, so daß man sich nur schwer vorstellen kann, es hätte einmal eine Zeit ohne sie gegeben. Die Strophen von Oskar Loerkes »Pansmusik« gehören für mich dazu, und wiewohl ich sie nur bruchstückhaft auswendig kann, sind sie als Bild, als Musik stets gegenwärtig, etwa vor Jahren einmal auf einem Schiff in der Ägäis, nachts an der Reling rezitierend: »So fährt sein Licht und ist bald bei den größern, / Orion, Schwan und Bär...«

Dabei hat der mediterrane Pan, der Gott des heißen Mittags und der derben Lust, mit Loerkes Pan nichts gemein. Das 1912 in Graudenz wenn nicht entstandene, so doch empfangene Gedicht ist inspiriert von der Weichsel und der Stromebene, und Pan – im Gedicht nicht namentlich genannt – heißt hier »der Gott der Welt«.

»Pansmusik« ist ein kosmisches Gedicht, dessen Herzworte »Welt«, »Himmel«, »Wind«, »Höhe«, »Tiefe« und »Licht« lauten. Es schreitet seine Dimensionen ab von der Tiefe zur Höhe, von den »weiten Horizonten« zum »leeren Meer«, und dieser Kosmos tönt und musiziert in der Harmonie der Welt. Denn alles Irdische korrespondiert in diesen Versen mit dem Überirdischen, dem Floß auf dem Fluß entsprechen die vom Mythos benannten Zeichen am Himmel, Höhen und Tiefen werden austauschbar und damit »nicht mehr sein«.

Zum Vollkommenen dieses Gedichts gehört auch, daß Bewegung und Stillstand kontrapunktisch ins Bild gesetzt und Sprache werden (»fährt« – »sitzt«), es ist gleicherweise ein sanftes Gleiten und betrachtendes Beharren in den Strophen (»so fährt sein Licht« – »die Seele schläft mir ein«). Die überirdische Musik von Gott und der Welt kommt zunächst leise wie aus unendlicher Ferne (»dünn und blaß«), nähert sich dem Ohr (»mit weichen Mundes Ton«), ist da und gleitet wie eine Phantasmagorie wieder davon: »Bald wird die Grundharmonika verhallen ...«
Dem entspricht auch die Anordnung von jeweils drei Strophen in drei Blöcken, die den Bewegungsvorgang gliedern. Ob bei der Entstehung dieser Verse die Symbolik der göttlichen Dreizahl und der Neun (dreimal drei) Loerke beeinflußt hat, weiß ich nicht. Er war ein eminent musikalischer Autor, Dichter einer Lyrik, in der Diesseits und Jenseits einander widerspiegeln, und da ihm die bedeutungsvolle Siebenzahl seiner Gedichtbücher wichtig gewesen ist, könnte die Zahlensymbolik auch in die neun Strophen eingegangen sein, die er als Achtundzwanzigjähriger schrieb.

Loerkes Gedicht ist 1916 in seine zweite Lyriksammlung »Gedichte« aufgenommen worden (Neuauflage 1929 unter dem Titel »Pansmusik«). Die Melodie der Welt hat sich zwischen Jahrhundertbeginn und Jahrhundertende schauerlich verwandelt. Flüsse und Wälder sterben, der Wind trägt Gift, und die Menschheit bereitet sich mit der ihr eigenen Energie auf ihre lustvolle Selbstvernichtung vor. Ich lese Oskar Loerkes »Pansmusik« wie einen Nachruf auf diese Welt, die erst ihre Götter zerstört, ehe sie sich selber richtet.

OSKAR LOERKE
TIMUR UND DIE SEHERIN

Timur

Du giltst für eine große Seherin
Und tränkst wie eine niedre Magd die Kühe.
Du bist doch alt; verdrießt dich nicht die Mühe?
Und kennst du mich, der ich gekommen bin?

Seherin

Die Wiese blüht, zertritt mir nicht den Klee!
Er gibt für meine Tiere Leckerbissen.
Du bist der Timur Lenk. Was willst du wissen?

Timur

Was meine Macht sei.

Seherin

Die schmilzt hin wie Schnee.

Timur

Mein Reich beschließt die Hitze wie das Eis.
Die Sterne tauchen tags in meine Meere
Und stehn aus ihnen auf wie meine Heere.
Ist das für Größe nicht genug Beweis?

Seherin

Beweis ist mir mein Eimer, der sich füllt.
Beweis ist mir das Vieh in seiner Blöße.

Es trinkt und zeigt mir seines Schöpfers Größe,
Daß es gesättigt ist und keines brüllt.

Timur

Du kannst dem Monde nicht befehlen: geh!

Seherin

Willst du den Mond orangengleich erpressen?

Timur

Ich töte dich, sprichst du mir so vermessen.

Seherin

Das kannst du tun, doch tritt mir aus dem Klee!

UWE PÖRKSEN
DIE MACHT IST UNGLÜCKLICH

»Die Macht an sich ist böse, wer immer sie ausübe«, sagte Jacob Burckhardt in den Basler Vorlesungen, die später als »Weltgeschichtliche Betrachtungen« erschienen. »Sie ist kein Beharren, sondern eine Gier und eo ipso unerfüllbar, daher in sich unglücklich und muß also andere unglücklich machen.«

Es gibt nicht leicht ein aufschlußreicheres Wort über das Wesen der Macht, als daß sie in sich unglücklich sei. Der Timur in Loerkes Gedicht, der den Beinamen »der Lahme« hatte, »Lenk« oder »Leng«, weil er hinkte, ist einer dieser Unglücklichen. Er sucht einen Beweis seiner Existenz und glaubt ihn zu finden, indem er die vernichtet, bei der er ihn sucht.

Der historische Herrscher, meist Tamerlan genannt, eroberte im vierzehnten Jahrhundert von Samarkand aus Persien und danach halb Asien. Er besetzte Moskau, zerstörte Delhi, massakrierte die Einwohner Bagdads. Sein Reich erstreckte sich vom inneren Rußland bis ins nördliche Indien, von der Chinesischen Mauer bis nach Syrien. Er starb neunundsechzigjährig während der Vorbereitung zu einem Zug nach China.

Dieser Welteroberer sucht nach Loerke eine alte Seherin auf, um sich seiner Macht zu versichern. Er gerät in eine Welt, die ihm fremd ist, und hat sofort das Gefühl, etwas ändern zu müssen, fragt, zweifelt, tritt auf ohne den geringsten Takt.

Sie setzt ihm ihren Lebenskreis und die für sie gültige Rangfolge entgegen, in der augenblicklich der Klee die erste Stelle einnimmt. Auf seine Frage, wer er sei und was seine Macht, antwortet sie mit je einer Halbzeile. Es gibt eine wohltuende Würde der Knappheit.

Die Schlußpointe ist dramatisch. Der Timur übertrumpft die Seherin mit der aberwitzigen Phantasie, dem Mond zu befehlen – ein entfesselter Titan –, sie holt ihn mit einer witzigen Alltagsphantasie auf die Erde herunter. Er droht, sie zu töten, sie zweifelt nicht daran, daß er es könne, zeigt ihm aber die Grenze, an der seine Macht endet.

Schön ist, wie in diesem genauen, scheinbar einfachen Gedicht, das aus fünf in einen zunehmend dramatischen Dialog aufgelösten Strophen gebaut ist, der »Beweis« der alten Frau die Farbe der Milch in ihrem Eimer annimmt oder wie das Bild der Weltherrschaft Timurs indirekt durch die Vorstellung eines sich drehenden Globus erzeugt wird. Loerke gibt dabei dem bekannten Wort über das spanische Weltreich, daß in ihm die Sonne nicht untergehe, die Wendung, daß in Timurs Reich die Sterne nicht verschwinden – daß in ihm die Nacht nicht endet.

Es ist ein altes Problem: Wie stellt sich der Künstler der Macht? »Auch der Haß gegen die Niedrigkeit / Verzerrt die Züge«, schrieb Brecht. Loerke, der Brecht nicht nur in der Liebe zum Chinesischen verwandt ist, war das Problem sehr bewußt, er verhält sich aber anders: »Wo deine Nacht nicht ist, sollst du nicht nachten. / Der Fluch wird sonst nach dem Verflucher fassen.«

Der direkte Angriff auf die Macht war während der dreißiger Jahre in Deutschland selbstmörderisch, doch das ist kaum der einzige Grund für Loerkes Ausflug in die Geschichte. Polemisieren in der Dichtung hieß für ihn lokalisieren. Man glaubt zu verstehen: der direkte Angriff wird leicht atemlos, blind vor Wut. Er gestattet nicht die Gelassenheit, die Macht als ein Phänomen unter anderen zu erfassen, nicht den Spielraum für ihr Gegenbild, ihren Kontrapunkt, von dem aus sie zurechtgerückt erscheint. Der Angreifer verfällt der leblosen Physiognomie seines Gegenübers.

Wie über Tyrannen schreiben? Loerke wählt die Form der Einkleidung in eine Anekdote. So lassen sich zwei Welten auseinanderhalten und zeigen. Vielleicht hat er hier die bekannte Geschichte von Alexander und Diogenes abgewandelt, die in der Überlieferung noch nicht bitter klingt: Als Alexander den in einer Tonne lebenden Philosophen fragte, was er für ihn tun könne, sagte der, er könne ihm – aus der Sonne gehen.

Hermann Kasack, der die nachgelassenen Gedichte seines Freundes nach dem Krieg unter dem Titel »Die Abschiedshand« veröffentlichte, schrieb seinerzeit: »Als wir es wagten, dieses Gedicht nach Loerkes Tod 1941 in der Neuen Rundschau zu veröffentlichen, rechneten wir damit, daß nur wenige den an sich leicht faßlichen Sinn begriffen.«

OSKAR LOERKE
WEBSTUHL

Den Berg hinab durch grauen Wald,
Durch lendenhohe graue Steine.
Die Fichten ankern, Lein um Leine,
Straff, dunkel, kalt.

Verankern Schwarzgewirr und Licht,
Zerren Himmel und Erde zusammen,
Daß Sonne und Stein sich stoßen und schrammen,
Gedicht und Gewicht.

Mich trägt und stößt und hemmt eine Scheu,
Ich laufe wie eine kleine Spule
Im schwarzen Tannenwebestuhle:
Er webt mich neu.

RUDOLF JÜRGEN BARTSCH
IN RÜBEZAHLS REVIER

Als Oskar Loerke im Tagebuch seiner Riesengebirgswanderung von 1909 bis zu diesen Versen gekommen war, da hatte er schon Hirschberg (»der Markt mit den schönen, breiten, wuchtigen Lauben«), Krummhübel (»Saturnringe um die Schneekoppe in halber Höhe«), Brückenberg und die Kirche Wang hinter sich. Sodann notiert der fünfundzwanzigjährige Rucksackwanderer: »Bei der Brotbaude ungeheure Granitblöcke. Dieses Gestein scheint sich also vom Kamm soweit herzustrecken ... Eine steile Höhe hinunter, durch grauen Wald voll grauer Felsen. Verwunschen.« Und unmittelbar anschließend: unser Gedicht.

Der junge Autor aus Westpreußen – er kam unweit der Weichsel zur Welt, dort, wo ihr Steilufer zwischen Schwetz und Graudenz am höchsten ist – schreibt seine Wahrnehmungen nach eigenem Bekunden »beim Gehen« auf, bei der Rast oder abends im Gasthaus. Schon für die Harzwanderung, ein Jahr zuvor, hatte er sich vorgenommen, »recht viel neu zu sehen und nicht zu reisen, um zu reisen ... Ich habe außerdem nicht vergessen, daß es mein Amt ist, Ausdruck zu finden für Sehen, Fühlen, Hören – Leben.«

So sind in seinem nicht zur Publikation bestimmten Riesengebirgstagebuch zwölf Gedichte eingestreut, lyrische Notizen, von denen zehn, dem Prosakontext jeweils eingepaßt, an Ort und Stelle niedergeschrieben worden sind, zwei gleich nach der Rückkehr. In »Wanderschaft«, dem ersten seiner sieben Gedichtbücher, werden sie zwei Jahre später bis auf einige Ausnahmen veröffentlicht.

Die aus dem federnden Waldboden herauswachsenden grauen Felsblöcke, die den Händen als Stütze beim steilen Abstieg dienten: Ich glaubte sie nach dem Gedicht wiederzuerkennen, als ich Anfang der siebziger Jahre – ebenfalls zum ersten Mal – im Riesengebirge war.

Loerkes frühe Verse bestechen und irritieren zugleich durch die Optik des Lyrikers, die Spitzen der Fichten als Anker zu sehen, die auf naturmagische Weise Himmel und Erde verbinden, »daß Sonne und Stein sich stoßen und schrammen«. Ein sehr einprägsames Bild. Und wie ein Echo auf Brentanos »Stern und Blume« antworten hier in der gleichen Bewegung von oben nach unten Sonne und Stein, Gedicht und Gewicht. Nicht aus Vergangenem oder aus der Historie, weder aus der Literatur noch aus der bildenden Kunst, sondern einzig aus dem unmittelbaren Wahrnehmungsblitz, dem *coup d'œil*, gewinnt der Autor seine Bilder, fügt sie seinem lyrischen Diarium ein. »Ich sträube mich«, schrieb er, »phantasierend zu erfinden, wo das Dasein stärker ist als jede Erfahrung.« Aber auch: »Man kann aus der Natur nichts aufzeichnen, ohne die Bezüge des eigenen Geistes hineinzuweben.« Eine Maxime, die der dritten Strophe zu ihrem Recht verhilft, wenn man bereit ist, in ihr, auch im Blick auf die Überschrift eine Reminiszenz an den schlesischen Weberaufstand von 1844 zu sehen.

OSKAR LOERKE
WINTERLICHES VOGELFÜTTERN

Schwirren sie von allen Seiten,
die Gereisten, die Gescheiten,
Hör ich sie das Mahl begleiten,
Fabelnd ihre alten Zeiten.

Der von Singenberg war Truchsess,
Der von Landegg war der Schenk,
Und der Kämmerer war Göli,
Wir sind ihrer eingedenk.

Bei dem Abte von Sankt Gallen
Hat es ihnen wohlgefallen,
Und er streute Futter allen,
Seinen Minnenachtigallen.

Aber Walther sehn wir nie.
Wie er sang, ging er zur Ruhe:
»Er ging schleichend wie ein Pfau,
Drückte ein die Kranichschuhe,
Und sein Haupt hing ihm aufs Knie.«
Er versank im Himmelsblau.

WOLFGANG LEPPMANN
HIMMELSBLAUER SCHICKSALSSCHLAG

Hübsche Verse, diese ersten drei Strophen. Der Tiervergleich legt den Gedanken ans Mittelalter nahe, die Aufzählung der Namen und Ämter bestätigt uns in dieser Vermutung, das Reimpaar Sankt Gallen / Minnenachtigallen läßt sie zur Gewißheit werden.

So klar und unbeschwert jedoch diese Strophen dahinplätschern, so tiefsinnig und undurchsichtig klingt die vierte und letzte. Auf diesem Kontrast beruht die Wirkung des Gedichts, das sich um das Wörtchen »Aber« wie auf einem Scharnier dreht. Denn der in der Endstrophe geschilderte Mann ist augenscheinlich kein zwitschernder Vogel, kein schwirrender Almosenempfänger wie die anderen, sondern ein in seinem Selbstvertrauen angeschlagener Einzelgänger.

Walther von der Vogelweide, dessen Name so viel wie »Nistplatz für Vögel« bedeutet, wird denn auch mit würdevollen Wappentieren in Verbindung gebracht, mit dem Kranich und dem Pfau (der nicht wie heute die Eitelkeit, sondern vielmehr die Demut versinnbildlicht: ein Tier, das sein Gefieder auf dem Boden hinter sich herschleppt). Was hat es nun mit dem derartig gekennzeichneten Walther auf sich?

Gelehrte Gedichte sind nicht jedermanns Sache. An dieses werden wir aber mit so leichter Hand herangeführt, als handele es sich tatsächlich um eine bloße Tierfabel. Doch ist bereits die zweite Strophe »gelehrt«, sie stellt eine fast wörtliche Übernahme aus dem bahnbrechenden Aufsatz dar, den Ludwig Uhland 1822, fünf Jahre vor Lachmanns kritischer Ausgabe, unter dem Titel »Walther von der Vogelweide, ein altdeutscher Dichter« veröffentlicht hatte. In einer zweiten, diesmal durch Anführungsstriche markierten Zitat-Paraphrase greift Loerke auf eine noch weiter entfernte Zeitebene zurück, auf Walther selbst, der in dem Spruch »Dô Friderîch uz Ôsterrîch alsô gewarp« die Lage schildert, in der er sich nach dem Tod seines Mäzens befindet: »Als Friedrich von Österreich starb und seine Seele gerettet wurde«, lesen wir in Joerg Schaefers Prosaübersetzung dieses dem »Ersten Philippston« zugeordneten Spruches, »da nahm er meinen kranichstolzen Gang mit sich herab. Schwerfällig wie ein Pfau schritt ich, wohin ich ging, und ließ den Kopf bis auf die Knie hängen.«

Sein Seelenheil hatte Friedrich dem Umstand verdankt, daß er auf einer Kreuzfahrt ums Leben gekommen war (1198). Da sein Bruder und Nachfolger Leopold aber wenig für Walther tat, sah dieser sich schließlich gezwungen, Österreich zu verlassen und nach Schwaben zu ziehen. Dort wurde er von König Philipp so freundlich aufgenommen, daß er den Kopf bald wieder so hoch aufrichtete, »wie's seinem Wert gebührt«.

»Himmelsblau« läßt sich verschieden interpretieren, von der Heraldik über die Theologie bis zur Bezeichnung des Elements, in dem die Vögel zu Hause sind. Wenn sich das in der letzten Zeile beschworene Bild aber von Walthers Porträt in der Manessischen oder Großen Heidelberger Liederhandschrift herleitet, dann verstärkt es noch die Vorstellung vom Dichter, der einen Schicksalsschlag erleidet und sich vor lauter Verletzlichkeit in den himmelblauen Mantel duckt, in dem er dort abgebildet ist. Dann wären wir, fast ohne es zu merken, in wenigen Zeilen vom Froh- zum Tiefsinn, vom Vogelgezwitscher zur »Geworfenheit« des Menschen vorgedrungen.

Loerke schrieb die Verse im Januar 1936. Seine leichte Hand hat die Zeiten überdauert, auch wenn diese Art von Gelehrsamkeit den meisten von uns längst abhanden gekommen ist.

REGINA ULLMANN
ALLES IST SEIN ...

Du willst dem Geschicke zuvorkommen,
seinen majestätischen Lauf voreilig unterbrechen,
willst dein Leben von dir werfen,
wie man Warenballen aus einem Schiffe wirft,
nur weil man befürchtet und abschätzt,
daß es sie nicht mehr zu halten vermag,
bis es das Land erblickt...
Und weißt doch nicht,
ob es nicht doch noch trägt,
oder ein anderes Wunder,
vielleicht in Gestalt eines Walfischs
sich bergend,
von seinem Wasserspiele abläßt
und vor dir in silberner Straße einherzieht,
mit seinem eigenen Leibe
das todeserschöpfende Rudern ersparend!
Und weißt nicht,
ob der Blitz im Gewölk dich nicht sucht
und dein Schiff und die Bürde so heimwärts kommt
auf gradestem Wege!
Aus der wirbelnden Sturmessäule hinaufgeschleudert!
Von seiner Hand ergriffen
und geheiligt aufgestellt im Himmelsraume.
Weißt nicht, was ihm das liebste ist:
Du selbst
oder die Bürde, um deretwillen du fährst,

oder das Schiff, worin du sie birgst,
oder das Meer, worein es verpflanzt ist. –
Denn alles ist sein.

PETER VON MATT
SCHWERES SCHEITERN, HOHE FAHRT

Jemand will sich umbringen. Eine Frau oder ein Mann will sich töten, weil alles nicht mehr auszuhalten ist. Die Last ist zu groß geworden, der Gedanke an ein rasches Ende tröstet und lockt und zieht. Hier setzt das Gedicht ein. Die Frau, die es schreibt, weiß, wovon sie redet. Von Kind an hat sie die schwarzen Zeiten der Depression gekannt. Immer wieder geht sie durch versteinerte Tage. Vielleicht spricht sie hier nur zu sich selbst.

Es scheint zunächst, als laufe alles auf die üblichen Trostreden hinaus: Nimm's nicht so schwer, es wird schon wieder besser, du mußt dich eben zusammenreißen... Bald aber merkt man, daß da ganz anders gedacht und geredet wird. Schon die Zeilen mit dem »Blitz im Gewölk« sind eine seltsame Aufmunterung. Vielleicht wirst du ohnehin gleich vom Strahl getroffen; vielleicht kommst du ohnehin bald in Seenot um. Soll das jemand vom Selbstmord abhalten?

Wie so oft bei Regina Ullmann wird das Einfache und Vertraute nur um eine Nuance verschoben, und schon nimmt sich alles fremdartig aus. Das vermeintliche Zureden verwandelt sich in eine Folge merkwürdig großartiger Bilder. Dabei ist deutlich erkennbar, woher die Metaphern stammen: aus dem Buche Jonas im Alten Testament. Dort läuft der widerborstige Prophet seinem Gott davon. Er will vor dem allerhöchsten Auftrag kneifen und haut ab, zu Schiff nach Spanien. »Da ließ der Herr einen großen Wind aufs

Meer kommen, und es erhob sich ein großes Ungewitter auf dem Meer, daß man meinte, das Schiff würde zerbrechen. Und die Schiffsleute fürchteten sich und schrien, ein jeglicher zu seinem Gott, und warfen das Gerät, das im Schiff war, ins Meer, daß es leichter würde.« Der Walfisch, der sowohl im Gedicht wie in der Prophetengeschichte gleich anschließend auftaucht, bestätigt diese Quelle. Allerdings wird der Text dadurch nur schwieriger. Die Verse arbeiten mit dem Bildmaterial der Jonas-Geschichte, aber sie erschließen sich doch nicht von dieser Rettungslegende her. Niemand wird verschluckt und wieder ausgespuckt. Die klassische Wiedergeburtsphantasie bleibt irgendwo im assoziativen Umfeld schweben. Wohl verkörpert der Fisch eine mögliche Hilfe, wenn er vor dem Schiff herzieht, die Wogen zu einer »silbernen Straße« glättet und das Gefährt aufnimmt in den Sog seines mächtigen Leibes. Aber das ist nur das Vorspiel zur zentralen Vision, wo ein Taifun das Schiff mit Blitzen umflammt und lotrecht in die Höhe reißt. Nicht das ersehnte Ufer also, sondern die radikale Katastrophe macht dem »todeserschöpfenden Rudern« ein Ende.

Das Bild ist so merkwürdig wie das ganze Gedicht. Es ist eindringlich, durchaus original, und doch wieder außerhalb der Anschaulichkeit. Die Hand, die schließlich aus den Wolken greift und das Schiff »aufstellt im Himmelsraume«, als wär's ein Seglermodell im Museum, erinnert an die Naivität ländlicher Mirakelbilder, an Ex Votos, wo die Heilige Jungfrau auf einem Wölklein über dem akuten Unglück schwebt und behutsam Hilfe leistet.

Rilke wurde 1908 auf die 24 Jahre alte Regina Ullmannn aufmerksam. Er war fasziniert und irritiert, versuchte, das Fremde ihrer Kunst zu benennen, schrieb an sie und über sie, und 1918 kopierte er mit eigener Hand ihre besten Gedichte und schickte sie an den Insel Verlag. Sie erschienen im Jahr darauf. Der vorliegende Text gehört dazu. Die bedrängende Deutlichkeit der Bilder, die sich dennoch der gewohnten Auslegung entziehen, brachte Rilke auf den Satz: »Ihre Seele ist wie ein Blindgeborener, den ein Seher erzogen hat.«

Wenn hier, was vermutet werden darf, eine Frau sich selbst vor dem Suizid zurückhält – mit welchem Argument zuletzt? Mit dem halb zögernden, halb beschwörenden Gedanken, daß wir vielleicht in Zusammenhängen leben, wo die erlittene Sinnlosigkeit mehr Sinn hat als alle rundum anerkannten Ziele und Zwecke.

PAUL BOLDT
IN DER WELT

Ich lasse mein Gesicht auf Sterne fallen,
Die wie getroffen auseinander hinken.
Die Wälder wandern mondwärts, schwarze Quallen,
Ins Blaumeer, daraus meine Blicke winken.

Mein Ich ist fort. Es macht die Sternenreise.
Das ist nicht Ich, wovon die Kleider scheinen.
Die Tage sterben weg, die weißen Greise.
Ichlose Nerven sind voll Furcht und weinen.

MARCEL REICH-RANICKI
EIN GESICHT IST AUF DIE STERNE GEFALLEN

Die Dichter des deutschen Expressionismus, hörte ich einmal einen Kollegen spotten, hätten viel im Bauch gehabt und wenig im Kopf. Das ist schnoddrig und natürlich überspitzt; aber ganz falsch ist es nicht. In der Regel jedenfalls möchte das expressionistische Gedicht niemanden belehren oder aufklären, sondern Zustände beschreiben, nicht Gedanken will es formulieren und übermitteln, sondern Gefühle ausdrücken, Ahnungen und Befürchtungen.

Ein Dichter des deutschen Expressionismus war auch der heute nahezu vergessene Paul Boldt, der 1885 in einem kleinen Ort in Westpreußen geboren wurde und 1921 an den Folgen einer Operation starb.

Fast alles, was von ihm überliefert ist, entstand in der kurzen Zeitspanne zwischen 1912 und 1914, als er vorwiegend in Berlin lebte, wo er Philologie studierte – offenbar lustlos und halbherzig, denn er gab das Studium im dreizehnten Semester auf. Sein einziger Gedichtband erschien 1914 bei Kurt Wolff: »Junge Pferde! Junge Pferde!« lautet der Titel.

Boldt gehörte zu den Einzelgängern, zu den Verlassenen und den Ausgestoßenen, und noch im Kreis von Außenseitern blieb er ein Außenseiter. Aber er war beides zugleich und auf einmal – ein kräftiger Naturdichter, seiner heimatlichen Landschaft verbunden, und ein feinfühliger Asphaltpoet, irritiert von der modernen Großstadt, zumal von Berlin. Er liebte den deutschen Wald und den deutschen Puff. Er rühmte junge Pferde und junge Bäume, das helle Licht und das finstere Laub, den grünen Klee und die blaue Luft, einsame Pappeln und den Duft der Wiesen, fliegende Fische und die Sonne im Wolkenhut.

Er besang die Liebenden am Abend und am Morgen, in der Nacht und am Tag. Von den Wolken und den Winden träumte er – und er meinte die Fräuleins und die Frauen. Das Ewigweibliche zog ihn hinan und hinab und an der Nase herum. Er pries sie alle: die Mädchen vom Lande und die Huren auf der Straße, die Damen aus den Bars und die aus den Salons. Das Sanfte war sein Element und auch das Pralle, das Zarte und auch das Dralle. Boldts Sinnlichkeit war prägnant, seine Prägnanz poetisch. Lauthals verkündete er: »Schön ist die Wollust!« Was immer er schrieb, er war zum Bersten voll mit Empfindungen und Ängsten, mit Bildern und Gesichten. Dieser Überschwang seiner Gefühle war es wohl, an dem er schließlich zerbrach.

Davon ist die Rede in Boldts Gedicht »In der Welt« aus dem Jahre 1913. Welt? Gerade dieses Wort wird in dem Gedicht ausgespart. Das hat schon seinen guten, seinen traurigen Grund: Hier spricht einer, dem die Welt abhanden gekommen ist und der an seiner Ohnmacht und Ratlosigkeit leidet. Er läßt sein Gesicht auf die Sterne fallen. Wie das? Sie, die Sterne, sind doch über und nicht unter uns. Gewiß, ebendeshalb deutet das überraschende Verbum an, daß für jenen, der sein Gleichgewicht verloren hat, die Welt auf dem Kopf steht.

Aber so ganz schlecht ist es um diesen verlorenen Menschen noch nicht bestellt. Denn es gelingt ihm, für seine Verzweiflung die denkbar knappste Formulierung zu finden: »Mein Ich ist fort.« Es hat sich von ihm abgelöst, dieses Ich, es hat sich auf eine Sternenreise begeben. So ist es in eine andere Welt geraten, eine ebenfalls unheimliche und absurde: In ihr hinken die Sterne auseinander, und die Wälder wandern mondwärts.

Um die Spaltung seiner Persönlichkeit und ihren Zerfall auszudrücken, setzt sich Boldt über die Regeln der Grammatik hinweg. Statt »Das bin nicht Ich« dichtet er »Das ist nicht Ich«. Nein, er ist es nicht, den die Menschen zu sehen glauben, er ist anders, er ist nicht das, wovon seine Kleider zeugen, zu zeugen scheinen. Dagegen kann er nichts tun, wehren kann er sich nicht: Er ist ausgeliefert und nicht Herr seiner Nerven. Es sind »Ichlose Nerven«. Sie fürchten sich und weinen. Boldt war einer, der sich zurufen mußte: »Geh durch die Menge, um Lächeln zu stehlen.«

PAUL BOLDT
JUNGE PFERDE

Wer die blühenden Wiesen kennt
Und die hingetragene Herde,
Die, das Maul am Winde, rennt:
Junge Pferde! Junge Pferde!

Über Gräben, Gräserstoppel
Und entlang den Rotdornhecken
Weht der Trab der scheuen Koppel,
Füchse, Braune, Schimmel, Schecken!

Junge Sommermorgen zogen
Weiß davon, sie wieherten.
Wolke warf den Blitz, sie flogen
Voll von Angst hin, galoppierten.

Selten graue Nüstern wittern,
Und dann nähern sie und nicken,
Ihre Augensterne zittern
In den engen Menschenblicken.

PETER HÄRTLING
KENTAURISCHES

Wie Boldts Gedicht, kaum war's geschrieben, die Köpfe seiner Zeitgenossen eroberte, erzählt der Literat Alfred Richard Meyer in seiner 1948 erschienenen »maer von der musa expressionistica«. Es ist eine Anekdote voller Aufbruchstimmung: »Eines Tages, mittags, war der Ruf da, über Jahrzehnte hinaus hell geblieben, zuerst in mein Ohr scharf durch Wolfgang Goetz gestoßen (...) – vor der kleinen Gerold-Stube an der Gedächtniskirche war's, daß der Schrei auf mich lospreschte: ›Junge Pferde! Junge Pferde!‹ – Was war geschehen? Lediglich das eine, fast schon alltägliche: daß ein Gedicht erschien, betitelt ›Junge Pferde‹, von einem neuen Mann, der sich Paul Boldt nannte. Er hatte uns einen herrlichen Morgen- und Abendgruß geschenkt, den wir leidenschaftlich propagierten.«
Genaugenommen muß es am Mittag des 2. Oktober 1912 gewesen sein, als der junge Dramatiker Goetz seinen Freund Meyer, auch Munkepunke genannt, mit der kentaurischen Botschaft überfiel: an diesem Tag nämlich war Franz Pfemferts Zeitschrift »Aktion« mit dem Gedicht Boldts herausgekommen.
Ich frage mich, ob sich die beiden Enthusiasten noch weiter über das Gedicht und seinen Autor unterhielten oder ob sie sich eben nur einen Augenblick von der stiebenden Frechheit der Zeilen mitreißen ließen? Sicher aber spürten sie, daß Boldt auch für sie sprach, ihr Lebensgefühl aus-

drückte, dieses gefährliche Gemisch aus maskulinem Hochmut und kindlicher Angst, aus dem sich so viele Verse jener Jahre speisten.

Das Gedicht hat einen herrlichen, an unser paradiesisches Gedächtnis appellierenden Auftakt: »Wer die blühenden Wiesen kennt / Und die hingetragene Herde«, aber es bleibt – kaum auffallend – auch ein unvollendeter Satz. Wen meint das »Wer« des Beginns, wo zielt es hin? Ihm folgt kein »der«. Was ist mit dem, der die blühenden Wiesen kennt? Der liebt. Der hat. Der weiß. Der ist. Nichts davon.

Hat der Dichter unterwegs mit seinen Zeilen vergessen, wohin er wollte? War ihm, im Galopp, die Grammatik egal? Ich bin sicher, er wußte, was er anstellte: Das »wer« hat sein »der« dort zurückgelassen, woher es kommt, woran es denkt. Im Aufbruch, der nicht wiederholt werden kann, denn die Herde läßt sich nicht aufhalten, die Zeit rennt mit. Er weiß, daß die jungen Pferde nur jung bleiben können im Gedicht, das hier nichts anderes als vollkommenes Erinnern oder unendliche Gegenwart sein will. Wenn am Schluß, vor den vier letzten Zeilen, die Kavalkade innehält, die Herde sich nicht mehr als Herde spürt und Tier und Mensch sich gegenüberstehen, messen sich in den Blicken Weite und Enge, Bestand und Verlust und die gemeinsame Erinnerung an die blühenden Wiesen.

Paul Raabe charakterisiert Boldt als »eine der rätselhaften Figuren des deutschen Expressionismus«, und Kurt Hiller nannte ihn »eine Legende«. Eine, von der allerdings nur noch wenige wissen. Was zu beklagen ist, denn dieser Kentaur unter den deutschen Poeten entsann sich nicht nur des Herdenglücks, sondern er brach auch, voller lüsterner Neugier, ins Großstadtleben ein. Er flanierte Unter den Linden, flirtete im Café Josty, ging in Salons und Bordellen ein und aus, unersättlich im Gewinnen und Verlieren – ein großer Erotiker: »Wer weiß seit Fragonard noch, was es heißt / Zwei stracke Beine haben in dem Kleide; / Roben gefüllt von Fleisch, als ob die Seide / In jeder Falte mit dem Körper kreiße.« Seine Sprache spannt sich vor Lust, sagt Landschaften als Leiber und Leiber als Landschaften auf.

Boldt kam aus Westpreußen. 1885 wurde er auf dem Gut seiner Eltern in Christfelde geboren. In Schwetz ging er aufs Gymnasium, danach studierte er in München, Marburg und Berlin Philologie. Franz Pfemfert nahm sich des jungen Mannes an, veröffentlichte regelmäßig seine Gedichte in der »Aktion«, doch irgendwann, während des Ersten Weltkrieges, genügte ihm die Poesie nicht mehr, er hörte auf zu schreiben, fing an, Medizin zu studieren, zog von Berlin nach Freiburg und starb dort 1921 nach einem Schlaganfall. »Tod, stellst du keinen Liebesdichter ein?« hatte er in einem seiner letzten Gedichte gefragt.

INA SEIDEL
TROST

Unsterblich duften die Linden –
was bangst du nur?
Du wirst vergehn, und deiner Füße Spur
wird bald kein Auge mehr im Staube finden.
Doch blau und leuchtend wird der Sommer stehn
und wird mit seinem süßen Atemwehn
gelind die arme Menschenbrust entbinden.
Wo kommst du her? Wie lang bist du noch hier?
Was liegt an dir?
Unsterblich duften die Linden. –

PETER WAPNEWSKI
UM DER HOFFNUNGSLOSEN WILLEN

Ein Gedicht von einer Strophe nur, es wirkt einfach und wie gesungen im Volkston. Ein Lied, und wer es in einer Anthologie sucht, der wird es vermutlich finden unter einem Obertitel wie »Natur« oder »Jahreszeiten«. Damit freilich hätte er nur das halbe Teil, denn es geht um die menschliche Natur, um ihr natürlichstes Teil: ihr Sterben. Und wollte einer diese Verse literarhistorisch einordnen, so würde ihm etwa der Begriff »nachromantisch« einfallen, was ebenso zutreffend ist wie allgemein, denn »nachromantisch« reicht von Storm bis Benn und weiter. Womit lediglich gesagt sein soll, daß hier Töne angeschlagen sind, die – mit allem Vorbehalt – ein Element der Zeitlosigkeit in sich haben. Damit ist das Stichwort gefallen: Zeit.

Hier ist die Rede von der menschlichen Grunderfahrung des Dahingehens – denn alles Fleisch, es ist wie Gras, und alle Herrlichkeit des Menschen wie des Grases Blumen. Ein sensuelles Erlebnis provoziert das bange Bewußtsein der Flüchtigkeit: der Duft der Linden, der in seiner jährlichen Wiederkehr als »unsterblich« empfunden wird. Dieses Wort, schwer am Anfang, provoziert seinen Gegenbegriff – ohne daß er genannt wird.

Vielmehr wird die menschliche Verfassung genannt, die Konsequenz des Gegenbegriffs ist: Bangen. Ein Bangen, gegen das es kein Argument gibt als das der gänzlichen Hingabe an jenes Gesetz, das Bangen auslöst: Vergehen.

Das Wort wird aus der übertragenen Bedeutung in eine konkrete versetzt: Das (Ver-)Gehen hinterläßt die Spur der Füße im Staub; und bald erlischt sie. Mit solchem dauernden Vergehen wird das dauernde Stehen (des Sommers) konfrontiert, Garantie des Bestandes der außermenschlichen Natur und ihrer Mächtigkeit.
Drei Fragen schließlich antworten auf die Frage des Anfangs, ihr rhetorischer Charakter ist deutlich, sie wollen als Frage Gewißheit ausdrücken. Gewißheit, daß an uns nichts liegt, Gewißheit des Belanglosen, des Passageren. Und am Ende, in der endlichen Wiederaufnahme des Eingangsverses, ist wieder der Anfang, Kreislauf, Dauer, Duft der Unsterblichkeit.
Man könnte beim ersten Lesen meinen, hier lägen locker gefügte, im Parlando einer gewissen Formlosigkeit gesprochene Verse vor. Es handelt sich indessen um eine mit höchster Kunstfertigkeit gebaute Strophe, die dem Prinzip der Symmetrie im Sinne der Kongruenz verpflichtet ist. Will sagen: um eine Mittelachse, die des einzigen Paar-Reims (»Doch blau und leuchtend ...« bis »Atemwehn«), gruppieren sich zwei Quartette, und zwar derart, daß der erste Vers des Ganzen metrisch-reimlich dem letzten entspricht, der zweite dem vorletzten und so weiter.
Solches Gebilde artistischen Kunstwillens steht hier als das menschliche Werk gegen den großen, uns alle bewältigenden Prozeß des Vergehens. Die (relative) Dauer menschlichen Tuns in der (absoluten) Dauer des großen Verlaufs. Dauer, die sinnlich erfaßbar ist im Duft des sommerlichen Baumes schlechthin: Der »Linden«-Reim grenzt als »umarmender Reim« jedes der beiden Quartette ab und überführt doch das eine ins andere, da er als einziger der Reime sich durch die ganze Strophe zieht, flüchtige

Dauer andeutend. Als statische Mitte (»Achse«) stellt sich blau und leuchtend der Sommer aus, das Bangen wachrufend wie stillend (und zwar, hier ist der sommerduftende Baum spielerisch fortgesetzt, »gelind«).

Ein Stück bedachter Kunst als humane Antithese zum alles aufhebenden Gang der großen außermenschlichen Welt. Ist Trost darin? Ist Trost im Bewußtsein der eigenen Nichtigkeit und der großen Ordnung? Vielleicht in einem Sinne, der »konservatives« und »progressives« Denken einen Augenblick zur Kongruenz bringt. Im Sinne von Benjamins berühmtem Wort: »Nur um der Hoffnungslosen willen ist uns die Hoffnung gegeben.«

QUELLENHINWEISE

PAUL BOLDT 1885 in Christfelde bei Kulm/Westpreußen geboren, gestorben 1921 in Freiburg/Breisgau, S. 549.
In der Welt. Junge Pferde. Aus: Junge Pferde! Junge Pferde! – Das Gesamtwerk. Lyrik, Prosa, Dokumente herausgegeben und mit einem Nachwort versehen von Wolfgang Minaty. Walter-Verlag, Olten und Freiburg 1979.

RUDOLF BORCHARDT 1877 in Königsberg geboren, gestorben 1945 in Trins/Tirol, S. 309.
Auf die Rückseite eines Handspiegels. Das Mädchen liest das Buch und spricht. Aus: Rudolf Borchardt. Gesammelte Werke. In 14 Einzelbänden. Gedichte. Hrsg. v. Marie L. Borchardt/Herbert Steiner. Klett-Cotta, Stuttgart 1957.

HANS CAROSSA 1878 in Tölz geboren, gestorben 1956 in Rittsteig bei Passau, S. 339.
Heimliche Landschaft. Aus: Hans Carossa, Jubiläumsausgabe. Fünf Bände. © Insel Verlag Frankfurt am Main 1978.

FRIEDRICH EISENLOHR 1889 in Freiburg geboren, gestorben 1954./
LIVINGSTONE HAHN Biographische Daten unbekannt./
LUDWIG RUBINER 1881 in Berlin geboren, dort 1920 gestorben, S. 391.
Gold. Aus: Kriminalsonette. Kurt Wolff Verlag, Leipzig 1913. Abdruck mit freundlicher Genehmigung von Frau Annemarie Bostroem.

FERDINAND HARDEKOPF 1876 in Varel/Oldenburg geboren, gestorben 1954 in Burghölzli/Zürich, S. 298.
Angebinde. Zwiegespräch. Aus: Ferdinand Hardekopf, Gesammelte Dichtungen. Hrsg. von Emmy Moor-Wittenbach. © 1963 by Verlags AG Die Arche, Zürich.

JAKOB HARINGER 1883 in Dresden geboren, gestorben 1948 in Zürich, S. 427.
Abend. Aus: Jakob Haringer, Das Schnarchen Gottes. © 1979 Carl Hanser Verlag München Wien.

HERMANN HESSE 1877 in Calw/Württemberg geboren, gestorben 1962 in Montagnola/Schweiz, S. 317.
Gute Stunde. Im Nebel. Aus: Hermann Hesse, Die Gedichte. Hrsg.

und mit einem Nachwort versehen von Volker Michels. © Suhrkamp Verlag Frankfurt am Main 1992.

Knarren eines geknickten Astes. Lampions in der Sommernacht. Aus: Hermann Hesse, Die Gedichte 1892-1962. Zwei Bände. Herausgegeben von Volker Michels. Zweiter Band. © Suhrkamp Verlag Frankfurt am Main 1977.

Neid. Aus: Hermann Hesse, Krisis. Ein Stück Tagebuch. © Suhrkamp Verlag Frankfurt am Main 1977.

HUGO VON HOFMANNSTHAL 1874 in Wien geboren, gestorben 1929 in Rodaun, S. 83.

Der Jüngling in der Landschaft. Die Beiden. Manche freilich. Aus: Die Gedichte und kleinen Dramen. Textrevision und Nachwort von Fritz Adolf Hünich. Insel Verlag Wiesbaden 1958.

Glückliches Haus. Inschrift. Was ist die Welt. Aus: Hugo von Hofmannsthal, Gesammelte Werke in Einzelausgaben. Zehn Bände. Herausgegeben von Rudolf Hirsch und Bernd Schoeller. Gedichte – Dramen I (1891-1898). S. Fischer Verlag GmbH, Frankfurt am Main, 3. Auflage 1989.

Der Schiffskoch, ein Gefangener, singt. Aus: Hugo von Hofmannsthal, Gedichte. Insel Verlag Frankfurt am Main und Leipzig 1997.

Lebenslied. Reiselied. Terzinen. Über Vergänglichkeit. Aus: Hugo von Hofmannsthal, Gedichte und kleine Dramen. Suhrkamp Verlag Frankfurt am Main 1966.

Tobt der Pöbel. Aus: Hugo von Hofmannsthal, Sämtliche Werke. Kritische Ausgabe. Herausgegeben von Rudolf Hirsch, Clemens Köttelwesch, Heinz Rölleke und Ernst Zinn. Band II: Gedichte 2. Aus dem Nachlaß. Herausgegeben von Andreas Thomasberger und Eugene Weber. S. Fischer Verlag GmbH, Frankfurt am Main 1989.

Wir gingen einen Weg. Aus: Hugo von Hofmannsthal, Sämtliche Werke. Kritische Ausgabe. Band 1: Gedichte 1. Herausgegeben von Eugene Weber. S. Fischer Verlag GmbH, Frankfurt am Main 1984.

FRANZ KAFKA 1883 in Prag geboren, gestorben 1924 in Kierling bei Wien, S. 431.

Kühl und hart. Aus: Franz Kafka, Gesammelte Werke in acht Bänden. Hrsg. von Max Brod. Band 8: Briefe 1902-1924. S. Fischer Verlag GmbH, Frankfurt am Main 1998.

Und die Menschen gehn in Kleidern. Aus: Franz Kafka, Sämtliche Erzählungen, Beschreibungen eines Kampfes. S. Fischer Verlag GmbH, Frankfurt am Main.

Georg Kaiser 1878 in Magdeburg geboren, gestorben 1945 in Ascona, S. 343.
Der Spiegel. Aus: »Stücke, Erzählungen, Aufsätze, Gedichte« von Georg Kaiser. © 1966 by Verlag Kiepenheuer & Witsch Köln.

Paul Klee 1879 in Bern geboren, gestorben 1940 in Locarno, S. 379.
Herr Waldemar. Aus: Paul Klee, Gedichte. Hg. v. Felix Klee © 1960, 1980, 2001 by Arche Verlag AG, Zürich – Hamburg.

Wilhelm Klemm 1881 in Leipzig geboren, gestorben 1968 in Wiesbaden, S. 387.
An der Front. Aus: Wilhelm Klemm, Ich lag in fremder Stube. © 1981 Carl Hanser Verlag München Wien.

Karl Kraus 1874 in Jitschin/Böhmen geboren, gestorben 1936 in Wien, S. 135.
Man frage nicht, was all die Zeit ich machte. Traum vom Fliegen. Wiese im Park. Aus: Karl Kraus, Schriften. Band 9. Gedichte. Herausgegeben von Christian Wagenknecht. © Suhrkamp Verlag Frankfurt am Main 1989.

Gertrud von Le Fort 1876 in Minden/Westf. geboren, 1971 in Oberstdorf gestorben, S. 305.
Deutsches Leid. Aus: Gertrud von Le Fort, Gedichte. © Insel-Verlag Wiesbaden 1950.

Wilhelm Lehmann 1882 in Puerto Cabello/Venezuela geboren, gestorben 1968 in Eckernförde, S. 403.
Amnestie. In Solothurn. Mond im Januar. Aus: Wilhelm Lehmann, Gesammelte Werke in acht Bänden. Band 1: Sämtliche Gedichte. Hrsg. v. Hans Dieter Schäfer. Klett-Cotta, Stuttgart 1982.
Auf sommerlichem Friedhof (1944). Oberon. Aus: Wilhelm Lehmann, Gedichte. Auswahl und Nachwort von Karl Krolow. © Suhrkamp Verlag Frankfurt am Main 1977.

Oskar Loerke 1884 in Jungen/Weichsel geboren, gestorben 1941 in Berlin-Frohnau, S. 517.
Ans Meer. Grab des Dichters. Pansmusik. Timur und die Seherin. Webstuhl. Winterliches Vogelfüttern. Aus: Oskar Loerke, Die Gedichte. Herausgegeben von Peter Suhrkamp. Neu durchgesehen von Reinhard Tgahrt. © Suhrkamp Verlag Frankfurt am Main 1983.

Thomas Mann 1875 in Lübeck geboren, gestorben 1955 in Zürich, S. 157.
Monolog. Aus: Thomas Mann, Die Erzählungen. © 1966 Katia Mann. S. Fischer Verlag GmbH, Frankfurt am Main.

CHRISTIAN MORGENSTERN 1871 in München geboren, gestorben 1914 in Meran, S. 13.
Anto-logie. Das ästhetische Wiesel. Das große Lalula. Das Huhn. Fisches Nachtgesang. Zäzilie (II). Palmström an eine Nachtigall, die ihn nicht schlafen ließ. Aus: Christian Morgenstern, Alle Galgenlieder. Mit Vignetten Morgensterns. Insel Verlag Frankfurt am Main 1972.
Aus stillen Fenstern. Die Schwestern. Die unmögliche Tatsache. Drei Hasen. Ein Lächeln irrt verflogen. Aus: Christian Morgenstern, Gesammelte Werke in einem Band. Herausgegeben von Margareta Morgenstern. R. Piper & Co. Verlag, München 1985.
Das Knie. Aus: Christian Morgenstern, Alle Galgenlieder. Nachdruck der Ausgabe von 1932. Diogenes Verlag, Zürich 1987.
Der Traum der Magd. Möwenlied. Aus: Christian Morgenstern, Galgenlieder. Palmström. Palma Kunkel. Der Gingganz. Verlag Philipp Reclam jun., Stuttgart 1978.
Der Werwolf. Aus: Christian Morgenstern, Sphinx-Geburten. Gedichte. Ausgewählt von Vera Hauschild. Insel Verlag Frankfurt am Main und Leipzig 1999.

ERICH MÜHSAM 1878 in Berlin geboren, gestorben 1934 in Oranienburg, S. 347.
Der Revoluzzer. Aus: Erich Mühsam, Trotz allem Mensch sein. Gedichte und Aufsätze. Ausgewählt und mit einem Nachwort versehen von Jürgen Schiewe und Hanne Maußner. Philipp Reclam Verlag, Stuttgart 1984.

BÖRRIES FREIHERR VON MÜNCHHAUSEN 1874 in Hildesheim geboren, gestorben 1945 in Windischleuba bei Altenburg, S. 147.
Die Hesped-Klage. Aus: Börries Freiherr von Münchhausen, Das Balladenbuch. © 1956 Deutsche Verlags-Anstalt GmbH, Stuttgart.

RAINER MARIA RILKE 1875 in Prag geboren, gestorben 1926 in Val Mont, S. 161.
Abschied. An der sonngewohnten Straße. Archaïscher Torso Apollos. Auferstehung. Blaue Hortensie. Corrida. Das Füllhorn. Das Karussell. Der Abenteuerer I. Der Knabe. Der Panther. Der Pavillon. Der Schwan. Der Wahnsinn. Die Brandstätte. Die Flamingos. Die Kurtisane. Du aber, Göttlicher. Früher Apollo. Früher, wie oft. Frühling ist wiedergekommen. Gebet für die Irren und Sträflinge. Herbsttag. Ich fürchte mich so. Komm du, du letzter. Liebes-Lied. Magie. Noch fast gleichgültig ... Römische Fontäne. Rose, oh reiner Widerspruch. Trä-

nenkrüglein. Wandelt sich rasch auch die Welt. Wilder Rosenbusch. Aus: Rainer Maria Rilke, Die Gedichte. Insel Verlag Frankfurt am Main 1986.

JOACHIM RINGELNATZ 1883 in Wurzen geboren, gestorben 1934 in Berlin, S. 441.

An der Alten Elster. An meinen längst verstorbenen Vater. Die neuen Fernen. Die Schnupftabaksdose. Ich habe dich so lieb. Kindersand. Kniebeuge. Liedchen. Logik. Neujahrsnachtfahrt. Sommerfrische. Vorm Brunnen in Wimpfen. Aus: Joachim Ringelnatz, Das Gesamtwerk in sieben Bänden. Copyright © 1994 by Diogenes Verlag AG Zürich.

RUDOLF ALEXANDER SCHRÖDER 1878 in Bremen geboren, gestorben 1962 in Bad Wiessee/Oberbayern, S. 351.

Nur mit meines Fingernagels Rande. Vom Glück der Untröstlichkeit. Aus: Rudolf Alexander Schröder, Gesammelte Werke in acht Bänden. Band 1: Die Gedichte. © Suhrkamp Verlag Berlin und Frankfurt am Main 1952.

INA SEIDEL 1885 in Halle geboren, gestorben 1974 in Zell/Oberbayern, S. 557.

Trost. Aus: Ina Seidel, Gedichte. © 1955 Deutsche Verlags-Anstalt GmbH, Stuttgart.

ERNST STADLER 1883 in Colmar geboren, gestorben 1914 bei Ypern, S. 491.

Anrede. Fahrt über die Kölner Rheinbrücke bei Nacht. Judenviertel in London. Aus: Ernst Stadler, Dichtungen, Schriften, Briefe. Kritische Ausgabe. Herausgegeben von Klaus Hurlebusch und Karl Ludwig Schneider. Verlag C. H. Beck, München 1983.

Der Spruch. Gratia divinae pietatis adesto Savinae de petra dura perquam sum facta figura. Aus: Ernst Stadler, Der Aufbruch und andere Gedichte. Auswahl und Nachwort von Heinz Rölleke. Verlag Philipp Reclam jun., Stuttgart 1967.

AUGUST STRAMM 1874 in Münster geboren, gestorben 1915 in Rußland, S. 153.

Patrouille. Aus: August Stramm, Die Dichtungen. Sämtliche Gedichte, Dramen, Prosa. Herausgegeben und mit einem Nachwort versehen von Jeremy Adler. R. Piper & Co. Verlag, München 1990.

REGINA ULLMANN 1884 in St. Gallen geboren, 1961 in München gestorben, S. 543.

Alles ist sein ... Aus: Regina Ullmann, Erzählungen, Prosastücke, Gedichte. Zwei Bände. Herausgegeben von Friedhelm Kemp. © 1978 Carl Hanser Verlag München Wien.

ROBERT WALSER 1878 in Biel geboren, gestorben 1956 in Herisau, S. 359.

Die Reiterin. Die schöne Frau von Thun. Mikrogramm III. Aus: Robert Walser, Das Gesamtwerk. Werkausgabe. Zwölf Bände. Herausgegeben von Jochen Greven. Band VII: Gedichte und Dramolette. Herausgegeben von Robert Mächler. Suhrkamp Verlag Frankfurt am Main 1978. Abdruck mit freundlicher Genehmigung der Robert Walser-Stiftung.

Und ging. Aus: Robert Walser, Das Gesamtwerk. Werkausgabe. Zwölf Bände. Herausgegeben von Jochen Greven. Band 13: Die Gedichte. © Suhrkamp Verlag Frankfurt am Main 1986.

Was fiel mir ein? Aus: Robert Walser, Die Gedichte. © Suhrkamp Verlag Frankfurt am Main 1986.

KONRAD WEISS 1880 in Rauenbretzingen/Württemberg geboren, gestorben 1940 in München, S. 383.

Propria Peregrina. Aus: Konrad Weiß, Gedichte. 1914-1939. Herausgegeben von Friedhelm Kemp. Kösel-Verlag, München 1961. Abdruck mit freundlicher Genehmigung von Herrn Friedhelm Kemp.

ALFRED WOLFENSTEIN 1883 in Halle/Saale geboren, 1945 in Paris gestorben, S. 513.

Tiger. Aus: Alfred Wolfenstein, Werke. Fünf Bände. Band 1: Gedichte. Hrsg. von Hermann Haarmann und Günter Holtz. V. Hase & Koehler Verlag, Mainz 1982. Abdruck mit freundlicher Genehmigung von der Akademie der Wissenschaften und der Literatur Mainz.

STEFAN ZWEIG 1881 in Wien geboren, gestorben 1942 in Petropolis bei Rio de Janeiro, S. 395.

Der Sechzigjährige dankt. Aus: Stefan Zweig, Silberne Saiten. Gedichte. Herausgegeben und mit Nachbemerkungen versehen von Knut Beck. S. Fischer Verlag, Frankfurt am Main 1990.